LE TIREUR DE SABLE

LA BRACONNIÈRE
(Décembre 1855 - Février 1856)

MARION ROME-ABGRALL

LE TIREUR DE SABLE

LA BRACONNIÈRE
(Décembre 1855 - Février 1856)

Dans la même collection :

La Petite Maubert

A paraître :

Le tanneur de Bièvre

A Marie-France Bougie,
Conservateur de la Bibliothèque
de la Cour des Comptes.

JE SUIS ASSISE AUJOURD'HUI À MA TABLE, J'ÉCRIS AU COURANT DE la plume sur des cahiers d'écolière et je regarde par la fenêtre les chalutiers aux voiles rouges doublant la pointe de Hartland, au-delà des pommeraies de la Torridge. J'ai retrouvé, au-dessus des rochers du Canal de Bristol, ces extraordinaires ciels d'encre de l'Arrée, peints en coups de vent par un artiste en colère.

Solitude, orgueil, sensibilité, trois états d'âme assortis, qui font que j'aime encore me revoir en « Poil-Rousse », rouquine effrontée que tutoyaient jadis les clochards de la place Maubert et qui avait le goût de plaire et de se dérober...

Mais ai-je, au cours de ces premières pages, éprouvé exactement les joies et les malheurs de ce temps-là ? Les mots ont-ils le pouvoir de ressusciter le passé ? Certes, les mots s'usent, se collent à d'autre vies que la mienne. Je relis mes premiers chapitres et il m'arrive de me sentir spectatrice, absente de ma chair. Je viens de trop loin sans doute, l'épreuve du temps a pâli mon bonheur, mes souffrances. Et le présent est là, qui corrige les excès d'autrefois. Passé, présent, aux trames si serrées qu'elles se mélangent toutes seules !

N'ai-je rien oublié ? Ai-je bien parlé de Julien et des coups de chiens de mes amis bohémiens, ces chantres des assommoirs, des ribouldingues de pauvres, des sabbats d'étudiants, qui élucubraient des vers minables et qui, pris d'une incohérente rage de vivre, brûlaient leur jeunesse au Quartier Latin ? Ai-je dit toute ma tendresse pour Marin de Hurepoix, le vieux tireur de sable qui fut mon ange gardien durant tous ces mois où mon petit nom fut escamoté rue des Lavandières (1) au profit d'un « Poil-Rousse » ou d'une « Petite Maubert » ? Tout ce temps-là j'ai joué au bonheur comme à la toupie, et ça tournait, ça tournait, ça vous enlevait toutes vos pensées ! On valsait éperdument au Mabille et dans les salons parisiens. La guerre de Crimée s'achevait en apothéose, et Paris vivait à l'heure de la première Exposition Universelle.

Puis, il y avait Thomas Ferré. Thomas, le peintre maudit, asocial, que j'inspirais... et qui m'inspirait mes premières curiosités charnelles. Je ne puis l'évoquer sans mentionner le nom de Victor Saint-Favre, le maitre-tanneur de la Bièvre qui me sauva de l'ombre et des vices de Saint-Lazare où je me débattais avec une sorte de pudeur ricanante.

Je parlerai enfin de Jérôme de More, sans bien savoir encore si je le haïssais de tout mon être ou si je l'aimais jusqu'à la folie. Sans doute ne se laissait-il pas aller à la douceur de vivre parce que la souffrance est un aiguillon plus ardent que tous les bonheurs quotidiens. Jérôme de More, descendant des ultras fourvoyés dans un régime de bourgeois et de repris de justice, Jérôme le châtelain de Pennarstank mordait la vie avec violence, avec nostalgie, avec désespoir. Peut-être m'aimait-il, après tout, et je le lui rendais en pensant vaguement au diable, l'éternel vaincu à qui j'accordais une revanche !

Mais je n'étais pas simple. Je ne savais guère lire en moi bien clairement, m'analyser froidement, lucidement, sans passion ni aigreur. Les nouveaux mondes de l'argent et de la bonne naissance s'offraient à moi et je me préparais à y pénétrer sans discernement, à fréquenter des cercleux, des boulevardiers, éblouie que j'étais par l'homme nanti ou l'aristocrate réactionnaire.

Ces quelques mois de la Maub' furent un bref raccourci de ma vie, mais je l'ignorais alors. J'en avais tant à voir, tant à dire ! Je me sentais frémissante, lourde et légère à la fois, tellement loin des autres par cette langueur, ce tourment de bonheur qui tyrannisaient mes sens !

Je m'aperçois trop tard que je n'ai rien dit de mon pays. C'est bien mal le mettre à sa place. Personne pourtant ne m'a

_____

(1) Rue des Lavandières-Maubert, détruite par les travaux d'Haussmann.

10

appris à l'aimer. Mes parents n'étaient pas des rêveurs ni des défenseurs de l'ethnie. Je me suis contentée de me promener dans les chemins creux de Sizun et les landes du Mené, de lire des livres, d'apprendre des légendes. J'ai aimé ce que j'ai vu, lu et entendu. Je ne dois à personne l'habitude de penser en Bretonne, et ce que je ressens m'appartient en propre. Dieu m'a sauvée de bien des défaites, et en me conduisant en Angleterre il a agi selon mon cœur : les Galles du Sud, la péninsule du Devon et de la Cornouaille, c'est l'Ouest pour les Anglais de Londres, c'est leur Bretagne, c'est le pays celte !

Néanmoins je garde pour toujours, bien ancré dans ma mémoire, ce paysage de Sizun immobile au long des remous guillerets de l'Elorn, stoïque au milieu des crues et des drames des brouillards descendant des marais lugubres qui stagnaient en hiver entre Botmeur et Loqueffret.

Mais revenons à Paris, à l'heure où le gardien de l'« Aquarium » ouvrait la porte de la prison Saint-Lazare à la petite Poil-Rousse... Rue du Faubourg-Saint-Denis je ne crânai guère et il me sembla même faire tache sur les murs et les officines honorables, mais quand je tournai court par la rue des Petites-Ecuries, mon corps inconsciemment se grandit de trois pouces et ma tête retrouva aussitôt son port arrogant. Je fus certaine, tout à coup, que les humiliations et les revers de fortune s'étaient achevés au coin de la rue, à la vitrine même du naturaliste qui faisait l'angle.

I

QUAND TIBURCE, LE PROPRIÉTAIRE D'ETIENNE CHAMBERLAIN, MONtait chez son locataire le trente de chaque mois, le chimiste connaissait son quart d'heure de Rabelais et, pris de panique, camouflait vaille que vaille les dommages que ses expériences causaient aux murs de sa chambre. Mais Chamberlain avait la manie du salpêtre, du nitrate et du fulminate. Il ne se passait pas de semaine sans qu'il ne fît exploser un de ses mélanges. Les murs du garni n'étaient que lézardes et meurtrières replâtrées tant bien que mal avec du gâchis volé dans les chantiers de la rue d'Enfer.

Chamberlain haïssait Tiburce et affirmait qu'à la prochaine révolution il lui réglerait proprement son compte. Chamberlain aimait à faire les choses proprement, il fignolait ses explosions comme ses assassinats ! Il ajoutait qu'il profiterait de l'empoignade générale pour tuer également le père Plantefolle, alias Eugène Coquillon, l'apothicaire de la rue Neuve-Saint-Etienne qui lui pesait ses poudres au milligramme près et qui ne déduisait jamais le poids du cornet de papier.

— Depuis que le monde est monde, disait le chimiste, les révolutions ne profitent qu'aux individus qui veulent tuer leur voisin et tous ceux qui les embêtent.

Lorsque le jour critique du mois était passé, Chamberlain s'en donnait à cœur joie et tirait feu d'artifice sur feu d'artifice en compagnie de Stefan Vassilitch.

Je me rendis rue de la Clef le jour même de ma libération. La présence d'Etienne chez lui se voyait à la couleur des eaux de gouttière qui convergeaient entre les pavés de la cour vers un puisard fétide grillé de fer. Le bleu de méthylène, mélangé à la fluorescéine, vert-de-grisait les pierres, donnait aux bouillons des eaux-vannes de jolis reflets moutarde.

Je montai le tourbillon de l'escalier. En veine d'invention saugrenue, Chamberlain avait cloué un tronc d'église à sa porte, et un écriteau invitait ses hôtes, les hôtes de ses voisins. les démarcheurs qui tiraient le pied-de-biche et les huissiers de passage sur le palier, à participer à l'« entretien mensuel d'un étudiant aux mœurs simples et joviales ». Le tronc sonnait le creux.

Ce fut Long Fellow qui m'ouvrit la porte. On me fit un assez bel accueil. Tous mes bohémiens étaient là, passablement saturés de vermouth, et s'adonnant à diverses tâches selon leurs goûts et leurs capacités. Je vis Chamberlain qui versait à pleines fioles des liquides louches dans une espèce de marmite calée sur son poêle. Lavergne et Vassilitch, assis par terre. contemplaient leur ami d'un air inquiet.

Long Fellow avança l'unique siège que possédait Etienne.

— Tu n'as toujours qu'une chaise ? demandai-je au chimiste.

— « Quand la maison est finie, la mort entre. » Proverbe oriental, me répondit-il sentencieusement. Tiburce me rationne.

— Vous avez des nouvelles de Julien ? demandai-je.

— Il est à côté, fit Lavergne, en pointant le menton vers le mur.

Une porte ouvrait dans ce mur. J'eus une seconde d'espérance folle, que doucha aussitôt Vassilitch :

— Mais non, buse ! Pas dans la toilette ! On l'a chambré à Sainte-Pélagie. Il paraît qu'il voulait prendre les Tuileries d'assaut, avec quelques centaines de pelés qui braillaient rouge. Ils ont été arrêtés au Champ de Mars. Mais tu en sais quelque chose, tu t'es fait mettre les cadenettes pour ses beaux yeux !

— Qui vous a raconté tout ça ?

— Il y avait plus de bohémiens là-bas que d'ouvriers. Des copains y étaient.

— Vous auriez pu quand même me rendre une visite ! me plaignis-je.

— On ne savait pas dans quelle prison tu étais. On préférait ne pas trop en demander à la rousse...

— Quand Julien sera-t-il libéré ?

— Pas demain la veille. Ses affaires sentent un peu le roussi.

Chauvière s'en est mêlé, on lui reproche maintenant de faire circuler les Châtiments et on a fait main basse sur tous ses invendus. En outre, il a écrit des amabilités dans une feuille de chou, le mois dernier. On lui a collé six mois.

— Six mois ! répétai-je, tout en songeant que la mansarde de la Caput avait dû être fouillée de fond en comble.

— Pour une prison, enchaînait Vassilitch, Sainte-Pélagie n'est pas du tout un endroit désagréable. Les détenus ont leur petit logement, leurs meubles, et même leurs jours de réception. On invite qui l'on veut à dîner, on commande ses repas chez Bignon ou au Café Hardy. On peut même demander l'autorisation d'aller au théâtre.

— Vous lui avez rendu visite ?

— On le voit tous les jours. Il est comme un coq en pâte. Il n'arrête pas d'écrire des insanités contre le régime et il mange comme quatre. Sa rombière d'Auteuil le gave de volaille et de vins fins. Ils dînent en tête-à-tête un soir sur deux. Les grandes retrouvailles !

— Les grandes retrouvailles ? relevai-je. Ils s'étaient donc quittés ?

— On ne sait pas trop lequel des deux avait quitté l'autre. On voyait beaucoup la Quentin avec un industriel des Alpes. Julien ne donnait plus signe de vie, on ne l'a aperçu qu'une fois en trois semaines, chez son libraire. Il paraît qu'il vivait avec un journaliste de la Mansarde. Tu te souviens, le type à la loupe, chez la Malou.

Chamberlain, le nez dans sa tambouille à crapauds, tournicotait les gros bouillons à coups de cuillère à pot, et son faciès s'allongeait, s'allongeait, à mesure que la mixture innommable virait du rose tendre au rouge cardinal. Etienne expliquait le pourquoi des opérations, annonçait des réactions qui ne venaient pas, goûtait son mélange du bout des doigts, avec un claquement de langue de cordon-bleu, disait :

— Ça manque d'un petit gramme de fluorescéine... Pouah ! J'ai mis trop de brome. C'est à peine mangeable.

— Je voudrais voir ton estomac, dit Colin. Une miniature japonaise ! Un cratère en éruption !

— J'ai quelquefois comme des aigreurs, fit Chamberlain un peu étonné mais d'un naturel serein.

Il disait que ses tiraillements d'estomac passaient avec une solution de carbonate. Il avait des organes plus blasés que des éprouvettes de laboratoire.

— Tu es folle complètement de soupirer encore après un type qui te trompe à tour de bras, me glissa Vassilitch d'un ton doctoral.

— Vous êtes bien ses amis, vous aussi ? attaquai-je.

— Nous, c'est bien différent. Nous ne lui rendons pas de comptes et il ne nous en rend pas.

— Voyons, crânai-je, vous savez bien que ses petites aventures ne vont pas très loin.

— Cette fois, il ne s'agit pas d'une petite aventure, Anne. Ni d'une grisette ou d'un trottin. Et tu sais aussi bien que nous qu'il ne lâchera pas la veine avant de l'avoir épuisée. Julien a les dents longues. Tu es à l'index, toi, parce que tu ne le mèneras jamais à rien. Tu arrives même à lui enlever le goût de combattre. Julien n'est pas un type qu'on embourgeoise dans des petits garnis, avec un petit souper, un petit lit pour deux, un petit budget, des petits projets...

La remarque trouva un écho cruel au fond de mon cœur. Cet amour inutile auquel je m'acharnais n'intéressait que moi. Les peines de cœur étaient monnaie courante dans la bohème. Colin connaissait aussi quelques déboires, mais demain une autre grisette aurait remplacé l'infidèle, et les soirées auraient le même entrain, on jouerait aux charades, aux petits jeux, on volerait son dîner à l'étalage. Chamberlain, quant à lui, vivait dans la chasteté d'un chercheur ayant sacrifié son âme et son corps à la Science. Quand il voyait quelqu'un souffrir de chagrin d'amour, il le félicitait chaleureusement, l'enviait, lui donnait des conseils : « Te voilà guéri ! » disait-il.

La cuisine du chimiste prenait des tournures inquiétantes. Long Fellow regardait de près, jaspinant latin, on se serait cru trois siècles en arrière, dans l'antre sulfureux et maudit d'un alchimiste sorcier. Nous n'eûmes pas le temps de nous attendrir sur l'image. Long Fellow et Lavergne étaient déjà sous le matelas. Une flamme gigantesque jaillit du chaudron comme d'un chalumeau de soudeur, il y eut une seconde de silence enfumé, puis une détonation sèche suivie de l'explosion du tout, contenu et contenant, dans un nuage de vapeur suffocante. Je me ruai sur la fenêtre. Etienne et Stefan s'étaient affalés à plat ventre, la tête dans les mains. Quand les derniers projectiles furent retombés, dans la fumée rouge qui fusait de partout, on entendit la voix de Colin, étouffée par les couvertures :

— Qu'est-ce qu'il a encore fichu, l'animal !

— Mais je n'y comprends rien ! protesta Etienne. La bromuration se fait facilement, d'habitude.

— Moi je comprends que tu t'es gourré d'éprouvette, dit Long Fellow. Un de ces jours tu nous feras tous crever.

— Merde, je crois bien que cette fois-ci Tiburce va me foutre dehors. Il faisait vilain hier, en regardant ses lambris.

— Si je n'ai pas le tympan brisé par tes inventions de possédé, il me semble que c'est son galop que j'entends dans l'escalier, constata Colin.

— Pousse le verrou ! hurla Etienne à Vassilitch qui contemplait le désastre, le dos appuyé à la porte. Ouvre la fenêtre toute grande, Anne !

— Pas la peine, dis-je. Il n'y a plus un seul carreau.

Long Fellow avisa le rideau qui flottait comme un pan de chemise dans la pièce :

— Et comme disait mon grand-père qui était caboteur, la voile ralingue furieusement au vent !

Je réalisai que j'avais reçu un éclat de verre dans le bras et que je saignais comme un bœuf. De fait, la manche de ma robe était cramoisie et dégoulinante.

— Parons au plus pressé, ordonna Etienne qui émergeait des vapeurs. Dégrafe ta robe et toi, Colin, passe-moi le sucre en poudre.

— Dans un quart d'heure ce sera la Sibérie, ici. T'as des cartons, pour mettre à la fenêtre ?

— Il y a tout ce qu'il faut dans le placard. Efficace et organisé !

— Attendez ! dis-je. Je veux voir la cour de Sainte-Pélagie.

— C'est le moment ! A moitié nue, avec le temps qu'il fait.

Etienne m'empoigna le coude et versa en un tournemain la moitié du kilo de sucre dans la plaie qui s'ouvrait au haut de mon bras, à la naissance de l'aisselle. Je criai.

— Pas de simagrées ! ordonna le chimiste. C'est costaud, une Bretonne. Ça a du sang d'envahisseur dans les veines. Tu garderas une petite cicatrice, mais c'est mieux que la saignée.

Un grand coup de poing ébranla la porte.

— Ouvrez immédiatement ! hurla Tiburce. Ouvrez, ou j'appelle la police !

— Patientez un moment, Monsieur Toulouse ! répondit Etienne. La porte s'est coincée, nous allons réparer ça tout de suite. Ce n'est rien ! Ne vous affolez pas.

— Ne vous affolez pas ! glapit l'autre, sur le palier. J'ai cru que le canon tonnait au Panthéon ! Mon lustre a failli tomber dans la soupière !

— Ah ! Monsieur Toulouse ! gronda gentiment Etienne. Je vous ai pourtant dit que c'était la soupe qui vous donnait du ventre. De la soupe deux fois par jour, c'est malsain. Songez donc que l'eau de Paris contient du calcaire et tous les germes cholériques...

— Sacré nom ! Vous allez me l'ouvrir, cette porte, ou je vais chercher les sergents ?

— A votre place, je n'irais pas déranger ces messieurs pour si peu. Ils se retourneront contre vous parce qu'il n'y a rien à constater ici, et ils mettront peut-être bien le nez dans vos affaires.

— Ouvrez donc, puisqu'il n'y a rien à constater !

— Je vous dis que la porte est coincée.

— Décoincez-la, jean-foutre !

— Nous nous y employons, cher Monsieur. Vous entendez le bruit de nos efforts.

Pendant que Vassilitch secouait la porte comme un prunier, les autres se dépêchaient de ranger, d'éponger, de camoufler. Je ne pouvais leur être d'aucun secours. Etienne avait bandé mon bras d'une charpie ; je le tenais en écharpe, la main sur ma poitrine. La blessure l'ankylosait et me faisait mal.

Par la fenêtre béante, je regardais la cour de Sainte-Pélagie en contrebas. La prison casait ses trois étages dans un fouillis de ruelles, de maisons dénivelées, de toits en caracole. Les détenus se récréaient dans la cour, entre les quatre bâtiments d'équerre dont l'un portait l'inscription « Café » entre deux fenêtres à barreaux du rez-de-chaussée. L'appellation semblait justifiée : à une table de réfectoire des hommes buvaient des grogs, assis sur des bancs, tandis que d'autres, debout derrière les consommateurs, discutaient, chahutaient, se bousculaient. Certains se réchauffaient en jouant aux quilles ou à saute-mouton. Plusieurs fumaient, assis par terre, adossés aux murs ou aux piliers romans d'un préau. Ils étaient vêtus de toutes sortes d'accoutrements, de la blouse au carrick et même à la redingote. Des élégants portaient la jaquette et le haut-de-forme et se promenaient en donnant le bras à des visiteuses bien attifées, graves et coquettes dans leurs atours. J'avoue que je n'avais pas imaginé le gratin féroce de l'opposition dans un cadre communautaire aussi plaisant, ni s'adonnant à des jeux aussi puérils que l'anguille ou la quille à la poule. Je cherchai Julien du regard, mais je ne le vis pas.

— N'attrape pas la crève à regarder en bas, me dit Chamberlain. Tu ne le verras pas. Il ne met pas les pieds dans cette cour. Il est au Pavillon des Princes.

Ils ramassaient les éclats de la marmite éventrée, jetaient un châle sur le cuir labouré de la chaise, calaient le tibia du squelette au petit bonheur, entre deux côtes, planquaient le broc de porcelaine éqeulé, le buste de plâtre sans tête, rafistolaient le tuyau de poêle, tordaient à la fenêtre toutes les hardes qu'ils trouvaient dans le placard et dont ils épongeaient la lave rouge et fumante qui ensanglantait le plancher. Les voisins avaient rejoint Tiburce sur le palier et faisaient le raffut.

— Crénom ! s'écria Etienne en s'escrimant sur ses serpillières. Pour de l'indélébile, c'est de l'indélébile ! J'ai de l'avenir dans la teinturerie.

Vassilitch finit par tirer le verrou.

Tiburce poussa un rugissement de fauve. Les femmes, toutes nimbées de leurs odeurs de cuisine, la louche à la main et le teint rosi par la vapeur des casseroles, émirent des cris d'indignation et profitèrent de la situation pour inventorier la chambre du chimiste. La vue du squelette les épouvanta à temps. Elles firent front des talons et se bousculèrent vers l'escalier dans un concert de gémissements et de récriminations suraiguës.

— Il a fêlé tous mes verres, l'un après l'autre !

— Je crois mourir à chaque fois ! Et mon médecin qui me dit de ménager mon cœur !

— On devrait l'enfermer. C'est un maniaque dangereux !

— J'avais dans les mains un plat de Limoges. J'ai tout laissé tomber, plat et rôti ! Un plat du service de ma grand-mère, qui avait vu toutes les révolutions !

— Ça ne peut pas continuer comme ça. Il y a des fissures dans mon plafond, et je vous le dis : un de ces jours, il nous tombera dessus sans crier gare !

— Non, ça ne peut pas continuer comme ça ! répéta Tiburce, ses yeux exorbités braqués sur les taches qui maculaient les murs et les meubles, sur le plancher baignant dans l'éosine. Vous allez réparer les dégâts et, quand ce sera fait, vous ficherez le camp d'ici séance tenante !

— Ah ! Monsieur ! protesta dignement Etienne. Savez-vous que vous insultez à la Science ?

— Drôle ! s'étrangla Tiburce, trépignant et soufflant comme un phoque. Vous êtes un misérable ! Vous avez saccagé ma maison avec vos entreprises criminelles ! Qui sait si vous ne mijotez pas d'assassiner la population, depuis le temps que vous faites sauter vos marmites, et mes meubles avec !

— Vous vous méprenez gravement sur mes intentions, dit fielleusement Etienne, ses yeux brillants posés sur le groin de son logeur qui ressemblait de plus en plus à un Romain gavé et colérique. Mes recherches n'ont d'autre but que de trouver une teinture... une teinture rouge. Songez un peu à tous les drapeaux que l'on pourrait tremper dans ce bain (il désignait du doigt le plancher inondé, entre ses pieds). Des drapeaux républicains, la réplique fidèle de celui que vous avez donné à bouffer à vos mites en 51, après l'anniversaire de la révolution de février...

Le tôlier s'était figé sur place. Ses cris s'étaient arrêtés dans sa gorge et il considérait Etienne comme s'il avait affaire à Belzébuth en personne.

— Qu'est-ce que... Qu'est-ce que vous me chantez là ? Vous n'étiez qu'un collégien, à cette époque, et Dieu sait où vous faisiez tous vos micmacs !

Tiburce tremblait dans son gilet, tendu sur son ventre à en faire sauter les boutons. Son cou taurin était gonflé de veines énormes. Il me rappelait vaguement Victor Saint-Favre.

— J'étais au collège, en effet, répondit Etienne. J'habitais chez ma mère, quartier Saint-Médard. Ce n'est pas très loin d'ici et je flânais pas mal...

Les lèvres du bonhomme remuèrent, sans pouvoir articuler. Les yeux lui sortaient de la tête.

— Je vois que ça vous revient, tout doucement. Il y avait eu quelques petites manifestations dans les rues de Paris...

— Taisez-vous ! souffla Tiburce, ordonnant et suppliant. Je n'ai pas grand-chose à me reprocher, mais ce ne sont pas des choses à crier, comme vous le faites. Avec les Sénéchal du dessous...

— Ils vous font peur ceux-là, hein ? Vous vous dites qu'ils

seraient bien fichus d'aller faire un brin de causette avec le sergot de service. Laissez-moi donc les empêcher encore de dormir, ces pourris-là. Je suis leur conscience, qui les réveille en sursaut pour leur rappeler leurs crimes...

Jules Toulouse se décomposait, mais sa hargne et sa terreur tournaient à la rage. Il jetait vers nous tous des regards rouges, globuleux.

— Maudit potard ! siffla-t-il. Vous réussirez à faire de vieux os dans cette maison ! Si vous ne vous faites pas sauter avec vos mélanges !

— Le tout, Monsieur Toulouse, est de savoir doser... Il faut toujours savoir doser !

— Ne vous payez pas ma tête, par-dessus le marché !

— En échange de votre sollicitude envers les sciences chimiques, s'interposa Long Fellow accommodant, nous vous promettons de replâtrer et de repeindre à neuf toutes les surfaces que vous voudrez. Vous voilà rassuré, mon bon ? Allons, Monsieur Toulouse, faites belle figure ! *Ira furor brevis est !*

— Qu'est-ce qu'il jargonne, celui-là ?

— C'est un indigène, expliqua Etienne, le seul indigène authentique du Quartier Latin. Il se retrouvera au chômage intellectuel le jour où l'on votera la suppression des maximes du dictionnaire.

— Ah ! Vous m'avez bien l'air d'une bande de coquins ! Mais sacré nom, on se gèle, chez vous !

Le froid était vif et mordait la peau.

— C'est que mes vitres ont subi une poussée horizontale, dirigée du poêle à la fenêtre, égale au centuple du poids du projectile déplacé. La chose est regrettable, j'en conviens, mais le vitrier me fait un prix.

Tiburce descendit à contrecœur, furieux d'être joué mais très inquiet de savoir ses souvenirs républicains entre les pattes de ces voyous d'étudiants.

Colin Lavergne sortit de sa poche un louis tout neuf qu'il se coinça à l'œil en guise de monocle et regarda partir Tiburce d'un air de délectation très digne. Il laissa retomber la pièce dans sa main, la soupesa, rêveur.

— Je vais me décider à faire de la monnaie, fit-il. Je descends chez l'épicier du coin, acheter une bouteille. Ce louis nuit à ma réputation. Il sonne le ut dans la poche d'un bohème.

Le plancher fumait encore. Les vapeurs rouges avaient une

odeur désagréable, pénétrante. Long Fellow s'était affalé sur la chaise et serrait son mouchoir sur sa bouche. Il crachait le sang.

— Tu vas te décider à voir un médecin ? gronda Vassilitch.

— Mais il y en a un, ici, répondit Long Fellow. Quel est ton diagnostic, Etienne ?

— Le Père-Lachaise, si tu continues à préférer tes racines grecques à un gigot.

Tu sais bien que tous les gigots du monde ne me remettraient pas d'aplomb. Je suis condamné, phtisique jusqu'à la moelle. Si je vis trop longtemps, je contaminerai tout le Quartier Latin.

— Ne dis pas d'idioties, fit Etienne, furieux. Tu te laisses aller, mais si tu te soignais...

— Je me soigne. Je fais tous les jours la queue à Villejuif pour boire tout chaud le sang des quadrupèdes qu'on égorge à l'abattoir. C'est à peu près tout ce que je peux faire. Les pauvres n'ont qu'à crever. La maladie est un règlement de comptes entre riches et pauvres. Le bourgeois se débarrasse du gueux en le cantonnant dans son puits à microbes et en augmentant le prix des médicaments. La phtisie n'est qu'une entreprise d'assassinat collectif.

— Tu déraisonnes complètement. Tu as des médicaments chez toi et tu n'y touches pas.

— Tu parles ! Des purgatifs et du vin au quinquina ! Mon vieux clodoche le boit comme apéritif. Bah ! Taisez-vous tous. Je m'imagine par trop mal en barbon, ou marié, avec des gosses. C'est mieux comme ça. Il faut trop de courage pour vivre. Il y en a qui sont doués pour ça. Moi pas. Je n'ai pas ce don.

— Mais c'est qu'il va finir par nous flanquer le bourdon, le latiniste distingué ! essaya de plaisanter Vassilitch.

Nous avions le cœur gros, la gorge serrée. Nous mâchonnions notre colère pour ne pas l'alarmer davantage. Mais il ne se faisait pas d'illusions. Il regardait la mort dans les yeux, elle le tenaillait comme la soif, la faim, la fatigue. Il était plein d'une résignation morbide. Chaque fois qu'il crachait le sang, elle allait jusqu'au sadisme. Il se complaisait dans l'idée de sa mort, comme si l'issue fatale le rassurait et le fascinait à la fois.

Lavergne revint en sifflotant, brandit sous notre nez une bouteille de muscat.

— Vous en faites une tête ! s'exclama-t-il, le geste en suspens. Il avisa Long Fellow : Diable ! Tu fais de la concurrence à Etienne ?

La plaisanterie tomba comme un pavé d'une tonne.

— Eh bien ! fit-il, dépité. Ce n'est plus un jour de gloire ? Moi qui voulais vous proposer d'aller déjeuner chez Dinochau...

Long Fellow fut sur ses pieds.

— On y va, mon cher ! Donne-nous d'abord une larmichette.

— T'en fais pas, va. Trois gouttes dans un mouchoir, c'est marginal. Moi je saigne du nez quelquefois, et tellement que j'ai l'impression d'avoir l'aorte au frontibus.

Le restaurant du père Dinochau faisait l'angle de la rue Navarin, dans le nouveau quartier Saint-Georges. Nous prîmes l'omnibus de la rue des Martyrs, qui avait un arrêt rue Saint-Victor.

Colin Lavergne avait son ardoise dans ce restaurant. Le brave homme faisait largement crédit aux bohèmes qui, en reconnaissance, lui avaient solennellement attribué le titre de « Restaurateur des Lettres ».

Nous montâmes le petit escalier tournant qui menait à la salle aux boiseries de chêne verni dans laquelle, à une table en fer à cheval, on dînait pour trente-cinq sous d'une soupe et d'un bouilli. La clientèle se recrutait parmi les prêtres désargentés de la littérature, mais quelques célébrités venaient goûter les bons vins d'une cave non moins célèbre : le photographe Nadar, l'écrivain Champfleury, Gustave Courbet se mêlaient aux rapins, aux scribouillards du quartier.

Il n'y avait aujourd'hui qu'un vieillard miséreux qui coupait par morceaux un pain entier dans sa soupe au vermicelle, et deux drôlesses en cheveux qui attendaient de pied ferme l'hommage des belles-lettres.

De mon retour de Bretagne à mon séjour de Saint-Lazare, je n'avais fait qu'un repas par jour. Chez moi, je sautais plutôt le déjeuner car la faim m'aurait empêchée de dormir. Le soir, en revenant des fourneaux économiques, je me bourrais de caillebotte et mes creux d'estomac me réveillaient avant l'aube.

Quand il s'agit de commander, je restai sans voix devant la carte aux noms fleuris, pompeux, promettant au palais les délices les plus raffinées. Habituée au jeûne (la cuisine de Saint-

Lazare m'avait laissée sur ma faim), je réagissais violemment à la perspective d'un bon repas. Des giclées de salive me venaient à la bouche, des nausées tordaient mes entrailles. Je ne me crus plus capable d'attendre qu'on me servît.

Je n'avais pas ôté mon mantelet qui dissimulait ma manche tachée de sang. Je ne sentais plus les élancements de ma blessure. La voix de Chamberlain me tira de cette espèce d'hystérie dans laquelle mon estomac me tenait :

— Depuis quand n'as-tu pas mangé, Anne ?

Je haussai les épaules, dépitée de n'avoir pu cacher mes regards gloutons.

— Depuis hier, pardi.

— Elle a avalé les fausses notes du clairon de la caserne, remarqua Stefan.

— Nous avions une soupe aux haricots et du fromage, protestai-je faiblement.

— Qu'est-ce que vous lui trouvez ? demanda Lavergne. Le jeûne et l'abstinence lui vont plutôt bien. De profil on dirait la Joconde.

— Tu as vu la Joconde de profil, toi ? ricana Chamberlain.

— Vous n'êtes pas drôles, fit Vassilitch.

— Tu as raison, tiens, reconnut Long Fellow. C'est le temps des vaches maigres. Notre humour vit sur sa réputation.

— Parle pour toi, protesta Etienne. Moi je me trouve plutôt gâté en ce moment. On m'a commandé une vingtaine de bouteilles piégées pour jeudi. Le roi du Piémont revient à Paris après son petit tour en Angleterre et il y aura de grandes réjouissances à Compiègne.

— Qu'est-ce que c'est que cette histoire ? Tu te mets à fabriquer des bombes pour les terroristes, maintenant ?

— Des bombes, tu parles ! Ça fait du boucan et de la fumée, c'est tout. Histoire de donner la chair de poule à la bicherie.

— Et ça te rapporte gros, tes pétards ?

— Cent sous la bouteille. Ça me fera dans les cinq louis. A quoi penses-tu, Anne ?

— Je pense à la Quentin. Elle se rend ridicule.

— C'est devenu une mode, fit Long Fellow. Qui n'a pas son Polonais ? On danse la varsovienne au Mabille, les mazurkas de Chopin dans les salons. Tous les cloportes de Paris hébergent les réfugiés et les fils de réfugiés à bras ouverts, et s'imaginent aussitôt déclarant la guerre à la sainte Russie.

Colin Lavergne eut un petit rire saccadé de vieillard préparant un bon tour.

— Je vais vous en dire une bien bonne. La Quentin est un peu mythomane. Nous avons eu droit à la version de la patriote slave anti-tsariste, fuyant les carnages de son pays. Ça ne manque jamais de déclencher un énorme capital de sympathie. Le hic, c'est qu'il y a d'autres versions. Elle est parfois une ancienne écuyère de l'Hippodrome, ou la veuve d'un marquis portugais, ou bien une mécène phtisique et elle se met alors à tousser comme un vieux cheval enrhumé. C'est selon. Elle choisit ses rôles d'après son auditoire. Quand il y a des rapins à portée de voix, elle a la sculpture comme violon d'Ingres et en pleine nuit elle va voler des blocs de calcaire dans les chantiers pour en faire des bustes. Ça soulève des ovations. Dans ce cas, elle prend à merveille l'accent italien.

Dinochau nous apportait une soupière toute fumante, dont la buée enluminait le visage rougeaud du bonhomme.

Les révélations de l'albinos m'ouvraient des horizons démesurés. Julien se lasserait de ces mensonges, de cette personnalité à facettes. Je ne cherchais plus à savoir si la chaîne qui l'avait lié à moi pourrait jamais retrouver son contrepoids. Je serais vengée un jour ou l'autre, et puis j'avais ma grande jeunesse devant moi, car à dix-huit ans on imagine au bout du monde le terme des trente ans où une femme connaît ses premiers désarrois. Des espoirs fébriles me tonifiaient. Je me jetai goulûment sur ma soupe et la bus sans relever la tête.

Au cours du repas, il me revint à l'esprit que Marie Teisseire habitait non loin d'ici, rue Fontaine. A cette heure elle travaillait à l'atelier de la rue Blanche. J'eus envie de la revoir. Elle avait été longtemps la seule fraîcheur de la Maub', une rose égarée dans un mauvais jardin.

Après le café je faussai compagnie à mes amis et m'enfonçai à pied dans ce quartier aux mœurs légères qui, à la nuit tombante, résonnait des petits pas menus de lorettes arpentant les trottoirs. A cette heure, il n'y avait que l'animation d'un samedi d'hiver, mais la circulation était difficile. Les marchands de vin du village de Montmartre qui franchissaient la barrière d'octroi faisaient gémir leurs charrettes tout au long de la rue Blanche et allaient s'enferrer dans les embarras de la poste aux chevaux de la rue de la Tour-des-Dames. Les omnibus demandaient le passage à coups de trompe lubugres.

La rue Blanche montait en à-pic vers les vignobles et les jardinets, couronnés au-delà du boulevard extérieur par les silhouettes des moulins de Montmartre dont les ailes tournaient lentement, appelant les quatre vents.

L'atelier d'Edmonde Jolivet était contigu à la caserne de pompiers et faisait face au collège Chaptal. L'appartement de la couturière se trouvait côté rue, mais l'atelier lui-même était au fond du couloir et ne recevait le jour que par une fenêtre à tabatière dont la crémaillère rouillée arrachait les mains. Les cousettes n'étaient distraites que par des bruits lointains et leurs papotages tournaient en rond, ponctués par le glas pesant d'un cartel en noyer massif et par les embardées d'une diabolique machine à coudre.

La patronne me demanda si je venais pour la place. Une de ses apprenties se mariait le mois prochain et cesserait de travailler. Je la détrompai, tout en me disant qu'une place de cousette me rapporterait sans doute plus que quelques lignes dans la Gazette des Dames, mes mardis à l'atelier Germès et mes vendredis chez Thomas Ferré. Elle me reçut de mauvais gré quand je lui demandai de me conduire à l'atelier.

— Marie travaille. Repassez à sept heures.

J'insistai. Elle finit par céder et alla chercher la jeune femme. Elle nous donna cinq minutes pour tout nous dire, dans le couloir humide et sombre, ouvert sur la rue.

Marie, toujours blonde et primesautière, me fit fête et déversa aussitôt sur moi le trop-plein de son bonheur :

— Anne ! Les troupes rentrent de Crimée à la fin du mois ! Oh ! Paul me revient ! Je n'arrive pas à le croire ! Dans sa dernière lettre, après Sébastopol, il me disait que tout allait bien, qu'il n'était pas blessé. Mais je te parle de mon bonheur alors que ton père... J'ai appris ton deuil, Anne. J'en suis bien affligée.

Tout en parlant, elle regardait, sans trop appuyer ses yeux bleus, ma robe de mérinos grenat qui ne portait pas le moindre ruban noir, le moindre crêpe, le moindre signe de deuil.

— Je n'ai porté que du noir pendant un mois, déclarai-je avec une lippe d'enfant boudeur. Mais c'est trop triste, il y a assez de l'hiver pour nous donner du souci...

— Mais viens, reprit Marie avec un bon sourire. Madame Edmonde reçoit son petit ami. Viens voir l'atelier. Elle ne fera pas attention.

Quatre jolies têtes se levèrent à mon entrée. Le temps était si sombre qu'on avait allumé la lampe et le gaz chuintait derrière le globe de cuivre. Une cinquième apprentie, renfrognée et laideronne, était attelée à la machine et me reluquait, le regard en dessous. Je reçus en plein cœur une bouffée de leur jeunesse et de leur entrain, avec une chaude odeur domestique de chicorée et de gaz d'éclairage.

— On se fait le noir nous-mêmes, me dit Marie en me montrant la cafetière trépidant sur le poêle de fonte.

Je jetai un coup d'œil vers le judas pratiqué dans le mur et dont le petit rideau, tiré de côté, laissait voir un angle de la pièce voisine, une bergère entre un guéridon et une cheminée dont le tablier était baissé pour régler le tirage.

— Madame Edmonde s'assoit là-bas dans la journée et nous surveille, expliqua une des cousettes, une gentille brunette dodue qui évoquait une fourrure. Une bague de pacotille brillait à son annulaire, si grosse qu'elle devait la gêner pour coudre à petits points.

— En ce moment, elle a d'autres chats à fouetter ! fit sa voisine, qui devait être le boute-en-train de l'atelier.

Les rires fusèrent en cascade.

— L'amant de Madame Edmonde s'appelle Lucien Minet, me confia Marie. Madame Edmonde est veuve, ou séparée de son mari, on ne sait pas trop. Personne n'a jamais vu d'Amédée Jolivet dans cette maison ! Elle se contente de l'invoquer le soir, quand elle s'ennuie et qu'elle nous demande de faire tourner son guéridon avec elle.

— Il y aura une place, le mois prochain ? demandai-je.

— Je me marie dans huit semaines, répondit une voix perdue dans un flot de draperies. La fille était longue et collée à son siège. Elle cousait, le nez contre ses doigts.

— Tu sais coudre, Anne ? me taquina Marie.

— Pas trop mal, fis-je en riant. Je me suis taillé des blouses et je sais faire les nids d'abeille.

— Non ! C'est vrai ? Marie Teisseire était radieuse.

— J'ai des engagements, repris-je (le mot flattait ma bouche). Même si je le voulais, j'aurais du mal à me libérer.

— Il vaut mieux retourner dans le couloir, me dit Marie. Madame Edmonde n'aime pas qu'on dépasse les cinq minutes. Tiens, tu n'as plus ta montre à ta boutonnière ?

— Je l'ai vendue, avouai-je.

— C'est dommage. Je l'aimais bien.

Au seuil de la porte d'entrée, je ne pus m'empêcher de commérer :

— Tu as revu Valentin ? questionnai-je.

Elle parut étonnée, un peu choquée. Je me reprochai aussitôt ma curiosité de mauvais goût.

— Il peut rôder par ici tant qu'il voudra, dit-elle. Moi je m'en fiche. Je ne lui dois rien. Il finira bien par se lasser.

Je ne me décidais pas à partir. La jeune femme me fascinait par sa douceur, son indulgence, la gaieté un peu fiévreuse qui rosissait son teint pâle. Elle enveloppait les gens dans un halo de beaux sentiments, leur faisait respirer son climat si pur et si tonique. Auprès d'elle, je me sentais pervertie, mauvaise, une fille à surnoms. Elle désarmait les pires bassesses, toutes les turqueries et les noires calomnies. Petite pluie abat grand vent.

Elle avait des yeux pervenche, de longs sourcils droits, légèrement obliques, qui donnaient de l'élan à son petit visage ovale, étoffé par une masse mousseuse de tire-bouchons d'un blond cendré. Sa mise, la plus modeste qui fût, n'aurait pu brider les désirs des hommes qui la recherchaient, la harcelaient avec une persévérance qu'elle n'encourageait ni ne décourageait car elle en avait à peine conscience. Elle effleurait le mal avec un sourire indulgent, dorlotait sa vie et son ménage dans toutes les vertus.

Avant de m'éloigner dans la neige qui tombait de plus en plus drue, une impulsion brutale me poussa vers elle.

— Préviens Madame Jolivet, dis-je d'une seule haleine. Je suis prête à accepter la place qui sera vacante à la fin janvier. Je m'arrangerai avec mes peintres et je passerai chez toi un jour, le mois prochain.

Je lui fus reconnaissante de ne pas m'avoir parlé de Julien. Elle savait certainement à quoi s'en tenir à son sujet, car le père Calendron draguait tous les potins de la Maub' et les cornait à la ronde, rencontrant des échos quand la Caput avait fait avant lui la tournée des ragots.

— On aura un travail fou ! me dit Marie, de l'allégresse dans la voix. Des dizaines de toilettes pour le Congrès de la Paix ! Mademoiselle Emilie Dubois, une actrice du Théâtre-Français, nous a commandé des manchons et des robes à ne pas pouvoir entrer en scène ! Et Madame Augustine Brohan se fait faire trois amazones, deux crinolines et cinq robes à traîne ! Madame Edmonde en est réduite à renvoyer ses pratiques !

Je rentrai par les boulevards. La neige hâtait les flâneries. On allait goûter chez Rollet, le pâtissier du passage de l'Opéra, on buvait un chocolat chaud chez Tortoni, au Grand Balcon, au Café Véron. Des équipages de maîtres aux portières armoriées sabotaient entre l'allée de droite et le « Pâté des Italiens » avec des grelottements mutins. Les omnibus passaient, complets. Des promeneurs à la mode brandissaient les nouveaux parapluies à godets, se frayaient le passage à grand renfort de tourniquets qui amusaient les passants.

Mon bras me faisait mal. Je pris un fiacre au haut de la rue de Richelieu et lançai au cocher l'adresse de l'Hôtel-Dieu. Je doutais des vertus du sucre en poudre et préférais me faire soigner avec un peu plus d'hygiène et moins de bons mots.

U̲N matin, à l'aube, on découvrit un cadavre à l'angle de la rue de Bièvre et de la rue Saint-Victor. Les enfants dansaient autour en lui faisant les cornes.

Je ne dormais plus. Assise dans mon lit, je revoyais Mamm au petit matin, engoncée dans ses édredons tout gonflés des plumes de nos canards d'automne, et se répétant à haute voix, d'un ton fataliste :

— Plus de peine, plus de mérite. Plus de poires, plus de pépins.

Le jour entrait à peine par la fenêtre, un jour malade, dans les blanc-gris de l'aube. La lumière dessinait les pompons des rideaux, contaminait les oreillettes du fauteuil. Elle ne se cognait pas aux meubles, comme les rais de soleil ; elle enrobait les choses en tapinois, leur donnait un aspect malsain, un teint de cire. Le livre de comptes ouvert tout grand sur mes genoux, je tarabustais mon esprit pour joindre les deux bouts à la fin du mois.

Thomas Ferré m'avait donné trente-sept francs. Et je calculais à voix haute en additionnant les chiffres :

— Huit francs de loyer, sept francs de toilette, quatre francs pour le chauffage, l'éclairage et le blanchissage. Il me reste dix-huit francs pour la nourriture. Pas plus de douze sous par jour, le prix de deux kilos de pain !

Il faudrait rogner sur la toilette, renoncer à remplacer la robe déchirée par l'expérience d'Etienne, faire d'autres calculs... Quand mon père avait touché sa solde, il répartissait les louis en tas inégaux dont chacun avait initialement un emploi déterminé : nourriture, habillement, gages de Corentin, entretien de la ferme, ma dot. Passé le quinze du mois, on compensait déjà les dépenses non prévues en diminuant la pile la plus haute ou une autre, au hasard. Ma dot faisait souvent les frais des impondérables, et l'alignement des tas boitait de plus en plus...

Les hurlements forcenés de la Caput jetèrent toute la maison Tessier au bas du lit.

— Il est mort, je vous dis ! beuglait-elle dans les courants d'air de sa baraque. Tout ce qu'il y a de plus mort ! Et les yeux ouverts, encore, comme si le cœur lui avait manqué ! Ça n'a pas de pudeur, ces gens-là. Ça se fait suriner en pleine rue et ça vous toise encore son monde !

Je m'habillai en cinq sec, tourbillonnai dans la cage d'escalier. Il y avait déjà un petit attroupement autour du cadavre. Un bourgeois nippé, les quatre fers en l'air. Les clochards venaient voir, ceux qui montaient des ponts, des gourbis des quais, ceux qui descendaient des phalanstères du quartier Saint-Médard, et les autres, les culs-terreux que le bedeau de Saint-Séverin venait de chasser de l'église. Les petits marchands étaient là aussi, et toutes les pipelettes, les lourdières du quartier. On faisait cercle autour du bonhomme et les commérages commençaient à fuser. Certains, pour la forme, disaient qu'il y avait eu dans la nuit une batterie d'ivrognes et que le bourgeois, voulant s'interposer, en avait pris pour son grade. Mais à voir le gros homme tabassé, nu de toute bague, de toute montre, de tout colifichet, on se doutait bien qu'un truand l'avait nettoyé vite fait, le jacobin. Ça n'était pas beau à voir, un assassiné. Surtout un homme du monde, que l'on avait peut-être croisé, la mine fleurie, et que l'on retrouvait vautré, défardé et blême comme un acteur à l'aube, arc-bouté dans un spasme ridicule de moribond, les yeux écarquillés, chavirés, béants. Un coup de scion en cornet lui avait traversé le ventre, mais la mort, en le congestionnant, l'avait comme garrotté dans son faux-col. Sa bouche ouverte, tordue, cherchait encore de l'air. Un mince filet de sang coulait à la commissure, disparaissait derrière l'oreille, gouttait sur le pavé dans un mélange de neige et de boue.

— C'est le patron de la miroiterie, fit derrière moi la voix de Marin Colombel. Croni, le mec ! Il me glissa dans l'oreille : Garde-ça pour toi : c'est ton voisin qui a fait le coup, çui qui marche à la dix heures dix. Il bosse à la miroiterie. Il a fait le coup, je l'ai vu. Mais tais ton bec, Poil-Rousse.

Je regardais tour à tour, mal dessillée, le bourgeois occis et Marin de Hurepoix qui me soufflait le nom de l'assassin et m'ordonnait de me taire.

Il faisait un froid noir, qui mordait sous les habits. Les égouts étaient gelés, les lavures et les eaux de vaisselles faisaient éclater les gouttières et au bord des auvents les égouttis des toits s'étaient figés en orgues de glace qui fondaient, au petit jour, au-dessus des braseros de cantonniers. On avait vu des loups à la barrière d'Ivry. Deux mâles, deux veufs solitaires qui avaient le poil gris de la race polonaise.

— On le laisse là, ou on lui fait un bout de conduite au paradis ? ricana un jeune gouapeur qui supputait de l'œil la carrure de l'homme et songeait à changer de hardes.

Les ouvriers s'arrêtaient, jetaient un coup d'œil, rallumaient leur pipe. Puis repartaient vers les échoppes des marchands de vin, leurs outils au dos, sans émotion. Châtaigne lâcha la main de Léon et de Petit-Paul, pencha sa face noire de barbe vers le spectacle.

— Qu'est-ce qu'il fait là, ce ventre à bouillie ? Il cuve son champ' ?... Ah ! Mince alors, dis donc, il a son compte. Qui c'est qui l'a buté ?

Les deux petits regardaient de loin, se tenant par la main au milieu de la place. Petit-Paul toussait, il en était tout bleu.

— Tu l'as assez vu ? me dit Marin. Eh bien, viens donc boire un coup chez le troquet. Tu me liras le journal. Dis-moi, tu as bigrement décollé, ma gosse !

Mais un sentiment confus me retenait là, à moitié nue sous mon manteau, les genoux serrés de froid. Un petit plaisir sadique mêlé à la curiosité et à la peur. Le cadavre de la jeune cholérique m'avait épouvantée, et je m'enfuyais à toutes jambes quand on tirait un noyé de la Seine, mais ce macchabée-là était aussi inoffensif qu'une marionnette inanimée au bout de ses ficelles. On s'amusait à le toucher du pied, on en faisait le tour, la tête de côté pour ne pas perdre un seul angle. Les étameurs de la miroiterie, l'air goguenard, disaient que ça ferait une jolie veuve de plus à consoler. Personne ne mouillerait son mouchoir pour ce zigue-là. Il faisait trembler tout le monde, même les contremaîtres, il avait de sales combines, roulait ses associés et tuait d'ennui sa belle épouse qui passait les heures de conseils d'administration dans un cabinet particulier du Café Anglais. On allait tout savoir. Les langues déballaient avec fureur. On renchérissait et les rires éclataient dans l'air glacé, se figeaient en grelottant sur les lèvres bleuies.

Pendant que nous nous dirigions vers l'assommoir, je pressai Marin de questions.

— Quelle heure était-il ? Tu es sûr d'avoir bien vu ? C'était Couapel ? Mais pourquoi aurait-il fait ça ?

— Pourquoi un gueux tue un bourgeois ! Pour le voler, pardi ! Ton Couapel a mis la main dessus, et vlan, c'était son patron. Alors y avait plus le choix, fallait le zigouiller. Peut-être bien qu'au début il n'avait dans son idée que de toucher au morlingue et à la ferblanterie, mais l'autre l'avait vu de près, il l'aurait donné.

— D'autres que toi ont bien dû voir ça. Et Couapel ne sera pas arrêté ?

— Quand il gèle à figer le mercure, y a pas foule dehors à trois heures du matin ; même la gueuserie reste dans les pas de porte. Faut être un cheval comme moi, pour dormir en marchant dans la neige. On a pu gaffer le manège des maisons voisines, je dis pas. En tout cas, toi, Poil-Rousse, tiens-toi !

La lampe de l'assommoir, dans la brume de l'aube, clignait comme le falot d'un naufrageur. A la porte, un aveugle vendait des brioches. Sa voix chevrotait à l'adresse des ouvriers qui cassaient la croûte en cours de route : « Des brioches !... Aux raisins ! » Et tous les chiens levaient la patte en passant devant son panier. Personne ne les lui achetait, ses brioches. Elles étaient de huit jours et elles sentaient le pipi de chien.

Dans la salle basse, où on avait les pieds humides, tout un monde se cherchait querelle ou se morfondait de vin, de fatigue, des brimades du petit jour.

Marchalot, grand rousseau blanchi à moustaches dont les allées et venues faisaient trembler les verres sur les tables, connaissait ses chalands et offrait par-ci par-là quelques canons quand on effaçait l'ardoise.

La journée commençait. L'habitude primait la soif. On venait se donner du nerf, boire une larmichette de vin bleu, cinq sous de gnôle dans un gobelet en fer, un dé à coudre, manger une cerise, une prune, que le père Marchalot prenait à pleine main d'un bocal tout pareil à celui où pourrissaient maintenant des queues de persil sur le zinc, et qu'il arrosait d'une gouttelette de « camphre », soutirée du même bocal.

Marin me casa à une table auprès du poêle et commanda deux mominettes. Dans le coin, Pisse-Raide et Matthieu-l'Apôtre semblaient s'être raccommodés à l'écuelle. Pisse-Raide avait reçu, la veille au soir, une pipe en terre toute neuve et un cornet de tabac qu'il coupait en carotte sur la table. Il avait posé à ses pieds son crochet et sa hotte, pleine à ras-bord de sa récolte.

— Moi j'vais t'dire une bonne chose, mon gars. L'Empereur il est p't-être bien un peu m'as-tu-vu, mais dans l'fond, c'est pas l'mauvais bougre. Son malheur à lui, c'est d'être empereur. Il serait un particulier, comme toi et moi...

— Il l'a voulu, nom de foutre ! L'avait justement qu'à faire comme toi et moi. Est-ce qu'on y a touché, nous, aux vingt-cinq francs d'la députaille ? On était pas si mal que ça, en République.

— On sait comment ça s'termine, avec la République ! Dans une paire de bottes et l'barda au dos ! Badinguet lui a tordu l'cou, à la République, et c'est bien c'qu'il a fait d'mieux.

— Ça nous empêche pas d'être en guerre, foutre ! Nos p'tits gars, c'est plus que d'la chair à canons !

Matthieu-l'Apôtre souleva sa casquette à deux ponts, gratta ses tiques d'un ongle noir. Il n'était pas au mieux avec l'Empire. Les tribunaux mixtes du lendemain du Coup d'Etat l'avaient renvoyé à la police correctionnelle, au petit carreau. Il en avait pris pour trois ans. Depuis il votait rouge, voyait rouge, buvait rouge.

Marchalot nous apporta les mominettes. Une cuillère en fer, percée de trous, tenait en équilibre sur le verre. On y posait le sucre, on versait l'absinthe dessus et le liquide tombait au fond du verre, comme une sucette qui aurait fondu.

Pisse-Raide hocha la tête, s'arrêta de couper son tabac.

— Marchalot ! cria-t-il par-dessus son épaule. Apporte voir de ta verte et du sirop d'orgeat !

Il nous fit une démonstration : un tiers d'absinthe, un tiers de sirop d'orgeat, un tiers d'eau sucrée, c'était son « lion vert ». Il le lampait à petits coups distingués, en fermant les yeux à demi, chauffait son verre entre ses paumes, comme font les buveurs de bière.

J'attrapai le journal étalé devant lui, qui montrait les portraits de Victor-Emmanuel et de Cavour, le tournai vers moi. Je trouvai Cavour beau garçon, mais Victor-Emmanuel, avec sa barbiche brune et son énorme moustache aux pointes dressées en crocs jusqu'aux yeux, ressemblait au plus soudard de ses troupiers.

Le tapage d'une dispute, au zinc, m'empêcha de continuer ma lecture. A notre table, Auguste Painlevé, l'oiseleur du quai de la Mégisserie, fut pris d'une mauvaise quinte de toux. Un escarpe entra dans les courants d'air, déballant sa pince-monseigneur et son os de mouton. Il poussa du coude un gamin assoupi, la tête dans ses bras, un grouillot d'épicerie qui sursauta, l'air pignouf, la frimousse encore bouffie de ce petit rabiot de sommeil.

Le jour qui pointait faisait pâlir la flamme du gaz. Dehors, des chiens aboyaient après la trompette du raccommodeur de porcelaine. Je vis Rudi disparaître derrière le marché des Carmes, le portoir cloué au dos.

— Foutu temps, Marchalot ! claironna Sucre-de-Pomme, l'escarpe. Tiens, fais-moi donc péter un petit blanc !

Il était bien le seul, ici, à avoir cette face émerillonnée et joviale. Partout, au zinc et aux bancs des tables, il n'y avait que des corps flasques ou des parades d'ivrognes, cherchant des crosses pour une épingle.

A la petite aube, quand sa mauvaise haleine empesait l'air au-dessus des toits, Paris me prenait à la gorge. Je me plaignis à Marin.

— Oh ! C'est bien ça ! approuva-t-il en suivant du regard le gros bras velu du patron qui servait la tournée. La grande ville me vanne, moi aussi, mais y a rien à faire, la plus petite goulotte de Paris, ça me fait l'effet d'un canal à Venise. J'y verrais des gondoles, les soirs de grande beuverie ! Ce que c'est que Pantruche, tout de même ! Ah ! Ce gueux de Paris ! Ce gueux-là ! Faut y avoir goûté, pour dire. Qu'est-ce que tu sais de Paris, toi ?

Et il demanda, dans son élan, qu'on nous remette ça.

Je poussai un gros soupir. Le boucan des voix cassées, des

verres qui roulaient sur le zinc, des coups de gueule, les vapeurs de l'alcool, et cette fumée jaune, embuée d'humidité, qui
roulait au plafond comme une lame de fond, me soûlaient,
me lançaient dans la tête, et les yeux me brûlaient sous mes
paupières gonflées de sommeil.

— Je ne dors presque plus, marmonnai-je. La nuit ici est
toujours trop longue ou trop courte, jamais de la longueur
qu'on veut.

— T'en prends pas à la nuit, va. Elle est de la mauvaise longueur parce que t'es toute seule dans ton lit. Il t'a embernée,
ton classique ! Hein ! Qu'est-ce que tu lui trouves, bon Dieu !
Il a une peau de fille et des fesses d'Italien. Marche en danseuse, comme une grande folle.

— Tu as quelque chose contre les Italiens ?

— Justement, ils ont des drôles de fesses.

— Par exemple, on f'rait bien d'les leur botter un coup,
avant qu'ça soye à not'tour de l'avoir dans l'oignon ! beugla
Matthieu-l'Apôtre. Dieu sait c'qui sont v'nus fricoter à Paris, les
deux mandolines. D'la chair à canons, nos gars, j'te l'dis.
Qu'est-ce que ça peut nous foutre, à nozigues, que l'Piémont
i'soye en bisbille avec le Pape et les Autrichiens ? Après les
sultans, v'là la calotte. Même pas fichu d'être un bon ratichon,
not'Badinguet !

— V'là l'autre qui ramène sa grande gueule, lança un cocher
de fiacre un peu poivre, à moitié collé au zinc. Tu vas pas
bientôt nous foutre la paix, avec ta politique à la bête. Si t'es
pas content, va tirer ton canon chez Franc-Cayenne. Son rouge
est plus républicain qu'une culotte de zouave !

Il se fendit d'un gros rire qui partit de si loin qu'il faillit
se retrouver le menton sous la fontaine du zinc.

— T'as pas la parlante ici, larbin ! rétorqua le clochard,
l'œil luisant comme un charbon. Ah bien ! Ça te monte aux
idées de balader tes panerées d'imbéciles dans ton sac à puces.
Ça s'embourgeoise, regardez-moi ça ! Il lui pousse une redingote !

— Sac à puces toi-même, clodoche ! Tu te casses pas le tronc
dans une journée, hein, mon cochon ! On se met du chaud
dans le ventre du matin au soir, pendant que d'autres lèvent
la monnaie par des moins quinze !

Le ton sautait les octaves. Les portefaix, qui se prenaient un
peu pour des embrigadés parce qu'ils exerçaient leur indus-

trie sous la surveillance de la préfecture de police qui leur délivrait une médaille et un numéro, versèrent de l'huile sur le feu, histoire de se colleter avec les forts des Halles.

Je demandai à partir. J'avais la tête cassée, avec ces gueulements et cette deuxième tournée d'absinthe.

— Tient pas l'alcool, cette jeunesse ! gouailla l'escarpe en m'aidant un peu, faisant le galant pour me pincer le sein au passage. Fais-y respirer l'bouchon, voit déjà tourner les girandoles !

En face, au carrefour de la rue de la Bûcherie, l'assommoir de Franc-Cayenne avalait son monde. La clientèle se recrutait parmi les courtauds de boutique, les bougnats, les gagne-petit. Les ouvriers et les gros bras boudaient son échoppe. Il était plus marchand de vin que gargotier et ne servait guère que du picrate, haut en alcool car le bonhomme vinait ses moûts pour corser l'ordinaire de ses clients.

La tournée de poivre m'avait brouillé la mémoire. Le temps de chien me rajusta les idées et me rappela d'un coup que je devais voir Colin. L'albinos avait encore près de cent francs à me rembourser. Au début, j'avais pris un peu à la légère cette promesse de traites entre amis. Je me disais que, ma foi, on n'en reparlerait plus après deux ou trois acomptes. Maintenant j'avais cruellement besoin du reliquat.

Je me rendis donc rue de Buffon et Marin Colombel m'accompagna jusqu'à la Halle-aux-Vins. Nous nous chauffâmes un moment aux braseros des grilles, dans l'odeur aigrelette de lie tournée, la cascade des futailles qui ébranlaient le pavé.

— Ça faisait bien une paye que j't'avais pas vue, Poil-Rousse, me dit Marin en me couvant de son œil jaune. J'me disais qu't'étais partie avec un ultrapontin, p't-être bien.

— Tu ne devineras jamais où j'ai passé la fin du mois dernier ! répondis-je. A Saint-Lazare ! On m'a embarquée avec Julien, je n'ai pas eu le temps de dire ouf !

Marin de Hurepoix s'esclaffa.

— T'es allée en fourrière ! Ah ! Sans blague ? Gosse de gosse ! Tu me plais, toi !

— J'y ai même rencontré une payse à toi, Gabrielle Toussaint.

— Un tête-à-tête avec la Toussaint, c'est pas c'qu'y a d'mieux pour une petite poulette. Pense pas à cette gueuse. Y en a

36

des tas, de ton âge, qui sont sous la dure, en ce moment, et qui peuvent même plus regretter d'l'avoir connue !

— Elle avait l'air de tenir à toi, me contentai-je de répondre.

— Je lui pince le troussequin de temps à autre. Fougeron aussi, et la moitié d'la rue Delambre. Elle est pas chiche. Cré coquin ! Elle bute à tout-va-là, mais il faut la voir prendre ses airs sucrés, faire sa chattemite quand la Chaussée d'Antin déplie son marchepied devant sa cahute !

— C'est donc vrai ? m'étonnai-je. Elle reçoit les grandes dames ?

— Les grandes dames sont faites comme les autres. C'que la nature leur a donné, ça sert bigrement. Seulement, elles sont pas toutes douées et celles qui se font prendre débarquent, leurs grands airs dans la poche ! C'est fou c'qu'elles en rabattent, ces Madeleines, quand la Toussaint se met à les chatouiller d'un peu près !

Je n'avais retenu qu'une chose de la sortie du truand.

— Il y a donc un moyen sûr de ne pas avoir d'enfant ? demandai-je, candide. Tu as dit qu'on était doué ou pas.

Marin secoua sa tête, chevelue comme celle d'un roi mérovingien.

— Moyen ! Moyen ! ricana-t-il. Disons qu'y a des femmes à qui ça n'arrive pas. La seule recette que j'peux t'donner, c'est d'manger du beurre rance de chamelle à une certaine époque de la lune. Tu vois bien, c'est une leçon de sagesse. Te frotte pas trop aux hommes, Poil-Rousse, ils t'enverront pas chez la Toussaint si tu te contentes de polker et de faire des sourires !

Evidemment, c'était le plus sûr moyen de ne pas avoir d'ennuis. Marin me quitta sur ces mots et je repris mon chemin vers le Jardin des Plantes.

L'immeuble de Colin donnait sur le Jardin. Je poussai une grille de bois, peinte en vert, avec ces mots écrits en jaune « Hôtel meublé — Gaz à tous les étages ». Un escalier raide et glissant comme une échelle de ferme conduisait à la loge du concierge, flanquée de ses chandeliers en cuivre et de ses clefs suspendus à leur place numérotée. Je montai encore un étage et arrivai sur un palier dallé de briques, passé au badigeon, sur lequel s'ouvraient quatre portes peintes en jaune. Je frappai à celle de Colin. Pas de réponse. J'insistai, me butant contre l'évidence qu'il était parti à son cours. Je n'avais pas envie d'user mes semelles à relancer Colin. C'était quand même un peu fort ! Voilà que j'avais presque honte de piétiner sur ce palier, que je me traitais d'usurière, que je me dégoûtais un peu de cette vie toujours sur la brèche, à l'affût d'un dîner, d'un fond de tiroir, de quelques sous de raccroc ! Je me sentais lâche, capable de saccager l'amitié dans la banalité d'un jour de dèche.

Je n'avais plus qu'une chose à faire. Gagner la Maub' et bâcler mon dernier chapitre des Châtelaines.

Je n'avais rien dans l'estomac depuis trois jours. Trois jours ! Cela paraissait à peine possible. Je sentais venir le spasme, et je toussais, je frottais mes pieds, je me remuais un bon coup, pour que personne n'entendît le gargouillis qui me montait du ventre. La nuit, la panique me prenait au moindre bruit. Les quintes de toux du voisin me terrifiaient, les craquements du plancher, les trottinements de Youyoute, les plus légers frottis me tenaient éveillée. Mais je finissais par me dire que, tout de même, cela cesserait quand je serais payée au mois. Un travail à la place, j'en avais toujours rêvé. Julien, autrefois, me décourageait en mâchonnant la même rengaine :

— Tu n'arriveras jamais à te faire aux horaires d'une boutique ou d'un atelier. Et tu ne t'es jamais pliée à aucune discipline. Tu tiendras le coup deux semaines.

Et c'était toujours des « Telle que je te connais », des « Toi, ma fille... », des « Moi je te dis... »

Je savais exactement ce qu'il y avait de juste dans ces arguments. Mais puisqu'il le fallait, je tiendrais le coup. Puis, je n'avais pas encore pris vraiment des habitudes. J'avais vu les cousettes d'Edmonde Jolivet, elles m'avaient paru si enjouées, si pimpantes, que l'envie m'était aussitôt venue de me joindre à elles. Je me faisais à cette idée avec enthousiasme, mais il fallait encore trouver le moyen de me nourrir pendant six semaines !

Paris était gelé. Les bélandres s'étaient immobilisées à quai, dans les glaçons que charriait la Seine et qui s'agglutinaient sous les arches des ponts. Sous le pont de l'Archevêché, des clochards avaient trouvé un refuge de fortune. Avant la nuit il en mourrait quelques-uns. La morgue était toute proche, comme un figure de proue contre le parapet du Marché-Neuf. Les bateaux de selle étaient déserts, on n'entendait pas les chansons des laveuses.

Les gueux mouraient comme des mouches. On en trouvait tous les matins dans les entrepôts d'omnibus, sur les quais, aux porches des églises, dans les écuries de la rue Galande. Leurs corps étaient raides et leurs yeux ouverts. Taille-Douce en avait vu un, qu'on sortait par les pieds devant la blanchisserie de Clémence Aubert.

Parfois, quand la faim me tenaillait, je songeais sérieusement à « faire » un gros bourgeois, bien pansu et bien cossu. Je pensais à Saint-Favre ou j'envisageais froidement d'imiter les petites ouvrières débauchées qui, au sortir de l'atelier, faisaient sur le trottoir leur cinquième quart de journée. Et quand ces idées me prenaient, j'imaginais la tannerie de la Bièvre, la maison de Saint-Favre, une vie craquante d'aventures mondaines.

Le hasard, précisément, me remit en présence du maître-tanneur ce mardi-là, comme j'allais poser à l'atelier Germès. Les galeries de l'Odéon se trouvaient sur mon chemin et j'y passais avec plaisir, non pour « bouquiner » mais pour errer un moment au milieu des éventaires en plein vent et des rats de bibliothèque qui trouvaient leur bonheur à tous les prix.

Au haut de la rue de la Comédie, entre les Cordeliers et la fontaine Garancière, tournant le dos au palais du Luxembourg, le théâtre de l'Odéon dominait une belle place à pans coupés et alternés. Massif, plutôt laid, il n'avait pour les étudiants du Quartier Latin que le mérite d'abriter des galeries, temple des libraires et des bibliophiles. Quelques bohèmes y dormaient, en plein air, les nuits où la température était clémente. La Mère Gaud, le matin, se chargeait de les réveiller en déballant son éventaire.

Le quartier de l'Odéon était le domaine des étudiants pauvres. Une boulangerie de la rue du Petit-Lion bradait à bas prix les petits pains de la veille et même de l'avant-veille, et les bohèmes y faisaient queue le matin. On retrouvait les mêmes têtes sur les marches du théâtre, opinant aux réquisitoires contre les tragédies romantiques, ou fouillant au milieu d'un enchevêtrement gigantesque de livres que la Mère Gaud, sans savoir lire ni écrire, semblait connaître par cœur tant elle mettait de rapidité à extirper de son échafaudage l'édition demandée.

Des gosses jouaient à la semelle pour se réchauffer. Certains, curieux de tout, se faufilaient parmi les badauds qui entouraient les bonneteurs, saltimbanques qui proposaient aux passants une fortune aux cartes.

Je reconnus Long Fellow à sa silhouette de frère de l'ordre mendiant, et le hélai comme il s'apprêtait à s'engouffrer dans le tas de bouquins de la Mère Gaud.

— Veux-tu gagner un louis pour une mise d'un franc ? proposai-je. Il paraît qu'on fait fortune chez le bonneteur.

— Ce sont des truqueurs de brêmes, ces types-là, dit Long Fellow d'un ton soupçonneux.

Je le conduisis vers les marchands de plein vent qui tenaient éventaire à la hauteur de la fontaine Garancière, sous l'enseigne d'un éditeur borgne. Là, assis derrière une table en fer, le bonneteur attirait à lui et enjôlait rouliers, trottins et bobinettes du Luxembourg que l'on voyait mendier autour du Guignol, tout empaquetées de lainages et de jupons.

— Cela me semble assez simple, dis-je. Regarde : le jeu du bonhomme se compose en tout de trois cartes, une rouge et deux noires. La rouge gagne. A toi de la repérer !

— C'est même un peu trop simple, en effet, remarqua le latiniste. Mais la mise est petite.

J'observais un homme en blouse qui, reniflant du tabac, s'approchait régulièrement du bonneteur et gagnait à coup sûr. J'avais fini par voir en lui un complice du forain qui, par sa bonne fortune, achevait de convaincre les badauds. La foule qui fourmillait malgré le froid devant le maquilleur de cartes ne prêtait à ce compère aucune connivence et restait bouche bée devant sa chance insolente. Long Fellow, quoique méfiant encore, sortit de son paletot un porte-or écorché où il puisa les vingt sous de la mise. Je le vis s'appliquer à suivre les méandres de la carte rouge entre les doigts du forain, la désigner sitôt que posée sur le tapis. On retourne les cartes. Le comparse en blaude grise a reconnu l'indice imperceptible de la rouge et empoche une nouvelle fois les vingt francs.

— Trois cartes ! reprenait le bonneteur. Deux noires, une rouge. La rouge gagne un louis pour vingt sous !... La rouge, la voici ! Pour vingt sous on gagne un louis !

40

Et chacun d'imiter le compère et d'y aller de sa monnaie et de sa crédulité.

Je levais les yeux vers un gamin petit et maigre, un trousse-pet comme il en court dans toutes les rues de Paris, qui regardait la scène assis sur une barrique. Celui-là faisait aussi partie de la bande. On ne le remarquait guère et il surveillait à son aise les alentours, sifflant dans un chalumeau dès qu'un bicorne de la maréchaussée pointait en direction des galeries.

Des bourgeois alléchés par l'offre misaient à leur tour. misaient encore, de plus en plus rouges et coléreux. Leurs doigts allaient du tapis à leur gousset, et leur moustache frisée à la pince s'agitait au-dessus d'une lèvre ombrageuse. Brusquement, l'un d'entre eux attira mon regard : un gros fêtard ventru qui venait de descendre de voiture et qui s'amusait à faire le jobard. Saint-Favre ! L'homme bien en Cour qui m'avait arrachée à ma cellule de Saint-Lazare ! Que faisait-il ici, parmi le menu peuple et les bonimenteurs qui débagoulaient leur argot, le geste rond, le sourire fleuri ? Le forain lui prodiguait force civilités et ronds de jambes, maniait de plus belle les trois cartes diaboliques dans ses mains baguées de faux brillants et qui semblaient, tant elles étaient vives et habiles, filer le jeu comme une quenouille. Le compère prisait toujours son tabac et ne se lassait pas de gagner, mais cette fois le bonneteur avait souci de ses clients et accordait les vingt francs au bourgeois. Nouvel enjeu, le tour de passe-passe reprend, et l'homme en blouse refait fortune.

— Tu sais où est Colin ? demandai-je à Long Fellow sans quitter le manège des yeux.

— Il n'est pas chez lui, j'en reviens. J'avais une bonne nouvelle à lui annoncer. On lui commande une fugue pour l'inauguration de l'église Saint-Eugène. Il a dix jours pour pondre la chose.

Je pensai à une possibilité de rentrée d'argent avant Noël...

— On a failli se croiser, dis-je. Je suis passée chez lui ce matin. Il est à ses cours ?

— Probable. J'ai vu une affiche au Jardin des Plantes. Prévost-Paradol fait une conférence à la Sorbonne aujourd'hui. Il t'avait dit de passer chez lui ?

— Non, mais j'avais besoin de le voir. Il me doit de l'argent.

— Tu perds ton temps. Il m'a tapé de cent sous hier.

Il se détourna, toussa longuement.

— Mais enfin, qu'est-ce qu'il fait de son argent ! Il entretient une danseuse, peut-être !

— Tu l'as dit, fit Long Fellow que sa quinte avait fatigué et qui recherchait son souffle. Pas une danseuse, mais une petite qui sort de l'Hospice de la Maternité. Elle travaillait dans une confiserie. Sa patronne l'a fichue à la porte parce qu'elle attendait un marmot. Colin l'a hébergée la semaine dernière.

— Oh ! Zut ! Assez de boniments ! C'est bien de Colin de lever une fille-mère !

— T'es fauchée à ce point-là ?

Les badauds s'étaient arrêtés et considéraient le gros tanneur goitreux dont la redingote, au revers piqué d'un énorme camée, bâillait sur un gilet écossais rayé de plusieurs chaînes d'or à breloques. Les plis généreux de son menton tremblaient comme une gélatine dans la soie d'une cravate mordorée, il portait des gants ajustés et une cravache à la main comme s'il conduisait lui-même son attelage. Ses yeux, d'un bleu inattendu dans ce creuset de chair rose, se vrillaient sur les doigts prestes du forain et son haleine, chaude et sucrée, se mêlait au parfum des fèves dont l'homme en blouse aromatisait son tabac. Il suçait des pastilles au réglisse qu'il prenait une à une dans une aumônière en tapisserie et mâchonnait avec dégoût. On aurait dit qu'il souffrait d'une laryngite et prenait un médicament. A sa boutonnière, je vis le ruban violet des palmes académiques et à son cou la pierre précieuse qu'il portait en amulette. Cette décoration ne m'impressionnait guère, car j'avais entendu Julien dire que les palmes étaient distribuées aveuglément et plus souvent à des profanes qu'à des membres de l'Enseignement.

— Deux cartes noires, une carte rouge ! La rouge gagne un louis pour une mise de vingt sous ! psalmodiait le forain.

Et le jeu durait, durait, entre la rangée de bornes cavalières et l'auvent de l'éditeur, dans les courants d'air qui s'engouffraient vers les galeries, sous les yeux malicieux du gamin qui, là-haut sur sa barrique, sifflotait entre ses doigts et faisait le blanc bonnet.

Je riais en silence à la vue de la mine déconfite des miseurs, de la figure rougeaude de ces bourgeois qui s'encanaillaient par cupidité et orgueil, et qui, las d'émietter leur monnaie, avaient laissé place à Victor Saint-Favre. Le petit guetteur avait sans doute surpris ma joyeuse humeur car, lorsque je relevai la tête vers lui, il m'adressa une œillade complice que je lui rendis aussitôt. Je vis alors Long Fellow se retourner brusquement et aviser le bambin juché sur son tonneau.

— Eloignons-nous, me dit-il. Tout ça sent la rousse et la supercherie.

Mais j'espérais vaguement qu'une bagarre allait éclater, et je restai plantée là, les deux pieds dans un bourbier de neige jaune, tandis que Long Fellow s'éloignait vers la boutique de la Mère Gaud.

Des petites bonnes passaient, le dos courbé sous la sangle de leurs seaux, revenant de la fontaine Garancière. Une rafale ramena une fouettée de neige. Petit à petit, la foule se dispersa le long des éventaires, à l'abri des auvents.

Je pensais que les quelques sous d'enjeu n'avaient guère délesté le gousset de Saint-Favre. Il semblait réellement furieux pourtant et contrarié que rouliers et grisettes prissent fort bien sa mésaventure. Les trois plis de son menton grelottaient de dépit, ses chaînes d'or branlaient sur son gilet rebondi, et ses mimiques, son agitation tapageuse, ses cris et ses menaces, cravache au poing, faisaient de lui un petit homme pétulant, suiffé et grotesque, dont chacun ne songea qu'à se moquer.

« C'est vrai qu'il est riche à s'en faire crever », pensai-je en le regardant se démener, renié de toutes parts, et appeler son cocher qui se chauffait au brasero d'un libraire.

Mais comme il montait dans sa voiture en mâchonnant des injures aux badauds qui riaient de son tapage, il m'aperçut soudain et me reconnut. Je n'avais pas l'intention de le fuir. Il resta un moment sur le marchepied, l'humeur hésitante, puis m'appela en grimaçant un sourire niais qui détonnait dans son visage figé par la colère.

— Mademoiselle Mazé ! fit-il. Je ne me trompe pas ?

Je m'avançai vers lui, esquissai une petite révérence qui lui mit du baume au cœur.

— Bonjour, Monsieur Saint-Favre, répondis-je gaiement. C'est bien aimable à vous de vous rappeler mon nom.

— Puis-je vous déposer quelque part ? s'enquit-il, et je compris qu'il avait le feu aux trousses et qu'il cherchait à fuir au plus vite la mine railleuse des clients du bonneteur.

— Je vais rue du Cherche-Midi, annonçai-je.

— Le détour n'est pas grand. Montez, Mademoiselle Mazé.

Il me rejoignit sur les coussins de moleskine de son landau dont la double capote capitonnée était levée, et il n'y eut plus, pendant que le cocher lançait son alezan vers la rue de Vaugirard, que l'haleine précipitée du tanneur et la lourde odeur de réglisse qu'il soufflait à pleins naseaux.

— Je viens de déjeuner rue des Cordiers, au Cochon Fidèle, dit-il en s'épongeant le front. Il y a là-bas une bande de ratés et de béquillards qui ont essayé de me vendre des vers, des toasts, et même un chapeau !

— Vous fréquentez de tels lieux ? m'étonnai-je.

— A Dieu ne plaise, ma chère ! J'ai passé ma matinée chez le grand référendaire du Sénat et n'ai trouvé de table, à midi passé, que dans cette ignoble gargote !

Il se tourna vers moi, la mine plus alerte.

— ... Thomas Ferré m'a livré son David et Goliath la semaine dernière, dit-il. Quel dommage que cet énergumène s'entête à suivre les principes du paysan du Danube qui joue les chefs d'état-major à la brasserie Andler ! Quelle pitié ! Son art, c'est le portrait. Je ne lui commanderai plus que des portraits.

— Thomas n'aime pas peindre en atelier, répondis-je, rougissant dans la pénombre à la pensée que Saint-Favre avait acheté mon dernier nu.

— C'est un artiste, concéda le tanneur. Et comme tous les artistes, il a ses manies. Mais rien ne m'attriste plus que le talent gâché. Il aurait beaucoup à apprendre dans la fréquentation des grands maîtres. Au lieu de cela, il s'embourbe dans ses visions de campagnard. Enfin, je l'aurai prévenu.

Il se hâta de se rasséréner, m'enveloppa de son regard candide :

— Où doit-on vous déposer, mon enfant ?

— Je vais à l'atelier Germès, en face du bureau de recrutement.

— Etes-vous si pressée ? Puis-je vous inviter à prendre un chocolat ?

Je refusai en minaudant, prétextant mes horaires. Il avança la main, s'empara de la mienne.

— Je n'aime guère votre prénom, fit-il sans préambule. Il est un peu court et il fait trop... anglais. N'en avez-vous pas d'autres ?

— Mon second prénom est Angèle, dis-je, ahurie par cette réflexion saugrenue.

— Anne-Angèle ! C'est tout à fait ravissant, et je vous retrouve tout entière dans ce prénom-là ! Me permettez-vous de vous appeler ainsi ? Anne-Angèle Mazé ! C'est une trouvaille. Il y a un petit quelque chose de créole, d'exotique dans ce nom.

« Il est un peu simplet, ou il n'est pas dans son état normal, pensai-je. Le camphre du Cochon Fidèle l'a mis d'une humeur bizarre... »

— Germain ! appela-t-il, penchant la tête par la portière. Vous arrêterez au carrefour de la rue d'Assas !

— Voulez-vous une pastille au réglisse ?

Il me tendait son aumônière. J'y plongeai la main, machinalement.

— Et qu'allez-vous faire, à l'atelier Germès ? Peignez-vous, vous aussi ? Je ne vous vois aucun carton.

— Je pose comme modèle, expliquai-je, un peu gênée.

— Chère ! Vous vous faites croquer ! Que ne donnerais-je pour avoir un bon coup de crayon ! Nous voici arrivés. Il faudra que vous me rendiez visite, un de ces jours. J'habite rue du Moulin-des-Prés, dans le quartier Bel-Air de la commune de Gentilly. Au pied de la Butte-aux-Cailles. Un des plus beaux paysages de Paris. Viendrez-vous... Anne-Angèle ?

— Je ne sais, murmurai-je, un peu dépassée par les événements et trouvant le tanneur particulièrement ridicule dans ce rôle de viveur alléché.

— Mais si, vous viendrez, conclut Victor Saint-Favre. Personne ne s'est jamais plaint de m'avoir connu. Et puis, si vous tardez un peu, je saurai bien vous retrouver. Je commence à connaître vos petites habitudes... A bientôt, ma chère, à très bientôt !

Il porta ma main à ses lèvres et chercha ma taille pour m'aider à descendre. Ses derniers mots me faisaient l'effet d'une menace enrobée de douceurs, de paroles sucrées. Avait-il pris une option sur ma personne ? Quels marchandages inavouables avait-il faits avec Thomas, en échange de son intervention ? Thomas m'avait assuré que je pourrais me passer de le remercier... De fait, le tanneur n'avait pas fait la moindre allusion à ma détention. Néanmoins, je craignais qu'un homme comme lui, autoritaire et emporté dans ses attitudes et dans ses jugements, ne vint s'immiscer dans ma vie par pur caprice et pure jouissance d'autorité. S'il avait un certain ascendant sur les choses, son magnétisme capotait devant les femmes et il était bien obligé de se rabattre sur des demi-mondaines ou de pauvres grisettes qu'il jugeait aussi naïves que bien parfumées.

Pendant deux heures, sous la lumière du gaz qui me blafardait le corps au goût du jour, je posai sur une petite estrade en remuant mes pensées, debout et refaisant sans cesse le geste de la femme qui épingle ses cheveux, les bras levés en arceaux. Rapins des Beaux-Arts, jeunes peintres établis à leur compte, élèves de Léon Germès perchés sur des tabourets en demi-cercle autour de moi, leurs cartons appuyés aux pupitres sur les rampes, me croquaient à la mine de plomb, au fusain, à la gouache, suivaient les principes du maître, un vieil adepte de l'école classique, fidèle à Ingres malgré les tempêtes paysagistes, romantiques et réalistes.

Le soir, je retrouvai la Maub' avec des remords hypocrites de fille prodigue. La même faune piétinait le pavé, et si les ouvriers travaillaient encore à l'usine, les petits marchands et les riverains étaient toujours là, vaquant à leur besogne, bronchant dans le froid comme de vieux chevaux peureux. Au coin des rues de Bièvre et Saint-Victor, on avait enlevé le cadavre et un cordon de police entourait une vague ligne tracée dans la neige tout autour du corps.

Je remontai vers mon quatrième, non sans jeter un cil vers la porte de Florence Levasseur qu'on entendait pleurnicher. Une voix d'homme maugréait contre ses larmes. Couapel, sans doute, qui se donnait sa matinée de boni après ses exploits de la nuit.

Rudi était rentré de sa tournée. On entendait un bruit régulier, mince et pourtant criard, celui du sable fin ou de l'émeri dont il frottait son verre pour le dépolir. Un instant, je fus tentée de lui souhaiter le bonsoir, mais je craignis de le déranger dans son travail, puis j'avais envie de retrouver ma mansarde et de repenser à tous ces événements qui se succédaient sans changer le moindrement la couleur de mon ciel.

La police était venue rue des Lavandières, pendant mon séjour à Saint-Lazare. Ça n'arrangeait pas l'humeur de la Caput à mon égard. Il y avait eu une sérieuse mise à sac. On avait fait main basse sur les livres à l'index, sur les pamphlets, sur les brouillons d'article et les feuilles des librettistes, on avait épluché de vieilles lettres, des notes au crayon en marge des livres d'étude, et tout le mobilier avait été fouillé, comme si nous avions caché des armes dans le dossier du fauteuil ou entre deux planches de l'armoire !

TIMOTHÉE Strappe dirigeait la Gazette des Dames depuis sa création. C'était un homme aux muscles trapus, ramassé comme un lutteur. Sa stature taurine ne correspondait guère à la frivolité de son journal, la candeur des bluettes, le potinage des rubriques de mode qu'on y lisait à pleines pages sur trois colonnes. Son immeuble de la rue de Rivoli était également le siège de quelques feuilles catholiques et d'une revue médicale à laquelle participaient des sommités de la Science.

J'attendis presque une heure, dans la grande bibliothèque, que le patron voulût bien me recevoir dans son cabinet.

Strappe me fit enfin entrer. Un domestique ouvrit la portière de velours vert sur le bureau sacro-saint où traînaient des papiers hachurés, des esquisses, des échantillons, le tout pêlemêle sous des presse-papiers guillochés. Le patron était affaissé dans son fauteuil, boudiné dans une robe de chambre qui tenait du froc et de la soutane. Il me regarda approcher, les paupières à demi fermées, comme s'il me guignait dans le soleil. Je lui tendis mon manuscrit.

— Je l'ai attendu six mois, celui-là, aboya-t-il. Ça valait bien la revanche de vous faire poireauter une heure dans ma bibliothèque.

— Il y a quatre cents pages, Monsieur, répliquai-je.

— Il pourrait bien y en avoir mille, quand j'ai dit novembre, c'est novembre. Je voulais commencer la publication du feuilleton à la Toussaint. Je vous prendrai quinze pour cent de dédit.

— Mais j'ai fait mon travail ! protestai-je, écœurée par les filouteries du bonhomme.

— Vous ne respectez pas vos engagements ! tonna-t-il. Le résultat est que j'ai dû payer un feuilletoniste à la guimauve et que j'ignore encore s'il fera mourir son orpheline avant le numéro spécial du nouvel an. Rachetez-vous, si vous en êtes capable. J'ai un Dickens qui sort des presses de Londres. Je le veux pour Pâques. Débrouillez-vous.

J'aurais voulu le lui envoyer par la figure, son Dickens. J'avais travaillé six mois à ces traductions, et ce requin de Strappe me rançonnait de quinze pour cent, réduisait mes appointements à une aumône qui me ferait vivre deux semaines. Il gribouillait de chiffres un registre, et je voyais la tonsure de son crâne avec ses traces de petite vérole, comme une loupe auréolée des bourrelets de frisons qui lui donnaient l'air d'un gros moine bourru.

— Vingt-cinq lignes par page, calculait-il grosso modo. Ça vous fait à peu près six centimes. Six centimes multipliés par quatre cents... Je vous fais remarquer que je compte la page de garde, voyez, je suis bon prince... Vingt-quatre francs tout rond ! Je déduis les quinze pour cent. Vous aurez donc... Eh bien ! Ma foi, il reste la coquette somme de vingt-deux francs et huit sous.

Je fis la lippe.

— C'est bien payé, ma petite. Ne faites pas cette tête-là.

— J'espérais quarante francs au minimum, lançai-je à l'aveuglette, affolée de devoir loger le diable dans ma bourse. Je n'avais plus rien à perdre.

— Sachez bien, ma chère, que Timothée Strappe a pour principe de ne pas donner aux gens comme ils demandent. Les mendiants forment un troisième sexe, et je n'en connais que deux. Vous êtes une femme. Une femme ne tend pas la main chez moi !

Je sentis mes narines se gonfler, comme celles d'un cheval furieux. Julien savait, à ce symptôme, qu'il valait mieux ne pas s'y frotter... Mais Strappe, lui, se fichait pas mal de ma susceptibilité. Il s'asseyait sur tout le monde. Son cabinet était le four et le moulin de toute une vassalité de secrétaires, de rédacteurs, de typographes, de linotypistes. On ne l'avait jamais vu en manches de chemise, débraillé au milieu de ses hommes, au fond de la salle de composition. Il convoquait le monde, expédiait une engueulade, disait : « C'est infect. Vous m'avez sabré le travail. Je vous fais votre compte. Bonsoir. Je suis aussi pressé que vous d'en finir ».

— Je vous fais un chèque au porteur. Vous irez le toucher chez mon agent de change.

Il gribouilla mon nom sur la souche du chéquier, écrivit le

montant. Au-dessus de lui, un portrait très officiel caricaturait l'Empereur en morse énigmatique.

Il ne m'avait pas priée de m'asseoir.

— Vingt-deux francs et huit sous ! chantonna-t-il d'un ton gâteux. Qu'est-ce que vous allez faire de tout cet argent ! Vous songez déjà à une robe, un fichu, un chapeau neuf... Pensez donc !

Il avait l'air d'un vieillard encore vert devant un flot de jupons. Il devenait tout guilleret, content de lui d'avoir bâclé une affaire qui aurait pu lui coûter plus cher.

« Je pense à mon loyer et à mes dettes », fus-je tentée de répondre. Mais cette langue-là n'avait pas de grammaire pour lui. On était riche ou crétin, il n'y avait pas à sortir de là. Hum ! Je connaissais des bienheureux mortels qui cumulaient...

— Hein ! radotait-il. Dans quelle boutique...?

La tanne ! Si on le lui demandait...

— Je fais des économies, Monsieur, prononçai-je dignement.

— Des manières, dit-il. La femme est un roseau dépensant.

Il s'applaudit d'un rire indigeste qui fit ballotter ses bajoues sur son faux-col.

— ... Faites des folies, c'est de votre âge. Mais pensez à Dickens ! Pour Pâques, j'ai dit !

Il me flanquait à la porte. Je n'avais plus qu'à plier bagage, à empocher le chèque, à mettre mon mouchoir par-dessus. En voilà des histoires pour un louis, une misère ! Je m'enfuis en ayant encore l'impression de marcher à reculons.

Une grande porte vitrée donnait sur un escalier où résonnaient des crépitements de voix, des va-et-vient de typographes allant aux ordres, d'employés apportant des dépêches, de garçons de bureau, de petits marchands en casquettes. Les salles du rez-de-chaussée s'ouvraient sur des courses de blouses bleues, des odeurs chaudes et amères d'encre, de métal huilé, d'ammoniaque.

Dans mon dos, j'entendais la voix de Strappe dictant ses ordres aux journalistes, montés sur le palier :

— La rubrique nécrologique... Faites le tour des mairies d'arrondissement. La santé de l'Impératrice, elle est à la fin du sixième mois... Le dernier salon de la princesse Mathilde... Ah ! L'Italie. Ça risque de bouger de ce côté-là. Faites-moi un papier sur les patriotes italiens, sur Mazzini, sur... Tenez, sur Orsini, cette tête chaude qui doit comploter sa prochaine évasion à Mantoue...

Je me hâtai vers le perron. Un grand diable noir m'apostropha aux dernières marches.

— Ce n'était pas le jour ! fit-il en lorgnant ma mine contrariée. Le patron a le poil roux aujourd'hui ! On a une demi-tonne de bouillons cette quinzaine.

Je le regardai sans comprendre. Ses yeux de braise m'examinaient, prenaient leur temps.

— Oh ! fit-il, hésitant, un pli de réflexion à la bouche.

Il envoya un grand rire au plafond, consentit enfin à m'expliquer :

— J'habite toujours rue de Seine, dit-il, mais la neige a achevé de griller mes géraniums.

Je restai à le contempler, estomaquée, puis je me souvins de notre rencontre de plein fouet, au coin de la rue de l'Ecole-de-Médecine. Le garçon n'avait rien perdu de son toupet.

— Abollivier ! lui cria un petit vieux qui sortait d'une salle pour entrer dans une autre. Ton article sera à cheval sur la troisième.

— Merde ! Quelle est l'enflure qui a fait la mise en page ?

— Lagarrigue. Ton histoire d'amputation, ça l'a inspiré, faut croire !

— Abollivier, fis-je remarquer. C'est un nom breton.

— Je suis Breton.

— Vous n'en avez pas le type.

— Mon père est breton, mais ma mère est corse, comme il n'est pas permis d'être corse. Le mélange s'est fait quelque part du côté du cinquante-cinquième degré de latitude Nord, quand mes parents ont dû s'exiler au Canada après les Cent-Jours. Je suis né sur le bateau qui ramenait ma famille en France, après le sacre de Charles X. Excitante, mon histoire ! Je vous raconterai la suite un de ces jours, si vous venez patiner sur la Bièvre... Vous y viendrez ?

Je ne savais pas patiner. L'hiver dernier, Julien m'avait poussée sur une chaise d'une rive à l'autre de la rivière.

Je faisais un calcul rapide. Il devait avoir une trentaine d'années. Avait un air mufle et jouisseur.

— Vous êtes journaliste à la Gazette des Dames ? fis-je, un peu moqueuse.

— Prout ! Ma chère ! singea-t-il, attrapant une voix de fausset. Je fais des rubriques médicales dans une des feuilles de chou du vieux Strappe, reprit-il. J'ai vaguement fait ma médecine, autrefois. Et vous ? Vous êtes venue proposer un roman ?

— Je traduis les livres anglais que me donne Monsieur Strappe. Excusez-moi...

Il siffla, enjamba trois marches pour me barrer le chemin.

— Une fourmi polyglotte !

— Une fourmi ?

— Vous êtes toujours aussi pressée ? Venez prendre un verre au Momus.

— Je n'ai pas le temps. J'ai même à me dépêcher si je veux trouver l'agent de change de Monsieur Strappe à son cabinet.

— Où habite-t-il, ce banquezingue ?

— Pas loin d'ici. Rue de la Monnaie.

Il me prit le bras cavalièrement.

— Ça touche le Momus. Venez.

Je me dégageai. L'homme ne m'était pas sympathique, bien que plutôt beau garçon.

— Salut, Max ! lança une jeune femme qui arrivait de la cour. La grossesse de Badinguette n'est plus un secret pour personne. Elle force sur la crinoline, depuis quelque temps. J'ai parié dans mon article que ça va être la folie furieuse d'ici peu. Heureusement qu'on construit des boulevards. Le vieux est chez lui ?

La réponse ne se fit pas attendre. Le patron sortit d'un pas martial de son bureau, interpella le journaliste du haut de l'escalier :

— Abollivier ! Appelez-moi immédiatement le typo qui m'a composé la première page de la Gazette ! Et qu'il apporte la morasse, cet imbécile !

— Tout de suite, Monsieur Strappe, répondit l'autre tranquillement, sans même se retourner. Il ajouta entre ses dents : « Crève, jésuite. »

Je m'esquivai, laissant la place à la jeune femme, un parpaillot en jupons qui s'avisait de fumer le cigare !

J'eus juste le temps d'entendre :

— Boddaert te prie d'être son témoin, Max. Il a un duel avec un chroniqueur du Cadet Rousselle, un admirateur des Saisons de Massé.

Dans la rue, les becs de gaz venaient d'être allumés. L'enseigne du journal illuminait la façade de ses gros caractères bleus, violaçait jusqu'au trottoir. Noël était tout proche. Les pétards claquaient aux pieds des gosses, dans les caniveaux, déchiraient le froid plus cru du soir. Les lumières pétillaient en guirlandes aux balcons, brouillaient un reste de jour. Des odeurs de triperies, de cuisines de traiteurs, d'huiles chaudes et sucrées où grésillaient les beignets et les pets-de-nonnes, fouaillaient la rue, embobinaient les passants qui se brûlaient les doigts, la figure cuite, saisie à vif par la bouffée du fourneau sur trépied et la lueur blême du falot accroché à un clou dans le mur. Un grand creux dans l'estomac, je me précipitai rue de la Monnaie, réussis à mettre la main sur l'agent de change qui se préparait à fermer boutique. Je me retrouvai sur le trottoir, ma main serrée sur un louis tout neuf et de la joyeuse monnaie qui tintait à mes oreilles et m'alléchait la langue. Je recommençais à compter, sans conviction... La coupe de tissu à six francs, chez Roche et Cafier... Les étrennes au facteur, à l'Auvergnat, au loufiat qui me montait un vin chaud quand je n'avais pas de feu pour le faire moi-même... Les cadeaux aux gosses de la maison... Le loyer de janvier... Et les jours étaient courts, on ne vivait plus qu'à la bougie... Je songeai que mardi, c'était Noël, que Mamm serait à Loqueffret chez son oncle. Un grand désespoir me serra le cœur. J'étais seule. J'eus brusquement très peur des jours à venir. Trop de bonheur flottait dans l'air et les Noëls de mon enfance me revenaient en mémoire. Noël, chef-d'œuvre de l'année, moments où l'on ne peut être que beaucoup plus heureux ou beaucoup plus malheureux que d'habitude !

LE Réalisme, né disait-on des aspirations d'une minorité d'artistes réunis sous le vocable de « Bohème » — vocable définitivement attribué, après 1830, aux écrivains et peintres issus de milieux populaires et ayant accédé aux carrières artistiques grâce à la fermentation d'idées socialistes et aux transformations politiques et démocratiques — fut un moment, sous la plume de quelques âpres conservateurs, synonyme de rachitisme ou de brutalité, de « poésie de gouttière », voire d'anarchisme. On reprochait à la nouvelle école son manque de respect pour les idées consacrées et les institutions établies. De plus, politiquement parlant, le Réalisme était une forme artistique d'opposition. Courbet n'avait jamais caché ses opinions révolutionnaires, ses tendances libérales. Aidé de ses compagnons de bohème Champfleury et Murger, le peintre, d'origine paysanne, prêchait le choix des sujets populaires, la peinture des humbles. Ces sujets révoltaient les habitudes du public, hérissaient les critiques d'art. Vers 1848, Académisme et Romantisme s'étaient plus ou moins réconciliés. Tous deux faisaient maintenant front commun contre le laid, le vulgaire, le moderne, que voulait imposer le Réalisme.

Armé de ses pinceaux et de ses brosses, Courbet menait campagne, depuis 48, contre la conception spiritualiste de l'art, contre les conventions sociales et mondaines. Certains lui reconnaissaient le mérite de mettre en scène autre chose que des chasseurs à cheval, des bergers antiques ou des orgies orientales, mais d'une façon générale ses tableaux, de l'Après-dîner à Ornans aux Baigneuses, avaient fait crier au spectacle de misère, à l'esclavage, à la peinture socialiste. L'Enterrement à Ornans heurta même « la morale publique et religieuse » ! Le refus des Baigneuses à l'Exposition Universelle fut néanmoins une publicité inespérée pour le maître d'Ornans. Il ouvrit une exposition particulière allée des Veuves, aux portes du palais de l'Industrie, y exhiba ses tableaux les plus tapageurs et publia un catalogue-prospectus dans lequel il proclamait : « Savoir pour pouvoir, telle fut ma pensée. Etre à même de traduire les mœurs, les idées, l'aspect de mon époque selon mon appréciation, en un mot faire de l'art vivant, tel est mon but ».

Si le peintre s'adonnait maintenant plus volontiers aux paysages et aux portraits d'animaux, son ami Champfleury commençait à le relayer dans sa campagne réaliste et se proposait d'étendre la doctrine de l'école à la littérature. Courbet, lui, se contentait de plus en plus de se montrer à la brasserie de la rue Hautefeuille, qui était connue pour être son véritable atelier et la maison commune des réalistes.

Courbet dînait aussi parfois chez Andler, avec quelques amis qui l'entouraient comme les apôtres d'une sorte de Cène de cabaret.

Il y était précisément, quand je franchis le seuil de l'Alsacien en compagnie de Thomas Ferré, et les premiers mots que je l'entendis déclamer, quand Thomas m'eut indiqué du menton le bel homme aux yeux de charbon, à la barbe calamistrée, étaient fortement teintés de l'accent jurassien :

— Il y a eu la raison, disait-il, le coude planté sur la table au milieu d'une débauche de mie de pain, et quand on en a eu assez de la raison, il y a eu le rêve. Puis on s'est aussi lassé du rêve et on a remis les pieds sur terre parce qu'on s'est aperçu que le Romantisme n'était en fait qu'une manie de phtisique.

Il conclut, en plaisantant énergiquement :

— ... Mais je dois dire que pour l'instant je serais plutôt comme un chat qui se sauve en traînant à sa queue la casserole du Réalisme !

On rit, car personne ne soupçonnait que le peintre pût être sincère et se sentir effrayé par cette étiquette.

Thomas me fit asseoir près du poêle en faïence, commanda de la bière et des saucisses chaudes. Aux autres tables des dialogues passionnés vrombissaient sous les jambons des solives, au son des violons, des exclamations du billard, des appels joyeux vers le père Andler qui surveillait son monde, sa pipe en porcelaine au coin des lèvres. La brasserie avait fini par devenir un autre café Momus : accaparée par les bohèmes qui en avaient petit à petit chassé les habitués en s'emparant des jeux et des journaux, en écorchant les oreilles par les sons disparates et très personnels d'une armada d'instruments de musique, elle ouvrait maintenant ses portes aux artistes en tous genres qui amenaient avec eux leurs violoncelles, leurs gaufroirs, leurs chevalets ou leurs planches à graver, leurs selles, leurs ébauchoirs.

Thomas était d'humeur maussade. Il trempait ses knacks dans un pot de moutarde et grommelait tout en mastiquant, l'air assombri.

— Le Salon a refusé les toiles de Courbet. Pourquoi accepterait-il les miennes ? Nous avons les mêmes tendances, nos envois nous seront régulièrement retournés. Mais si Courbet a les moyens de monter une exposition personnelle, moi pas.

-- Sois patient, Thomas, temporisai-je. Il faut attendre.

— Attendre quoi ? dit-il, agressif. Que le Jury tourne casaque ? C'est inutile, nous ne luttons pas à armes égales. La question ne pourrait être tranchée que par le public, et le public est influencé par la presse et les gloires bien établies, les Vernet, les Couture, les Delacroix et quelques visionnaires qui font tous cause commune contre nous.

— Pourquoi ne vous entendriez-vous pas pour organiser des expositions réalistes en dehors des Salons ?

— Un salon des refusés ? Il en est question. Mais le Réalisme n'est pas une gageure. Je crains que le scandale ne nous fasse plus de mal que de bien.

J'étais navrée pour Thomas. Aux yeux des gens qu'il côtoyait chaque jour, il était le rapin, le barbouilleur. Et ils étaient nombreux, ces anciens rapins des Beaux-Arts ou de quelques ateliers de maîtres, que personne ne voulait épauler et qu'on laissait croupir dans leurs mansardes sous prétexte qu'ils avaient tourné le dos aux rêveries romantiques et cocardières des grands noms.

Je lui fis part de mon entrevue avec le tanneur, près des galeries de l'Odéon. Il me fit une réponse qui n'en était pas une.

— Il y a des types comme ça, qui donnent n'importe quoi pour s'approprier ce dont ils ont envie sur le moment, un cheval, une femme, un tableau. Mais il vaut mieux retenir leur nom, parce que des types à jeter l'argent par les fenêtres, on n'en rencontre pas deux fois dans une vie de peintre.

— Tu es décourageant, Thomas. Tu sais très bien ce que tes tableaux valent et qu'ils se vendront facilement dans quelque temps. Il faut laisser les gens s'habituer à la nouvelle école, se débarrasser des préjugés de l'Académisme. En matière de peinture, les gens n'ont pas l'esprit vif. Ils ne changent pas de thèmes comme de chapeaux. Mais tu verras, bientôt tu pourras très bien te passer de Saint-Favre et des autres !

A la table de Courbet, un jeune homme sollicitait du maître la faveur d'écrire sa biographie. Un autre, journaliste sans doute, cherchait du sensationnel, demandait des détails techniques.

— Je peins au couteau, expliqua complaisamment l'artiste. La facture de mes toiles s'en trouve plus conforme à l'expression de mon... « réalisme », comme disent les amateurs.

— Avec un couteau ? interrogea une charmante voisine, en ouvrant de grands yeux ronds. Vous peignez avec un couteau ?

— Pas un couteau de cuisine, mon enfant ! se moqua Courbet. Une sorte de lame souple, emmanchée de bois. Comme une petite truelle de maçon. La peinture est plus épaisse, c'est la technique adéquate. En voilà assez avec les surfaces plates ! On ne verra bientôt plus des tableaux, mais des patinoires ! Ne léchons pas jusqu'à la trame, tout de même !

— Vous êtes un pessimiste de nature. Vous voyez le monde et les hommes bien pires qu'ils ne sont en réalité.

— Je les vois tels qu'ils sont. Je les peins tels qu'ils sont. Je signe « Courbet, sans idéal et sans religion ». Et je défie quiconque de trouver à ma peinture un caractère moralisateur, quoi qu'en dise mon ami Proudhon qui prêche souvent pour sa chapelle.

— Vous êtes donc parfaitement incroyant ? questionna une admiratrice.

C'était donc lui, Courbet ! Je me l'imaginais maigre et sec comme un fagot, et je voyais un bonhomme rondouillard, qui éclatait d'orgueil et de santé. Visage très large à la hauteur des pommettes, barbe noire, crépue, fournie, étalée sur le faux-col ; la raie sur le côté, cheveux longs sur l'oreille, plaqués, traits un peu mous dans un masque qui semblait quelconque tant qu'on ne rencontrait pas sur soi le regard véhément des yeux noirs.

Il jeta autour de lui un coup d'œil un peu méprisant puis parla, les yeux lointains, désabusés, mais sans perdre dans son éloquence le solide accent de son terroir :

— S'il y avait un Troisième Testament, dit-il, il raconterait l'histoire des pécheurs retournés au péché, l'histoire d'un monde qui n'a jamais été aussi long à se préparer pour l'éternité. Le Christ rédempteur, il est bel et bien au tombeau, et je n'en veux pour preuve que les prêches politisés des églises, les faiseurs de prophéties qui bafouillent sur les trottoirs, la corruption d'un clergé qui s'est vendu au plus offrant, quand bien même ce mécène-là coucherait avec toutes les catins d'Europe, y compris d'Angleterre.

— Et le Curé d'Ars ? demanda-t-on. Que faites-vous du curé d'Ars ? C'est un saint, cet homme-là.

— Il n'y a plus de saints, fichtre ! Il n'y a plus de dieux. On n'écoute plus personne. On bâillonne sa conscience quand elle est trop bavarde. Les idoles d'aujourd'hui sont en papier !

— En papier monnaie... émit l'élégante admiratrice.

— Ma chère, tout le monde n'est pas, comme vous, une adoratrice du Veau d'Or, ironisa Courbet.

Dans un coin de la salle, un sapin illuminé de bougies, barbelé de glorieuses guirlandes, plantait Noël et sa farandole de brillants et de joies au milieu de cette coterie d'irréductibles païens, de francs buveurs, d'artistes en colère. Noël ! Ce soir, j'irais seule à la messe de minuit... Mes amis étaient loin de moi ! Ce matin-même, Colin m'était arrivé, crotté jusqu'aux yeux, un barbet à ses trousses. Je n'eus pas le temps de protéger la moleskine de mon divan, il s'affalait déjà et sortait de sa poche un paquet ficelé qu'il me tendit. C'était une boule de verre contenant un paysage de neige. Quand on retournait la boule, la neige se mettait à tomber. L'albinos, en m'offrant ce cadeau, s'excusa de me laisser seule pour le réveillon. Etienne était dans sa famille à Rouen. Long Fellow réveillonnait en tête-à-tête avec Louise, sa bonne amie du moment, dans son horrible cave des quais. Stefan avait été invité par des Polonais qui faisaient souche à la Villette. Colin lui-même avait une soirée rue d'Enfer et, après l'inauguration de l'église Saint-Eugène, construite sur l'emplacement de l'ancien garde-meuble des Menus-Plaisirs, il avait en commande plusieurs musiques d'enterrement.

— Je ne suis pas encore payé de ma fugue, ajouta-t-il. Mais pour le nouvel an, je te le promets, tu seras remboursée !

Gustave Courbet faisait maintenant la condamnation du Romantisme et son cénacle buvait ses paroles vantardes.

— Le Romantisme est né dans une mansarde, au bout d'une corde, sur la dalle d'un tombeau ! Mes amis, je l'ai tiré au clair. Les hardes du Moyen Age à la sauce orientale ! De la foutaise ! Des habitudes lascives de phtisiques, voilà tout ! Le bon peuple en a assez de toutes ces chimères, des harems, de toutes ces patriciennes échevelées ! Le peuple est souverain. Il faut au peuple une peinture qui parle du peuple.

— Quand vas-tu me payer mon mois ? demandai-je à Thomas qui chauffait sa bière dans ses paumes en remuant de sombres pensées.

— Attends le quinze. Aujourd'hui j'en ai eu pour vingt francs de cobalt.

— Tu exagères, Thomas. Saint-Favre t'a payé !

— J'ai acheté des toiles. Retourne mon matelas. Je n'ai pas le rond. J'ai effacé mon ardoise chez le troquet, ça faisait six mois que je l'allongeais. Tu parles, il ne reste rien des trois cents francs.

Je jetai un regard malheureux vers le Dickens posé sur la table, car je l'avais parcouru chez Thomas dans l'après-midi : Hard Times, les Temps Difficiles... Ce n'était pas une manifestation d'humour noir, de la part de Timothée Strappe. Il n'avait aucune forme d'humour, ni noir, ni gaulois. S'il s'en trouvait, il était bien le seul à en rire. La peste l'étouffe, ce buveur d'encre, ce chieur de papillotes !

Et Thomas qui en était réduit, aujourd'hui, à peindre des balcons et crépir des façades pour une entreprise de ravalement !

— J'ai acquis la certitude que le Réalisme représente parfaitement ce que je cherche en peinture, songeait-il à voix haute. Dans le Réalisme, pas de fantômes, pas de simplifications naïves. La réalité, dans toute sa vraisemblance, dans toute sa brutalité, dans toute sa crudité ! Ça ne choquera que les imbéciles, ceux qui ont inventé le respect humain pour nous gâcher la vie. Il n'y a en ce monde aucune jouissance qui soit basse, aucune joie conventionnelle. Courbet a raison, mort aux hussards de Géricault et aux croisés de Delacroix ! Qu'on montre des hommes du commun, des femmes nues sans héroïsme, des thèmes quotidiens...

Des assiettées joyeuses nous défilaient sous le nez. Thomas concluait, amer et agressif :

— Je leur enverrai mes toiles les plus culottées, les plus éhontées, jusqu'à les rendre malades, au Salon !

Depuis longtemps déjà, Thomas m'attirait. Il était trop différent de Julien pour ne pas m'attirer. Discret, farouche, il fuyait les filles compliquées, raisonneuses, et se plaisait en compagnie de trottins ou de lorettes qui n'outrepassaient pas les droits d'une belle de nuit, d'une femme de hasard. Je représentais pour lui, par contre, la difficulté, l'excès, le lien, les revoirs, toutes choses qu'il fuyait et détestait. Il me détestait en effet d'être là, d'exister, et immanquablement d'exister pour lui. Il détestait mon visage trop éloquent, ma chaleur de peau et mon innocence, tout ce qu'il y avait de déroutant en moi. Ses mots cognaient dans ma tête : « Il n'y a aucune joie qui soit conventionnelle, aucune jouissance qui soit basse »... Et le vide de sa pauvre vie de peintre me donnait le vertige. Il avait choisi, bel et bien, le pessimisme d'une vie close : ses joies ne pouvaient lui venir que de la peinture. Lorsqu'il était satisfait d'un de ses tableaux, il restait des heures à le regarder, et une joie monstrueuse, douloureuse, l'habitait. Hélas ! Ses toiles encombraient son garni, méprisées, invendables. Et Thomas Ferré végétait...

— Je te raccompagne chez toi, fit-il en se levant brusquement de table. Il venait sans doute de surprendre les regards curieux que je lui dédiais.

Thomas marchait près de moi, sans bruit. Nous croisâmes la Marie-Barricade, escortée de jeunes escarpes qu'elle tenait en respect. Des porches s'ouvraient, livrant passage à des couples sales, réunis au hasard de la nuit, à des silhouettes grises et inquiétantes qui se fondaient dans les ténèbres des murs.

— J'ai trouvé une place au mois, dis-je brusquement à Thomas. Dans un atelier de couture, quartier Saint-Georges. Je commence dans quatre semaines.

— Et tu ne comptes plus poser pour moi ?

Nous arrivions au carrefour de la rue Galande et de la rue des Lavandières. Thomas me regardait par-dessus son boa qui lui bâillonnait la moitié du visage.

— Je te verrai le dimanche, si tu veux encore de moi pour modèle...

— Un jour par semaine, c'est peu, tout de même.

— Il ne tient qu'à toi de m'inviter plus souvent...

Nous étions au seuil de la maison Tessier. La lune butait sur l'auvent et les premières marches croupissaient dans la nuit noire. Je levai les yeux vers Thomas, mis dans mon regard ce que je ne pouvais mettre en plein jour, un peu de cette prière haletante et impatiente née d'un moment de solitude et d'espoir.

— Oh ! Thomas ! murmurai-je. Tu ne veux pas vraiment me donner à Saint-Favre ? Dis, tu ne ferais pas ça ? Oh ! Non ! Pas toi ! Tu es mon ami, Thomas ? Ah ! Si seulement tu voulais ne voir en moi qu'une grisette, une petite Maubert !

Thomas s'était contracté dans l'ombre.

— Allons, dit-il. Tu te sens seule, ce soir, et la bière du père Andler t'est montée à la tête.

— Reste avec moi, Thomas, balbutiai-je, la voix blanche, étonnée moi-même de ma démarche.

— Mon Dieu, Anne !

— Thomas ! J'ai besoin de toi. Reste, je t'en supplie !

Il eut un geste vers moi dans l'obscurité, et sa voix résonna durement à mon oreille :

— Tu es un poison, Anne Mazé. Tu ne me ficheras pas la paix tant que je n'aurai pas dûment satisfait ta curiosité.

— Pense ce que tu voudras, Thomas, mais reste avec moi ce soir !

— Ce n'est plus une prière, c'est un ordre ! ricana-t-il. Ne compte pas sur moi, mon petit. Désolé. Merci de ton hospitalité, mais, décidément, je préfère ruer dans d'autres brancards.

— Mufle !

— Oh ! Ne crois surtout pas que je ne suis pas fait du même bois que les autres hommes que tu affoles avec tes chatteries. J'ai assez examiné tes charmes, sous toutes les coutures, pour avoir comme tout le monde envie d'y goûter. L'expérience, pourtant, ne me tente plus quand je pense à toutes les tracasseries de bonne femme que tu mettrais dans ma vie !

Il ajouta, ricanant :

— ... Mais si la chose peut épicer un peu ta nuit de Noël, je peux quand même te donner un petit acompte...

Il m'empoigna avec rudesse, baissa son boa et me planta sur la bouche un baiser méchant qui me meurtrit, m'arracha une plainte. Il me mordait les lèvres plus qu'il ne m'embrassait.

— Si c'est là un acompte, m'écriai-je, révulsée, je te fais cadeau du solde ! Merci bien ! Je préfère rester chaste que de subir tes caresses à rebrousse-poil ! Bonsoir, Thomas.

— Je t'aurai au moins rendu ce service ! gouailla-t-il en s'éloignant dans la ruelle. La solitude te pèsera moins, cette nuit ! Bonsoir, Poil-Rousse !

Il s'en alla, fagoté dans son carrick, croisant un cortège de femmes furtives qui se rendaient à Saint-Séverin où les appelait Macée, la cloche qui depuis quatre siècles branlait dans le clocheton, frappant les heures de son timbre.

Je le regardai partir, les doigts sur mes lèvres blessées, un grand froid dans l'échine, tandis que doucement, tourbillonnant dans le quinquet blême de Calendron, la neige se remettait à tomber.

II

LES TROUPES RENTRÈRENT DE CRIMÉE. PARIS NE FUT PLUS QUE drapeaux, arcs de triomphe, oriflammes, vertigineuses Victoires couronnées de lumière.

Le matin du 29 décembre, alors qu'il gelait à pierre fendre, j'étais assise sur les premières marches de la maison Tessier, en compagnie de Victorine et de Petit-Paul à qui je cherchais méticuleusement les poux. Il en grouillait tant dans la tignasse du pauvre gamin que je passais chaque semaine des heures à l'épouiller, sur ces marches ou celles de l'escalier Jean-de-Beauvais.

La rue des Lavandières, drainée en son milieu et sur toute sa longueur par une goulotte à fleur de pavé, ressemblait ce jour-là à un estuaire assailli par la grande marée. Les bétaillères arrivaient par douzaines, comme de grands chalutiers accostant à la cale Maubert et déchargeant sur le carreau des Carmes, vaste triangle éventé, leurs batelées de biques et de cochonnaille. Les mégottiers tenaient leurs assises, vendaient leurs « orphelins » et leur tabac, plus ou moins cher selon qu'il s'agissait de bouts de mégots ou de culot de pipe. Ils le disputaient en gestes et en criailleries aux gosses du quartier qui tuaient leurs journées de vacances à faire de la barre fixe à la potence des quinquets ou de l'équilibre sur les hampes à linge, de maison à maison, quand ils ne chapardaient pas sur le marché. Pour Noël, on leur avait acheté des fusils de bois et des sabres de fer blanc avec lesquels ils allaient jouer à la petite guerre dans les escaliers Jean-de-Beauvais, sur les grands degrés, ou, le soir, dans les chantiers désaffectés.

Enveloppé dans une pèlerine sombre, s'arc-boutant de la main à son chapeau, la tête basse et le corps penché pour lutter contre le vent, un homme remontait la place Maubert et se hâtait vers la rue des Lavandières. Sans doute quelque chose dans sa démarche me fut-il vaguement familier, car je regardai un moment dans sa direction. Quand il fut presque à la hauteur de la maison Tessier, un des rejetons de la repasseuse m'avisa du coin de l'œil :

— Baisse un peu l'abat-jour, Poil-Rousse ! on voit la flamme du gaz !

Je serrai les genoux précipitamment, rabattis d'un revers de la main mes jupes que j'avais retroussées pour m'asseoir plus commodément. Le geste ne fut pas perdu pour l'homme qui s'arrêtait, s'encadrait dans l'ouverture béante de la porte.

— Mademoiselle Mazé, je présume ?

Grand Ciel ! C'était de More. Les dents blanches et l'air persifleur, évidemment. J'aurais pu me trouver en meilleure posture. Je rassemblai mes jupes, me levai lentement, serrant la pomme de la rampe de toutes mes forces.

— Allez, les enfants, balbutiai-je. Dépêchez-vous.

De More regarda les deux petits filer sous son bras comme des anguilles. Son regard revint à moi, s'attarda dans mes jupes débraillées.

— Mâtin ! claironna-t-il. Ce seuil me paraît diablement accueillant !

Je rougis jusqu'aux yeux et cherchai au fond de ma colère une réplique cinglante qui ne vint pas.

— Me ferez-vous visiter votre nid d'aigle, aujourd'hui ? fit-il avec un ricanement aimable.

— Si c'est moi que vous êtes venu voir, grinçai-je, dites-moi ici ce que vous avez à me dire !

— J'ai l'intention de vous inviter, vous et votre amie Taille-Douce... commença-t-il.

— Inviter ? m'écriai-je, braquée encore par l'accueil fripon que je lui avais réservé. Inviter à quoi ? Ne comptez pas...

— Inviter au défilé de cet après-midi. Les jeunes filles adorent les défilés militaires et nous avons, de l'aile droite de notre hôtel, la meilleure vue sur la Bastille. Me ferez-vous l'honneur ?

Quand donc avait-il eu cette idée saugrenue de mêler Taille-Douce à nos joyeuses prises de becs ? Je fus vexée qu'il eût songé à cette petite drôlesse pour nous chaperonner ! Point n'était besoin d'une telle pie-grièche entre nous et qui irait partout faire des gorges chaudes ! Une sorte de colère jalouse me fit parler, sans choisir mes mots :

— Vous ne pourrez pas inviter Taille-Douce aujourd'hui. J'en suis désolée, mais elle est au lit avec quarante de fièvre. Une fluxion de poitrine qu'elle a attrapée en voulant à tout prix prendre le train de Paris à Versailles.

J'eus à peine le temps de terminer ma phrase qu'une cataracte dégringola des étages sans crier gare, éclaboussant le seuil et jusqu'aux premières marches. Quelque part, dans la maison Tessier, on employait la manière simple pour secouer le « thomas ». Je pouffai de rire en voyant le pantalon de de More crotté jusqu'aux genoux. Voilà qui rabattait opportunément son caquet !

— C'est sans doute une coutume, chez vous, de vider son pot de chambre par la fenêtre ? fit-il, questionnant et maugréant tandis qu'il tentait de s'ébrouer.

— Excusez-moi. J'aurais dû vous prier de monter.

— Dieu m'en garde ! Ce que je vois du rez-de-chaussée me suffit. Je vais avoir des démangeaisons toute la nuit. Vous dites que notre jeune amie est malade ?

La diversion me donnait un peu d'aplomb dans le mensonge.

— Il n'est pas question pour elle de sortir avant plusieurs jours, certainement, et peut-être même plusieurs semaines. (Pourvu que cette sainte-nitouche n'ait pas la bonne idée de pointer son nez dans les parages.)

— Et quand lui est donc venue cette idée géniale de prendre le train ? questionna-t-il.

Je ne voyais pas précisément ses traits car il s'enfonçait peu à peu dans la pénombre molle de l'escalier.

— Il me semble bien que c'est dimanche dernier, dis-je, gênée de donner une date précise. Vous savez, je ne suis pas au courant de tous ses faits et gestes.

— Dans ce cas, ma mie, articula-t-il, je suis au regret de vous annoncer que le train de Versailles ne circule plus depuis deux semaines. La neige s'est accumulée sur la voie et on a condamné la ligne momentanément.

— Oh ! Vraiment ? Je suis navrée... (mon cerveau devait faire très vite) navrée de la savoir aussi menteuse. Elle a dû raconter cette histoire à sa mère pour expliquer une fredaine quelconque... Taille-Douce n'est pas à court d'inventions quand elle passe la journée dehors, avec des garçons.

— Hum ! Je devrai donc me contenter de ça.

— Plaît-il ?

— Je crois, ma chérie, qu'en fait de bobards, vous n'avez rien à lui envier. Mais laissons cette fille. Pour ma part, je me réjouis de cette... fluxion qui nous laisse donc en tête-à-tête. Car vous acceptez, n'est-ce pas ?

— J'accepte à condition que vous me parliez poliment, déclarai-je.

— Top là ! gouailla de More. Je vous débiterai toutes les gracieusetés stupides que vous avez envie d'entendre.

— Je ne vous en demande pas tant !

— Je viendrai vous chercher à deux heures, conclut-il. Tenez-vous prête.

— Vous n'aurez qu'à m'attendre rue Galande, précisai-je, peu désireuse qu'il tombât nez à nez avec Taille-Douce devant la maison Tessier.

Je m'élançai dans les escaliers, trépignant de joie, pénétrai en trombe dans ma chambre. Je recensai ma garde-robe : que me restait-il de mettable ? Mes doigts coururent fébrilement d'étoffe en étoffe, plumetis vert d'eau hors de saison, vert empire d'un velours léger, mérinos grenat de ma robe déchiquetée par le mélange explosif d'Etienne, sergette noire de mon deuil... Colin m'avait remboursée la veille, rubis sur l'ongle. Je décidai aussitôt de faire quelques folies, l'air était plein de promesses, les nuages noirs s'amassaient loin de Paris, au-dessus des bois de Vincennes. C'était dit. J'irais à la Belle Jardinière, mugueter et faire la fine bouche. Ce luxe m'était si rare ! J'eus très vite le coup de foudre pour une robe d'alpaga violet avec des froncis de valenciennes à l'encolure et aux poignets. Un paletot russe en velours complétait cette merveille, se portant de la même longueur que la robe, ouvert par devant avec revers et petit col en hermine, corsage ajusté, jupe ouverte et bordée d'hermine, laissant voir le violet moins soutenu de la robe. Il me fallut une crinoline neuve, à cerceaux d'acier et cloche de calicot. Enfin, en veine de prodigalité, je pris un fiacre jusqu'à la rue de la Paix et achetai chez Mme Gay une capote du même ton qui me coûta le reste de ma fortune. Du fond de son purgatoire, Joseph Mazé devait se régaler de toutes ces folies qu'un vent inconnu m'avait mises en tête !

Je me passai de déjeuner pour mettre la dernière main à ma beauté. Le collier d'ambre, raccourci des quelques grains qui avaient roulé sous les coffres de Saint-Lazare, s'arrondissait à mon cou, fauve et barbare, couleur de miel. Une raie séparait mes cheveux, deux guiches frisottaient au niveau des pommettes, de sages bandeaux sur les oreilles laissaient en liberté des rangées de tire bouchons à l'anglaise. Un chignon, derrière la tête, clouait le tout de ses épingles d'écaille blonde. Je me trouvai belle, yeux et cheveux assortis, la peau blanchie par l'hiver. Belle... Et pour qui, bon Saint-Herbot, patron des bêtes à cornes ? Pour les regards brûlants de de More, pour son plaisir, pour ses désirs de conquête. C'était affreux à dire, mais ce genre d'homme m'attirait et m'intriguait infiniment plus qu'un amoureux transi ou qu'un garçon de bonne famille, préservé des passions par plusieurs générations de petites bourgeoises collet monté. Dieu merci, avec de More je n'avais pas besoin de chercher mes mots et quand je lâchais une horreur il ne songeait pas à s'en offusquer ! Les mauvaises langues de Sizun en racontaient à mon sujet... Eh bien ! Qu'elles en racontent tout leur soûl ! Je les envoyais battre le beurre, toutes ces vieilles biques. Quand bien même je devrais être montrée du doigt jusqu'à ma mort, je préférais vivre en priant Dieu à ma façon, plutôt que de traîner jusqu'à l'heure dernière rancœurs de vieilles filles et rêves pontifiants.

Dans ma mansarde, le feu ne séchait pas l'humidité. Les lattes supportant les ardoises du toit s'étaient disjointes et la neige gouttait en fondant sur le plancher. J'étais au moins sûre d'avoir un logis jusqu'au mois de mars, car avant de partir faire mes folies de toilette, j'avais eu l'insigne sagesse de mettre vingt-quatre francs de côté, le loyer des trois mois à venir.

A une heure, j'étais fin prête. Les cerceaux de ma crinoline se balançaient de droite et de gauche avec des mouvements solennels et capiteux d'encensoir. J'avais l'illusion de fendre les flots et je me mouvais coquettement, avec cette impression sensuelle que toutes les femmes éprouvent quand la beauté d'une robe rejaillit sur leurs personnes au point d'attirer sur elles tous les regards.

Il fallut que, au beau milieu de mes allées et venues et de mes révérences au petit miroir à barbe de Julien, à la glace de la toilette, mon voisin pianiste se prît d'une crise aiguë et se mît à cracher le sang.

— Venez vite ! me cria Pellegrin, le joueur de flûte, qui tambourinait à ma porte. Je n'en viens pas à bout tout seul. On dirait qu'il va étouffer !

Je sortis de chez moi, telle quelle, en paletot herminé, pour m'arrêter au seuil de la pièce voisine, épouvantée. Allongé sur un lit de fer aux couvertures défaites, le pianiste était agité de soubresauts convulsifs, semblait chercher l'air qui lui manquait, arrachait col, cravate, veston. A ses pieds, la cuvette de porcelaine était rouge et gluante de sang.

— Madame Caput est allée chercher le médecin, m'expliqua Pellegrin. Mais en attendant, il faut le faire tenir tranquille.

— J'ai soif... râlait le malade. A boire ! Donnez-moi à boire ! La langue me colle au palais !

— Je vais chercher un peu d'eau de vie, proposai-je.

— Surtout pas ! Jamais d'alcool dans ces cas-là, souffla Pellegrin en arrêtant mon geste vers le palier. S'il a vraiment trop soif, faites-lui un peu de thé ou de café.

Il se pencha vers son ami, rabattit ses bras au long de son corps maigre, exsangue.

— Calme-toi, Jean. Ne t'agite pas comme ça, c'est mauvais pour toi. Tu as mal ? Où as-tu mal ?

— J'ai soif... Mes oreilles... Tu m'as parlé, Rémi ? Je ne t'entends presque plus. Mes oreilles bourdonnent. Tu es là ? Je ne te vois pas !

— Bon Dieu ! jura Pellegrin. Et ce toubib qui n'arrive pas ! Qu'est-ce qu'elle fiche, la tôlière ?

Je me dépêchai de faire bouillir de l'eau sur mon poêle, mais je commençais à peine à la verser dans ma cafetière que Pellegrin me rejoignait, le visage en sueur. Sa chemise collait à sa peau, pendait en loque à sa taille.

— Il vient de perdre connaissance, murmura-t-il.

Et il se laissa tomber sur mon divan, la tête dans ses mains.

— C'est la fin... C'est la fin... répéta-t-il. Il semblait épuisé, anéanti.

Je les connaissais peu. Nous n'avions pas les mêmes habitudes, ni les mêmes horaires. A peine nous croisions-nous une ou deux fois par semaine, pour échanger quelques banalités aimables.

— Il ne voyait pour ainsi dire plus, déclara-t-il. Bourdonnements d'oreilles, obscurcissement de la vue, syncope... Ensuite, c'est la mort. Depuis ce matin, il étouffait littéralement. J'ai dû me battre avec lui pour l'empêcher d'ouvrir la fenêtre. Et ses angoisses le reprenaient, sa peur de mourir dans un lit, sans avoir revu ses frères...

Pellégrin avait besoin de parler. Je lui offris une tasse de café, cherchai quelque chose à dire. Je me sentais gauche et incongrue, avec mes frais de coquetterie, mes momeries devant la glace, mes passementeries clinquantes. Honteuse de ma futilité, maladroite, engoncée, je regardais la nuque brune du garçon secouée de sanglots secs, son bouleversant chagrin d'homme.

— Le médecin va arriver, murmurai-je. Vous vous faites peut-être trop de mauvais sang.

— Ah ! gémit-il. Si vous saviez comme j'ai peur, moi aussi !

— Voyons, Monsieur Rémi, votre ami va guérir. Il a déjà eu d'autres hémorragies.

— Non, s'entêta-t-il. Cette fois c'est la fin. Quand un phtisique tombe en syncope après avoir craché le sang...

— Venez, ne le laissons pas seul.

Il mourut avant l'arrivée du médecin, sans avoir repris connaissance. Je pensais à Long Fellow et j'avais du mal à trouver mes mots, mes lamentables mots de condoléances. Si seulement Rudi était là ! Mais c'était samedi, son meilleur jour, et il faisait tous les alentours des marchés. Pour une fois, je fus soulagée d'entendre la Caput grasseyer dans l'escalier. Le docteur Pierre l'accompagnait. Il ne put que constater le décès, dû à une hémorragie pulmonaire, et calmer la mégère qui prenait très mal la mort de son locataire.

— Que va-t-on dire ? s'inquiétait-elle. Il est mort chez moi, comme si ma maison était un hôpital ! Je suis une femme honnête, docteur Pierre, et je ne veux pas qu'on dise à la Maub' que je laisse mourir mes locataires !

La peste étouffe cette misérable femelle !

— Il faut prévenir la famille, dit le médecin, négligeant les jérémiades de la tôlière. Avait-il seulement de la famille ?

— Deux frères, en Côte-d'Or... hoqueta Pellegrin.

On en vint, doucement, aux formalités.

La Caput voyait cela d'un mauvais œil. Encore de nouveaux locataires ! Il fallait tellement se méfier, avec toutes ces voleuses, ces fillettes vérolées et ces escarpes qui cherchaient une mansarde. Et ce serait encore farce de faire descendre quatre étages à ce sacré piano !

Rémi Pellegrin parlait de partir, de quitter Paris qui n'avait tenu aucune de ses promesses. Les femmes de l'immeuble montaient marquer leur sympathie, Madame Petit, la femme du ferblantier, Florence Levasseur. L'atmosphère confinée de la pièce était irrespirable. Odeur amère de quinquina, relents de cataplasmes, d'inhalateurs refroidis. On regardait ma toilette d'un œil critique et gêné. C'était en deuil de son père et ça portait des fanfreluches à foison ! Je préférai me retirer et les laisser tous à l'unisson, Pellegrin secoué de sanglots, la ferblantière Bougerol ayant l'air de dire que les grands malheurs ça la connaissait, Florence Levasseur émue et pudibonde, la mère Caput, l'œil fixe et songeur, Madame Petit furtive, trouvant indécente l'intimité de cette chambre d'hommes et s'affairant pour lui donner un aspect plus anodin, rangeant les médicaments, les objets de toilette, jetant un bout de couverture sur les pauvres vêtements accrochés au dossier d'une chaise.

La scène était pitoyable et je ne savais trop ce qui m'inspirait un tel mépris, un tel désir de dégringoler les étages et d'aller respirer un autre air, fût-il glacial et empuanti par cette odeur d'égout que soufflait le vent du Nord.

UNE foule impossible à dénombrer se pressait sur la place de la Bastille, empiétait sur les boulevards, fourmillait du bassin de l'Arsenal au canal Saint-Martin. Dès l'aube, malgré le froid qui figeait les fontaines, l'eau des biefs entre les sas et les berges moussues, on avait pris d'assaut les meilleures places, les bancs, les escaliers, les bornes cavalières, tous les recoins où l'on pouvait se hisser pour mieux voir. La bourgeoisie nantie et le faubourg populacier s'étaient donné rendez-vous dans les courants d'air, entre deux réveillons. On vendait des drapeaux, des feuilles de laurier, on avait même, disait-on, engagé des blouses blanches pour créer un enthousiasme factice. Un arc de triomphe colossal avait été érigé en face de la colonne Bastille et en regard des boulevards, pavoisés — jusqu'à la place Vendôme où se trouvaient les tribunes de la famille impériale, des personnages en Cour et des officiels — de mâts vénitiens et d'emblèmes guerriers : à mi-hauteur des mâts de cocagne surmontés de l'aigle des Bonaparte, des gerbes tricolores, écussonnées du panonceau impérial au sigle N. Des oriflammes serpentaient dans la bise, autant de panaches coiffant ces foules profondes, émues, ravies.

De More m'avait conduite, à travers des pièces désaffectées, dans l'aile droite de son hôtel. Une ancienne chambre donnait sur la place par un large balcon en encorbellement au-dessus des magasins du rez-de-chaussée. Cette pièce était sinistre, la tapisserie se décollait sous le salpêtre et une odeur fade et humide, presque nauséeuse, montait des housses qui encapuchonnaient de vagues formes de fauteuils, de consoles, de divans.

— Autrefois, m'expliqua de More, ma sœur Henriette habitait cette aile. Nous n'y avons pas remis les pieds depuis des années.

Du balcon, nous avions une vue magnifique sur la place, les premières maisons de la rue Saint-Antoine que devaient emprunter les troupes pour gagner la place Vendôme, et nous voyions déjà les rotondes des jupes gonflées en enfilade sur le parcours.

— Vous allez applaudir, Monsieur de More ? questionnai-je d'un air innocent.

— Ma foi, cela me changera des descentes de la Courtille, répondit-il, maussade. Une mascarade en vaut une autre.

— Je vous préviens que moi, j'applaudirai ! déclarai-je. Je ne suis venue que pour ça.

— Vous vous ennuyez donc tant que ça, dans votre quartier ?

— Je n'ai plus guère de distractions, c'est vrai. Quand je ne travaille pas, je ne sais trop comment tuer le temps.

— Occupez-vous, ma chère. Je ne sais pas, moi. Ecrivez votre journal. Apprenez le portugais. Ou le turc, la Turquie est à la mode.

Je plongeais du regard dans la marée des têtes, étale sous nos pieds dans l'attente du cortège. Les troupes étaient sur place, disposées en carré autour de la colonne, fantassins au cordeau, chasseurs bridant fièrement leurs montures, officiers de la Garde derrière leurs canons. Au-delà de la multitude en arrêt on distinguait l'amorce des travaux de recouvrement du sinistre canal Saint-Martin, avec ses ponts tournants et ses berges escarpées. Les surineurs des écluses voisinaient avec les ébénistes du faubourg Saint-Antoine, les carriers descendus de Belleville.

Comme pour appuyer la voix de la foule qui se faussait dans l'aigu, une volée de cloches s'ébranla dans la coupole de Saint-Paul, déferla sur les premiers vivats avec une allégresse nouvelle.

— Pâmez-vous, ma chère, fit la voix de de More derrière moi. Voilà votre Badinguet et toute sa chienne de suite qui aboie pour le faire rire.

Un brouhaha d'exclamations courait dans la foule. L'Empereur et son Etat-Major débouchaient au trot de la rue Saint-Antoine et se portaient sur le front des troupes, devant les canons de la Garde impériale. Napoléon portait son uniforme de général, son képi, sa tunique barrée du grand cordon rouge de la Légion d'honneur, sa culotte garance et ses hautes bottes, et il se tenait debout sur ses étriers, comme pour mieux rendre hommage à ses valeureux sujets. On le disait excellent cavalier et peu de hauts dignitaires conviés aux chasses de Compiègne arrivaient à le suivre quand il s'amusait à remplir le rôle du renard. Je fus tout de même déçue de le voir si petit, mais la dignité de sa stature gommait le défaut de sa taille.

Toutes les têtes s'étaient tournées vers la colonne Bastille. L'Empereur, toujours entouré de son Etat-Major, ôta lentement son bicorne et sa voix s'éleva, claire et ferme, tandis que les rumeurs se taisaient en longs soupirs.

— Soldats ! dit-il. Je viens au-devant de vous, comme autrefois le Sénat romain allait aux portes de Rome au-devant de ses légions victorieuses. Je viens vous dire que vous avez bien mérité de la patrie.

— Vous raconterez plus tard à vos petits-enfants comment Badinguet a consolé nos braves de s'être fait peler le râble pour des prunes, continuait de persifler de More.

— Qu'ai-je à voir avec vos rancunes personnelles ? m'irritai-je. Laissez-moi écouter tranquillement.

Au pied de la colonne, Louis-Napoléon poursuivait son discours.

— Mon émotion est grande, car au bonheur de vous revoir se mêlent de douloureux regrets pour ceux qui ne sont plus, et un profond chagrin de n'avoir pu moi-même vous conduire au combat. Soldats de la Garde comme soldats de la ligne, soyez les bienvenus ! Vous représentez tous cette armée d'Orient dont le courage et la persévérance ont de nouveau illustré nos aigles et reconquis à la France le rang qui lui est dû.

Il avait une curieuse façon de tortiller sa moustache en parlant. Il était trop loin pour que je pusse distinguer ses traits et me sentir figée dans le halo émerveillé et flagorneur qu'il déplaçait autour de lui, mais je lui trouvai un certain air de don Juan à barbiche, une belle dégaine de gentilhomme à cheval, et les cocodettes du premier rang confirmaient cette lointaine impression en levant vers lui des regards d'adoration. Çà et là, des mères de famille reniflaient dans leurs mouchoirs. Elles chercheraient peut-être des yeux la place laissée vide dans les rangs de nos fantassins, de nos chasseurs à pied...

— La patrie, continuait Badinguet, attentive à tout ce qui s'accomplit en Orient, vous accueille avec d'autant plus d'orgueil qu'elle mesure vos efforts à la résistance opiniâtre de l'ennemi.

« Je vous ai rappelés, quoique la guerre ne soit pas terminée, parce qu'il est juste de remplacer à leur tour les régiments qui ont le plus souffert. Chacun pourra ainsi aller prendre sa part de gloire ; et le pays, qui entretient six cent mille soldats, a intérêt à ce qu'il y ait maintenant en France une armée nombreuse et aguerrie, prête à se porter où le besoin l'exige.

— Croyez-vous que nous aurons une autre guerre ? demandai-je au milieu du discours haché de sanglots, d'éternuements, de vivats. On dit que l'Italie pourrait faire une bonne occasion.

— Je ne suis pas dans le secret des dieux, ma chère.

— Personne n'en sait plus que vous.

— Je ne vous le fais pas dire. L'Empereur n'a jamais cessé de barboter dans la conspiration. Il est né conspirateur. Il ne travaillera jamais que par voies secrètes, au nez et à la barbe de ses ministres et de ses ambassadeurs. Le résultat est à l'avenant : une politique incohérente et la France tirée à hue et à dia par des ministres qui obéissent à des directions opposées.

— Vous parlez de conspiration, et à vous voir en ce moment on jurerait que vous allez lancer des bombes dans les jambes de son cheval.

— Confidence pour confidence, ma chérie, le jour où j'aurai une envie de ce goût-là, je me passerai de votre charmante compagnie.

— On vous enverra au bagne et vous y attraperez le scorbut, la fièvre jaune, un tas de sales maladies !

— A vos souhaits ! je vous ramènerai tout ça.

Il ajouta, tout-à-trac :

— ... Pourquoi avez-vous accepté mon invitation ?

— Pourquoi m'avez-vous invitée ? rétorquai-je.

— Vous le savez bien. J'agis toujours pour mon propre compte...

— Je ne saisis pas très bien... Mon cœur avait sauté dans ma gorge car je comprenais parfaitement au contraire, et point n'était besoin de me faire un dessin, je voyais dans ses yeux étincelants et bleus une certitude qui me braqua tout à fait.

— Anne, poursuivait-il, vous n'êtes pas naïve au point de croire que je vais m'essouffler des mois et des mois après vous. Vous méritez de vous faire attendre, j'en conviens, mais la patience d'un homme a des limites.

— Votre toupet et votre suffisance, eux, n'en ont pas ! m'écriai-je.

Il me considéra d'un air patelin, presque paternel.

— Voyons, chérie, cela vous dirait bien quelque chose de faire l'amour avec moi.

Je n'osai pas le regarder. Une sueur glacée me courait dans l'échine, un tremblement perfide desserrait mes genoux, affolait mes mains agrippées à la rambarde de fer. Il continuait dare-dare, ricanant de mon trouble :

— ...Nous en arriverons là, un jour ou l'autre, vous le savez aussi bien que moi. Pourquoi ne pas forcer un peu la chance ? Soyons égoïstes, chérie ! Le plaisir vous fait peur ? Ou bien est-ce moi... ?

Il eut un sourire étrange, amer et tendre, quand sa main se posa sur la mienne. Il conclut dans un murmure :

— ... Je vous promets de vous rendre heureuse, Anne.

— Demain on rase gratis, sifflotai-je avec une expression de figure que ma mère ne m'avait jamais vue sans me gifler.

Je me retournai vivement, parlai avec hauteur et conviction :

— Je ne me confie qu'à moi-même pour le soin de mon bonheur.

— C'est une forme de sagesse qui ne convient guère à votre nature, j'en jurerais, railla-t-il à nouveau. Laissez-moi donc juger par moi-même de vos ardeurs à vous rendre heureuse... En d'autres termes, où et quand vous plairait-il que nous passions de la théorie à la pratique ? Sur-le-champ, dans ce galetas ? Ou dans ma chambre, tout à l'heure ?

Dieu ! Qu'il avait donc des expressions malheureuses !

— Laissez-moi regarder le défilé, bredouillai-je, les jambes coupées, alors qu'une rêverie floue décalait mes pensées et mes sensations, me laissait perfidement dériver vers un climat tiède, émollient.

— Vous choisissez donc votre confort, fit de More, imperturbable. Nous nous en trouverons fort bien.

— Cessez de me parler de ces bêtises, Jérôme de More ! déclarai-je, affermissant ma voix.

— Excusez-moi. Je vous fais perdre tout un paragraphe de l'oraison. Continuez donc à apprendre votre page d'Histoire de France, ma chérie.

Je l'enviai brusquement de se sentir homme, à l'aise dans son rôle viril. « Il ne se plie pas aux caprices, pensai-je, il tient les rênes, il est le maître. » Je lui plaisais, et si follement, je le devinais, qu'il aurait fait n'importe quoi pour me mettre dans son lit. Mais j'étais loin d'être sûre que ce désir-là fût étayé par quelque sentiment plus tendre et plus avouable. Que pouvait-il y avoir entre nous, sinon une liaison un peu folle, au mépris des convenances, sans aveu ? Je trébuchai sur ce mot de « liaison », craignis que l'aventure ne se soldât pour moi par des larmes amères. « Je vous promets de vous rendre heureuse », avait-il dit. Promesse troublante, qui évoquait des plaisirs immédiats, ou quelque chose de plus profond et de plus durable ? Hélas ! Il était trop tard pour sauver la face et je me tournai vers la place, la rage au cœur devant cette évidence : je le désirais aussi furieusement, je le haïssais jusqu'à la passion... ou je l'aimais jusqu'à la haine ? Ah ! Dieu ! Que ne mettez-vous pas un peu plus de compréhension et d'humilité entre l'homme et la femme !

Des pensées brutales se chevauchaient dans mon esprit : quel visage cet homme pouvait-il avoir dans l'amour ? dans le bonheur ? Avait-il jamais été heureux ? Le rire, souvent, lui venait mal aux lèvres. Ou bien il s'en brisait la voix, il s'étouffait, il hoquetait. C'était un rire de cynique, pas un rire d'homme heureux.

Les mouvements de la foule se brouillaient sous mes yeux dans une nuée grise. Soumise, béate, elle ne pipait mot, suspendue aux lèvres de Louis-Napoléon qui concluait, toujours tête nue dans le froid mordant qui fouaillait la place, le vent qui faisait claquer les étendards. On battait le pavé pour se réchauffer ; les braseros toussotaient timidement, des gueux avaient été installés aux carrefours.

— Gardez donc soigneusement les habitudes de la guerre, disait l'Empereur. Fortifiez-vous dans l'expérience acquise. Tenez-vous prêts à répondre, s'il le faut, à mon appel. Mais en ce jour oubliez les épreuves de la vie du soldat, remerciez Dieu de vous avoir épargnés, et marchez fièrement au milieu de vos frères d'armes et de vos concitoyens, dont les acclamations vous attendent.

La foule hurla sa joie. La fête populaire commençait.

Ce fut comme une projection de lanterne magique. Sur les murs des foyers parisiens, on avait vu la bataille de Balaklava, les Highlanders à Inkermann, les zouaves à Malakoff, les premiers soins et l'arrivée du tabac. On avait ainsi appris la guerre de Crimée.

Les troupes s'ébranlèrent, au son de leurs clairons et de leurs tambours qui, tous, de la tête de la colonne aux grenadiers qui fermaient la marche, jouaient l'hymne impérial « Partant pour la Syrie ». Sur le passage des valeureux vétérans, les fronts s'inclinaient, les vivats éclataient, on agitait les branches symboliques du laurier. Egayant la parade, les coiffures se repéraient de loin : chapska des lanciers, talpack des chasseurs à cheval, shako des saints-cyriens, orné depuis cette année d'un plumet rouge et blanc qu'on avait baptisé casoar. Les tambours de ligne et les blessés venaient en tête, suivis du tambour-major de l'infanterie de ligne et des fantassins en capote bleue, pantalon rouge, shako de toile cirée, la fleur au fusil. Les zouaves, précédés de leurs clairons et suivis de leurs cantinières et de leurs mascottes, eurent un énorme succès. Le peuple chérissait ses Algériens, zouaves et turcos qui avaient déjà connu le délire de Lyon le 15 décembre. Un homme, le bras en écharpe, tenait son chien en laisse de sa main libre. Les cantinières souriaient, envoyaient des baisers. Certaines portaient des petits paniers, d'autres des barils en bandoulière. Quand les chasseurs à pied de la Garde passèrent devant la rue des Tournelles avec leurs clairons, leurs étendards et leurs glorieux fanions, la tête du défilé dépassait déjà le collège Charlemagne et la queue attendait encore de s'ébranler, au pied de la colonne.

Les acclamations répondaient aux acclamations. Venues de

toutes parts, elles gonflaient les poitrines, formaient une rumeur joyeuse qui flottait déjà sur la moitié de la capitale. Chaque régiment avait son ovation particulière. On applaudissait la bravoure des combattants, l'éclat des armes, la discipline du cérémonial. Il ne manquait pas un bouton de guêtre, il n'y avait pas un sabre qui n'eût été fourbi avec passion, pas même un galon qui ne jetât comme un éclat de soleil au passage. Les crinières des chevaux s'ébouriffaient dans le vent. Les femmes jetaient des fleurs, accrochaient leurs regards éblouis aux monstrueux bonnets à poil, aux éclairs d'acier des hausse-cols. Les lanciers ressemblaient à des Titans foudroyés, torches vivantes qu'un pâle rayon de soleil prenait pour cible. Auprès d'eux, les sapeurs aux longues barbes étaient autant de personnages d'un autre monde. Des petites filles, poussées par leurs parents, se détachaient de la foule et couraient offrir des bouquets aux blessés estropiés, boitant, s'appuyant sur des cannes, montrant leurs manches vides, leurs uniformes troués qui avaient souffert dans les tranchées de Russie. J'avais la chair de poule, des larmes plein les yeux, quand la foule chantait à son tour, étouffant sonneries, marches martiales, tambours et fifres. De More me jetait des coups d'œil sardoniques.

Le petit état-major arriva à son tour, reconnaissable à son plumet ou à son pompon tricolore. Mon père avait été tambour-major dans ce corps de sous-officiers. J'y pensai en me demandant quel aurait été mon sentiment, s'il avait conduit ce détachement en faisant des moulinets de saltimbanque avec sa canne à glands d'or. Ma mère, peut-être, serait montée à Paris...

J'applaudissais à tout rompre. Une allégresse nouvelle se déchaînait en moi. Oui, j'aurais des choses à dire à mes petits-enfants !

— Ah ! Je suis heureuse de voir cela ! m'exclamai-je. Vous pouvez bien vous moquer, on nous enviera, plus tard, quand on parlera du Second Empire !

Une émotion cocardière me poignait. Je pardonnais Saint-Lazare, Sainte-Pélagie, toutes les censures, les injustices, les brimades. De More crut bon de faire le rabat-joie. Sa voix, trop proche, quand je le croyais à l'autre bout du balcon, se fit soudain amère comme du fiel.

— Nous vivons une basse époque, ne nous y trompons pas, psalmodia-t-il. Une époque qui aime les petitesses : les petits plats, les petites combines, les petits boudoirs, les petites maîtresses. Une époque étriquée, qui a des prétentions grotesques et qui prend ses désirs pour des réalités. Non, Anne, personne ne nous enviera quand nous serons tous morts pour l'esbroufe.

— Dites toujours, répliquai-je. Ce ne sont pas vos jérémiades qui changeront quelque chose.

— Je sais que vous êtes ravie de votre sort. Je devrais vous envier et en fait je vous plains. N'attendez pas trop de la vie. Anne. Evitez les projets. Contentez-vous d'être belle, admirée, désirée.

— Je déteste vous entendre philosopher sur la vie et dire des choses stupides quand nous fêtons une grande victoire. Votre haine pour l'Empereur vous aveugle. Tout le monde sait que c'est un homme bon, charitable. Vous me l'avez dit vous-même.

— Juste Ciel ! Un gouvernement n'est pas une entreprise de charité ! Rien n'est plus dangereux qu'un homme bon. On se fait plus d'ennemis en voulant contenter tout le monde qu'en menant une politique réaliste qui se moque pas mal des dogmes d'amour ou de miséricorde à la Hugo. Et d'ailleurs, où avez-vous pêché que l'Empereur était un homme bon ? Je ne vous ai jamais dit pareille insanité. Vous avez dû lire quelque part qu'il avait fondé de nouveaux asiles pour les ouvriers convalescents ou qu'il venait de financer quelque concert de charité... Je ne cherche pas à vous convaincre, autant essayer de traire une poule, car vous n'avez en tête que le Badinguet à taille de guêpe de vos journaux de mode, le généreux, le chevaleresque Empereur qui vient de passer sous ces fenêtres ! On ne mène pas la France, hélas ! comme on mène le cotillon aux Tuileries !

Je n'écoutais pas. Les récriminations de Jérôme de More me faisaient penser aux jalousies du vieillard regrettant sa jeunesse et réclamant encore sa part du gâteau.

— Vous me gâchez ma journée, grondai-je. Regardez autour de nous, voyez comme les gens sont heureux !

— Ah ! Anne ! Vous me faites trembler, avec vos yeux éblouis. Il y en a des milliers et des milliers comme vous, qui regardent avec vos yeux. Mais nous sommes gouvernés par un aventurier, qui assassine la liberté dans son propre pays et va dans toute l'Europe prêcher les principes de 89 ! La liberté n'a jamais été aussi maltraitée depuis 1814 !

— Ce n'est pas la peine de crier si fort ! Ni d'essayer de m'embobiner, je n'ai pas le droit de vote.

— Dieu soit loué ! Le jour où elles l'auront, les femmes voteront pour le candidat le mieux tourné ou le plus bigot.

— Ce ne sont pas les femmes qui ont élu Louis-Napoléon, que je sache.

— Quant à cela, il s'est élu lui-même ! Il n'a pas pris la peine de nous consulter avant de dissoudre l'Assemblée et de proclamer l'état de siège. Et pour ce qui est du plébiscite de 52, autant dire qu'on a forcé la main aux Français à coups de chantage à l'anarchie et de grossières tentatives d'intimidation.

Il se tut un instant puis ajouta, lugubre :

— On danse aux Tuileries, Anne. Mais quand les lampions de la fête s'éteindront, ce sera le drame, le néant.

— Vous parlez comme les prophètes des trottoirs ! me plaignis-je.

— Il n'est guère difficile de prophétiser, en effet.

— Etes-vous à ce point persuadé que tout irait pour le mieux, si Henri V montait sur le trône ? Après trois révolutions, croyez-vous que les Français verraient d'un bon œil un Bourbon s'installer de nouveau aux Tuileries ?

— La chute de la monarchie n'a pas été voulue par la nation, répondit de More avec une morgue austère. Elle a été la conséquence d'une coalition de partis extrêmes. Si la haute noblesse avait été plus consciente de l'évolution, si elle n'avait pas méconnu les mouvements d'idées des philosophes qui trouvaient périmée la notion de monarchie de droit divin...

Il s'arrêta net, se pencha vers moi avec ardeur :

— Vous m'avez dit un jour que vous croyiez à la monarchie de droit divin, Anne. Vous êtes plus chouanne que vous ne pensez ! Pour qui croyez-vous donc que les hommes de Cadoudal et les insurgés de l'église Saint-Roch se sont battus, sinon pour Dieu et pour le roi ?

— Si vous commencez à ressortir vos martyrs...

Nous fûmes interrompus par une voix épouvantable qui monta soudain du pavé, sous le balcon, et résonna à nos oreilles :

— La belle Poil-Rousse ! s'écria-t-on. C'est pas Dieu possible ! Héa ! Levrette ! V'là tes quarante sous !

Deux pièces blanches voltigèrent dans l'air, lancées d'un coup de pouce, roulèrent sur le balcon avec un tintement léger. Quelque chose dans cette voix de crécelle me sembla familier et je m'aperçus avec horreur que l'apostrophe m'était destinée. C'était donc vrai, on l'avait relâchée à Noël, cette Toussaint !

De More s'était éloigné, voulant être discret. Je n'osais trop la regarder, espérant follement que cette familiarité de mauvais goût passerait inaperçue. Mais l'abominable mégère s'en donnait à cœur-joie, haussait la voix pour couvrir les rumeurs de la foule.

— Ça fait une semaine qu'on m'a dételée ! aboya-t-elle. J'allais justement te chercher à la Maub' pour te rendre tes quarante sous. Je suis régulière !... Dis donc, qui c'est, le grand dépendeur d'andouilles qu'est avec toi ? C'est ton ogre... ou ton croque-mort ?

Dans une tempête de sentiments mortels, je regardais fixement défiler le reste de l'armée d'Orient, les voltigeurs et les grenadiers que les enfants suivirent à leur tour, marchant au pas, balançant les bras en cadence, singeant la dégaine militaire. Je maudissais cette pocharde, l'invitation de de More et mon idée saugrenue de l'avoir acceptée. Mais pouvais-je deviner que la honte de ces affreux jours de Saint-Lazare, marquant mon passé d'un fer rouge, allait encore rejaillir, m'éclabousser en public, être cornée à tous les vents ? Et devant qui, Seigneur !

Dans la houle des têtes ébaudies, au coin de la rue des Tournelles, je devinais la face rubiconde de la Toussaint, toute tordue de sa sinistre gaieté.

— Voilà ! Voilà ! C'est bon ! grommela-t-elle. Je suis pas comme ça. J'comprends, Poil-Rousse ! On n'est jamais trop fier de m'avoir connue... J'voulais te rendre ton billon, ni plus ni moins.

Je me détournai, quittai le balcon. La journée était définitivement gâchée. Nous descendîmes dans un silence de mort les quelques marches qui mettaient l'aile désaffectée de plain-pied avec les pièces habitées. L'ombre commençait à gagner les maisons. Il était quatre heures.

Au haut du palier, prise de vertige à la vue des escaliers qui descendaient vers le hall, ces escaliers que j'avais franchis le cœur battant deux mois plus tôt, je marquai le pas, hésitante, confuse. Je sentais de More dans la pénombre, musclé, nerveux, bandé vers moi, secret.

— Eh bien... balbutiai-je. Je vais rentrer... Je suis désolée pour tout à l'heure... Une femme que je connais à peine, de vue... Excusez-moi, Monsieur de More. Au revoir... et merci de m'avoir invitée !

Je ne pus faire deux pas vers les escaliers. Il m'avait ceinturée, me plaquait violemment contre lui.

Je ne dis pas un mot de plus. Sa bouche écrasait la mienne, la forçait, l'ouvrait, et son baiser aussitôt me noya tout entière dans une onde de plaisir et de violence. Je reconnaissais déjà l'injonction de ces lèvres savantes, l'attouchement de ces mains puissantes, impérieuses, l'élan avide et furibond qu'elles imprimaient à mon corps.

Il m'entraînait vers sa chambre, ouvrait la porte. J'entrevis des tentures tilleul, des draperies satinées, la toilette avec son broc de porcelaine et sa fontaine en cuivre.

Il me faisait peur, brusquement. Son désir brutal, son visage ravagé, cette porte ouverte sur l'intimité de sa chambre, vers la pénombre du grand lit, vers cet inconnu qui m'effrayait... J'avais peur ! Ah ! Pourquoi les hommes ne peuvent-ils se contenter d'un baiser, de quelques caresses ? La pensée de ce que de More allait exiger de moi, de la révélation de nos corps, de la folle hardiesse de ses gestes qui ne connaîtraient plus de mesure, suffit à brider les sentiments qu'il m'inspirait et ce fut d'une voix chavirée que je l'implorai de me lâcher.

— Je vous en supplie, Jérôme ! Si vous m'aimez...

La réponse siffla, percutante. Sa désillusion était à la mesure de l'espoir qu'il avait nourri !

— Vous ai-je parlé d'amour ?

— Pardon, dis-je, mortifiée. J'avais cru comprendre...

— Vous avez mal compris.

— Vous êtes quand même mon ami, n'est-ce pas ? m'entêtai-je.

— Un homme n'est jamais l'ami d'une femme, répondit-il. Il est son frère ou son amant. Je n'ai aucune amitié pour vous, Anne.

Comment pouvait-il prononcer de telles méchancetés alors qu'il me serrait dans ses bras, que je le sentais contre moi, affolé, agressif, à bout de patience ? Une bouffée de colère m'empourpra en une seconde, me dressa contre lui avec une force dont je ne me savais pas capable. J'étais en amadou de la tête aux pieds, une simple étincelle allait m'enflammer d'un moment à l'autre. Le mufle ! Le petit noble à la samaritaine ! Bien sûr, il n'attendait que ça, que je me vautre dans son lit, que je putasse comme ses comtesses au sang dégénéré, et toutes ses salonnardes du faubourg Saint-Germain ! Je criai, lui lançai mon dégoût de lui à la figure. Il ricana.

Je n'avais pas le temps de choisir mes termes. Ils bouillonnaient dans ma bouche et je les crachai tels quels, m'empêtrant dans les mots, bégayant presque sous le coup de la fureur. Il sut tout, les insinuations des potinières, la haine de ses fermiers et des forçats de Pennarstank, je le traitai de faux dévot, d'hypocrite, de criminel et, pendant que j'y étais, je lui mis sur le dos la volée de bois vert que la Caput avait réservée à Taille-Douce au retour de l'Exposition et les vilaines figures qu'on me faisait au pays depuis les racontars de Dagorne.

Il m'avait lâchée dès les premiers mots et, après m'avoir regardée comme quelqu'un qui se retient de cogner, il me considéra avec une humeur de plus en plus joviale qui eut le don de me faire tourner franchement au vinaigre.

— Vous n'êtes qu'un vieux satrape ! vociférai-je. Vous m'avez fait venir ici pour me prendre comme une fille des rues ! Vous n'avez que des réflexes de soudard, vous corrompez tout ce que vous touchez !

J'étais d'autant plus sincère qu'il aurait pu facilement, aujourd'hui, m'arracher l'aveu du sentiment nouveau que j'avais pour lui. Sentiment qui, haine ou passion, trouvait son complément naturel dans la colère !

Malheureusement, il n'entrait pas dans mes habitudes d'avoir des colères froides et distinguées. Poissarde, rengorgée, les paumes aux hanches, les reins cambrés, je faisais des moulinets avec mes coudes et me carrais sur mes talons comme une limonadière.

— Vous faites très femme du peuple, mon cœur, susurra de More. Baste, après tout, la caque sent toujours le hareng.

— Prenez garde de ne pas recevoir ma main par la figure, Monsieur de More !

Il émit un rire bref.

— Prenez garde vous-même. Je pourrais vous apprendre d'autres jeux de mains en retour.

Il s'approcha de moi pesamment, le sourire jaune.

— Si vous faites un pas de plus, je hurle ! m'écriai-je.

— Vous ne faites que ça depuis dix minutes. C'est un bon seau d'eau qu'il vous faudrait. Je regrette que mon broc soit vide.

80

Il se rasséréna bientôt, reprit son ton supérieur :

— Je constate avec chagrin que vos ambitions sont plutôt limitées, ma chère. Vous vous faites des hommes un épouvantail parce que, le plus naturellement du monde, leur constitution les porte à vous désirer, mais vous jetez votre gourme avec les foutriquets du Quartier-Latin qui attendent encore qu'un peu de barbe leur pousse au menton. Vous choisirez probablement parmi eux le jobard qui vous servira de mari. Voyons, Anne Mazé ! Votre vie est toute tracée ; lever à neuf heures, pot-bouille de la veille au déjeuner, petite couturière au noir, salon de thé, piétinements sans fin dans les galeries à bon marché... Après le dîner, vous ferez un piquet, un loto ou un nain jaune avec votre compère qui se fera ensuite un plaisir et une obligation de vous besogner allègrement dans la chambre à coucher tape-à-l'œil que vous aurez choisie vous-même rue Saint-Antoine.

— Vous allez sans doute me dire que vous avez mieux à m'offrir ? persiflai-je.

Il s'esclaffa.

— Non, ma chérie. Au risque de vous décevoir cruellement, je n'ai pas la moindre intention de vous épouser.

— Et moi je l'espère bien ! Par exemple ! Elle est bien bonne ! Au risque de vous décevoir cruellement ! Tranquillisez-vous, Monsieur de More, il n'y a aucun mal ! J'épouserai l'homme que j'aimerai, et je me passerai de votre opinion là-dessus, croyez-le bien !

— Vous pensez à Julien Crenn, je suppose ?

— Julien Crenn ? Certainement pas.

— Vous en étiez fort éprise, pourtant.

— Eh bien ! Je m'étais trompée, voilà tout.

— Voyons, Anne ! gouailla-t-il. On ne se trompe pas d'amour comme on se trompe de pied ! A moins d'être une petite Maubert...

— Mais je suis une petite Maubert, vous le savez bien, déclarai-je, provocante. Un jour je rencontrerai un homme très riche et je me ferai entretenir, choyer, habiller, et je mangerai jusqu'à m'en faire crever, pendant que vous continuerez à crosser le gouvernement qui ne remplit plus vos assiettes de porcelaine et vos services d'argenterie ! Amour ou non, je me ferai ma vie moi-même, et je ne supporterai pas que des indésirables se mêlent de mes affaires. Au fait, que savez-vous de l'amour, vous ? Vous prenez une femme comme on prend un fiacre, pour vos commodités.

L'énorme rire qui le secoua me cloua sur place, sidérée. Qu'avais-je dit de si drôle pour que cet imbécile manquât d'avaler son jabot ?

— La comparaison est savoureuse ! finit-il par dire, un peu calmé. C'est vrai, j'avais oublié dans le tableau la petite épouse qui s'ennuie et se console de sa médiocrité en faisant des passes bourgeoises dans le demi-monde !

Son visage perdit tout à coup son masque d'hilarité, devint presque grave pour poursuivre :

— ... Je vais vous dire, pour votre gouverne, ce que je pense de l'amour, et tant pis si je vous choque ou si vous décampez d'ici avec le feu à vos trousses.

Il vint à moi, approcha deux doigts, leva mon menton d'un geste si naturel qu'il me parut familier.

— L'amour est d'abord une chose physique, quoi qu'on dise. Mais l'amour n'est pas le mal. Ce sont les hommes qui en ont fait la chose du diable. Sans les hommes il n'y aurait pas de complexes, pas de pudeurs stupides. Pour moi, la pudeur n'existe pas, c'est une vue de l'esprit. Il n'y a que des corps beaux et des corps laids, et l'intelligence avec laquelle on s'en sert. Laissons parler les laids et les imbéciles qui font de l'amour je ne sais quel vice caché. Sans doute parce que c'est une chose trop simple et trop pure pour leurs esprits malades. Quand on est un homme et une femme, face à face, nus, avec rien que l'amour, il faut avoir le courage de sa beauté. Plus tard, quand les corps se sont connus, les esprits se rencontrent.

Personne n'avait jamais osé de telles paroles devant moi. Et c'était vrai, je rougissais en pensant aux corps nus consumés en enfer pour avoir trop aimé ici bas ; muette, les dents serrées, j'écoutais ces phrases étranges, cette voix ferme et veloutée qui me pénétrait de vérités honteuses, que le monde n'avait pas l'habitude de crier sur les toits malgré la liberté des mœurs. Je n'étais pas encore assez docile pour me résigner à cette dépendance, à cette tutelle que de More exerçait sournoisement sur ma personne physique.

— Voilà, ma chérie, conclut-il, ses yeux très près des miens. C'est ça, l'amour, et non pas un vague désir qui vous turlupine de temps à autre, comme un rhume des foins.

Il me sembla aussi que ça n'était pas à lui de me dire des

choses pareilles, et que ma mère ne l'aurait jamais laissé poursuivre des propos aussi scandaleux. Je me vengeai à ma manière en expédiant nos adieux.

— Vous êtes grossier, me contentai-je de répondre. Vous êtes l'homme le plus grossier que je connaisse.

— Je m'en moque, Anne Mazé. Je ne fais pas tant de cas de votre petite personne.

— Eh bien, soufflai-je, ulcérée, ma petite personne vous dit crotte.

Je fis une esquisse de révérence et franchis quelques marches d'un pas rageur. Il me rattrapa une seconde fois et je vis à son visage que le jeu faisait long feu.

— Surveillez d'un peu plus près votre vocabulaire, ma chère, si vous ne voulez pas que je vous flanque la fessée la mieux sentie de votre existence ! Je vous ai connue plus pointilleuse sur votre langage.

— C'est... C'était juste... une figure de rhétorique, hasardai-je en le regardant du coin de l'œil, un peu inquiète.

Il leva un sourcil, estomaqué.

— ... Vous étiez trop méchant, à la fin ! fis-je d'un ton boudeur.

— Je suis méchant ? Sa voix était radoucie, un peu calmée. Ses yeux ne l'étaient pas encore. Ils exprimaient autre chose, de plus précis, de plus dangereux, que je ne sus définir.

— Qu'allez-vous faire, maintenant ? questionna-t-il. Quel est votre avenir ?

— Ma foi, vous avez torché un assez beau tableau de la chose... Mais ce qui peut m'arriver dans l'immédiat n'a guère d'intérêt pour vous. Ma vie continuera à Paris comme elle s'est passée jusqu'ici.

— Y compris les séances de pose à l'atelier Germès ?

— Y compris... Par exemple ! Qui vous a mis au courant ?

— Qu'importe. Je le sais.

— ... Je viendrai vous surprendre, ajouta-t-il. Je me déguiserai en rapin.

— Pourquoi pas ? crânai-je. Je ne fais pas mystère de mon corps.

— Il se peut bien que je ne vous fasse pas non plus mystère du mien, un de ces jours.

— Vous n'allez pas recommencer.

Au demeurant, nous fûmes rappelés à l'ordre par la silhouette ahurie de Blaise qui se pointait au bas de l'escalier, le plateau de café à la main.

— Il doit se croire revenu aux plus beaux jours d'Henriette et de sa clique, me souffla de More. On n'entendait toute la journée que des injures, des jurons de charretier et des scènes de mélodrame !

— Je pensais que Monsieur prenait son café dans son bureau, comme d'habitude, prononça dignement le majordome.

— Je le prendrai, Blaise. Déposez le plateau. Mon brave Blaise, vous avez le génie d'arriver au bon moment pour me donner le sens des réalités !

— Je ne vois pas bien ce que Monsieur veut dire, répondit l'homme en manière d'excuse.

Il passa devant nous, dans un délicieux fumet de café et de liqueur.

De More me proposa de partager cet instant agréable, mais je refusai, pensant que nous en avions trop dit aujourd'hui.

Nous nous quittâmes sur des sourires mi-figue mi-raisin, et je retrouvai la place de la Bastille avec, au cœur, le sentiment d'une chose bâclée, d'un bonheur confus et périlleux. Je n'avais pas de quoi pavoiser, ni même de quoi échafauder la moindre perspective heureuse. De More m'avait précisé ce qu'il attendait de moi. En fait, il ne m'avait rien appris, sinon qu'il passerait sur pas mal de choses pour m'avoir dans ses bras. Il avait une façon impudique d'embrasser et son étreinte ressemblait furieusement aux premiers assauts d'un viol. Les sensations n'en étaient pas pour autant désagréables, loin s'en fallait ! Oh ! Il ne m'avait pas choquée, comme il l'espérait. Je savais depuis longtemps à quoi m'en tenir sur son compte. Il m'avait plutôt vexée, humiliée. J'aurais voulu être de celles qu'on courtise à petit feu, qu'on ne se lasse pas d'essayer de conquérir. J'aurais voulu qu'on m'offrît des présents coûteux, qu'on surveillât son langage et ses manières pour me plaire. Au lieu de cela, de More me l'avait clairement signifié, j'étais une jeune personne auprès de qui on se sentait à l'aise et devant qui on ne se gênait pas pour tomber la veste ou fumer le havane. Point de gracieux préliminaires, on appelait un chat, un chat, et on espérait même m'avoir gratuitement. Ma satisfaction d'inspirer un désir fou se nuançait de honte... Les viveurs du genre de de More n'allaient pas chercher la candeur et la maladresse là où elles n'étaient plus. Je conclus que ces hommes-là étaient très difficiles, qu'ils donnaient leur respect à qui le méritaît et que je ne serais jamais ce que je voulais être. Et je maudis les erreurs de la nature qui m'avait à tort et à travers gonflé les lèvres, étiré les paupières, creusé les reins et arrondi les hanches ! Je répondais peut-être, et malgré moi, aux idées à priori qu'on se faisait de ma personne...

La foule se dispersait. On commentait le défilé, on se préparait pour la grande kermesse des boulevards, pour les bals populaires qui s'ouvriraient un peu partout, hors barrière et intra muros. On fourbissait les batteries, on sortait les mirlitons.

Je me perdis dans la foule qui suivait des flux divers, comme au sortir d'un théâtre. Les crinolines freinaient la circulation, faisaient obstacle sur les trottoirs. Les visages, crispés de froid, brillaient d'une inaltérable bonne humeur. Le spectacle avait été celui d'une armée victorieuse rentrant dans sa capitale. Les Parisiens s'en rengorgeaient. Les hauts-de-forme crânaient, les casquettes opinaient, matées par l'appât des plaisirs et l'octroi d'une semaine anglaise.

Au coin du bassin de l'Arsenal, une tribune avait été érigée pour les journalistes. Certains restaient sur place pour expédier à la va-vite leurs papillotes. Les autres préféraient la maigre lumière et la chaleur enfumée des bouillons d'artisans du faubourg Saint-Antoine. Une silhouette, parmi ces redingotes râpées, me rappela vaguement quelqu'un... L'homme, de profil, expliquait quelque chose à un collègue et ponctuait ses propos de grands gestes impatientés. Il se tourna brièvement vers la place, et je le reconnus : l'écrivailleur de Timothée Strappe. Max Abollivier en personne, toujours chaussé de ses bottes de chasse, attifé à la diable d'un gilet écarlate, d'un grand manteau de camelot vert, doublé de renard. Il me vit aussi, eut un large sourire dans sa figure renfrognée et, s'excusant d'un geste, faussa compagnie à ses amis. Je le regardai pirouetter pardessus la balustrade de la tribune et retomber à quelques mètres devant moi.

— Nos amours seraient-elles sous le signe de la gloire ? dit-il avec une grimace comique.

Il me détaillait de son œil noiraud, appréciait mes coûteuses tentatives de coquetterie.

— Cette fois, conclut-il, je vous emmène ! Vous allez d'abord me dire votre nom, et ensuite nous irons patiner sur la Bièvre.

DE gros cabochons au gaz luttaient contre les dernières lueurs du jour pour éclairer encore chichement la Glacière, vaste mare gelée que les crues de la Bièvre formaient chaque hiver au Nord de la Butte-aux-Cailles. Le soir tombait, mais les patineurs, acharnés à exhiber leurs talents, n'en étaient que plus nombreux et plus gais. Je dis tout de suite à mon compagnon qu'il n'était pas question de me faire chausser ces ridicules bottines blanches aux lames invraisemblables, défiant toutes les lois de l'équilibre ! Je n'avais nulle envie de me rompre le cou et de me donner en spectacle sur cette savonnette que semblait être la rivière à cette section de son cours, le long de la rue du Pot-au-Lait.

— Voulez-vous que je loue une chaise pour vous promener ? s'empressa-t-il.

Je le regardai un moment sans répondre. Noir de poil et de peau, il montrait quelque ressemblance avec Julien Crenn, mais si ce dernier avait l'allure dégingandée et fanfaronne de la jeunesse, le physique du journaliste, pourtant dilettante, était plus accusé, plus sombre, avait quelque chose d'achevé et de mûri. Il ne m'inspirait pas une confiance démesurée, mais il tombait à propos pour me tenir compagnie et requinquer l'image assez vilaine que je m'étais faite de moi-même au sortir de l'hôtel des Tournelles.

— Non ! Non... Emmenez-moi plutôt rue du Moulin-des-Prés, à Bel-Air. On m'a parlé d'une maison ravissante qui appartenait jadis à un intendant de l'Ancien Régime, et je suis très curieuse de la voir.

— Oh ! je vois de qui vous voulez parler, répondit Abollivier. La maison est l'anciene folie-Cayeux, qui a du reste gardé son nom. Elle appartient maintenant à un homme d'affaires qui possède une tannerie rue de l'Oursine et qui tient une écurie de courses. Il a transformé le bâtiment lui-même en écurie et habite la fermette qu'il a fait restaurer. Je connais son fils de vue, une belle tête de gouape qui vient taper ses copains au Procope ou à la brasserie des Martyrs.

Je le laissai dire, tendant l'oreille.

Il m'offrit son bras et nous partîmes en promenade. Comme je lui avouais ne pas connaître la Butte-aux-Cailles, il me conduisit à un merveilleux belvédère, que fréquentait jadis le premier Empereur qui y chassait la caille et le perdreau, et d'où la vue s'étendait à l'infini, vers les dômes du Panthéon et du Val-de-Grâce, les hauteurs de l'Observatoire, et, au Sud, sur les méandres de la Bièvre, ses prairies gelées, ses moulins à eau, ses saussaies et ses lavoirs dont les toits en à-pic n'accrochaient pas la neige. Des tavernes fumaient dans les découverts blanchâtres, jusque par-delà les chemins d'Orléans et de Montrouge. On distinguait, à l'horizon, les formes troubles du sinistre fort de Bicêtre, derrière les jardins potagers, les ponceaux de la rivière, les joyeux vide-bouteilles aux charmilles désertées. Je m'extasiai sans complaisance. Assurément Saint-Favre n'avait pas menti, le paysage était charmant, propre à recréer le citadin le plus difficile.

Nous dégringolâmes la butte vers la rue du Moulin-des-Prés, quittâmes le Petit-Gentilly pour l'écart de Bel-Air qui s'étendait entre la Grand-route de Fontainebleau et le bras droit de la Bièvre. La maison de Saint-Favre se trouvait au niveau de la place des Peupliers, je l'aurais reconnue d'instinct, sans même les précisions d'Abollivier.

Je vis une jolie demeure, quiète et blottie sous son toit de neige, défendue par une grimpette aux rhododendrons gelés qui descendait du perron au portillon de bois bleu auquel, machinalement, mes mains s'étaient accrochées dans mon mouvement de curiosité. A ma gauche, un large portail s'ouvrait sur une cour aux multiples dépendances et appentis. Je tendais le cou pour apercevoir l'hôtel dix-huitième siècle qui, à l'orée du parc, servait d'écurie aux pur-sang du maître-tanneur, quand une servante à la démarche paresseuse s'encadra dans le rectangle lumineux d'une porte des communs et se mit à chapeler du pain en appelant les poules. Nous nous écartâmes tout en fixant nos regards sur la coquette closerie dont les volets fermés filtraient des lueurs rosies et douces qui éclaboussaient le jardin de mille lucioles joyeuses.

— C'est un beau petit lot, cette maison-là ! déclara Abollivier avec une admiration grinçante. Elle échouera un jour à cette arsouille de Théo Saint-Favre qui en fera une jolie basse-cour !

— Quel âge a ce Théo ? questionnai-je.

— Vingt et un, vingt-deux ans. D'après ce que j'ai cru comprendre, il est pion à Napoléon (1).

J'entendais pour la première fois parler de cette progéniture

(1) Ancien collège Henri IV, actuel lycée Henri IV.

87

faisandée. Mais l'avenir de la closerie m'importait peu. Son état présent me séduisait sans qu'il fallût y ajouter les menaces d'un héritage plus ou moins imminent.

J'avais eu le temps de distinguer, dans la pénombre cristalline de ce crépuscule d'hiver, la façade muette de l'hôtel, avec son fenêtrage avenant laissé tel quel, ses portes coupées et sa sellerie, les premières fuites d'une pelouse enneigée sous les saules et les marronniers. J'avais pensé, quelques brèves secondes : « Victor Saint-Favre est-il là, derrière une de ces fenêtres closes, à finir son thé, à tenter une réussite, à digérer ses chiffres et ressasser ses bonnes fortunes ?... » Et je l'imaginais, solitaire malgré tout, avec sa chair rebondie et déboutonnée, tout prêt à payer ses satiétés, à acheter très cher un amour de jeunesse, un faux-pas, un gros béguin, le caprice d'une saison. Il m'attendait peut-être, confiant, disposé à fléchir les sommités artistiques en faveur d'un rapin qui avait eu le bon goût de lui prêter son modèle. « On paye un modèle de six à huit francs l'heure, pensai-je. Il faudra que Saint-Favre accepte le tarif et me promette monts et merveilles. »

Nous vîmes, alors que nous quittions le chemin, deux hommes sortir de la maison avec des bottes de paille dont ils jonchèrent la terre avoisinante. Nous nous arrêtâmes pour leur demander la raison de ces allées et venues. Un grand diable à la carrure de cocher nous répondit que le maître était souffrant et que le seul bruit des attelages passant sur la caillasse de la rue lui était insupportable. C'était un grand cardiaque, il avait des migraines abominables, qui le clouaient au lit quarante-huit heures. Nous restâmes un moment à observer les deux hommes, le bougre qui nous avait répondu et devait être un valet d'écurie, et le flandrin compassé dont les gestes et les traits trahissaient le valet de chambre de grande maison.

Saint-Favre était couché, malade. Un court instant, je fus tentée de planter là le journaliste et de me faire annoncer. Il me recevrait. Je me montrerais navrée de ses souffrances, me laisserais inviter sans m'effaroucher et peu à peu l'amènerais à considérer le cas de Julien Crenn, enfermé à Sainte-Pélagie pour quelques minables petits pamphlets et un défilé sans conséquence. N'ayant pas eu de reconnaissance à lui témoigner pour son intervention auprès de Piétri car il avait eu le bon esprit de la passer sous silence, je paierais cette fois-ci en promesses. Il accepterait, peut-être. Il pouvait tout. Mais peut-être aussi, en homme d'affaires avisé qu'il était, ne prenait-il aucune de ses décisions en robe de chambre, un soir de migraine. « Je reviendrai, me dis-je. Je reviendrai bientôt et il n'aura rien à me refuser. »

Nous revînmes à la Glacière comme la nuit gagnait les dernières pâleurs du ciel. La mare était prise d'assaut par les élégants aux redingotes de coupe anglaise, les jolies bourgeoises transformées en tourbillons rouges et dorés, en nuages parfumés, en toupies de fourrures. Abollivier rejoignit quelques-uns de ses amis journalistes, et je reconnus sur la berge le parpaillot en jupons qui fumait le cigare comme un homme. Elle me regarda aussi, et sa mimique n'était guère accorte. Il me fallut deux minutes pour deviner qu'elle était la maîtresse d'Abollivier. Je lui laissais bien volontiers la place !

Les hommes s'étaient élancés sur la glace et Max ne parlait plus de me louer une chaise. Il ôta ses grandes bottes à l'écuyère, chaussa ses patins, et je le regardai virevolter sur la mare, les mains nouées au dos, à l'aise parmi les jeunes femmes qui semblaient autant de mannequins, avec leurs larges pantalons arrêtés aux genoux, leurs jupes écourtées, leurs hautes bottes blanches, affectant des airs majestueux de princesses des neiges.

La jeune femme journaliste demeura près de moi, se présenta : « Véra Lavallée. Max trouve que c'est un nom cochon ! » Elle pouffa.

— Plus je vous regarde et plus j'ai l'impression de vous avoir déjà vue quelque part, ajouta-t-elle.

— Vous m'avez vue chez Strappe, en effet, répondis-je. Il y a à peu près un mois. Je venais de lui livrer la traduction d'un roman anglais. Monsieur Abollivier m'a abordée dans l'escalier, m'a parlé de bouillons, je n'ai pas très bien compris...

— Ah ! Je vous remets. En effet... Dans notre jargon, bouillon veut dire invendu.

Elle avait l'air rêveuse.

— Toujours est-il que vous êtes arrivée sur ces entrefaites et que j'ai décampé quand vous parliez d'un duel avec un chroniqueur d'un autre journal, ou quelque chose comme ça.

— Oui, fit-elle. Et depuis ce jour, Max vous appelle Beauté-Elégance... Vous l'a-t-il dit ?

— Ma foi non. C'est un bien grand honneur. J'ai d'autres surnoms infiniment moins flatteurs.

Elle détaillait mon profil, devait me trouver mieux de face, pensait que je n'étais pas si jolie que ça. Je n'avais certes pas un profil de médaille, mais étais pourtant assez sûre de moi pour ne pas tourner la tête. Je fus tout de même soulagée de penser brusquement que ma couleur de cheveux lui évitait des critiques de détail : avec une telle tignasse, on avait tout dit !

Je la quittai inconsciemment. Mes pas m'éloignèrent du terre-plein et j'allai me jeter, devant le bureau de la Glacière, dans les remous de l'omnibus de Saint-Sulpice.

Je me rendis compte brusquement que, toute la soirée, je n'avais cessé de songer à Jérôme. La triste histoire du beau noble et de la petite croquante endimanchée...

Jérôme aimait-il la tendresse chez une femme ? Ces fiers aristocrates n'étaient élevés qu'à la guimauve ou au clairon. Feu le baron de More avait été toute sa vie une vieille baderne, incapable d'aimer ses enfants sans les rosser ni leur farcir la tête du culte de l'ancienne monarchie. Jérôme était un pur produit de ce genre d'éducation. Il devait même largement dépasser toutes les espérances que son père avait jadis pu mettre en lui. Ti-Lommig le chiffonnier des Monts d'Arrée racontait qu'à six ans le petit Jérôme montait se coucher en chantant à gorge déployée le Drapeau Blanc, le Zig-Zag-Dondon de la Paix ou la Vendéenne. Et j'imaginais ce petit garçon effrayé par les atrocités des révolutions qu'on lui ressassait pour l'aguerrir à la cruauté du peuple.

Il n'était que le puîné d'une portée de trois enfants, tous trois plus ou moins tarés selon les dires du pays, mais chacun le considérait comme l'unique héritier du nom et du domaine de Pennarstank. Le titre était allé à Pierre-Antoine, l'aîné, mais celui-ci s'était expatrié et on disait qu'il vivait aux crochets de sa femme quelque part en Europe centrale. Quant à Henriette, la benjamine, elle n'avait pas la réputation de faire grand-chose de propre à Paris. Elle refusait obstinément d'habiter l'hôtel familial et préférait les mansardes de ses amants bohèmes et les petits palais de ses commanditaires. Elle passait tous les ans une partie de l'hiver à Pennarstank, et arrivait avec des poètes, des banquiers, des vieux marquis. Il fallait entendre et voir alors la forêt du Cranou flamber des clameurs d'un laisser-courre ou des rires d'une ribambelle de fêtards masqués ! La vie des châtelains appartenait un peu à tout le monde sur l'Arrée, et tout le monde avait plus ou moins les yeux fixés sur Pennarstank, éblouis quand brûlaient les plaisirs, pleins d'une lueur mauvaise quand les revers et les deuils montraient que les mêmes lois régissaient l'existence des seigneurs et des humbles.

— Oh ! Poil-Rousse !

Je me retournai, brusquement surprise dans mes rêveries amères. C'était Etienne Chamberlain, accompagné de Vassilitch ; ils avaient patiné sur la Bièvre et rentraient à Paris, les patins sur l'épaule. Ils n'eurent aucun mal à me convaincre de passer la soirée avec eux, au Mabille.

L'EMPEREUR avait interdit de polker pendant le carême, mais l'on savait déjà que celui de 1856, « le carême de la victoire », verrait toutes les jeunesses jeter leurs forces dans la bataille. Le fils de l'ancien maître de danse de l'Opéra faisait déjà recette.

Le samedi était jour de gala. L'entrée était au prix fixe de deux francs pour les hommes, gratuite pour leurs cavalières. En été, l'orchestre officiait dans un pavillon chinois entouré de palmiers factices dont les branches tenaient lieu de suspensions à des globes lumineux. On dansait sur une piste de sable, entre les bosquets, dans les grottes, autour d'un café oriental. L'hiver, les adeptes de la contredanse s'abritaient dans une galerie couverte, tapissée de satin rouge et de glaces qui réverbéraient à l'infini les jeux, les billards chinois, les trois mille lumières du jardin.

L'Allée des Veuves, qu'on ne se décidait pas encore à appeler de son nouveau nom Avenue Montaigne, était prise d'assaut par les coupés bas, les colimaçons de lorettes, les tilburys des élégants qui sacrifiaient leur confort à la rage de voir et d'être vus. Tout le quartier Bréda s'était porté sur l'ancien marais des Gourdes pour y rencontrer l'élite de la fashion. Des noces d'une nuit s'y nouaient sans contrat, des grisettes haletantes accordaient un premier rendez-vous...

Une enseigne au gaz éclaboussait de sa lumière féerique la sombre allée des Veuves, plantée d'ormes centenaires, où s'esquissaient çà et là les formes trapues de quelque guinguette aux volets fermés. De chaque côté de l'entrée, des guirlandes lumineuses partaient en chapelets, caracolaient de bosquet en bosquet, de quinquet en quinquet. Le pavillon chinois qui tenait lieu de kiosque à musique était fermé tout l'hiver. Métra, qui venait de succéder à Pilodo, dirigeait son orchestre dans la galerie tendue de damas rouge.

Etienne était heureux de me revoir. Il m'avait longuement disséquée, à la Glacière, d'un œil professionnel habitué à discerner la chair fraîche de la carne en dentelles.

— Belle robe, beau manteau, belle capote, avait-il conclu, et Poil-Rousse dedans ! Poil-Rousse qui fait des grâces à affoler Platon ! Ton point de mire, ma chère ? L'Université ou la Presse parisienne ?

— Rien de tel, me défendis-je. Ce matin, j'étais riche comme Crésus. Je me suis rhabillée des pieds à la tête. Qu'en dis-tu ?

— Tu ne me feras pas croire que tu t'es saignée pour le plaisir de te voir dans une glace. Tu n'as pas l'air de te dessécher en attendant Julien.

— Je n'attends plus Julien.

— Bravo ! s'exclama le chimiste. Une convalescence de deux semaines, et tu te porteras comme un charme. Tu ne vas pas rechuter, j'espère ?

« Non, pensais-je, un goût de cendre dans la bouche, je ne rechuterai pas de sitôt. » Mais qu'il était donc facile de se raisonner quand on avait, comme Etienne Chamberlain, un cœur qui n'était qu'organe et se composait prosaïquement de deux oreillettes et de deux ventricules !

LA bonne société brocardait les contorsions païennes auxquelles se livraient les enragés du Mabille, du Bullier, du Ranelagh ou de la Grande Chaumière. Mais il fallait bien reconnaître, pourtant, que du chaste quadrille louis-philippard à la polka échevelée et aux dandinements et entrechats, on était tout de même passé par la « walse » et le cotillon ; et Dieu sait que la valse avait été décriée, ses adeptes voués au diable et aux foudres du ciel ! Pourtant, aussi, les fils de famille ne se comptaient plus sous les lanternes vénitiennes du plafond, coiffés du classique des étudiants ou arborant sans mystère l'insigne des dandys, les gants jaunes et le sourire retors.

Chicard lui-même, l'inventeur du « coin-coin » dont on avait fait le « cancan » cette danse furieusement à la mode, délaissait ses peaux et ses cuirs de la rue Quincampoix et venait essouffler un dernier relent de verdeur chez Mabille. Là, dans un tintamarre infernal où semblait battre le pouls d'une grande jeunesse en joie, on vénérait encore ses coups de talon, un tantinet moins mordants qu'aux beaux jours du Bal Chicard, mais qui avaient fait école parmi les étudiants, les grisettes et tous les noceurs de la Courtille.

Le dos cloué à la banquette, soûlée de gaz, de bière, de fumée de tabac, je regardais le sieur Lévèque, alias Chicard, danser pour lui-même au milieu de la piste, sans souci de sa cavalière, une blondine gainée de rose des pieds à la tête, qui ne faisait aucun mystère de ses chevilles et de ses pantalons de calicot. Chicard se démenait comme un diable à ressort, menait sa bacchanale tambour battant. Coiffé d'un casque de carton verdâtre qui évoquait aussi bien le reître du Moyen Age que Ratapoil et son cache-pot, entortillé dans un habit aux basques profondes comme celles des fontes d'un cavalier, un gilet de propriétaire et une culotte bouffant en larges braies sur des jambes gainées de fil d'Ecosse, l'homme se lançait dans des sauts périlleux, retombait sur ses pieds sans dommage, assouplissait une taille insolite et reprenait haleine en singeant quelques mesures de pavane. Le tout était scandé de coins-coins éperdus et soutenu par les pétarades de l'orchestre qui ne comptait pas moins de trois grosses caisses, trois cymbales, douze violons, dix pistolets solos, une cloche et douze cornets à piston.

On disait couramment qu'au bal Mabille se trouvaient les bonnes fortunes et parfois les fortunes. Duchesses, baronets, petites bourgeoises, militaires et lionceaux y fréquentaient sans pudeur les calicots, les balocheuses et les servantes de la basse galanterie. Seuls les étudiants toléraient mal cette intrusion populacière dans ce qu'ils considéraient comme leur temple. Il n'était pas rare de les voir jeter à la rue le menu fretin qui mettait une fausse note dans leurs enjambées d'intellectuels. L'esclandre se faisait d'ailleurs dans la bonne humeur et la réputation du Mabille n'en souffrait pas.

— Tu sais que Julien s'est abouché avec d'anciens journalistes de la Mansarde ? Ils tiennent séance tous les jours au Pavillon des Princes. Tu te souviens de Gaudemont, le type à la loupe qui déclamait chez la Malou ? Il veut fonder un journal, avec Julien et d'autres gars de la branche. Ça s'appellera le Petit Franc.

— Tiens, fis-je en haussant l'épaule, le titre n'est pas mal, c'est la mode des « petits » journaux. Mais Julien fera faillite, comme de bien entendu. Comment vont-ils payer le cautionnement et l'autorisation ?

— Nous t'avons déjà dit, je crois, que la Quentin avait trouvé un bon porte-feuille... Elle financera le projet.

— Eh bien, qu'elle crève sur son or, cette Polak ! dis-je d'un ton léger en clignant de l'œil vers Stefan.

Je leur tournai le dos et pris part des yeux à l'animation du bal. Devant notre table, dans un tourbillon de gaze et de rubans, Taille-Douce venait de passer, enlacée à Châtaigne qui dansait comme un sabot mais dont les gros bras velus lui donnaient sans doute une petite idée des exquises brutalités du lit. L'imbécile ! Elle en tenait donc pour ce soudard ! « Elle montera vite les degrés, celle-là, pensai-je. S'il ne lui arrive pas malheur avant ! » Son sort m'importait peu. Elle pouvait choisir sa couche, je l'avais assez prévenue contre cet homme-là. La vérité était qu'en vierge folle elle se faisait de l'amour une terreur fascinante qui ne pouvait se matérialiser qu'en la personne d'un animal comme Châtaigne. Petite chatte impulsive, elle cherchait l'accouplement des bêtes.

Au hasard d'une contredanse, elle surprit mon regard sur elle, haussa les sourcils avec une grimace rebelle. Ses bottines faisaient des pointes sur la piste, elle avait des grâces de petit rat enlevé par un satyre. Leur couple disparut bientôt et je vis, piétiné par d'autres talons, un petit bouquet de violettes noué d'un ruban vert, tombé d'une ceinture ou d'une échancrure chatouillée. Les vieux messieurs ajustaient leurs jumelles de théâtre pour détailler de plus près les teints de pêche et les rondeurs angéliques. Des grisettes, debout à l'écart, se tenaient par la taille et commentaient les ébats avec des gloussements joyeux, des rires cachottiers, des poses alanguies.

Un militaire en uniforme s'inclinait devant moi. Qu'était-ce donc que cette ritournelle entamée par l'orchestre ? Oui, une valse de Strauss, je pouvais accorder une valse à ce garçon.

C'était un air qui s'était fredonné au Ranelagh et qui parlait de roses et d'amour patriotique. Je dansais, les pieds sur des nuages. La musique m'entraînait à un rythme langoureux que mon cœur ne suivait pas, et je traçais machinalement mes pas en rassemblant mes pensées éparses.

Mon cavalier était un séduisant garçon, dont l'uniforme virilisait le caractère un peu gandin : teint blême (mais après tout, il revenait de Crimée où il avait jeûné et souffert), menton épilé, moustache cirée, cou garrotté dans le hausse-col de sous-lieutenant. Un fantassin la bouche pleine des exploits de Canrobert, de Pélissier et de Mac-Mahon, exploits dont le récit discordait dans le fracas jovial des cuivres et l'appel lancinant des violons.

— J'étais à Sébastopol, le 8 septembre, me disait-il. Nous avions raccommodé nous-mêmes nos uniformes et tous les officiers portaient des gants blancs... Vous autres à Paris, vous faisiez queue sur le boulevard pour voir du théâtre russe !

Nous autres, femmes, nous travaillions à la lampe, le soir, à nos comptes, à vos nippes, à votre literie, nous élevions seules vos enfants pendant que vous alliez chercher la gloire... Non, je n'avais pas levé le petit doigt pour cette Cause Admirable. Non, je n'avais pas mérité de la patrie. Non, jamais, je ne me contenterais de ces besognes obscures qui font les épouses modèles et les bonnes patriotes. Qu'ils aillent au diable, les hommes, avec leurs décorations, leurs excuses de mutilés, leurs glorioles de soudards, leurs souvenirs, leur droit au respect... L'amertume, la hantise d'une vie ratée, sans échappée grandiose, me montaient aux lèvres. Je rêvais d'autres batailles, d'autres victoires, rien n'était entamé de ma part de bonheur et de fortune. Mais avais-je choisi le bon chemin, et s'il n'en était pas temps encore, saurais-je lequel prendre de tous ceux qui s'ouvriraient devant moi ?

Les murs de satin rouge tournaient, ponctués de visages blafards à la gaieté rapide et floue. Tombant du plafond en grosses fraises roses, les lampes pâlissaient. Une chaleur moite me serrait les tempes. Tout tournait, avec les tapisseries : les lambris, la piste, le billard, l'orchestre, les lanternes vénitiennes. Etienne et Stefan, affalés sur leur banquette, le chapeau sur les yeux, digéraient toute cette grosse gaieté d'un air de contentement parfait. Etienne dansait mal mais aimait le spectacle, et Stefan attendait une polka pour m'inviter.

Le militaire éraflait son pantalon garance à mes jupes, élevait ma main plus haut que nos têtes, allait me donner des crampes avec son envol de statue en plein triomphe. Et il parlait, parlait...

— Je vous en prie, coupai-je d'un ton de suffoquée, ne me dites plus un mot sur la guerre ! J'ai la guerre en horreur.

Il me regarda, ahuri.

— Mais je ne vous parle pas de la guerre, Mademoiselle ! se récria-t-il. J'étais en train de vous proposer de prendre une glace au curaçao.

Cuirassier, curaçao... je n'en étais pas à une gaffe près. Je refusai l'offre avec un sourire hypocrite, le quittai en expédiant les dernières mesures.

Je ne pus regagner ma place. Un homme était là, me barrant la route. Mes yeux se heurtèrent d'abord à sa cravate de légitimiste, enroulée autour de son cou comme un mouchoir de goitreux et piquée d'un invraisemblable camée en forme de tête de cerf. Mes yeux, presque aussitôt, furent saisis par un regard très bleu et très froid.

— Je constate non sans plaisir que notre amie Taille-Douce s'est remise à miracle de sa fluxion de poitrine, déclara de More quand nous eûmes atteint les abords plus calmes du billard.

Son ton de voix ne me plaisait qu'à demi. Les yeux braqués sur les bouillonnés de sa chemise blanche, n'osant soutenir son regard, je bafouillai au petit bonheur :

— Peuh ! Elle ne fera jamais rien comme tout le monde. Valser à grosses gouttes quand on a quarante de fièvre !

— Dites donc plutôt qu'elle est malade comme vous et moi. Vous êtes une sacrée menteuse, chérie.

— Je mens quand je ne peux pas faire autrement, cédai-je. Ce matin vous étiez tout disposé à faire tenir la chandelle à cette fille.

— Je préfère nettement cette version des choses.

Il désigna une table inoccupée, près d'une fenêtre qui donnait sur le jardin.

— Asseyons-nous et bavardons un peu, voulez-vous ?

— C'est que... je suis déjà accompagnée, protestai-je faiblement.

— Je sais, répondit-il. J'ai eu tout loisir d'observer les joyeux drilles qui vous ont amenée ici pour vous laisser faire tapisserie. Inutile de vous récrier, ma chère, vous êtes depuis une demi-heure dans mon champ de vision. Je suis moi-même en compagnie d'un ami, qui m'excusera de le délaisser un moment.

Il me poussait vers un fauteuil de jonc, m'y asseyait de force. J'étais un peu honteuse de m'être laissée surprendre dans un bal, avec une robe violette qui ne disait guère que j'étais orpheline, mais ma confusion se pimentait déjà du bonheur inconscient de le sentir près de moi, si proche, à portée de mon corps.

— Que faites-vous ici ? interrogeai-je en mettant un brin de gaieté dans ma voix pour le dérider un peu.

— Qu'y faites-vous vous-même ? rétorqua-t-il, et, cette fois, il ne me fut pas possible d'éviter son regard concentré, aigu. Comme pour aggraver mon émoi, il tira de sa poche quarante sous, les jeta sur la table.

— Tenez, dit-il, ceci vous appartient. Vous l'aviez laissé traîner sur mon balcon.

Je rougis si fort que les larmes me montèrent aux yeux.

— Vous avez entendu ce que m'a dit la Toussaint ? bredouillai-je.

— Qui est la Toussaint ?

— La femme qui m'a apostrophée, pendant le défilé. Vous l'avez entendue ?

— Elle parlait assez fort.

— Je vous demande pardon pour elle. C'est une abominable bonne femme que j'ai rencontrée sans le vouloir, dans des circonstances... pénibles...

— Vous vous êtes fait avorter ?

— Miséricorde ! Bien sûr que non. Oh ! Vous êtes le diable en personne !

J'eus un sourire étriqué.

— Savez-vous comment on nomme le diable, en Haute-Bretagne ? Le Vieux Jérôme !

— Croyez bien que si je porte des gants et des culottes à la Française à l'église, c'est pour dissimuler mes griffes et mes pieds de bouc, rétorqua-t-il le plus sérieusement du monde.

— Je pense en effet qu'il y a quelque chose de diabolique en vous. J'ai toujours une notion aiguë du péché quand je vous adresse la parole, fis-je sur le même ton.

— C'est que vous êtes une sacrée Bretonne sentimentale.

Je tripotai mes mitaines, le visage penché, avant de lancer d'un seul trait, sans oser le regarder :

— Jérôme... Passez la soirée avec moi, je vous en prie.

Il émit un rire bref.

— Vous ne manquez pas d'un certain toupet, Poil-Rousse ! s'écria-t-il sans retenue. Vous me plantez là sans un mot d'explication, vous disparaissez trois heures de temps, et vous voudriez maintenant que je vous serve de galant !

— Galant ! Je n'ai pas dit ça. Faites-moi danser seulement.

— Je ne sais pas danser la scottish. Désolé.

— Vous savez danser, m'entêtai-je. Vous savez !

Il me considéra, l'œil fixe.

— Je vous signale, Mademoiselle Mazé, et ça ne devrait pas être à moi de vous le rappeler, que vous êtes en deuil. On ne danse pas la scottish quand on vient de perdre son père.

Il ajouta, froidement :

— Où étiez-vous passée, après le défilé ?

— J'ai rencontré des amis et nous sommes allés patiner sur la Bièvre, répondis-je.

— Ces deux trompe-la-mort qui somnolent dans leur coin ?

— Oui, eux... et d'autres amis, aussi.

Je disais n'importe quoi. Je réfléchissais aux sentiments échaudés de Jérôme, qui avaient pu le pousser à m'appeler Poil-Rousse, surnom qui ne lui était jamais venu aux lèvres. Lui suivait également le cours de ses pensées, mais pour conclure :

— Cet après-midi, vous ne m'avez pas laissé le temps de vous demander où vous en étiez, avec la succession de votre père. Qu'est-ce qui vous tombe sur les bras, exactement ?

— Vous m'avez prise en aparté pour me parler de ça ? grognai-je.

— Répondez-moi.

— Ma mère vous a longuement entretenu à ce sujet.

— Je me souviens de sa visite, en effet. Mais je me souviens aussi qu'elle était préoccupée par bien d'autres choses que votre situation financière. Comprenez-moi, je préfère être au courant, au cas où vous jugeriez utile de venir encore m'emprunter de l'argent.

— Ça ne risque pas d'arriver ! Nous hypothéquerons plutôt jusqu'au puits et aux ruches du courtil.

— Est-ce que par hasard vous auriez déjà laissé vos créanciers mettre le grappin sur le Vodenn ?

— Nous leur avons consenti quelques hypothèques, en attendant de les rembourser sur les prochaines récoltes.

— Et quelle récolte miracle espérez-vous donc avoir ?

— C'est à croire que vous n'accordez aucun crédit à vos propres paroles. Songez donc un peu à ce que nous pourrons tirer des champs au bord de l'Elorn, quand nous aurons chaulé nos terres. Nos moulins de Sizun seront les premiers de l'Arrée à moudre le blé Drouillard. L'année dernière, Yves Le Naour de Commana a vendu pour deux mille francs de froment. Il s'est acheté une nouvelle charrue, et il n'a eu besoin de personne pour tasser son aire. Il a embauché des broyeurs d'ajonc et son aire est mieux pilée qu'après toutes les gavottes du sac à vent ! Les terres ne rendront jamais autant que lorsque nous les aurons fumées et amendées convenablement, et vous verrez, nous réussirons à n'avoir qu'une année de jachère sur quatre et à faire des bénéfices. Qu'est-ce qui vous amuse, Jérôme de More ?

— Vous me faites rire, avec vos airs futés de femme d'affaires. Savez-vous seulement combien il y a de francs dans un louis ?

— Je sais combien il y a de sous dans un franc, et ça me suffit pour l'instant. Je ne vis pas sur une grande échelle, comme vous.

— Ma chérie, vous ne demanderiez pas mieux, vous aussi, que de péter plus haut que votre joli petit derrière. Encore faut-il en avoir l'occasion. Je ne dis pas les moyens, car vous ne devez pas en manquer. Une femme n'est jamais en peine quand il s'agit de dénicher de l'argent. En dernier ressort, elle peut toujours monnayer un bien que l'on dit l'égal du plus pur joyau... Mais je m'égare. Votre mère a sollicité un bureau de tabac à Brest ou à Quimper. Elle ne le tient pas encore, mais c'est tout au plus une question de semaines. La paix va être signée dans deux mois et les faveurs vont pleuvoir comme la grêle. Que comptez-vous, toutes les deux, faire du Vodenn en attendant que je le rachète dans deux ans ?

— Je vois. Vous voulez nous mettre à la rue, dans deux ans. Mais vous oubliez que nous sommes propriétaires de tous les « édifices et superfices ». Libre à nous d'hypothéquer à notre guise. C'est Aotrou Person qui a conseillé à Mamm de grever les bâtiments.

— Et vous avez cru votre recteur ! ricana-t-il. Je ne lui dénie aucune incompétence dans les choses du bon Dieu, mais en affaires, permettez-moi de vous dire, ma chère enfant, qu'il mènerait les poules pisser.

— Encore une fois, je vous dis que les hypothèques ne concernent que les bâtiments et que les bâtiments nous appartiennent. Dans deux ans, nous aurons remboursé nos dettes. Nous reconduirons le bail pour neuf nouvelles années.

— Vous oubliez qu'il y a deux parties en lice, Anne. Nous sommes de moitié dans l'affaire. Domaine congéable, c'est clair. Et si l'une des parties entend rompre le bail...

— Vous me cassez la tête, avec toutes ces histoires. Quand Mamm vendra son tabac à Brest, je m'occuperai à nouveau de la ferme, et je vous jure bien que je saurai m'en occuper.

— Je n'en doute pas, mais je vais vous dire, moi, ce que vous avez en tête, ma belle enfant ! Vous vous trouvez encore un peu jeune pour vous cloîtrer à Sizun, et puis vous pensez, avec quelque raison sans doute, que l'amour et vous, vous avez encore pas mal de choses à vous dire. Quand vous aurez un peu moins de goût pour la vie de bâton de chaise, vous songerez à rentrer au pays en fille prodigue et vous vivrez de vos souvenirs jusqu'à vos derniers jours.

— Vous avez peut-être raison sur ce point, mais mettez-vous bien dans le crâne que Mamm et moi ne vous laisserons pas mettre le grappin sur notre ferme. Il doit bien y avoir un moyen légal de vous empêcher de nous mettre à la porte.

— Il n'y en a pas. J'ai épluché le code rural, faites-moi confiance.

Il riait ! Il riait de mes menaces, trouvait la farce bien bonne ! Ces deux croquantes, mère et fille, qui ouvraient le bec un peu haut, avaient toujours une réflexion salée sur la langue, qui agaçaient tout le monde avec leurs jupons et osaient se tenir droites comme des vierges d'église ! Les voir dans la mouise, les regarder emballer à la hâte les draps et les chaudrons dont leurs anglais n'avaient pas voulu ! Vendre à l'encan ce monceau de pierres lépreuses, ces deux dizaines d'acres sans avenir, vite se débarrasser de tout, ne plus jamais entendre parler du Vodenn !

Je pensais à cela sur un fond de musique légère, dans une tempête de rires, au milieu d'un parterre de robes et de corsages parés comme des châsses de pacotille. On dansait, autour de nous. Et nous étions là, à croiser le fer, à discuter de choses graves, quand mes pieds battaient la mesure sous les volants de ma jupe, sautillaient l'un sur l'autre en cadence. Nous bûmes nos consommations en nous querellant des yeux.

— Vous faites le fanfaron avec moi, mais je suis sûre que vous n'oseriez pas répéter un seul mot de tout ça à ma mère.

— Je me gênerai ! Comme si Marjann prenait des gants pour me dire mon fait !

— Vous n'en avez pas l'habitude, hein ? Ça vous change des lèche-bottes qui se plient en huit pour vous saluer et qui tailleraient vos crayons si vous les laissiez faire. Ma mère a toujours eu son franc parler avec vous, et quand quelque chose ne lui plaît pas, vous n'avez qu'à vous incliner ! Avouez que vous n'aimez pas beaucoup ça.

— Personne n'est ravi de trouver à qui parler. Mais Marjann et moi sommes de vieux amis. Quelques prises de becs de temps en temps, pour se faire la voix. Ça entretient l'amitié. Dans l'ensemble, nous nous sommes toujours bien entendus, elle et moi.

— Je me demande, d'ailleurs, ce que vous avez bien pu lui faire pour qu'elle soit toujours si bien disposée à votre égard.

Il me décocha un regard éloquent.

— C'est donc ça qui vous tracasse, fit-il.

Je voyais, par la fenêtre, quelques couples frileux qui se hâtaient vers la galerie ; d'autres couraient vers la pénombre des grottes, riant, chahutant, sans cravate, le châle ouvert. Toutes les couleurs à la mode tourbillonnaient autour de nous en voltes caressantes, le noir marengo, le gris fumée de Londres, le vert empire, le bleu royal, le turquoise, le blé des Indes, l'aventurine. Les cheveux allaient du vénitien à l'acajou, mais la poudre d'or faisait fureur et qui n'avait pas les cheveux blonds se jetait sur les teintures et passait du jaune au bronze plusieurs fois par mois.

— Votre mère avait dix-huit ans quand elle est devenue notre domanière, m'expliqua de More. J'en avais dix-sept à l'époque. J'avoue que je n'avais encore jamais vu une aussi jolie femme, et pourtant les invitées ne manquaient pas au manoir, au temps où mon père n'était pas encore goutteux.

— Vous lui faisiez la cour ?

— Ça n'était pas facile. Il y avait du monde sur les rangs, croyez-moi ! Et elle était mariée, après tout. Mère de famille, même.

— Vous étiez déjà bien hardi, à dix-sept ans !

— Tout est relatif. Un garçon de dix-sept ans ne demande pas les mêmes choses qu'un homme de trente.

— Et... qu'avez-vous obtenu d'elle, en fin de compte ?

— Là, vous m'en demandez trop. La vie privée de leur mère ne regarde pas les petites filles.

— Au reste, ça m'est bien égal que vous ayez ou non dévergondé ma mère. Ce qui m'importe, pour le moment, c'est de savoir ce que je deviendrai dans deux ans.

— Je vais vous dire deux choses que vous essaierez de ne pas oublier : premièrement, un proverbe turc dit : « Regarde la mère et prends la fille ». Deuxièmement, votre avenir proche n'est pas dans une ferme, au fin fond de la campagne. Vous qui croyez si fermement vous dessaler à Paris !

— Ça ne m'étonne pas que vous puisiez votre sagesse chez ces... chez ces mangeurs de pieuvres ! bougonnai-je, les lèvres pincées.

A cet instant, l'orchestre explosa. Au premier taratata des cuivres qui mit en branle l'assistance, il sembla que toute la foule fût secouée d'un grand choc et que la galerie tout entière, avec ses bedaines et ses sacs d'os, ses cache-pots bourgeois et ses talons rouges, ses grisettes et ses cocottes, se mît à donner de la bande, à craquer comme un feu longtemps couvé, à éclater en chœur au son de coins-coins effrénés. Le cancan reprenait de plus belle. Une envolée de garçons et de filles passa devant nous en farandole, s'élança sur la piste avec des cris d'Indiens. Les pans des habits d'hommes claquaient comme des drapeaux, les chapeaux restaient par miracle vissés sur le crâne. Les femmes étaient en cheveux ou en fichus, certaines gardaient leurs capotes, solidement fixées par des mentonnières de rubans ou de gros nœuds de taffetas. Une pluie d'étincelles sembla descendre des lustres quand les entrechats et les jetés-battus entamèrent leur sarabande vertigineuse. Je savourai un instant des yeux les envolées de jupes pincées à deux mains et les grands écarts des hommes aux pantalons à sous-pieds. La musique fracassait l'oreille.

De More se leva, m'invita à prendre son bras pour sortir de la salle. Je repris mon manteau, nouai sous mon menton le ruban violet de ma capote. L'air coupait mais je n'avais pas froid. Jérôme, le col de sa redingote remonté, frissonnait comme un cheval enrhumé. Les tonnelles étaient défleuries, les amours grelottaient dans les vasques parmi des rocailles sans verdure, les buissons étaient maigres et gelés après n'avoir été, le temps de deux saisons, que chuchotements et rires perlés, promesses insouciantes, confidences. Les globes de verre, énormes, irradiaient leurs lueurs roses sur le sable, les fontaines glacées, les branches des catalpas, faisaient pirouetter les ombres autour des danseurs.

Jérôme désigna du doigt les cabochons au gaz, ajouta d'un air de délectation sinistre :

— Autrefois, pour se garantir des sorcières et particulièrement de leurs envoûtements sexuels, on plaçait des boules de verre dans les jardins. Ce soir, j'avoue être assez insensible à vos charmes comme à vos grincements de dents. Mais pour vous faire perdre le goût des maléfices, ma jolie rousse, je vais vous appeler un fiacre et vous renvoyer sagement à vos pénates.

— Mais je n'ai pas du tout l'intention de rentrer maintenant ! protestai-je. Ecoutez, l'orchestre entame une polka. C'est ma danse préférée.

— Je n'ai pas le temps de vous faire danser, Anne. Et je ne suis pas libre, ce soir. Le serais-je que je me chercherais une autre cavalière. On m'a suffisamment jeté de sorts, aux bals du Mené, pour me retenir de polker avec une jeune personne en grand deuil.

— Vous sentez le soufre à plein nez ! me plaignis-je. Je suis sûre que ce n'est pas vrai, que vous êtes libre et que personne ne vous attend.

— Personne ne m'attend, en effet. Je n'ai jamais dit que j'avais un rendez-vous. Je suis venu me distraire un moment ici, avec un ami, mais je dois rentrer pour boucler mes malles. Je pars demain matin pour la Bretagne. Je prends la diligence de neuf heures. Ne bougez pas, Anne. Je vous appelle un fiacre. Rentrez chez vous, c'est ce que vous avez de mieux à faire. Une jeune fille convenable ne traîne pas dans les rues à cette heure-ci.

— Mais vous pensez bien que je ne suis pas une jeune fille convenable ! grinçai-je, agressive.

— Justement non, répondit-il d'un ton bref. Vous êtes mal élevée, c'est un fait, mais je jurerais que vous sauriez très bien vous tenir dans un salon.

A l'entrée du jardin, le fracas de l'orchestre couvrait les rumeurs de l'allée des Veuves. Au-delà des guinguettes et des

cabanes de jardiniers entrecoupés d'hôtels tapageurs, les attelages trottaient allégrement sur les Champs-Elysées, longeant
les jardins dont les maisons ouvraient sur le Faubourg-Saint-
Honoré. Certains tournaient, aux premiers arbres de l'ancienne
avenue de Neuilly, et empruntaient l'avenue Matignon où quelques soupeurs achevaient la soirée dans des cabarets fashiona-
bles. Une grande rumeur se fit à l'approche d'une voiture
fermée dont on ne voyait encore que le reflet d'une vitre, la
poignée cuivrée des lanternes et le siège perché qu'occupait
un laquais galonné d'argent.

— Rigolboche ! cria-t-on autour de nous. C'est la voiture de
Rigolboche !

La reine du cancan et ses satellites débarquaient au Mabille,
flanqués aussitôt de quelque forcené du quadrille, quelque
prince de la polka, quelque coryphée de la danse, dans un ton-
nerre de vivats et un grand émoi de jambes et de châles. Des
demoiselles à jugulaires, encadrées de travestis, nous bousculèrent pour refluer vers l'entrée du bal. Des crevettes les suivaient, jeunes vieillardes cagneuses ou ventrues qui se trémous-
saient en débagoulant des grossièretés. De More m'attrapa le
poignet et, d'une main à tordre le fer, m'entraîna, me
jeta sur la chaussée comme si le feu prenait à ses basques. Un
fiacre passa, il le héla. L'adresse allait être lancée quand je
me retournai d'un bond vers Jérôme, la tête vide, navrée, le
cœur énorme. « Laissez-moi rester auprès de vous », allais-je
crier d'un moment à l'autre. J'avais prononcé cette phrase, déjà.
Je m'étais jetée à la tête de Thomas. Lui aussi m'avait fuie, en
fin de compte.

— Voyons, Jérôme, fis-je, un peu chatte. Je suis sûre qu'au
fond de vous-même vous seriez ravi de prolonger cette soirée
avec moi.

Il leva un sourcil, me contempla froidement.

— Vraiment, ma chère ? Je ne suis pas responsable de votre
imagination.

— Ah ! Vous pouvez bien vous moquer de moi, tempêtai-je,
mettant mon dépit sur le compte de ma solitude. Vous me cou-
vez depuis deux mois d'un regard de... de matou lubrique !...
et quand je vous demande un petit service, tout juste une polka
de rien du tout, vous me jetez à la tête les convenances, et
notre bail, et mon deuil, et vos malles !

— Les injures ! répondit-il, secoué de rire. Voilà qui vous

ressemble davantage que les cajoleries. Est-ce encore une de vos... figures de rhétorique ?

Il s'arrêta, me tendit les bras.

— Venez un peu, qu'on vous embrasse, fit-il d'un air amène. Et sans attendre ma dérobade, il m'empoigna le visage à pleines mains, pencha sa haute taille vers ma bouche et m'embrassa au coin des lèvres, à la commissure, là où la caresse devient insupportable et vous fait trembler des pieds à la tête. « Folle, me dis-je tandis qu'une violente impulsion charnelle me traversait le corps. Ah ! Folle... Ce n'est pas cet homme-là qui t'offrira une suite au Faubourg-Saint-Honoré ! » Et tout à coup je voulais ressembler à ces lionnes sans pudeur, et l'impatience me démangeait, le désir d'une folie. « Ah ! Vivement que je sois mariée ! me dis-je avec colère. Vivement ! Je montrerai alors mes épaules et mes seins plus bas que personne ne l'a osé... Et un jour, sacré mâtin, j'épaterais tout le monde en conduisant aussi mon attelage moi-même et en portant des horreurs sur le crâne. » On dirait : « Elle a osé ! C'est encore elle, toujours elle ! Son audace n'aura donc jamais de frein ! »... On dirait aussi de moi des choses effrayantes, éblouissantes, comme « elle a tué sous elle trois mobiliers ». Et j'en connaissais qui crèveraient de jalousie en ouvrant leurs volets.

— Maintenant taisez-vous et casez votre montgolfière là-dedans, disait de More en ouvrant la porte de la voiture. Bonsoir, mademoiselle Mazé... Serviteur.

Je trépignais de rage, mais n'en voulais rien laisser paraître.

— Ne payez pas les vingt sous de la course, sifflai-je. Je vous en fais grâce. Renvoyez donc ce fiacre, je trouverai bien quelqu'un pour m'escorter. Ce ne sont pas les marlous qui manquent, à cette heure. Je rentrerai bien à pied ! Et ça m'est égal de me faire couper en petits morceaux !

Il passa outre mes récriminations, m'attrapa par la taille et me hissa sans façon jusqu'à la banquette, sans même prendre la peine de baisser le marchepied.

— Mais moi, conclut-il, quoi que vous en pensiez, j'aurai des regrets éternels si vous vous faites écharper cette nuit.

Et sur ces paroles suaves, il rabattit la portière sur moi à toute volée. Je l'entendis indiquer mon adresse au cocher et n'eus plus qu'à me laisser aller contre le capiton, le regard de braise, scandant sur le trot du cheval « mufle !... mufle ! »

Ce « serviteur » m'avait flagellée plus que le claquement sec de la portière. « Non, pensai-je avec force, je ne peux pas aimer cet homme-là. Je voudrais lui faire du mal. C'est de la haine. Certainement, je le hais. Tout le monde le hait. »

Je vis, par la lucarne arrière du fiacre, la silhouette assez funèbre du châtelain se détachant sur la farandole des crinolines et des masques. Les guirlandes de l'entrée le découpaient en ombre chinoise et je le vis, tel qu'il était au moral, grossier, abrupt, taillé à coups de serpe, planté comme un pivot faisant tourner autour de lui cette généreuse gaieté du samedi soir. La scottish, les valses, la polka tourbillonnaient encore dans ma tête et la tristesse s'engouffrait en moi peu à peu, me jetait dans une espèce de brouillard noir où tout semblait accompli.

L'ILLUSTRATION représentait la nouvelle année comme une saltimbanque penchée sur un théâtre de marionnettes, entourée d'un bric-à-brac de pantins, de billets de banque, de babioles précieuses, de personnages fantasmagoriques. 1856 n'acceptait la succession de 1855 que sous bénéfice d'inventaire ! Le bilan avait le visage d'une aurore parisienne pleine de promesses : paix, gloire des armes, triomphe du commerce et de l'industrie (on avait créé un jeu de l'oie en hommage à ces deux mamelles), essor financier, rayonnement de Paris sur la France et sur l'Europe, magnificence des fêtes qui se préparaient pour les plénipotentiaires qui, on se le murmurait, signeraient le traité à Paris... La Russie n'avait pas encore officiellement accepté Paris, mais ce n'était plus qu'une question de jours.

Paris réchauffait ses membres gelés autour des baraques foraines. Tandis que se déroulait la foire aux étrennes sur le boulevard, le Quartier Latin se consacrait aux neuvaines de ses nombreuses paroisses. Les neuvaines les plus notoires étaient celle de Saint-Etienne-du-Mont et surtout celle de Sainte-Geneviève, qui se déroulait annuellement dans une atmosphère de kermesse, du 3 au 12 janvier.

Thomas et moi descendions la rue des Sept-Voies. Nous ne nous étions pas revus depuis le soir de Noël, mais il m'avait abordée devant une boutique à cinquante centimes et m'avait adressé la parole comme si nous nous étions quittés la veille, très bons amis.

— Peux-tu encore poser pour moi, malgré ta place au mois ? m'avait-il dit.

— Je suppose que oui. Pourquoi cette question ? Les modèles ne manquent pas.

— Des modèles à sept ou huit francs, oui. Je n'ai pas les moyens. J'ai un projet de tableau, quelque chose de tout à fait nouveau, et qui t'emballera. Mais j'ai besoin d'une femme rousse.

— Va donc pour ton tableau, si tu tiens à peindre une rousse authentique à peu de frais.

— Tiens, au fait, je ne t'ai pas encore annoncé la nouvelle... Saint-Favre a eu un fauteuil au Luxembourg dans son sabot de Noël. Il porte l'habit bleu depuis quelques jours.

Il hochait la tête, le bec enfariné.

— Bravo, répondis-je.

Je me reportai en pensée aux abords de la closerie, et la douceur brumeuse des images m'empêcha d'en dire plus long. Bravo, je n'avais que ce mot à dire, sur le moment.

Thomas me renseigna d'un ton insouciant : on se racontait sur la Bièvre et dans le bourg Saint-Médard que le maître-tanneur, briguant encore le fauteuil vacant au Sénat, avait à peu près tenu ces propos à l'Empereur : « Sire, j'ai le plus vif désir d'entrer au Sénat. Non que les honneurs me flattent personnellement. Mais la triste personne qui fut ma femme m'a affligé d'un fils particulièrement indigeste. J'ose espérer que la dignité du parlementaire rejaillira sur lui un tant soit peu et l'amènera à peser la conséquence de ses faits et gestes. Car je le crois, malgré ses défauts, assez orgueilleux de son nom et capable de s'amender dans le seul but de sauvegarder la réputation d'un père distingué entre tous par son Empereur. »

Je me tenais à quatre. Oh ! Oh ! Mon coquin de tanneur se vautrant chez Badinguet, étalant son linge sale, mendiant par amour paternel ! Le monologue était rondement tourné ! Et... qu'avait répondu l'Empereur ?

— Badinguet l'a contemplé d'un œil éteint, a tortillé sa moustache et lui a largué ses trente mille francs aussi sec.

— Trente mille francs ! Est-ce une rente ?

— Ce sont ses appointements annuels. Pour une rente, c'en est une !

Je réfléchis un moment puis déclarai d'un ton léger :

— N'importe. Cet homme-là, si dévoyé que soit son fils, est très fréquentable.

— Je ne te le fais pas dire ! fit Thomas, de bonne humeur.

— Je n'aurais quand même jamais cru qu'il puisse pondre un tel discours.

— Il est à peine déformé, paraît-il. On clabaude aux lavoirs et dans les tanneries, et ça n'est pas fini. Il a l'intention de fêter ça aux premiers beaux jours, dès la fin du carême. Assez bigot pour ça ! Fête champêtre, bal masqué en plein-air, feux de Bengale... Ses ouvriers lui demandent des augmentations, il les leur accorde. Il envisage de recevoir les soins du chirurgien-pédicure de la Cour ! Et pour mettre un peu de pudeur là-dessus, il gémit quand on le félicite : « Enfin titré ! On ne me harcèlera plus pour me faire obtenir cette faveur ! » Une outre ! Une outre d'orgueil et de vanité.

Je secouai mes boucles en riant, malicieuse.

— Et quand il y aurait de l'orgueil à cela, le grand crime !

Je commençais à trouver le bonhomme rigolo. Je concevais une piètre opinion de sa conscience, mais ses grimaces de courtisan m'amusaient, il devait être intéressant à écouter, et quel plaisir de dépenser un argent si cauteleusement gagné ! L'idée d'un tête-à-tête me sourit à nouveau, mais je ne m'y arrêtai pas.

— Que sait-il au juste sur moi ? questionnai-je, hypocrite.

— Pas mal de choses, glanées ici et là. En fait, tout ce qu'il désirait savoir : que tu as dix-huit ans, un amant et des fins de mois difficiles. Et il sait depuis un mois que tu as des affinités avec les militants socialistes.

— Ça, bien sûr, c'était inévitable. Dommage... Parce que rien n'est plus faux. Je ne suis ni rouge, ni bleue, ni blanche. Les trois ou quatre personnes que je connais le mieux au monde ont toutes des opinions différentes. Je ne choisis pas mes relations pour leur couleur politique. En outre, Julien n'a jamais été un socialiste.

Thomas n'écoutait pas. Les mains crevant ses poches, il ruminait ses pensées d'un air pénétré.

— Tu aimerais revoir Saint-Favre ? fit-il sans crier gare.

— Ma foi, si l'occasion se présente... hasardai-je, prudemment.

— Elle peut se présenter, chantonna-t-il. Il est tous les samedis au marché aux chevaux du bourg Saint-Marcel.

C'était plus élégant que d'aller le relancer chez lui.

— La dernière fois que je l'ai vu, sous les galeries de l'Odéon, il ressemblait à un coq de concours, à moitié déplumé sous ses rubans ! ricanai-je.

— Saint-Favre est mieux qu'un coq de concours, remarqua Thomas. C'est un des cerveaux les plus actifs de Paris. Demi-rêveur, demi-aventurier. Un grand bourgeois. Mais sa fortune est moins clinquante que celle de ses semblables, ajouta-t-il pour m'appâter. Je la crois solide, et honnête en fin de compte. Il a été l'un des théoriciens du saint-simonisme. Il n'avait aucune relation mondaine avant 51. Il est maintenant reçu aux Tuileries, chez Théophile Gautier, chez Fould, chez Delacroix.

Descendant la rue des Sept-Voies, nous longions le collège Sainte-Barbe. La démarche de Thomas me contraignit à ralentir mon allure. Il me reprochait toujours de marcher trop vite. « Il n'y a aucun endroit au monde qui vaille la peine d'y foncer tête baissée », me disait-il.

— Tu détestes Saint-Favre, cependant, observai-je.

— Je le déteste parce qu'il ne fera jamais rien pour moi si je ne rentre pas dans ses vues. Ma seule chance, c'est toi. Tu le sais et tu me l'as dit sans ambages. Après tout, il est fidèle à lui-même. Il ne peut pas fréquenter Delacroix et servir de mécène à un réaliste.

— N'attends pas trop de moi, Thomas. Il est sincère, ta peinture lui fait horreur. Il voudrait te voir faire des portraits à la Rubens.

— Et suivre les paysagistes anglais et hollandais ! Non, j'ai mieux à faire. Un jour, j'irai en Italie et c'est là-bas que j'apprendrai à construire un paysage. Quant à Rubens, je l'admire trop pour le copier. Cela dit, je reste portraitiste. Mais si je peins encore en atelier, je ne veux plus que des fonds de paysages. Tiens, je ne te cache rien, c'est justement le projet dont je te parlais : j'ai découvert des ruines magnifiques rue des Marmousets, les ruines de l'église paroissiale Saint-Hippolyte. Un style presbytérien anglais. Je vais planter là une femme rousse, nue, au milieu des buis et des ormes, une belle houri dans ton genre. Je suis obsédé par l'harmonie que savaient rendre les Italiens, entre les corps et la nature.

— Tu as l'intention de me faire poser nue en pleine rue ?

— Je te dis que je peins mes modèles en atelier. Mais si le cœur t'en dit...

— Ton tableau va choquer.

— Je suis pourtant décidé à l'envoyer au Salon.

— Peut-être, après tout, que Saint-Favre arrangera tout ça ? émis-je sans m'attarder davantage sur la vision d'un Thomas Ferré génial et incompris.

— Ouais ! Qu'il fasse un peu vinaigre, j'ai le ventre trop creux pour en sortir grand-chose. Je peins avec mes entrailles, moi.

La rue des Sept-Voies n'écoutait pas. Ses fenêtres sourdes faisaient des trous macabres d'orbites dans les façades grises. Çà et là des hôtels, comme des proues échouées, de grands pavillons désertés un jour d'émeute, déroulaient leurs chapiteaux et leurs ferronneries avec des noblesses de vieux burgs. D'anciennes caves à huguenots trouaient les pans de murs de leurs soupiraux édentés à hauteur des bouteroues qui flanquaient les portails.

Au coin de la place du Panthéon, une bâtisse aveugle bouchait la perspective, et le dôme de la basilique, dont on ne voyait que le lanterneau et deux colonnes du tambour au niveau de la rue de Reims, disparaissait complètement au carrefour de la rue d'Ecosse. La rue n'était en fait qu'une ruelle dont les pavés estropiaient les riverains, charriaient dans leur rigole les pluies de la Montagne-Sainte-Geneviève. Ces lieux étaient sombres. Il y flottait encore, à l'heure du laitier, comme une odeur aigre et molle de conspiration, de camouflage, de haine cloîtrée. Mais quand le jour débusquait les dernières lèpres des façades, dessinait les recoins des porches et les avancées des balcons, la rue s'apprivoisait, cliquetait, résonnait, devenait marchande. Aujourd'hui les rumeurs de la fête, les gaietés de la paix, les reliquats d'un grand bonheur dépensé depuis dix jours, étouffaient les rancœurs et les projets de Thomas Ferré, moquaient un peu sa faconde d'artiste en pleine crise.

— On m'a toujours dit que les saint-simoniens prêchaient pour l'art au service de la société, qu'ils condamnaient l'égoïsme et les rêveries romantiques ? objectai-je.

— En fait, les saint-simoniens sont des réalistes, qui veulent effectivement mettre l'art, comme le commerce et l'industrie, au service de la société. Ils se heurtent aux barbares socialistes qui prétendent que les arts corrompent le peuple. Ils veulent voir dans un tableau un acte social et rien d'autre. Ils sont, eux, des partisans de Corot, de Millet, de Daumier, et ils défendraient même Courbet s'il montrait moins de violence et de hargne dans sa peinture. Saint-Favre ne va pas jusqu'à suivre leur doctrine en matière d'art. Il est avant tout bonapartiste et il trouvera tous les défauts du monde à un républicain. Mais je crois que Courbet le choque sincèrement. Saint-Favre a l'esprit rassis, il ne comprend pas qu'on puisse s'écarter des traditions académiques. En outre, le côté théâtral de Delacroix lui plaît énormément. Il aime les concessions au public, ce qui séduit, ce qui flatte.

Nous descendions maintenant la rue des Carmes. Aux abords de la Maub', la gaieté parisienne se renfrognait, les falbalas se perdaient dans la grisaille des loques, la bise à l'odeur de gaufres et d'eau de Lubin soufflait ici en courants d'air qui sentaient le suif, l'égout et le graillon.

— Quand l'école s'est dispersée, continuait Thomas, il y a eu trente-six sortes de saint-simoniens. Les trois-quarts sont devenus de grands bourgeois. Aux idées libérales parfois, mais propriétaires dans le fond. Saint-Favre a oublié depuis longtemps ses emballements de jeunesse.

Puis, nous parlâmes d'autres choses. Thomas me dit avoir fait la connaissance d'un certain Klein, juif allemand de la rue Saint-Antoine qui vendait sans discernement des faux meubles, des habits défraîchis et des toiles de jeunes peintres. Il en passerait par là, tâcherait de gagner petit pour viser un peu plus haut, voir un peu plus grand. Puisque décidément personne ne voulait l'aider, le comprendre... Courbet lui avait bien dit qu'il le présenterait un jour à Bruyas, un riche collectionneur du Midi qui le protégeait. Mais Courbet désertait maintenant son atelier de la rue Hautefeuille, courait de succès en succès en Belgique, en Allemagne.

Thomas s'échauffait. Au niveau du marché des Carmes, il n'y tint plus.

— Viens, me dit-il. Allons-y maintenant. J'ai tout au bout des doigts. Je voudrais avoir déjà fini le modèle. Allons-y ! C'est tout chaud. Demain peut-être tout m'échappera. Demain je ne me souviendrai de rien.

Il fallut céder, dire que j'avais tout mon temps.

Un soleil gris d'hiver sautillait dans nos pas. Thomas était tout à sa fièvre de création, exalté jusqu'à l'extrême à l'idée d'une bonne séance, d'une première pochade de bonne venue.

Il me prit par les hanches dans l'escalier, me poussa devant lui en riant, d'un rire de korrigan. A sa porte, il avait cloué une étiquette : « Thomas Ferré — Peintre ruiniste-naturiste-mignaturiste ». Les trois adjectifs accolés rendaient un son infiniment triste, presque défaitiste.

Comme nous atteignions le seuil, nous vîmes Madame Versini entrouvrir sa porte et allonger sur le palier sa perruque et ses longues joues, un visage en ruine éclairé par des yeux brûlants, impérieux, superbes.

— Vous viendrez bien me voir, tout à l'heure, Mademoiselle, chevrota-t-elle. Nous avons certainement des tas de choses à nous dire. N'êtes-vous pas un peu curieuse ?

— Curieuse de mon avenir ? blaguai-je. Oh ! Non ! Je n'ai pas du tout envie de savoir ce qui m'attend. Ça viendra bien tout seul, Madame Versini !

— Vous avez tort ! Venez quand même...

Je promis vaguement. Thomas s'impatientait.

— Elle va te dire qu'un grand destin t'attend, un amour exceptionnel mais difficile... C'est ce qu'elle a dit à tous mes modèles, grogna Thomas en refermant sa porte du talon. Cette sacrée bonne femme est une vendeuse de boniments qui épate toutes mes grisettes. Elles aiment tellement qu'on leur parle d'elles-mêmes !

Une pointe de jalousie me piqua.

— Tu ne m'as jamais dit que tu avais plusieurs modèles, remarquai-je.

— Je n'ai plus que toi depuis six mois.

— Je te coûte moins cher ? dis-je, la voix acidulée.

— Il s'agit bien de ça ! plaisanta Thomas. Tu es plus dodue, c'est tout. Je commençais à avoir les femmes maigres en horreur.

Il m'avait désigné du menton une ardoise d'écolier, posée d'aplomb sur une étagère, au milieu de poteries ébauchées, cuites une seule fois, de statuettes en biscuit d'un blanc de marbre, de chiffons racornis de peinture. Je m'en approchai, lus des noms, des adresses inscrits à la craie hâtivement : Mélanie Lecointre, 14 place Dauphine ; Rose Collard, 6 rue de l'Ancienne-Comédie ; Pélagie Coquillon, Cour-du-Commerce. Mon nom suivait, clôturant la liste. Il avait là-dessus, écrit blanc sur noir, la sécheresse d'une mention sur un carnet d'adresses, couchée à la va-vite par un employeur oublieux. Je fis une moue déçue.

— Rassure-toi, fit Thomas, généreux. C'est toi que je préfère. Non que tu saches mieux que les autres tenir la pose, mais tu es au goût des réalistes, Courbet te prendrait sûrement pour modèle (et il me paierait en argent comptant, lui ! pensai-je furtivement).

Thomas se débarrassait de son boa, ôtait son carrick qu'il envoya d'une volée sur le fauteuil Louis-Philippe. Puis il s'affaira autour de ses châssis, réunit ses pinceaux, ses brosses, son amassette, ses tubes de couleurs.

— Déshabille-toi, commanda-t-il.

Ces gestes-là, je les avais faits cent fois dans cette mansarde. Sans contrainte, sans vergogne, comme à l'atelier Germès. Ils faisaient partie de la routine d'un atelier de peintre, c'était le prologue de la séance, un effeuillage très chaste et sans surprises.

Ce jour-là, je levai une main tremblante vers l'échancrure de ma robe et me déboutonnai avec la troublante impression de me dénuder pour la première fois devant un amant. Thomas, pourtant, ne me regardait pas. Il calait sa toile sur son chevalet, réglait la hauteur du châssis, choisissait le meilleur éclairage. Je fis glisser mon pantalon, déroulai mes bas, arrachai ma chemise, les bras levés. Dans ce mouvement les épingles de mon chignon glissèrent et plusieurs boucles s'échappèrent en copeaux dans mon cou. Thomas vint à moi, passa ses doigts dans mes cheveux. Je frissonnai, plus nue que Vénus devant ses peintres.

— Tu vas défaire tes bandeaux et tes tire-bouchons. Je veux des cheveux aussi lisses que possible... Mais dis-moi, tu n'aurais pas maigri, toi ?

Il me regardait sans aménité, cherchait des yeux les formes qu'il avait connues plus pleines et fouettées d'un sang plus vif.

— Tu m'as eu, Poil-Rousse ! grogna-t-il. Tu as bien décollé de huit livres, depuis ta dernière pose. Je te préférais avant.

Il me prit par l'épaule, me guida vers un paravent verdâtre qu'il déplia au milieu de la pièce.

— Mets-toi en position devant, ordonna-t-il. Tu marches, en me tournant le dos. Le pied droit en arrière, le talon déjà levé, comme pour faire un nouveau pas. Le dos souple, tu te retournes à moitié, et tu regardes derrière toi. Ecarte un peu les bras du corps... Voilà, ne bouge plus. Tu es très belle. Tiens le plus longtemps que tu pourras, je fais juste le dessin.

Thomas s'éloigna, jugeant de mon effet sur fond de paravent. Ses yeux verts me brûlaient la peau, couraient sur moi comme des flammèches folles, avec des veloutés de papillon qui, au hasard de ma pudeur, se transformaient brusquement en morsures, en coups de cravache. Oh ! Thomas ! Comme j'étais heureuse dans ton grenier, comme je te criais : je suis une femme, Thomas, et non pas Psyché, non pas Omphale ou Vénus !

Il donnait du pied au chevalet, attrapait une chaise. Le cou tordu, je regardais la fenêtre barbouillée de céruse jusqu'à mi-hauteur. J'avais beau trouver imbécile cet assaut pudibond qui me clouait là, comme une goton au pilori, rappeler à moi toutes les ficelles du métier de modèle, je ne voyais rien de chaste dans cet instant et je me souvenais des regards en torche des deux gardiennes de Saint-Lazare, s'accrochant au dernier lambeau d'étoffe qui me restait sur le corps. Un sombre plaisir commençait maintenant à m'échauffer, il n'y avait plus aucune révolte en moi, c'était Thomas, Thomas Ferré, mon ami.

— Telle que tu es, dit-il, tu marches vers des ruines d'église, entre deux haies d'arbres. Le paravent vert me donnera le ton juste de ta peau. Tu n'as pas froid ?

Non, je n'avais pas froid. Si le poêle tirait mal, un reste de braises rougeoyait dans la cheminée, tiédissait les murs blêmes, caressait ma cuisse, mon épaule. Je devinais la silhouette de Thomas, ses grands élans du bras suivis sans transition de petites chicaneries de miniaturiste.

Les raclures de peinture dansaient en poussière diaphane dans le frisson lumineux du rai de soleil. Accolé au mur, entre la fenêtre et une patère où pendaient des draperies et des blouses, un établi servait de table, Thomas y broyait ses couleurs et y expédiait quelques repas, quand l'élan d'une bonne séance ne lui laissait pas le temps de descendre au bouillon. Des morceaux de pain dur traînaient encore, au bord d'une assiette où marinaient des haricots à l'huile à demi couverts par la palette desséchée. Au-dessus, au mur, une gravure représentait Florence, l'Arno et les dômes des églises. Par terre, une échelle, posée de tout son long, supportait des toiles inachevées, inspirées par un même souffle poétique. Il y avait là tout ce que Paris comptait de ruines, d'entailles, d'écroulements dantesques, de perspectives de cauchemar.

— Comment as-tu connu Saint-Favre ? demandai-je, me souvenant de certain portrait dénudé qui tenait le tanneur sous le
charme.

— Oh ! Sans mystère, fit Thomas. J'ai vécu un moment à la
Childebert, une masure pour artistes, à Saint-Germain-des-Prés.
C'était un peu la nef des fous. Saint-Favre y venait, avec quelques bourgeois un peu snobs, se faire tirer le portrait. En fait,
il cherchait des talents, voulait jouer les mécènes. Ah ! Bien !
Il a choisi le mauvais cheval. J'ai fait une pochade de lui, trois
coups de crayon sur un carton d'emballage, et c'était le coup
de pouce vers la gloire ! Il a voulu dès lors présider à ma destinée. Il me couvait, me parlait paternellement. Je me suis
laissé faire un moment, puis j'ai rencontré Courbet qui venait
d'achever les Cribleuses de Blé. Ce tableau immense m'a ouvert les yeux. C'était alors l'époque où Courbet luttait contre
la coalition de l'Institut et des auteurs académiques. Mais il
ignorait encore que Morny lui donnait secrètement son appui...
Bref, j'ai balancé mes études héroïques, mes jardins arabes et
mes mousmées pour changer radicalement de genre. Saint-Favre
n'avait plus aucune prise sur moi. Il m'a juste commandé quelques scènes bibliques, pour avoir l'air de se donner encore
raison, pour me plier à ses caprices. Je ne lui ai livré que des
croûtes, tiens, le style de tous les prix de Rome depuis des
lustres !

La pose commençait à m'ankyloser. Je secouai mon pied,
changeai de point d'appui. Une douleur sourde remonta dans
ma jambe, se vrilla à ma hanche. Je trichai un peu, restai un
moment à cloche-pied pendant que Thomas semblait se livrer
à des incantations, des grimaces de sorcier autour de sa toile.

Je réalisai alors qu'il tenait à la main une palette neuve.

Je bondis, des fourmis plein les jambes.

— Mais tu peins ! m'écriai-je. Tu as l'intention de me faire
tenir deux heures.

— Je fixe seulement les couleurs. Ça a bien marché. La pose
était bonne.

Je m'approchai, penchai la tête vers l'épaule de Thomas.

Le dessin, grené, avait cette douceur floue du pointillé, du
coup de fusain qui s'éparpille au moindre souffle. Çà et là, une
touche de peinture évoquait la carnation précise d'un membre,
l'ombre d'un muscle, la tache de lumière captée par un renfle-
ment de chair. Thomas avait posé ces couleurs au couteau, il

lui restait à les étaler, les fondre, les nuancer au gré de la lumière du jour et de sa fantaisie.

— L'amassette jusqu'ici ne servait qu'à mélanger les couleurs broyées, expliqua Thomas en me montrant son nouvel outil de travail. Maintenant, on s'en sert pour peindre en pleine pâte. Tu aimes ?

Son tableau tenait encore du croquis et de l'Iroquois de mi-carême. Je préférais attendre l'épure du dessin et le déploiement des couleurs.

— Comment l'appelleras-tu ?

— « Athénaïs au Parvis ».

— C'est un nom bien chrétien pour un motif déshabillé. On va parler de blasphème, et puis on dira qu'une femme toute nue, comme ça, marchant dans l'allée d'un cimetière...

— Crois-tu que je sois le premier à coller des académies devant un paysage ? Et Watteau ? Et Boucher ? Et Fragonard ?

— Ce n'était pas pareil. Ils faisaient des tableaux allégoriques, ils traitaient de mythes, de l'Olympe, de ses dieux.

— Les modèles étaient bien en chair et en os, fichtre. Et personne ne criait au cochon, à l'obscène ! Ce qui différait, c'était la facture. Tous semblaient vouloir composer pour un couvercle de bonbonnière ou de boîte à poudre. Le XVIIIe siècle n'a jamais été fichu d'intégrer ses personnages dans un paysage. Les miniaturistes flamands du XIVe en savaient déjà plus long qu'eux sur ce chapitre.

Thomas se détourna, posa la main sur mon épaule, la fit glisser doucement sur ma gorge.

— Disons en bref qu'on est aujourd'hui plus puritain... ou plus hypocrite, dis-je en tapant d'un coup sec la main de Thomas qui s'égarait.

— Tu peux te rhabiller, maintenant, répondit-il brièvement.

Thomas me regardait, me peignait, me demandait de me rhabiller. Ou bien il parlait, comme si je n'étais pas là. C'était ainsi depuis quinze mois, j'étais une nature morte, quelque chose qui l'animait, qui faisait vibrer son pinceau, son âme d'artiste.

Il vit qu'il m'avait blessée, avec ces quatre mots abrupts. Tu peux te rhabiller... Va-t'en, tu ne sers plus... Tu ne me sers plus à rien. Mon modèle, ma chose.

— Qu'est-ce que tu as ? fit-il, attardant brusquement son regard sur moi. Tu es seule, encore ? Qu'est-ce qu'il trafique encore, ton classique ? (1)

— Je ne dramatise pas, Thomas, me défendis-je avec un sourire triste. Je regardais les dômes de Florence, rêvais tout à coup de Venise et de gondoles...

J'étais debout près de lui, à le toucher. Je sentais sur moi son souffle chargé de tabac de chine, de mauvais alcool. Le bonheur sauvage de la séance réussie l'armait de patience, lui donnait un semblant d'affection pour le monde entier. Beau mâle ténébreux et secret, il me fascinait depuis toujours. Cet après-midi-là, dans cette lumière appauvrie de janvier, au milieu de ces odeurs de plâtre, de charbon et de térébenthine, Thomas me rappelait que j'étais une petite Maubert abandonnée. L'hiver nous avait jetés là, embarrassés de nos corps, de notre jeunesse. Il m'avait repoussée, le soir de Noël. Mais tôt ou tard nous devions en arriver là, à ces minutes brûlantes qui préparent l'étreinte, à ces instants arrachés, ce cri l'un vers l'autre.

— Embrasse-moi, Thomas, murmurai-je, d'une voix si faible qu'il devina ma prière à la forme de mes lèvres.

Il resta un moment immobile, indécis encore. Ses yeux allaient de mes yeux à mes épaules, remontaient à ma bouche. Il allongea enfin le bras, et très vite ses gestes se précipitèrent. On aurait dit qu'une digue se rompait, qu'il cédait, à bout de force. Quand ses lèvres prirent les miennes, j'étais déjà à lui, aussi follement matée que je l'avais été sous la poigne de de More. Ce nom perça sournoisement mon bonheur. Ah ! Qu'importe ! Thomas m'embrassait, il était à moi ce jour, il me serrait furieusement contre lui, répétait sans fin : « Ah ! Tu es belle ! Tu es belle ! »

— Thomas ! Je t'aime...

Comme si, huit jours plus tôt, je ne me croyais pas amoureuse de Jérôme de More ! Oh ! Je ne savais plus. J'avais besoin d'un homme, de deux bras autour de moi, d'une chaleur d'homme, d'une étreinte. Je ne savais plus si j'aimais, qui j'aimais. Oh ! si ! J'aimais Thomas. En ce moment, j'aimais Thomas.

(1) On donnait aux étudiants ce surnom, parce qu'ils étaient coiffés de bérets extravagants appelés « classiques ».

— Je t'aime, répétai-je avec force, comme pour m'en convaincre moi-même.

— Oui, fit-il simplement, et il n'eut qu'un geste à faire pour me soulever de terre et me porter sur son lit défait, aux maigres couvertures, à la grande limousine de berger.

Je le pris dans mes bras, caressai ses cheveux qui me balayaient la joue. Son étreinte me malmenait. Je l'avais cherché. Je l'avais voulu. Il me faisait l'amour méchamment, ne se donnait pas la peine de me ménager. Le corps de Thomas cessait d'être une énigme pour petite fille candide et perverse, il devenait cette chose dure, étrangère, que je serrais contre moi et qui me prenait de rage. Pourtant je fermai les yeux, alertée par un étrange picotement dans mes membres, affolée d'entendre mon souffle qui se précipitait, cherchant les lèvres du garçon. Je crus que mon moment venait, mais il avait, lui, déjà maîtrisé son plaisir, et s'il m'embrassait maintenant, c'était qu'il n'avait plus à concentrer ses forces. Il me repoussa, sans un mot, et retomba rompu sur sa paillasse. Il ignorait sans doute qu'il m'avait amenée, inconsciemment, au seuil d'un bonheur physique qui m'était encore inconnu, et dont, sur le coup, je me contentai des prémices.

Je m'allongeai et demeurai près de lui, sans parler ni bouger. Il m'avait prise en désespoir de cause, et son désir ne lui était venu que lorsque j'avais été à sa portée, nue contre lui devant son tableau. Je le laissai à ses pensées solitaires. Nous étions détachés l'un de l'autre, mais il restait quelque chose de chaud et de vigoureux entre nous. Il s'était rejeté à l'autre bout du lit et tenait sa figure dans son bras replié.

La pénombre d'un soir précoce tombait à verse de la lucarne. La chambre était noyée dans une obscurité violâtre qui effritait le contour des choses, diluait tout dans un silence croupi. Les dernières lueurs du jour s'accrochaient à la corniche d'une vieille armoire, dessinaient une vague forme assoupie là-haut sur une mallette en toile. C'était une corde enroulée, lovée comme un serpent.

— Qu'est-ce que c'est que cette corde ? demandai-je.

— Une simple corde, assez solide.

— Pour quoi faire ?

— Pour me pendre.

Je pouffai de rire mais m'arrêtai net en réalisant que Thomas ne plaisantait pas. Il écarta légèrement le bras de son front et

118

fixa à son tour ce chanvre de gibet qui semblait tapi dans l'ombre, le guettant.

— Il n'y a pas de quoi rire, Poil-Rousse, dit-il d'un ton indifférent et blasé. Je garde cette corde en réserve depuis des années. Elle m'habitue tout doucement à l'idée de ma mort, de ma défaite. Elle servira peut-être un jour, quand j'en aurai assez de recevoir mes toiles, renvoyées par le Jury du Salon avec un grand R derrière.

— Dans le fond, tu es romantique, Thomas. Garder des années une corde pour se pendre, je trouve ça plutôt romantique.

— Quand tu me verras tirer la langue, tu ne diras pas que c'est romantique, cingla Thomas.

J'oubliai pour longtemps ce dialogue absurde.

Deux heures plus tard, au coin de la rue des Lavandières, un gueux meurtrissait son violon sous la potence d'un quinquet. Arcbouté à son archet, le corps voûté comme celui d'un portefaix, il égosillait son instrument dans une polka échevelée qui remusclait les passants. Le cœur en fête, je lui jetai une pièce de dix sous en reprenant son refrain jusqu'à la maison Tessier. Je venais de quitter Thomas et Madame Versini, au passage, m'avait rançonnée de trois francs pour me dire... Oh ! Qu'importe cette vieille entremetteuse, cette faiseuse de miracles !

Thomas m'avait gardée près de lui, m'avait reprise. Et cette fois il ne m'avait lâchée que pantelante, soûlée de plaisir, vagissante encore, hachant à gros hoquets des aveux terribles, les bribes d'un bonheur trop grand, qui m'étouffait. D'avoir senti mon corps étreint, fouillé avec tant de puissance et de passion, j'avais la certitude que je ne pourrais jamais plus marcher comme avant, m'asseoir, courir, monter des escaliers, aucun des exercices de mon corps ne pourrait se faire comme avant. Un espoir intime et brûlant se formait en moi et chaque pas que je faisais oblitérait un peu plus mes rancunes, mes angoisses ; et perpétuait en moi cette idée de bonheur que j'avais mal imaginé pour l'avoir cru inaccessible.

Ainsi, ce n'était pas Jérôme de More qui m'initiait le premier aux plaisirs de l'amour. C'était Thomas. Il fallait bien, sans doute que ce fût Thomas. J'en étais heureuse. Ma fierté m'eût reproché de donner au châtelain une vanité de plus, celle de m'entendre crier toutes les folies que j'avais débitées à Thomas.

Je me retrouvai dans l'escalier Tessier, traînarde et dolente comme après des jours entiers de vagabondage. J'étais assurément plus neuve que le soir où j'avais sauté le pas, gentiment, entre deux diatribes de Julien. Et déjà je croyais entendre sur mon passage un concert de voix papelardes, déjà je devinais des évidences à crever l'œil, mille détails étalés au grand jour, accrocheurs, honteux, mes yeux alanguis, ma bouche amollie comme une cire rouge sous la chaleur d'un feu, mon teint marbré, ma démarche lascive... Ah ! Que j'étais bien, si proche de mon corps, et qu'il me tardait de retrouver les bras de Thomas ! Tout de suite, pourtant, il m'avait retenue sur le chemin des projets : il entendait garder sa liberté, ses idées sur le mariage et le concubinage notoire étaient celles des grands artistes qui voyaient dans la femme le frein à toute œuvre de génie, la paralysie, le boulet, quand ce n'était pas une bouche de Gorgone à nourrir ! Du plaisir, oui, il m'en donnerait, je le changeais de ses maigres conquêtes et des tristes gourgandines de la rue Saint-Eloi. Il m'ouvrait ses draps, me promettait même de ne plus les froisser avec d'autres, mais il se réservait pour toujours ses moments de solitude, de sérénité, de dégagement total, sans lesquels il n'y a que des peintres bourgeois, repus de toutes choses.

— Tu te vois, faisant la cuisine sur un réchaud, pendant que je chercherais mes couleurs ? Mais nous ne pourrions pas nous supporter une semaine !

Non, Thomas n'était pas homme à se mettre en ménage. Et puis, disait-il, le bonheur tue tout ce qu'il touche. Je le croyais presque. Je voulais avec lui préserver cette passion qui n'aurait jamais rien de quotidien, cet emportement d'amant et de maîtresse qui nous laissait, moi à mes rêves, lui à sa peinture. Sa joie de peindre s'était fondue dans sa jouissance d'homme. C'était l'achèvement sensuel d'une journée différente des autres, une journée commencée dans les gaufres et les scapulaires de la neuvaine Sainte-Geneviève, et qui s'était terminée en orgie de mots, de couleurs, d'extases. Ce soir, Thomas Ferré avait oublié qu'il ravalait des façades pour acheter les cent sous de charbon que son poêle achevait de brûler, pour effacer son ardoise à la gargote et se payer des gouaches. Debout, rhabillé mais vacillant encore, il continuait à délirer tout fort, m'enlaçant d'une main et de l'autre revenant à sa toile, flattant son dessin.

— Ah ! Je suis bien content, s'écriait-il. Ça a marché. J'étais sûr que ça allait marcher. J'étais dans un jour épatant. Je ne sais pas bien te dire... Je te connaissais sur le bout des doigts. Ah ! Qu'on vienne me dire maintenant que c'est malhonnête ! Je ne connais que toi depuis six mois. Je pourrais te peindre de mémoire !... Il reste à donner des couleurs à tout ça. Tu m'accompagneras à Saint-Hippolyte, je veux voir ta réaction devant ces pierres et cette végétation...

Il était en sueur. Ses yeux étincelaient dans son visage bourru que la fatigue mâchait, décolorant sa peau cuite. Sa main enveloppait encore son tableau de signes cabalistiques. Le dessin était sa marotte. Quand le gros du croquis était fait, il n'en finissait pas de retoucher, de fignoler. Il voulait « sentir » le premier trait de son œuvre, faisait du toucher le sens le plus aigu, le plus raffiné. C'était cette faculté sensitive des doigts qui le poussait parfois à balancer pinceaux et couteaux pour achever sa toile à pleine main. On le traitait d'original, de barbouilleur, on disait qu'il peignait comme un cochon.

Je l'avais quitté dans la même exaltation que celle du midi, devant les Carmes. Je n'étais pas jalouse, n'ayant rien de plus à lui demander que des étreintes par-ci par-là.

De More songeait à moi comme à une crudité que l'on se paye à bon escient, une secousse, une fringale, mais qu'on ne lui parle pas de liaison, de collage ! Thomas ne m'en promettait pas davantage, mais du moins pourrais-je me promener à son bras, être vue près de lui sans qu'il lui vienne l'envie de me camoufler, de me dicter des cinq à sept à neuf heures du soir, quand le gaz s'éteint aux quinquets.

Je m'enfermai dans ma chambre avec béatitude.

Je respirais encore à grands coups, la poitrine gonflée, serrée dans mon corsage comme par un vêtement qui vous bride aux épaules, vous engonce dans un corset de fer. La belle chose, que l'amour ! Personne ne m'avait appris cela !

Je ris plusieurs fois, à voix haute, tout en vaquant aux soins d'un dîner de poupée que je grignotai, l'esprit ailleurs. You-youte, rassasiée par les crêpes de blé noir que Mamm m'avait envoyées par le courrier, vint chipoter quelques miettes et resta à mes pieds tandis que je traduisais mon Dickens. Les

Temps Difficiles parlaient d'une jeune fille mariée contre son gré, sacrifiée à la réunion des patrimoines de deux familles. Le thème me laissait de marbre. J'étais toute à mes noces de la main gauche et dans l'euphorie du moment les mots s'alignaient facilement.

Ma mère m'avait en outre fait écrire une lettre par Jean Dagorne, dans laquelle elle m'annonçait que Marie Kerdoncuff avait eu un gros garçon à la nouvelle lune et qu'elle avait maintenant deux matelas dans son lit. Mamm avait fourni sa dernière cordée de bois à Pennarstank et faisait des balais de genêt au coin du feu tandis que le Tin lui rapportait les derniers bruits du doyenné. Vinoc, l'oncle recteur, avait tiré deux cols-verts à la hutte dans les marais de Botmeur et ils avaient réveillonné ensemble, au canard au lambic.

Rien d'extraordinaire ne se passait autour de moi et ma grande révolution resterait inconnue au pays. C'était mieux ainsi. Je finirais par dire, bientôt, que Julien avait déménagé et m'avait laissé sa chambre. Calendron faisait maintenant grise mine en me donnant mes lettres.

Cette nuit-là, je dormis d'un sommeil décousu et agité, que venaient battre les paroles ténébreuses de Madame Versini, contemplant son assiette de marc :

— Mon Dieu ! Que de figures ! Je vois là un oiseau, bon signe, mais il est près d'une tête d'oie : bonheur et tromperie ! Un serpent, trahison et jalousie... Un cavalier chevauchant une tortue, protection d'une personne haut placée... Une couronne de croix, décès d'un proche... Ici, des poissons, invitation à un repas. Oh ! Là, les lignes sont sinueuses, il y en a même qui sont de travers. Vous connaîtrez la maladie, une vie tourmentée, pleine de hauts et de bas ! Mais voici un beau carré, retenez bien ceci : héritage ! Héritage...

III

PAR GOÛT DU CALEMBOUR MATINAL, JULIEN APPELAIT LE FACTEUR un homme de sac et de corde, sous prétexte qu'on ne dérange pas les gens pour leur remettre de force les dernières menaces du propriétaire avant les voies de fait, et qu'il pouvait bien aller se faire pendre ailleurs. Je lui fis pourtant bon accueil, car il apportait un colis mystérieux, expédié par les soins d'une maison de la rue Impériale à Brest.

Je déchirai l'emballage d'une main curieuse, découvris un magnifique châle de cachemire violet accompagné d'une carte couverte d'une écriture maigrichonne, serrée, irrégulière. Mes yeux coururent à la signature, je rougis et me troublai. Jérôme de More !... Il avait écrit, comme à la hâte et pour ne point avoir de regrets, ce billet bref et un peu désinvolte : « Une jeune fille de bonne tenue ne saurait danser autrement qu'en chapeau et en châle. J'ai choisi celui-ci, qui doit flotter sur vos talons et descendre jusqu'à la poussière du bal Mabille. Bonne année, chérie ! »

Le moment est bien mal venu, pensai-je en dépliant devant moi l'étoffe resplendissante. N'importe, il sait se montrer galant, à six cents kilomètres de distance... J'avais néanmoins un léger remords de conscience en me contemplant dans la glace de la toilette. Et j'imaginais Jérôme de More arpentant la longue rue brestoise de gros négoce, léchant les vitrines, s'arrêtant devant un étalage de frivolités, se décidant à entrer pour fouiner dans les falbalas, jetant son dévolu sur ce cachemire assorti à ma robe neuve. Dans le même temps, la chose me fit sourire. Je ne pensai pas une seconde : « Faut-il qu'il soit épris », car mon assurance, j'en avais fait l'expérience, risquait fort de tourner à ma confusion. J'étais beaucoup moins sûre de lui et de ses sentiments depuis la soirée au Mabille. Cette nuit-là, il m'avait semblé que nous nous étions tout dit, qu'une page avait été tournée, et j'étais rentrée à la Maub' avec la certitude que je n'avais pas grand-chose de bon à attendre de de More. Le cadeau était-il une excuse pour ses impertinences ? Un geste dans le but de renouer une relation quelconque ? Il m'avait prévenue qu'il ne faisait pas de cadeaux gratuits.

Je cessai vite de chercher les réponses à toutes ces questions et savourai gaiement la joie de posséder un tel trésor. Un châle en cachemire ! Toutes les femmes en rêvaient, c'était la pointe de la mode, l'exotisme à prix d'or. J'enfouis mon visage dans la douceur pelucheuse de l'étoffe, y cherchant un vague parfum d'aventure...

Il était neuf heures. J'attendis que le Cantalou me montât mon eau chaude, fis ma toilette et m'habillai simplement. Dehors, il neigeait à petits flocons qui fondaient sur les pavés. Les fers des attelages dérapaient au coin de la place et les gueux clignaient aux côtés des cochers transis. Tout en marchant à grands pas, je me répétais les paroles d'Etienne : « Tu ne vas pas rechuter, j'espère ? » A qui faisait-il allusion ? A Julien, ou à un amour quelconque qui viendrait m'emporter sans crier gare ? Songeuse, je poussais du bout de mes bottines le dernier volant de ma robe d'alpaga et je pensais que de More ne soupçonnait probablement pas l'importance de l'intérêt qu'il m'inspirait. Après tout, je ne l'avais pas choisi. J'avais choisi Thomas. Pourquoi ? Je ne savais trop dire. Une vieille méfiance de vassale, peut-être, devant la position forte du seigneur... Ou tout simplement la peur des habitants de Sizun et de leurs habituels charivaris aux noces des mésalliés, que les noces fussent de la main gauche ou de la main droite !

En quatre mois, ma vie s'était accélérée, comme les derniers tourbillons d'un rêve. Je n'étais pas préparée à tous ces événements, ces soucis, ces regards d'hommes. Le monde de Julien, c'était encore l'enfance, c'était les lendemains de Sizun, une autre vie d'adolescente, façon Paris. La jeunesse qui gravitait autour de moi me préservait des péchés d'adultes. J'y voyais une sorte de famille vagabonde, avec ses affections, ses soutiens, son vocabulaire propre. Les bohémiens étaient mes frères.

Aujourd'hui, j'étais seule, seule à tenir tête aux hommes. Et comme ma langue était prompte, je n'avais guère le temps de choisir mes mots. Je sortais des horreurs dont je rougissais après coup en me félicitant d'avoir mis Mamm à cinq jours de diligence... C'était ainsi, je me défendais des faiblesses de mon sexe avec des gros mots ou des parades de drôlesse. Mais ma verdeur de langage, apparemment, me préservait bien mal, puisque les hommes ont l'habitude de penser qu'une sage réponse sort d'un corps vertueux.

Je trouvai Thomas chez lui, à marqueter sa toile de dessins variés, esquissant les pans de murs de Saint-Hippolyte, les frondaisons des sapins, les entrelacs des arbres nus.

— Tu te casses bien la tête, lui dis-je. A la gouache, ce dessin là suffirait.

— Je sais, répondit-il. On prétend que le dessin est secondaire quand on peint à l'huile. Moi j'affirme le contraire. Il est impossible de mettre la couleur juste sur un trait qui se dérobe.

Je contemplai avec un regain d'intérêt ce vertigineux mur aveugle aux fenêtres sans vitraux, ces ogives solennelles arquant leurs pierres oubliées sur des assises corinthiennes, cette fuite du sentier vers les porches, au milieu des gravats et d'un enchevêtrement végétal qui donnait vaguement l'impression d'une vie grouillante et maléfique, à fleur de terre. Des vols de ramiers éraflaient cette solitude grise de leurs ailes blanchâtres, et, plantée là comme une démone rose et lascive, je marchais dans ce fouillis de branches, je me retournais vers le peintre qui semblait dire : « Eh bien ! Vas-y ! Avance donc ! Puisque je te dis qu'il n'y a personne ! »

— Pourquoi aimer les ruines ? demandai-je encore.

— J'aime la vie, expliqua Thomas. J'aime forcément les ruines qui rappellent le prix des jours, le prix de la vie.

— C'est une explication, concédai-je. Je trouve pourtant qu'il y a quelque chose de lugubre à s'accrocher à des vieilles pierres qui ne vous sont rien.

— Les ruines sont à tout le monde, répliqua Thomas. Elles ont traversé les siècles sous des milliers de regards qui les caressaient comme s'ils en étaient propriétaires. Je connais un type qui ne parle de Notre-Dame qu'en disant Ma Cathédrale.

Il m'emmena le soir-même au bourg Saint-Marcel.

Au pied du coteau planté de vigne, les maisons basses des

foulons et des drapiers se serraient au bord de la Bièvre, rompues çà et là dans leur alignement par les tanneries aux greniers à claire-voie. Le pont-aux-Tripes avait remplacé le vieux gué incommode, reliant le quartier au bourg Saint-Médard, le fief des tanneurs. Thomas me montra du doigt la longue rue de l'Oursine, me désigna un étagement de toits de tuiles :

— La tannerie de Saint-Favre, me dit-il.

Je lui coulai un regard curieux mais ne répondis rien.

Les ruines de Saint-Hippolyte se trouvaient à un coude de la rivière, entre les restes de la collégiale Saint-Marcel et l'hôpital qui depuis une vingtaine d'années occupait les bâtiments de l'ancien couvent des Cordelières.

Thomas était devenu bavard. Infatigable, il m'expliquait que ces ruines avaient été jadis l'église paroissiale de la Manufacture des Gobelins, que les chapiteaux tenaient du corinthien et du ionique, avec leurs feuilles d'acanthe développées en doubles volutes, que la Révolution était passée par là, jusqu'à ne plus laisser qu'une nef décharnée, sans proue ni poupe, un mur flottant entre ciel et terre, assailli par les lierres et les branches folles des arbres sauvages. On aurait pu percevoir, peut-être, une vague odeur d'encens dans cette humidité des lieux abandonnés, mais les tanneries toutes proches soufflaient bien au-delà du bourg leurs relents d'acides et de chairs pourries.

Nous marchions dans l'allée que Thomas, sur sa toile, avait prêtée à mes pas. Nous écartions des branches, des rejets du printemps que la nature n'avait pas disciplinés, nous évitions des monticules de pierres éboulées. Le silence de l'hiver fondait sur ce jardin étrange, troué par les roucoulements gutturaux des pigeons nichant dans les murailles. Le vent fouettait les hautes branches, hululait dans les cimes, secouait le dais sombre des frondaisons basses, balançait les silhouettes maigres des ormes, des platanes aux moignons béants. Je frissonnai, sensible au caractère pathétique de l'endroit. Les moments et les choses révolus que ces ruines évoquaient me rappelaient moins la vie que la mort. En outre, l'affirmation de Thomas, prétendant aimer la vie, ne me sautait pas aux yeux. En vérité, ce n'était pas un amour exagéré de la vie que ses traits tourmentés exprimaient.

Il retrouva l'emplacement exact de la pose, m'y campa, se recula à trois pas pour juger de l'effet. Nous nous regardions, dans ce cadre insolite pris déjà dans la brume grise du soir, et nous nous comprenions.

J'avais envie de me serrer contre lui, de glisser mon bras sous le sien, mais je craignais de l'effaroucher. Il méprisait tellement les effusions en public ! Nous rentrâmes donc en marchant d'une allure un peu bancale, Thomas les bras ballants, moi les mains pelotonnées dans mon manchon de murmel. Sainte-Pélagie était sur notre chemin, mais nous fîmes un large détour car Thomas avait dans son idée de me montrer l'emplacement du marché aux chevaux.

— Tu tiens toujours à me faire rencontrer Saint-Favre ? demandai-je aux premiers pavés de la grande place qui marquait les confins du bourg Saint-Victor et du bourg Saint-Marcel. Des caniveaux gelés, des fontaines monumentales, des bat-flanc déserts se distinguaient dans la pénombre. Le pavillon de surveillance avait l'air d'un kiosque en attente d'orchestre.

— On prétend que, dans le privé, c'est un homme charmant, dévia Thomas.

— Comment vois-tu la chose ? questionnai-je âprement.

— Assez mal, je dois le dire. Oh ! Ses maîtresses ne m'ont pas fait de confidences ! Mais il semble qu'un type comme lui, ça doit compter pour une femme.

Je vis passer devant mes yeux des images de sofas écrasés, de jupons en bataille, de déroutes magnifiques. Je rectifiai mes pensées trop lestes quand Thomas précisa, d'une voix égale dans laquelle je rageai doucement de ne pas trouver trace de jalousie :

— C'est sans doute un opportuniste, mais je ne le crois pas corrompu. S'il l'est de corps, l'esprit est encore sain. C'est la fréquentation la plus souhaitable qui soit pour toi : tu as tout rasé, principes, honneur, loyauté, ta propre estime. Que te faut-il ? Quelqu'un qui te donne assez d'argent et assez d'attention pour que tu oublies d'être une garce. Moi je suis incapable de l'un comme de l'autre. Je ne suis pas un avenir pour toi, Anne.

— Mais... je t'aime, Thomas ! protestai-je, les yeux écarquillés, étourdie par ce flot de vérités qui m'assommait au moment le plus inattendu.

Il me regarda vivement, sembla surpris par la contradiction douloureuse de mon visage.

— Oui, dit-il. Je te crois sincère. Tu m'aimes comme tu as

127

aimé Julien, comme tu en aimeras d'autres encore. Tu es passionnée. Beaucoup trop passionnée. Ta passion te vient d'un seul coup, elle t'occupe un bout de temps, et puis une autre vient et tour à tour tu montes et tu descends, tu aimes et tu détestes. Tu ne peux même pas faire les choses simplement, raisonnablement, sans outrances. Tiens, par exemple, rien que tes gestes, ta façon de marcher... Ta couleur de cheveux, tes paupières trop longues...

— Arrête, Thomas, priai-je en me jetant vers lui. Je suis peut-être tout ce que tu dis, oui, certainement, pour beaucoup de choses tu as raison, mais je voudrais rester avec toi, comme maintenant, même si nous n'habitons pas ensemble. Laisse-moi t'aimer, Thomas. Ça m'est égal que tout ça ne donne rien. Je veux rester avec toi. J'irai voir Saint-Favre de temps en temps seulement, j'accepterai ses conditions, même si au besoin il faut... (comment de More disait-il cela ? Passer sous des fourches... mais lesquelles ? Les fourches... patibulaires ? Fichtre ! Je ne connaissais toujours que celles-là). Enfin bref, lui céder un petit peu... Je sais, Thomas... « Personne n'a jamais regretté de m'avoir connu »...

— On t'a fait l'article, à ce que je vois.

— Que devrai-je faire ici ? demandai-je tout-à-trac. D'abord, est-il toutes les semaines au marché ?

— Il sera là. Tu n'auras qu'à le flatter, lui parler de ses chevaux, s'il en achète. Sois aimable. Tu n'as pas besoin d'avoir peur. Laisse faire les choses. C'est tellement facile d'être une femme ! Après tout, c'est lui qui paye l'addition. A lui de composer le menu...

— Tu crois vraiment qu'il me demandera... Ma voix s'appauvrissait.

Thomas pencha vers moi son visage retors. Je l'avais arrêté au coin de la rue de l'Essai, contre la maison d'angle qui regardait les terrains vagues de la Salpêtrière. Il me fallait d'autres mots, là, tout de suite, une raison encore d'être heureuse, un peu de ce Thomas qui s'effaçait déjà.

Il me prit dans ses bras, chercha mes lèvres en m'appuyant contre la pierre effritée du mur. Son corps pesait sur le mien, exigeant déjà, comme s'il ne pouvait se rassasier d'une bouche abandonnée... Sa main nue était à mon cou, hésitait encore au drapé sage de mon châle puis, précise, s'insinuait entre laine et peau, maltraitait ma guimpe, descendait sur ma gorge en brusquant les ruchés et les dentelles.

Une voiture passa, au grand galop de son cheval déboulant des collines des Deux-Moulins. Thomas se reprit. Gêné de s'être laissé aller en pleine rue à des embrassements d'étudiant recherchant les portes cochères, il partit d'un rire fêlé qui grelotta jusqu'au fond de moi-même.

— Un jour, tu verras, tu me remercieras de t'avoir poussée vers Saint-Favre !

Je me tournai vers Paris, à l'aveuglette. Mes yeux butèrent d'abord sur l'ancien mur d'enceinte du cimetière de Clamart, sur l'amphithéâtre d'anatomie qui en occupait les ruines, s'accrochèrent à la flèche de Saint-Médard avant de s'embuer sur le dôme du pâtissier Soufflot, tout nimbé des pastels glacés d'un soir de janvier.

— C'est quand même difficile, balbutiai-je, la gorge serrée. Devenir d'un jour à l'autre, comme ça, de but en blanc, une femme entretenue !

— Tu n'es pas moralisatrice, Anne ! Et n'imagine pas tout de suite que tu mets le pied dans le grand monde, que tu vas avoir un tas d'amants, des bijoux, des chevaux, des cachemires. Saint-Favre t'épousera, si tu sais t'y prendre. Tu auras une situation plus qu'honorable.

— Mais je serai malheureuse.

— Malheureuse ! Le bonheur ! Pauvre petite ! Crois-tu que tu l'aurais avec moi, le bonheur, quand tu n'aurais rien à manger et pas même un chiffon à te mettre ? Jamais une chance pareille ne se présentera à toi : un homme riche à crever, comblé d'honneurs, à qui tu plais, et qui compte peut-être sur les doigts d'une seule main les années qui lui restent à vivre !

— Mais ces années-là, Thomas, ce sont mes plus belles années !

Thomas s'impatientait.

— Arrête de pleurnicher, Anne. Il n'y a pas de plus belles années. On tire ses premiers lustres dans la misère et quand on a un peu moins de crotte après ses semelles, adieu jeunesse ! Il faut payer ses moindres plaisirs, plus rien n'est gratuit.

— Ah ! Tais-toi donc, tiens. Tu ne convaincs que toi-même. Tu noies tes scrupules dans les grandes phrases. Tous les hommes font comme ça. Plus ils ont des remords, plus ils sont bavards. La vérité est que tu me prostituerais au besoin pour lancer ta peinture dans le grand monde, comme tu dis.

— Eh bien, fit Thomas, féroce, reconnais au moins que j'y mets les formes !

Je cherchai quelque chose à dire, un trait qui pût le désarçonner, lui donner le regret de m'avoir si peu ménagée.

— Soit, déclarai-je fermement. Je céderai à Saint-Favre. Et qui sait, ce sera peut-être uniquement pour mon plaisir.

— Voilà qui ne m'étonnerait qu'à moitié ! répondit-il en m'entraînant vers les ruelles noires du bourg Saint-Victor. L'éventualité, sur l'heure, l'effleurait d'une aile désinvolte, il ne s'y arrêtait que pour me reprocher d'être capable de mettre dans mes transports moins de malice que de luxure ! C'était le comble ! Je pourrais donc jouir sans remords des étreintes de ce bourgeois, et j'oublierais ce que je devais y faire, dans ces bras-là !

Mais Thomas me connaissait assez pour se dérider. Il savait bien que je crânais, que j'encaissais mal le coup et que je dominais mon chagrin par une rebuffade à laquelle il ne s'arrêtait guère.

Je marchais à son côté en me demandant quelle sorte d'amour pourrait un jour humaniser Thomas Ferré.

P ENDANT une semaine, une guerre farouche opposa la communale de la rue du Sommerard à celle de la rue de Pontoise. Les gosses avaient pris pour champ de bataille le marché des Carmes et les escaliers des Grands-Degrés.

Le huitième jour, il fallut faire appel à la maréchaussée et cela se passa d'autant plus mal que les sergots de l'arrondissement avaient de la marmaille dans l'une ou l'autre des deux écoles.

Les échos de « Pontoise, la bourgeoise ! Sommerard, le bâtard ! » ricochaient sur des petites figures bleuies de froid, aux grimaces de diablotins, me rappelaient un peu les « ventres à choux ! » et les « ventres à bouillie ! » que s'envoyaient réciproquement Brestois et Rennais. Léon et Petit-Paul, les fils de madame Petit, et tous les garnements de la maison Tessier se régalaient d'injures et de gnons, se jetaient dans la bigorne générale avec une frénésie de pirates à l'abordage. Les coups pleuvaient, les gibecières tournoyaient comme des frondes au bout de leurs courroies. Le carreau Maubert, qui avait connu des pugilats plus saignants, rigolait de l'empoignade.

J'avais fait un paquet des habits et des babioles de Julien, décidée à les revendre à quelque biffin attablé chez Marchalot, et je me frayais un passage au milieu d'une grêle de coups, apostrophée par les galapiats du quartier qui connaissaient ma tignasse.

— Déguerpis d'ici, la rouquemoute, c'est pas le moment d'user le pavé !

J'obtempérais à l'ordre du mioche, rasais les murs en serrant les quatre coins de ma toilette, quand la voix de Marin de Hurepoix me héla des abords de la fontaine.

— Qu'est-ce que tu glandes ici, Poil-Rousse ? Tu cherches à poisser le roussin ?

— Je vais revendre des fringues chez Marchalot, répondis-je.

— Bonne idée. Il commence à faire soif, dans le quartier. Et puis j'aime pas voir ça, des mômes qui se coltinent. Je vais avec toi. Qu'est-ce que t'as à vendre ?

— Des affaires à Julien. Je ne vais pas garder tout ça.

— Hein ! Tu liquides ! Et il se nippait, ton coquin ?

— Toujours assez pour plaire aux dames.

— A propos, j'ai vu ton ci-devant, l'autre jour. Il te faisait monter dans une voiture de riche, rue Galande. Le jour du défilé. Tu penses si j'ai gaffé le manège ! Entre nous, sans vouloir t'offenser, il a une gueule à bloquer les roues de corbillard.

— Quelle importance. Je n'ai pas plus de raisons que toi de l'aimer.

— Tu braconnes toujours ?

— Non. Je suis avec Thomas.

— Ton rapin ?

Marin Colombel hocha sa tête chenue, grimaça un sourire qui fripa son visage de longues rides ricaneuses.

— J'ai toujours parié sur ce cheval-là, fit-il, goguenard. C'est dans la logique. Depuis le temps que tu lui montres tout le saint-frusquin. On a beau dire qu'ils sont blasés, les barbouilleurs, ça doit quand même échauffer son homme, une rouquine qui se déloque une fois la semaine à deux pas du plumard... Alors comme ça, c'est fait. Tu donnes dans les Beaux-Arts.

— Ce n'est pas pour le bon motif, Marin. Je n'en connais pas un qui soit pressé de se marier de la main droite.

— Tu cherches les cinquante pour cent ? Fais-moi pas rire, au bout de trois mois tu ferais des passes bourgeoises pour remettre à flot le ménage !

— Tu ne crois pas si bien dire. Thomas veut déjà me coller avec un maître-tanneur de la Bièvre. Sénateur en plus, et aimant les artistes, leur donnant le coup de pouce.

— Ouais. Et le paroissien en question, le marchand de peaux, le mécène, je parie la tournée de verte que c'est Saint-Favre.

J'ouvris de grands yeux, heureuse tout à coup qu'un pauvre zigue comme Hurepoix connût un bout de mon chemin. Ce nom-là dans la bouche de Marin, c'était déjà une complicité, comme un parrainage. Le vieux truand incarnait pour moi la force sauvage des bêtes captives, une force qui me requinquait, que je sentais autour de moi, prête à frapper.

— Tu le connais donc ? demandai-je, pensant que Saint-Favre était décidément un homme en vue.

— Je suis allé trois, quatre fois chez lui chercher de la tannée avec Dodoche. Il spéculait aussi dans les sablières de Dourdan.

Il s'arrêta devant la porte de l'assommoir, pointa vers moi son gros doigts gercé et velu :

— Fais ton profit de ce que je vais te dire, Poil-Rousse, déclara-t-il avec une espèce de colère dans la voix. Si j'étais un brin de fille comme toi, si j'avais ton âge et si on me donnait à choisir entre ton sorbonnard, ton rapin, ton talon rouge et le bourgeois du paragraphe au-dessus, j'irais pas chercher trente-six raisons, je prendrais le bonhomme tout confort sans hésiter une seconde. Les ventrus à monocle c'est peut-être pas ce qu'il y a de mieux sur un oreiller, et après ? Le chantilly et le petit-gris qu'il t'aura mis sur le dos, tu les garderas toute ta vie. Dans ce monde-là, on reprend pas les cadeaux quand on casse le bail. Les notaires, ils appellent ça la séparation de biens. Bougre Dieu ! Ça sonne mieux que le pavé qu'on piétine ! Après toi, ma jolie. Baisse la tête, ce foutu Marchalot nous ferait le coup du lapin dix fois par jour, avec sa porte grande comme une chatière... Salut, Milo-l'Argus ! dit-il à l'aveugle qui vendait ses brioches dans le caniveau. Ça marche, le commerce ? On t'en achète encore, des babas de pissotière ?

— Tout de même, Marin, repartis-je après un temps de réflexion, tu lâcherais mon républicain pour un badinguet ? Que tu tapes sur un artiste — un anarchiste ! — ou sur un fils de baron, ce serait dans tes idées. Mais préférer Saint-Favre à Julien, toi, un bousingot !

— En amour, tout est rouge, ma belle.

— Justement, il n'y a pas d'amour là-dedans.

— Savoir ! fit Marin, l'air fûté. On finit bien par aimer la main qui donne. Ma mère (le diable ait son âme, elle buvait comme une Polak) m'avait dit un jour un truc qu'elle avait dû lire dans les proverbes arabes ou chinois, ou peut-être même, qui sait, dans l'évangile ! Ça parlait vaguement du parfum qui colle après les mains quand on donne des roses.

— Te voilà bien rêveur...

Le vieil homme envoya au plafond enfumé un soupir de soufflet de forge.

— Tout ça, tout ça, se reprit-il, c'est du temps perdu pour nozigues. Y a plus urgent. Marchalot ! Choléra de rousseau ! Tu sers tes clilles, un peu, oui !

Il fallut se remettre à la mominette, se décaper la gorge.

Pisse-Raide, affalé debout contre le mur, reluquait ma toilette avec des yeux rouges.

— C'est-y qu'tu broquilles, Poil-Rousse ? finit-il par grogner en aspergeant mon baluchon d'un reste de jus de chique.

— T'es acquéreur ? demanda Marin. Les amours sont mortes, on sort l'affiche jaune ! Vente aux enchères ! Si ça te dit de te déguiser en joli...

— Déballe toujours.

Marin se chargea de ratisser la table et je le laissai faire, hébétée soudain de voir vomies parmi ces gueux des choses que j'avais caressées du regard, que j'avais ravaudées avec amour, cirées avec force rires, repassées, amidonnées, et qui, tout compte fait, ne m'appartenaient pas. Je les considérais au reste comme vacantes, j'ouvrais la succession. Etre la dernière des deux à avoir aimé me conférait des droits sur les reliques de notre vie commune. Puis je rentrerais un peu dans mes fonds, c'était justice. Julien m'avait aimée comme un macrotin couvant sa pouliche. Ce méchant marchandage me dédommageait aujourd'hui d'une partie de mes déboires, pécuniaires et sentimentaux.

— T'es donc plus avec ton partageux, que tu bazardes ses liquettes ? remarqua Matthieu-l'Apôtre en se levant à son tour des cendres éparpillées autour du poêle. Marin m'évita de répondre, mit tout le quartier au courant.

— L'est plombée ailleurs. Un maître-pinceau, le genre poésie de goguenots !

— Dis-leur que j'en veux quarante francs et tais-toi, intervins-je à voix basse de peur d'avoir à regretter le marché.

Les doigts violets, aux ongles en deuil, soulevaient les chemises blanches, tâtaient l'étoffe des gilets, esquissaient des parades de dandys, des attitudes de lavandières empoignant la crasse. Des rires fusaient au milieu des pièces, éclaboussaient ce qui restait d'honnête dans ces dépouilles.

Ils débagoulaient leurs bêtises en tenant à bout de bras les habits de Julien qui prenaient déjà des airs de loques sur ces dégaines d'épouvantails. L'écho des batteries de gosses arrivait jusqu'ici, concert de voix aiguës de volaille échappée. L'absinthe me flambait l'estomac, m'échauffait la peau. Je luttais contre le dégoût de me voir là, parmi ces misérables, mais j'étais assez lâche pour rester assise au chaud, pour penser que quelques pièces de cent sous, du luisant, avec l'Empereur dessus, arrangeraient fichtrement mes affaires. Puis, on n'allait pas rester discuter ici jusqu'à la saint-glinglin.

Mais il fallait encore que Marin remît ça sur le tapis, qu'il apostrophât l'affreux Dodoche en dolman bleu qui arrivait, le sac sur l'épaule :

— Est-ce pas Dodoche, qu'on allait lui acheter sa tannée, son tout-venant, à ce cochon de tanneur au haut d'la rue d' l'Oursine, entre la caserne et l'Pont-aux-Tripes ?

— Au flambard, Mòssieu Bièvre ? répondit le chasseur de chats. Je veux ! Il croit faire l'aumône en nous larguant ses détritus !

— Oh ! Oh ! arrêta net Marin, un peu gêné par la description fulgurante du gagne-petit. Faut rien exagérer ! Cochon peut-être, parce qu'il est plein aux as, mais il fait pas d'entourloupes, faut r'connaître. Ses peaussiers l'ont à la bonne. Ç'est pas comme le miroitier d'la rue d'Poissy. Lui, il est pour l'évangile selon Saint-Simon : il fait bien une petite entorse pour la propriété privée, mais à chacun selon son mérite et ses œuvres. J'ai rien contre des chrétiens de ce goût-là. Même s'il fricote aux Tuileries, pour avoir toute une ferblanterie à se coller sur le buffet.

— C'est quand même pas limpide, ces mecs-là, ergota Dodo-

che. Avec toutes ses médoches, il le fait un peu à l'influence,
quand il balade ses jolies bottes au milieu des cuves. Il jette
ses monacos comme des morceaux de barbaque à des chiens.
Il réussit à les rassasier avec ça. Moi j'dis : faut pas d'fierté
pour empocher ça avec des courbettes.

— Tout juste ! renchérit Matthieu-l'Apôtre qui faisait maintenant sauter les breloques et les boutons de manchette de
Julien au creux de sa paume. Et faut pas chercher loin la cause
qu'on est tous à mengaver du pognon, toujours du pognon, et
qu'on en manque, qu'il fout l'camp d'l'autre côté des ponts !
C'est la bande à Badinguet qui passe la monnaie, on s'en-
graisse bien dans les beaux quartiers, à la Bourse, aux Tuileries, au Bois, à l'Hippodrome, sur le boul', partout où la soie
se frotte contre la soie !... Combien qu't'en veux, de ta bro-
quille Poil-Rousse ? Y a deux sous d'laiton là-dedans. J'préférais ta jolie p'tite toquante à savonnette. Disons... j't'en donne
deux quarante parce que c'est toi et qu't'es marrante quand
tu marches.

Les autres s'approchaient à leur tour. Il y avait là Sucre-
de-Pomme l'artiste du grégorien, l'oiseleur Painlevé, Dodoche,
l'allumeur de réverbères, Gueule-d'Amour le cocher de fiacre,
et tous les clochards, biffins, ripeurs et mendiants. Tous ces
derniers crochetaient de leurs mains escamoteuses la garde-
robe d'un bohémien qui avait « réussi », qui s'était placardé
sur la rive droite...

— Quatre francs ! marchanda Marin. Et l'pouce ! C'est pas
du toc, vieux recéleur ! Tu vas revendre ça combien, à ton
industriel ?

La vieille au Bouquet était là aussi, sirotant sa cheminée
dans une embrasure de fenêtre aux carreaux huilés. Elle racontait ses amours et les heures de gloire du cabaret du Roi Clovis.

— Toutes vos ribouldingues, marmonnait-elle, c'est des veillées funèbres à côté des soirées au cabaret du Roi Clovis. Le
vin de Suresne coulait à flots, on sortait les poignards et les
mouchoirs de couleur, on faisait des serments à vous glacer le
sang ! Je me souviens des poignards, ils avaient des lames
bleues et dorées, qui faisaient de grands éclairs à la lueur des
lampes... Boriès surtout était terrible !

Elle déballait ses souvenirs une fois de plus, et elle réussis-
sait le prodige de ne jamais raconter exactement la même

chose, d'inventer quelques variantes afin de forcer perpétuellement l'intérêt de son auditoire. Le résultat, en tout autre lieu que celui-ci, était à faire pâlir un prédicateur de carême, mais ici, les hommes venaient se décrasser des saletés de la journée, se piquer le nez en discutant le bout de gras, et personne ne tolérait longtemps les bafouillages larmoyants de la vieille.

— Arrête ta scie, bonne femme, brailla Sucre-de-Pomme. Tes quatre larbins, on s'en tamponne. Y a belle lurette qu'ils rigolent plus.

— Les libéraux ! Les libéraux ! tonitrua Pisse-Raide, le front buté. J'les ai vus, moi, ces p'tits paletots qui charbonnaient tout l'quartier, qui relançaient les militaires, qui venaient vous causer sous l'nez de victoires, de libertés, qui vous embringuaient chez les bons cousins, vous payaient des demi-tasses au cabaret. C'est pas si vieux qu'ça. Ah ! Des libéraux, la farce ! Des saltimbanques, des p'tits bourgeois enfifrés, des tantouses ! Plus souvent qu'j'aille me frotter à des libéraux de c'te farine ! J'leur dis crotte, moi, aux libéraux.

— Et à la République ? riposta aussitôt Matthieu-l'Apôtre. Qu'est-ce que tu lui dis, à la République française ?

— Mais c'étaient pas des rouges, enflure ! Ils engrainaient le peuple contre les Bourbons. Des aigris, des pommadés.

Il s'envoya sur le ventre une grande tape satisfaite qui débrailla un peu plus son lambeau de redingote.

— Faut quand même être ballure pour combiner l'bonheur des gens sans leur en piper mot. Est-ce que j'vais jouer l'carbonaro, l'franc-maçon, moi ? J'connais que l'gars qu'j'ai mis su'l'trône le 21 décembre. J'suis pas un macaron, moi, pas un revanchard, un d'la jacquerie ! Tiens, même l'Espagnole... l'a quéque chose de pas franc dans l'œil. J'la vois pas plus blanche que l'Autrichienne.

— Oui bien, n'est-ce pas ! beuglait Matthieu-l'Apôtre. Tu peux être fier de l'avoir foutu aux Tuiloches, ton moustachu, comme les tonnes de billots qui pensaient : « Les Bonaparte sont riches, on ne payera plus d'impôts ! Bernique ! Le neveu bancroche digère mal la gloire du tonton. Il rêve d'en faire autant tout en nous rebattant le pavillon avec sa paix qui fait autant de pétard qu'un tonneau d'poudre. Seulement ça coûte cher d'arrondir la carte de France, et il a une armée de branlotins, qu'il commande en faisant gaffe à pas s'faire saloper le cordon rouge ! Sabre de bois ! Faudra toujours des impôts pour payer des bottes et des épaulettes à ces négriers, ces marchands de barbaque, ces bidochards !

— Quand on t'causera, tu répondras, coupa Pisse-Raide que le lion vert du troquet commençait à mûrir joliment. Tu nous emmerdes, avec tes conneries. Laisse Madame parler d'ses gironds.

— J'croyais qu'tu leur disais crotte.

— J'peux quand même écouter, non ? Ça use pas l'oxygène.

— Allons-nous en, Marin, implorai-je, soûlée. Je ne finirai pas mon verre. Garde les vêtements. Tu les vendras pour le mieux.

— Bronche pas, petite, fit le tireur de sable avec un clin d'œil paternel. Le premier verre c'est pour la soif, pour rincer un peu sa crasse. Le deuxième c'est pour le plaisir, faut déguster. Le troisième c'est pour l'ivresse. Mince de rigolade ! Quand t'as bu tu sors de ces trucs, du génie ! qu'tu sais même plus quoi en t'envoyant ton rince-cochon le lendemain matin. J'm'en vas t'apprendre à lever l'coude, moi ! Qu'est-ce qui m'a fichu une Bretonne en terre glaise, comme ça !

Et il poussait vers moi une nouvelle verte, m'allongeait des tapes dans le dos pour arrondir gentiment ses rosseries. Je n'en pouvais plus. Mes pensées commençaient à s'effilocher, à ballotter comme une pochée de noix. Je regardais la flamme du gaz, fascinée ridiculement par le halo chiche et verdâtre qu'elle plaquait aux solives du plafond. J'étais un peu poivre. Près du zinc l'oiseleur toussait dans son mouchoir. A notre table un couple du jour bêtifiait devant un saladier de vin bleu. Elle lui faisait mille agaceries, lui l'appelait sa gosse d'amour, lui pinçait le nichon. Couapel arriva, enrhumé comme un loup, s'affala de tout son poids, une trique de roulier à la main.

— Morte ! gémit-il comme si la journée était finie et qu'il avait trimé tout son soûl.

Quelle heure pouvait-il être ? Dix heures presque... Je m'étais arrêtée sur le chemin du bourg Saint-Marcel... Et je me prenais au coup de verte ici, avec ces deux-là devant moi, qui s'étaient relevés pour boire, qui polissonnaient encore avec des gestes repus, des bâillements contents de bêtes couvertes. L'odeur fade et écœurante de leurs accouplements traînait encore sur eux, dégoulinait de leurs sourires fripés. Je rongeais mon dégoût, et, avec toute la grandiloquence que je mettais dans mes menus chagrins, je songeais que les motifs ne me manquaient pas, de haïr cette vie médiocre, ce commerce de tous les jours, ces amitiés borgnes, je me cherchais des raisons de souffrir dans tous les détails bénins qui me venaient à l'esprit : les fissures du toit qui engoulaient le vent et le froid, le frottement des pelures galeuses contre mon châle de mérinos, les familiarités que mes cheveux rouges déchaînaient sur mon passage, ma réputation qui était à peu près celle d'une petite poulette, d'une pisseuse de barrière (j'avais crié bien haut que ça m'était égal, mais un peu de considération ne m'aurait pas déplu. A défaut de celle des autres, j'avais la mienne propre à entretenir, et je n'étais pas si fière aujourd'hui d'être plantée sur ce chemin de la pauvreté qui mène à la misère ou à la galanterie.)

On amena bientôt un gamin, la tempe ouverte, qu'il fallut désinfecter à la gnôle. Le bateleur aux chaînes du marché des Carmes le portait dans ses énormes bras, comme un moineau transi. La bagatelle faisait long feu. Est-ce qu'ils n'allaient pas s'amocher sérieusement, ces sacrés paletots-là ?

— Mais c'était l'quel, ton homme ? Dis-nous donc, un peu ? insistait une voix de femme auprès de la Vieille au Bouquet.

— Ça, ma fille, c'est mon secret. J'l'emporterai dans ma tombe. Dis un nom au hasard, si ça t'amuse. Ils étaient tous les quatre à aimer, et par les plus belles encore ! Et j'étais pas vilaine, sous l'roi goutteux. Le rémouleur peut t'dire qu'il m'a vue blonde ! Est-ce pas, rémouleur ? Blonde à flamber, plus claire que l'étoupe.

— A c't'heure, sont bouffés par les bloches tes quat'zigues, j'te dis ! répéta Sucre-de-Pomme qui s'apprêtait à s'en aller, son barda d'escarpe sous le bras et la lèvre arrondie déjà pour le plain-chant. Sur ce, j'm'évapore. A la revoyure ! Paye-toi sur ma bougie d'hier, Marchalot ! (1)

Et l'on vit disparaître sa grande carcasse distinguée dans le brouillard de la place où chahutaient les ombres frénétiques des bambins. Il sifflait un morceau de la messe des Anges.

La Vieille au Bouquet continua à rassembler ses souvenirs et le marchandage recommença.

— Quatre francs pour la breloque, Poil-Rousse. Pour ce qui est du chiftir, vois avec Pisse-Raide. L'a des mains de demoiselle. Du doigté, comme on dit.

(1) Bougie : pièce de cinq francs.

— J'ai tâté d'autres tissus que ton sale cuir, qu'est-ce que tu crois ! grogna l'autre en vacillant sur ses guibolles (une enfilade de chaussettes trouées retenues par une ficelle qui grimpait à la façon des cordons de sandales d'un gladiateur) Mézigue a été calicot dans son jeune temps ! J'me rappelle plus guère, mais question d'bigler une étoffe, un bout d'peau, j'ai pas tellement perdu l'œil.

— C'est des gentilles fringues, plaida Hurepoix. Ça fera le bonheur des ouvriers.

— On fait pas not'croûte avec les ouvriers. Ma clientèle à moi, c'est le grouillot, le saute-ruisseau, le loufiat. Sont moins coquets et meilleures bouilles. Mais l'était quand même un peu tartignolle, ta chochotte, c'est pas des épaules d'homme, ça !

Allons bon ! On allait maintenant tiquer sur la carrure de Julien, rigoler de son allure, de son corps un peu étroit mais souple comme l'anguille. Ah ! Pour faire un marché avec ceux-là, il fallait que ça valût l'os, qu'on pût un peu débiner le client, étaler ses belles nippes comme une honte. Mais Pisse-Raide n'insistait pas. Une sorte de rêverie lointaine amollissait ses traits pourpres, brumes flottantes de l'alcool ou émotion de vieillard trouvant enfin un moment pour piocher dans ses souvenirs de gosse. Eh bien ! Oui, calicot ! Il avait été calicot au Chat qui pelote, oui-dà ! Et dans ce temps-là les sorbonnards ne vous fichaient pas à la porte du bal ! Et puis, un jour de dèche, il avait tâté de la pince-monseigneur et du vilebrequin. Il s'était fait coffrer, on l'avait ferré et envoyé à Brest où il était resté pendant dix ans chevalier de la guirlande ! Ah ! Ça n'était plus la même étoffe ! Celle qu'il avait eue sur le râble au bagne de Brest lui collait encore à la peau un quart de siècle plus tard. Lui, il en avait après le Roi Bourgeois, ces cochons d'Orléans qui n'avaient même pas l'excuse d'être de la bonne branche. Lui, il avait été fidèle aux Bonaparte, il avait porté l'œillet rouge sous la Restauration !

L'origine des clochards était fort diverse. Fils de chiffonniers, anciens bagnards d'Algérie ou des chiourmes françaises, ratés du compagnonnage, tâcherons quelconques venus du fin fond d'une province miséreuse, tous vivaient à la recherche d'une « débrouille », une occupation de gagne-petit, sciaient du bois, rinçaient des bouteilles, prêtaient leurs services payants aux porteurs des Halles, fouillaient les poubelles et revendaient charpie et vieux papiers aux industriels du chiffonnage.

Mes yeux, brûlés par la fumée, miraient la sombre lumière de la place au travers des bocaux rouges, jaunes, violets, qui faisaient sur le zinc une cacophonie maléfique où s'abreuvaient toutes les soifs.

Les dernières gouttes de verte me chauffaient les organes comme une flamme de chaudière. Je contrôlais déjà plus difficilement mes pensées, songeais avec une indifférence vaporeuse que Mamm ne m'avait écrit mot sur les intentions de de More à l'égard du Vodenn ; je calculais largement la cadence de la malle-poste, constatais que sa lettre aurait dû me parvenir au début de la semaine et nous étions samedi 19 janvier. Depuis le 14, nous savions que le tsar de Russie acceptait officiellement de conclure la paix à Paris.

Puis des pensées bourgeoises me venaient, je sombrais dans une complaisance qui me rassurait : j'étais là, moi, au coude-à-coude avec ces soiffards, ces traîne-latte, ces clodomirs, alors que j'avais dans la poche un rendez-vous avec un sénateur, peut-être même un avenir dans la haute, de la soie à gogo, des baignoires de champagne, du tintouin de riche autour de moi ! C'était pourtant vrai, je devais aller au marché du bourg Saint-Marcel dans la journée, et puis il fallait aussi passer à la barrière Blanche, voir Marie et lui rappeler... mais était-ce bien utile, maintenant que Saint-Favre...

Le gosse poussa un hurlement quand la bouteille de gnôle se renversa à gros glouglous sur sa tempe. Marchalot officiait tandis que le bateleur maîtrisait le bambin dans ses gros bras qui cassaient les chaînes.

Je lampai le reste de ma mominette sans me forcer. C'était vrai, le troisième verre était pour l'ivresse. Je la sentais déjà rôder dans mes veines, avachir mes membres, troubler mon regard de rêves flous qui s'accrochaient en guirlandes de Noël aux solives crasseuses. Le bouillon de Marchalot flottait à la dérive dans l'hiver, boule de suie et de brouillard, et je flottais avec lui. Peu à peu ma langue s'empâtait. Je me tus. Mais je restais toujours là, les fesses étalées sur le banc, la tête lourde, mettant ma lâcheté et ma mollesse sur le compte de la bonne chaleur.

Gueule-d'Amour, le cocher, abominable tête d'homme vitriolé et bégayant, écoutait les ricanements de vieille drôlesse qui ponctuaient le récit des hauts faits de la charbonnerie à Paris et à la Rochelle. Il s'amusait à refaire le bouquet de violettes du fichu de Françoise pendant que le joueur d'orgue de Barbarie grommelait à chaque fin de phrase :

— Arrête donc, Fanfan, t'as tout dit vingt fois à la compagnie. Tout le monde ici peut reprendre au refrain. Rengaine ton histoire, va. Te frotte pas à la gloire.

Pendant ce temps-là, l'aveugle mâchouillait sur deux notes : « Des brioches... aux raisins ! » et sur la place on envoyait Pontoise aux toises et Sommerard au mitard. Les gueulements d'enfants joignaient leur note aiguë à la scie des ivrognes, aux bourrades des clochards. Tout à coup un cri jaillit des Grands Degrés, repris en cascade entre l'assommoir de Marchalot et le débit de Franc-Cayenne :

— Polope ! Ça sent le roussi ! Vlà la cogne !

Le renfort arrivait, bâton en main. La marmaille déguerpit comme une nichée de corbeaux éparpillée par un coup de feu. Des bataillons entiers s'engouffrèrent dans les portes cochères, réglèrent les comptes dans leurs cours et les couloirs des maisons. D'autres détalèrent vers la Seine ou vers les encombrements des chantiers. Un grand silence se fit sur la Maub'.

Et puis bientôt ce fut un brouillard roux, avec la trouée verte du gaz au plafond, les trognes rouges, noires, violettes qui tanguaient en cadence, les formes étalées des gueux qui s'allongeaient des claques en s'étranglant de rire. La langue emportée, la gorge pelant comme une châtaigne, j'envoyais le monde au diable et tendais mon verre à Hurepoix qui clignait vers le troquet avec l'obstination tranquille et lancinante d'un phare planté invinciblement dans les éléments déchaînés. Mes narines s'habituaient à ces odeurs âcres de tabac et d'eau-de-vie de bastringue. Au contraire, ça me rappelait nos vergers, le pressoir de Per Argoualc'h, nos journées de bouilleurs de cru, les moûts de pommes qui nous soûlaient rien qu'au nez.

Et quand enfin Pisse-Raide annonça la couleur en me balançant sur la table un louis et toute une mitraille de pièces jaunes, je lui dis « Merci, mon garçon », et ajoutai qu'avec le billon je mangerais bien un morceau. On m'apporta un ragoût où nageaient des haricots rouges et des couennes, que je mangeai salement pour faire rire le parterre. Marin se bidonnait, se donnait l'air d'un mécène qui avait déniché un fichu numéro et le poussait sur scène. Je commençais à faire recette. Ma langue cette fois battait mon palais comme un marteau de porte, je bégayais, butais sur les mots, les écorchais... On me demanda une chanson, je répondis par une charade de Julien que personne ne comprit mais qu'on applaudit énergiquement en flairant un sacré jeu de mots. « Tout de même, pensai-je dans un petit coin sévère de mon esprit. Si ma mère me voyait ! » C'étaient toujours ces petits mots pudibonds qui venaient glisser un peu de dignité dans mes déroutes, une allusion réconfortante à mon éducation convenable.

Jules Donnadieu entra à son tour, hérissé dans sa redingote de cocher comme un loup égaré par l'hiver, frémissant, s'ébrouant sur le seuil.

— Ben mes fils, j'ai les oreilles gelées, déclara-t-il. Cré coquin de froid ! Ça vous scie les jambes, un froid pareil. Fait bon chez toi, Marchalot. Bigre ! Et les paletots sont là, à se filer des toises au lieu de chauffer leurs petons à l'école. Tiens, t'es là, petite, ajouta-t-il à mon adresse. Voilà une heure que je te cherche.

— Ton copain poitringle est en train de clamser, fit Couapel.

— Non, dis-je en arrêtant la main de Marin qui commandait une nouvelle tournée d'absinthe. Donne-moi plutôt une prune.

— Il est au plus mal, dit Donnadieu, et je ne sus s'il avait le poil mouillé par l'émotion ou par la pitié que je lui inspirais sur l'heure. Ils sont tous à son chevet. Un toubib est venu, par complaisance. Ils ont parlé latin un bon quart d'heure, et puis il est reparti en disant que c'était fini, qu'il fallait prévenir la famille. Je viens du quai de la Tournelle. C'était un bon gars, Claudepierre, Long Fellow comme vous disiez. Moi je le regretterai. Je l'aimais bien... Ah ! Ce sacré latin ! Il faut qu'il jargonne encore sur son lit de mort. Le latin, c'est bien assez triste comme ça, la langue des églises et des cimetières, la langue des macchabées ! Alors, faire ses adieux à cette foutue terre dans ce baragouin !

Long Fellow avait été son ami, son confident, son compagnon de maint et maint voyage immobile, au bord des boîtes béantes et merveilleuses qui s'ouvraient sur la science, sur le rêve, sur l'aventure. Long Fellow... C'est vrai, il s'appelait Claudepierre... On ne s'en souvenait guère, comme si ce garçon là, né dans un hospice aussi bien que dans un chou, ne pouvait avoir de nom de famille. Le prénom avait dû lui être donné au hasard du calendrier ou selon l'idée d'un aumônier quelconque qui jugeait providentielle la venue de ce bébé sous son aile charitable : Fortuné ! Et maintenant Fortuné Claudepierre se mourait. Long Fellow nous quittait, et j'étais trop poivre pour réagir, pour montrer autre chose que de l'hébétude.

— Mais qu'est-ce qu'elle a ? demanda le bouquiniste, tout perplexe.

— Un bon coup dans le nez, répondit Marin. T'occupe, quand elle aura cuvé, elle ira voir ton gars. Vingt-deux, les potes, j'vois un bicorne qui vient aux nouvelles.

Le sergent entra, suivi de la mère Janvier qui venait chercher son soulot pour le déjeuner. Dodoche mit la main à son sac, l'escamota sous la table. Le geste ne fut pas perdu pour le roussin qui s'approcha, moustache et impériale verdies par la lampe :

— On peut voir ce qu'il y a, dans ton sac ? demanda-t-il, l'air aimable.

— Des chiffons, si tu veux savoir, répondit l'autre.

— M'ont l'air bougrement rondouillards, tes chiffons. Tu permets ?

— C'est de la vermine, tout ça, grogna Dodoche. Fourrez donc pas vos belles mains là-dedans, M'sieur l'Agent.

— Tu sais que la vente des chats est interdite depuis Noël ? Et je parie qu'il y a de quoi faire tout un manteau dans ton fichu sac. T'es fait, Dodoche, et ne rouspète pas. Je t'ai prévenu de longue date.

— La sorcière verte ! tonna le clochard au dolman. Je connais que la poisse ! Tu me portes aussi la guigne, Hurepoix. C'est parti quand on s'est mis gravilliers, tous les deux, à Dourdan, et qu'on a commencé à dire qu'on calcinait la lie de vin pour la vendre aux tanneurs. Est-ce qu'on s'en foutait pas, des tanneurs ! Un peu de tout-venant par-ci par-là, oui, et encore on payait ! Y avait pas de merci à dire, y avait pas à partir à reculons, est-ce pas, Hurepoix ?

— Ça va, coupa le sergot, tu raconteras ta vie au poste.

— Ben t'en seras pour tes frais, roussin. J'ai rien à cacher. J'ai buté personne, moi. La bourgeoisie, j'la laisse crever toute seule sur son or. Je surine pas les miroitiers au coin des rues, moi.

Un coup d'œil encore vers Couapel dont la main s'immobilisait sur sa trique sans qu'un poil de sa barbe se hérissât. Ramassé, sournois, il encaissait le coup en homme qui n'avait rien sur la conscience et que les bavardages d'un bidochard comme Dodoche ne concernaient nullement.

— Viens donc, Poil-Rousse, insistait Donnadieu en me tirant par la manche. Tu n'as rien à faire ici, ma pauvre petite. Va rejoindre tes amis, va pleurer avec eux. Tu regretteras de ne pas y être allée.

Mais je n'entendais plus rien. J'étais malade, malade ! Toutes les saletés que j'avais avalées me malaxaient les tripes, je crachais le feu, mon haleine me renvoyait aux narines l'odeur du tord-boyaux, et je salivais, secouée par des hoquets de vomissement qui me pliaient en deux.

Marin me reconduisit. Les pavés se débinaient à tout berzingue sous mes pas, les gosses dansaient et grouillaient, les quinquets détalaient comme des lapins.

— C'est cette sacrée musique, répétais-je vaguement.

— Quelle musique, bougre Dieu ? T'entends déjà le chahut des vingt diables ?

— Le bastringue... le joueur d'orgue...

Puis je me mis à parler du quinquina de Long Fellow, espérant arriver à temps pour le récupérer, si son clodomir n'avait pas tout sifflé. La veuve Levasseur prétendait que, macéré dans de l'eau-de-vie, il faisait une excellente lotion pour les cheveux. Rien en cette minute ne me paraissait plus important que d'aller chiper cette bouteille dans l'héritage du latiniste. Il fallut toute la poigne du tireur de sable pour me hisser jusqu'à mon quatrième et me jeter sur mon lit. Les cheveux me tombaient dans les yeux, j'avais une migraine à ne plus pouvoir desserrer les mâchoires. Je commençai par vomir, à même la cuvette de zinc que Marin, empêtré, prit le parti de vider par la fenêtre, puis je me mis à bêtifier dans l'oreiller, la tête comme une enclume, l'estomac révulsé, et finis par m'endormir en plein midi, la poche lestée du bonaparte de Pisse-Raide et des picaillons de son compère qui n'avaient pas roulé sur le zinc de Marchalot.

ANTONIN Massebœuf faisait boire ses rouans à la borne-fontaine qui flanquait le lourd pâté gris du pavillon de surveillance. C'étaient des bêtes de selle que les commis s'apprêtaient à « trotter », non plus dans la rue de l'Essai qui sous le nom de Maquignonne avait vu des générations de cavaliers apprécier les mérites des chevaux à vendre, mais sur les terrains vagues qui s'étendaient en friche entre la Salpêtrière et la barrière d'Ivry, autour des Deux-Moulins. Massebœuf pourvoyait le haras de Saint-Favre en foals quand les poulinières de la Folie-Cayeux avaient mis au monde des mort-nés ou des bêtes trop frêles pour supporter l'entraînement précoce des chevaux de compétition.

Le marché s'étendait sur trois acres de pavé compris entre la Seine et l'ancien cimetière de Clamart d'une part, entre la Salpêtrière et le jardin des Plantes d'autre part. D'un bout à l'autre de ces vastes aires marchandes, le spectacle se répétait du maquignon rengorgé et bavard, des commis délurés qui s'entendaient à éventer la mauvaise farce des grains de poivre glissés sous la queue pour requinquer la monture, des bat-flanc allongeant leurs lourds brancards de bois entre les bêtes offertes, queue tressée, crinière et oreilles enrubannées de cocardes tricolores, couverture et surfaix flambant neuf, piaffantes et le poil pansé par des palefreniers amoureux et peu chiches de leurs soins. Et sur ces vallonnements de croupes lustrées, de reins équarris par le harnais, de garrots frémissant sous la retombée du licou, des cravaches striaient l'air de paraphes dont la queue brusquement se détendait, sifflait comme un reptile écrasé du talon. Les robes fumaient après les efforts de la trotte, les bêtes s'ébrouaient dans un cliquetis de gourmettes et leurs haleines puissantes faisaient des nuages fous au-dessus des têtes avant de se dissiper dans l'air aigre.

Çà et là, dans l'allée centrale, autour des bornes, au pied des escaliers qui dévalaient la butte en friche, des groupes d'hommes en blouses ou en hauts-de-forme, attifés comme des postillons, devisaient gaillardement, débattaient, critiquaient, ponctuaient leurs accords d'exclamations emportées, de rires fendus, de jurons d'écurie. Des cavaliers allaient et venaient, fermes sur leurs arçons, piquaient des deux sans crier gare, se frayaient un chemin arrogant et brutal dans la foule.

Assise sur le rebord d'une fontaine, je suivais du regard l'un d'eux, éperonné, botté, ayant superbe assiette, et je me disais que sa roture, assez clinquante il est vrai, ne l'empêchait pas d'avoir l'allure parfaite du gentilhomme à cheval. Il essayait lui-même les chevaux, les emmenait vers la grimpette de la rue Saint-Victor d'où il revenait, caracolant comme un héraut, pour jeter quelques mots brefs et définitifs au maquignon Massebœuf.

Jules Donnadieu avait dit vrai. Je ne me pardonnais pas d'avoir manqué à mes devoirs d'amitié, d'être arrivée quai de la Tournelle comme on fermait les yeux de Long Fellow, tout ça pour avoir forcé sur l'absinthe à cause d'un petit coup de cafard et d'un gros dégoût de moi-même.

La chambre de Long Fellow ! Quand j'y étais entrée, la tête farcie de remords, ne sachant trop quelle attitude prendre, j'avais pensé qu'on ne pouvait que mourir dans un endroit pareil. C'était une pièce sale, des trapèzes de toiles d'araignée se balançaient au plafond, aux encoignures des meubles. Long Fellow était étendu sur un grabat, près d'un petit poêle en terre qui brûlait des bûchettes volées dans les cours après le passage des Savoyards. Comble d'horreur, les murs avaient été enduit d'un mélange de poivre et de savon noir, pour chasser les punaises. Il y avait quelques ustensiles de ménage, juste de quoi se faire la cuisine quand il braconnait avec Stefan dans les jardins ou sur les buttes de Paris. Par la grille du soupirail on voyait les hôtels de l'île Saint-Louis, les jardins de l'Archevêché, l'amorce du pont de la Tournelle où se tenaient les bonneteurs aux beaux jours.

— Tiens ! Voilà Antigone qui cherche un tombeau, plaisanta tristement l'albinos. Mieux vaut tard que jamais.

Il n'avait pas besoin de cligner des yeux, lui qui craignait tant la lumière. On voyait dans cette cave comme dans un four. Quand je me fus habituée à cette pénombre et que j'eus situé le lugubre décor, je marmonnai une vague excuse, mis mon retard sur le compte d'un tas d'obligations généreuses qui ne rencontrèrent aucun écho. Long Fellow reposait sur sa litière, dans son paletot prune à pèlerine, les joues caves, la face blême, labourée par les coups de souffrance qui l'avaient empoigné aux derniers jours. Des mèches de ses cheveux collaient encore à l'oreiller taché de sang. Deux cierges brûlaient à son chevet tandis que déjà un seau d'eau chlorurée attendait contre le mur et que se consumaient le camphre et le benjoin dans une poêle en terre qui servait à griller les châtaignes.

Je trempai la branche de romarin dans l'eau bénite disposée au pied de la couche, aspergeai le corps d'un mouvement que je sentis gauche au milieu de la loyale souffrance de mes compagnons. Je me souvins d'une sentence de la Cléac'h : il faut mettre dans la poche du défunt une pièce de monnaie pour payer le dernier voyage. Je crus racheter mes fautes en glissant le louis de Pisse-Raide dans la poche, profonde comme une fonte de cavalier, qui contenait, par amitié, l'exemplaire latin de l'Eloge de la Folie.

— Va-t-on l'enterrer dans son paletot ? demandai-je.

Etienne me répondit qu'ils avaient décidé en commun de ne pas le séparer de cette espèce de soutane qui l'avait enfroqué depuis des années.

— Vraiment, répétai-je, décontenancée, les tempes serrées par un vertige glacé, je n'ai rien su de son état avant ce midi. J'ignorais qu'il était en train de mourir...

— On ne te voit plus depuis trois semaines, déclara Colin. Il paraît que tu passes tes journées à poser et à coucher, pendant que d'autres crachent le sang par pleines bassines.

— Je ne savais pas...

J'étais anéantie. La mort me revenait une fois de plus en plein visage, cette camarde à la faucille, cet Ankou dont la carriole résonnait aux oreilles de Ti-Lommig. C'était aussi ce visage qui avait souri en nous regardant, cette bouche qui avait dégusté nos festins de pauvres, ces yeux habitués à l'étude, aux veillées sous la lampe. Cette pâleur de cire flasque et visqueuse m'épouvantait. Les yeux fermés, excavés dans les orbites, faisaient déjà deux trous noirs, et les mains raidies dans le geste rituel de prière, ses belles mains de pianiste ou de chirurgien, préfiguraient l'ossature du squelette sous l'avachissement des muscles. Cette scène me faisait horreur, je ne trouvais rien d'humain dans cette pièce, ni les pleurs aigus de Louise, ni les grognements bestiaux du vieux soldat clochard qui perdait son compagnon de misère et de beuverie, ni les visages raides des bohémiens, fermés sur leur douleur et leur mépris de moi.

— Où sera-t-il enterré ? demandai-je encore. Je me retenais de tousser, la gorge irritée par la fumée âcre des herbes aromatiques.

— Au cimetière Montparnasse, me répondit Etienne. Dans la fosse commune. Si tu trouves un petit moment pour tenir les cordons du poêle...

On n'avait pas fini de me faire des reproches ! Etait-ce aussi ma faute, si je n'avais pas la larme facile, si je détestais les pleurs et si la nature me refusait souvent ce grand soulagement ? Mes sanglots étaient secs, mes chagrins tarissaient trop vite...

Ainsi, mes amis bohémiens m'avaient battu froid. Je les comprenais à demi et m'en voulais furieusement. Mais tous ces reproches autour d'un lit funèbre, ces silences lourds de rancunes, ne feraient pas ressusciter le pauvre Long Fellow. Quoi qu'on en pensât, j'étais désespérée du départ de notre ami, de cette injustice, du vide immense que ce charmant compagnon laissait derrière lui, et je n'avais pas fini de l'évoquer à mainte et mainte reprise, quand la pirouette d'une citation latine permettait de se tirer à bon compte d'une mauvaise situation.

C'était à lui que je pensais encore, en suivant des yeux les cavaliers et les attroupements du marché. J'étais triste, et ma tristesse se tournait en rancœur contre des hommes comme Saint-Favre, qui avaient leur médecin particulier, l'accès aux thérapeutiques les plus coûteuses, aux médicaments les plus rares. Je me rappelais les paroles de Long Fellow : « La maladie est un règlement de comptes entre riches et pauvres, une entreprise d'assassinat collectif ». Il avait profondément pensé ces paroles-là, ces accusations terribles contre une société où ne survivaient que les plus forts ou les plus débrouillards. Il m'aurait haïe pour la démarche que je me préparais à faire, m'aurait traitée de prostituée, de fille entretenue.

Saint-Favre serait sans doute passé devant moi sans me voir si je n'avais pris sur moi, malgré mon mépris et mes réticences, de m'avancer au milieu de la chaussée et de m'écrier, les dents blanches :

— Elle n'est pas encore née, la monture qui vous désarçonnera, Monsieur Saint-Favre !

Quelle phrase stupide et courtisane ! On avait dû la prononcer mille fois avant moi, dans l'espoir d'obtenir les mêmes effets.

Il me reconnut, en montra un certain plaisir et sauta de cheval avec beaucoup de courtoisie.

— Que faites-vous donc ici, Anne-Angèle ? s'étonna-t-il en confiant les rênes à un commis. Je parie que vous êtes la seule femme sur le marché ! Il ajouta en me pinçant la joue avec une moue familière :

— ... Vous me décevez, ma chère. J'attendais de vous plus qu'une sotte flatterie.

Un bon point pour lui. Je ne lui aurais pas pardonné de se rengorger.

— On prétend que les hommes sont sensibles aux flatteries, et je n'ai rien trouvé d'autre à vous dire, répondis-je avec candeur. Il reste tout de même que vous êtes un bon cavalier, je vous ai vu passer et repasser pendant que je me reposais sur la margelle. Ce que je fais ici ? Je me contente de regarder et de vous envier. J'aime les chevaux depuis ma petite enfance. J'en ai monté sans selle, en Bretagne. Songez à la tête de tous ces gens si je partais à califourchon sur votre rouan !

— Je ne vous permettrai pas d'essayer. Cette bête est un peu nerveuse. Je serai en revanche ravi de vous réserver une de mes pouliches alezanes. Vous m'aviez promis de venir sur la Bièvre ?

— J'avais promis ? fis-je gaiement. Je suis impardonnable d'avoir oublié.

Il baissa les yeux sur mon manchon, je répondis aussitôt à la chaude prière de son regard, dégageai ma main et la lui tendis. Ses lèvres nues fondirent sur ma peau comme une figue éclatée et je ne sus sur le moment si je ressentais du dégoût au contact de cet homme, ou si déjà je me posais mille questions luronnes qui me mettaient en appétit.

Saint-Favre jouait au mirliflore et portait encore, à quarante-quatre ans, les attributs du dandy de 1830 qu'il avait été, le monocle à queue d'écaille suspendu à son col par une léontine d'argent, un gilet de cachemire à châle et un toupet de cheveux à la Tibierge. Ses yeux, dans son visage pâle et soigné, ses yeux d'un bleu un peu myope, étaient expressifs et assez remarquables. Je frissonnai en songeant à tout ce qu'ils contenaient de passion exacerbée, de désirs sensuels toujours assouvis. En avait-il connu, des femmes aguichantes et aguichées, faisant l'amour comme une action de grâces ! Je reconnaissais aussi que son sourire n'était pas sans charme, ses dents étant belles, larges et blanches et ses lèvres sensuelles empreintes tour à tour de mélancolie, de gourmandise et d'autorité. Les prédictions de Madame Versini se trouvaient confrontées avec une suite de réalités qui pouvaient donner raison aux radotages de la cartomancienne : décès d'un proche, avait-elle dit, et Long Fellow était mort ; protection d'un grand personnage, et Saint-Favre ne demandait pas mieux que de me prendre sous son aile ; héritage ? Parlait-elle par hasard du collier d'ambre et du samovar russe que Mamm m'avait donné en souvenir de mon père ? Triste héritage, à vrai dire, mais l'échéance des prophéties était peut-être plus lointaine, et, qui sait ? J'avais peut-être à attendre autant d'argent que d'amour ! Je me rembrunis, cherchai à me rappeler les paroles de la Versini. Je crus me souvenir qu'elle n'avait pas parlé d'amour. Cette vieille folle ne savait-elle pas, avec sa manie d'écouter aux portes, que j'étais amoureuse ? J'eus un petit sourire contraint. Il était aussi vrai que je tombais facilement amoureuse ! L'homme qui savait m'imposer ses caresses avait vite fait de me plaire !

Non, non ! J'aimais Thomas, je voulais aimer Thomas, l'aider, le comprendre... Et jamais je ne pourrais comprendre un homme comme de More ! Trop de passions se disputaient en lui, et trop de femmes, aussi, gravitaient autour de Pennarstank ! Mais comme il savait m'émouvoir, quelles profondeurs vertigineuses il avait ouvertes en moi en me disant, ses yeux bleus dans mes yeux couleur de noisette à moitié mûre : « Quand on est face à face, nus, il faut avoir le courage de sa beauté... L'amour n'est pas le mal, c'est une chose simple et pure... » Jamais je n'avais pensé qu'un homme pourrait prononcer de telles paroles. La surprise et l'émotion m'avaient jetée vers lui et, en y réfléchissant, je ne savais trop si je m'étais déprise en ouvrant mes bras à Thomas.

Saint-Favre s'était excusé et mettait la dernière main à son marché. Antonin Massebœuf se récriait que ses bêtes n'étaient gavées ni de son, ni de carottes, ni de pommes de terre et que leur embonpoint ne se dégonflerait pas d'un gramme à l'écurie. Il invitait Saint-Favre de lui-même à déposer le prix convenu à la caisse du marché, au pavillon de surveillance. C'était un gage de bonne foi, le prix du cheval n'étant versé au propriétaire que sous huitaine, si l'acheteur n'avait pas porté plainte. Au reste, Saint-Favre lui faisait confiance. Massebœuf n'était pas un maquilleur, un charlatan.

Saint-Favre acheta deux foals bai brun et une jument rouanne, qu'il examina, palpa, ausculta avec le soin avisé d'un vétérinaire (1), avant de les abandonner à un commis qui, les maîtrisant au mors, les fit monter dans un van attelé au-delà

_____

(1) La loi sur les vices rédhibitoires n'était pas toujours appliquée, et l'acheteur estimait lui-même la bête avant de conclure son marché.

des bat-flanc de la rue de l'Essai, derrière un éventaire de sellier-bourrelier qui vendait en plein vent des courroies, des harnais empanachés, des cravaches, des surfaix damasquinés.

Saint-Favre s'y entendait à jauger une bête. Il y mettait à peu près les formes d'un paysan à la foire, ces gestes-là ne connaissant aucune gaine sociale, n'ayant aucune qualité ennoblissante, étant une bonne fois pour toutes grossiers et truculents, appris d'instinct dans les écuries et les cours de fermes. La brutalité possessive de l'homme, du mâle bipède, s'exerçait dans ces attouchements à fin de marchandage, faisait éclater le vernis de l'homme policé, montrait la chair sensuelle sous la raideur du pantalon bleu. Je suivis des yeux le diagnostic des gants jaunes qui allaient et venaient sans tâtonner, je vis les canons frémissant au contact comme une cheville de femme pincée à la sauvette, les soubresauts comme offensés de cette belle peau noire, les effleurements rapides, tout à coup précis, sur l'encolure, le chanfrein, le flanc, le jarret, le troussage de la bouche sur les incisives plus ou moins usées par le tic de déglutition commun à l'espèce. Je connaissais ces gestes, étant fille de la campagne et habituée aux façons de maquignon. Sur l'heure, je songeai au poids aveugle de ces mains sur moi, à la curiosité lubrique de l'homme, à son pouvoir quand il m'aurait arraché mon pantalon de fine batiste et ma dernière chemise. Nous n'en étions peut-être pas si loin, les préliminaires étant vite expédiés dans ce genre d'affaire. Et il s'agissait bien d'une transaction, la fortune et le mécénat de Saint-Favre contre ma jeunesse et ma complaisance.

Une forte odeur, chaude et surie, montait des bêtes que l'on emmenait par le licou, les postiers percherons et les carrossiers encensant docilement de la tête, les chevaux de selle plus nerveux, se cabrant pour retomber sur leurs jambes de devant et menacer les commis de croupades rétives à expédier son homme à cent pas. Le marché tirait à sa fin. Les chevaux quittaient l'enceinte, tête-bêche, et l'on préparait déjà le marché aux chiens et aux boucs du dimanche matin, marché dont on disait qu'il s'y vendait pour moitié des bêtes galeuses ou volées.

Saint-Favre se retournait vers moi, recoiffait son haut-de-forme d'un petit geste coquet. Tout sourire, le marché conclu, il se consacrait à moi.

— Je me suis laissé dire que vous aviez conquis votre quartier de la place Maubert, dit-il, que vous en étiez en quelque sorte une figure. Voulez-vous accepter mon bras ?

— Peut-être entendez-vous par là que je suis une petite Maubert ? rétorquai-je, à peine acerbe. J'avais décidé de mettre ma pudeur et ma fierté en veilleuse et de concilier les deux protagonistes du marché.

— Loin de moi ! protesta le tanneur. Il penchait la tête de côté, prenait l'air câlin et avantageux de l'homme mettant dans son jeu l'atout d'un intérêt flagorneur, d'un faire-valoir, d'une admiration béate.

— ... Vous avez veillé... Vous avez souffert... Vous avez aimé... Vous êtes une petite caille rousse parmi les corbeaux de votre quartier... Je vous sens violente et pourtant pleine de sortilèges...

Il me racontait, la tête inclinée comme un hibou songeur. Belles trouvailles ! Cet imbécile radotait, me parlait de moi comme d'une héroïne de roman, me donnait bêtement une profondeur et un caractère à faire jaunir toutes les femmes, tout en pensant que j'étais une petite oie stupide de le croire et que ma soumission n'était l'affaire que de quelques gâteries et quelques coups d'encensoir. Oh ! Non ! Je n'étais pas la femme la plus extraordinaire qu'il eût jamais rencontrée. j'étais une petite grisette mi-sage, mi-folle, semblable aux grisettes du Palais-Royal qu'il avait connues dans sa jeunesse. Je le rajeunissais de vingt-cinq ans.

— A votre tour de flatter, remarquai-je, mon bras sous le sien, mon pas emboîtant son pas sur le pavé gras et humide où dérapaient les chevaux les plus légers. Avez-vous fait votre profit des bonnes paroles de Thomas Ferré ?

— Attendez plutôt que je me forge moi-même mon opinion. Ce que je sais de vous me donne envie d'en savoir davantage.

— Thomas a les meilleures raisons pour vous en faire accroire, observai-je. Il veut que vous pensiez beaucoup de bien de moi.

— C'est chose faite, ma chère. Et il n'y est pour rien.

— Vous détestez Thomas Ferré, n'est-ce pas ?

— Je n'ai pas à le juger en tant qu'homme, répondit le tanneur avec simplicité. Disons qu'il m'est indifférent.

— Et en tant qu'artiste, vous le détestez ?

— Dans son art, c'est un butor, un point c'est tout. Comment l'avez-vous connu ?

Je me revis quinze mois plus tôt, parmi les coquelicots et les baraques des clochards de la rue Delambre, cherchant ce curieux marché dont Julien Crenn m'avait parlé.

— Je l'ai connu à la foire aux modèles du carrefour Vavin, répondis-je sans détours. Thomas cherchait une Charlotte Corday, une petite renarde bien dodue qui ne se fasse pas payer à l'heure de pose.

Caille rousse, petite renarde, toute la faune poétique allait y passer ! Dieu, que je m'ennuyais... Je me souvenais de ce premier tableau de Thomas, de la petite Normande serrant dans sa main son couteau. Il l'avait vendu vingt-cinq francs à Maître Labourdette.

Nous franchîmes la Bièvre sur un pont de pierre à cassis, trouvâmes la voiture du tanneur arrêtée devant un estaminet dans les embarras d'une circulation de fin de semaine. Les lavandières brouettaient leur linge vers les lavoirs, des barriques roulaient vers Bercy, on attelait le postier de renfort à l'omnibus pour franchir les à-pic de la Montagne Sainte-Geneviève.

— Voulez-vous vous réchauffer un peu ? me demanda Saint-Favre.

Il avisait ma pauvre capote de trois hivers au bouquet pompadour, mon paletot de velours violet dont il semblait renifler la confection et le bon marché, mon châle de cachemire qui jurait affreusement sur ma mise assez modeste. Cela sentait la générosité d'un homme, le merci pour une bonne soirée, cela l'autorisait à penser... Après tout, n'était-il pas disposé à payer pour m'avoir ?

— ... Vous grelottez, Anne-Angèle. Venez boire un chocolat.

Dans la salle, dont le vacarme habituel des jours de marché s'absorbait dans la fumée des pipes et la vapeur des fourneaux, Saint-Favre me désigna du menton un homme au bec-de-lièvre qui jouait au tarot avec un pipelet du quartier. Je reconnus l'homme qui jonchait de paille les alentours de la closerie.

— Germain Boncœur, dit-il. Le plus fidèle de mes domestiques. Cocher, jardinier et palefrenier.

— Vous devez avoir un grand train de maison, remarquai-je.

— J'y suis contraint et forcé. Mon train de vie ne m'est pas dicté par mes besoins personnels, qui sont assez modestes, mais par l'idée que l'on doit se faire d'un sénateur et d'un homme d'industrie.

— J'avais oublié de vous complimenter. Thomas m'a annoncé votre nomination.

— Je ne suis pas un législateur expérimenté, mais mes amis, Gautier en tête, ne pourront plus m'accuser de bouder l'habit bleu.

Je m'assis, posai mon manchon de murmel sur la table, cherchai du regard une seule silhouette féminine dans ce bistrot de marché. Il n'y avait ici que des hommes, braillant, buvant et parlant chevaux.

Je me familiarisais un peu avec l'haleine au réglisse du tanneur, sa cravache à pommeau de vermeil, la pâleur majestueuse de son teint qu'un coup de sang violaçait brusquement, congestionnant ses traits. Il portait toujours sa petite aumônière remplie de pastilles et y puisait comme on pince entre deux doigts le tabac à priser.

Nous étions assis, face à face, au milieu d'une masse confuse de dos d'hommes, de blouses de maquignons, de carrures gaillardes enveloppées de treillis et de velours. Je cherchais désespérément un sujet sur quoi faire rouler la conversation. Ces minutes de silence, dans ce brouhaha de café, me sautaient à la face comme le rayon aveuglant d'une lampe. Saint-Favre ne me lâchait pas d'une prunelle, riait d'une gaieté muette qui n'était pas sans charme car il savait sourire aux femmes, débordait de zèle dans ses œillades qui coulaient sur moi comme ses gants jaunes sur la peau des poulains. Sa langue, entre ses dents carnassières, devait frétiller comme celle d'un serpent cherchant à injecter son venin. De quoi parler, mon Dieu, à ce gros homme imbu et gourmand ? Au hasard, je lâchai une politesse distraite :

— Comment va votre santé ? J'ai entendu dire que vous aviez des migraines, des ennuis cardiaques. Rien de grave, j'espère ?

— Surmenage, ma chère, simple surmenage. Un peu de laudanum, une pincée de cassonade et il n'y paraît plus. Je passe mes journées à la Bourse, depuis trois semaines. C'est du délire. Après les incertitudes de la guerre, on agiote, on spécule. Il y a des affaires fameuses à faire. Des ennuis cardiaques ! Voyez donc comme on a vite fait de vous expédier !

« Sacré menteur, pensai-je, on jetait par brassées des litières de paille devant ta porte pour étouffer jusqu'au bruit des attelages. Tu devais souffrir abominablement dans tes dentelles et ton capiton. »

— A vous dire vrai, Anne-Angèle, je ne me suis jamais senti aussi jeune, enchaîna-t-il. Je suis né sous un bon signe, l'année de la comète. Mais je cherche encore mon étoile...

Il fallait qu'il insistât, qu'il jouât au damaret. Ces petits-crevés de commis, d'étudiants, pouvaient ramener leurs vingt ans souffreteux, rien ne valait une robuste quarantaine, une verdeur cousue d'or, le passe-droit des grisettes habituées aux maigres pitances, un homme qui vous pose aux yeux du monde.

Il cherchait son étoile !... Etait-il possible d'être honoré, bedonnant et distingué entre tous, et de distiller de telles âne-ries sans se mettre à braire comme une pompe de fontaine ? Sa physionomie tout entière avait la grâce et l'élan d'un palan soulevant un pavé d'une tonne. Il serait peut-être génial à la tribune du Sénat, mais dans ce café il cafouillait. Je ne lui cherchais pas d'excuse. Son argent, sa position, les arrêtaient toutes. Monsieur Bièvre n'avait pas à s'excuser ni à se justifier de quoi que ce fût. Et moi, après avoir ri des fredaines d'un sorbonnard, partagé sa couche et ses caprices de fortune, après avoir, au sortir de prison, soldé l'intermède en trinquant avec la gueuserie de la Maub' et en m'allongeant dans le lit d'un rapin, moi j'en étais maintenant à ce quadragénaire, à ses roucoulades grotesques qui n'avaient pas même la dignité des parades amoureuses des paons !

Il parlait, parlait, disait que son père avait été tanneur au Moutier-d'Ahun dans la Creuse, que sa mère, Solognote, ne se fit jamais aux rudes et lugubres hivers de la vallée, et je le regardais sans entendre, à chaque inflexion de ses traits je pensais : « Faudra-t-il que je m'habitue à cet homme-là, que je connaisse sa famille, que je voie sa tête près de la mienne sur le même oreiller, que j'accueille ses baisers comme un geste normal, affectueux, quotidien ? »

Comme Antonin Massebœuf arrivait à son tour, Saint-Favre se dépêcha de distraire les pensées qui renfrognaient mon visage.

— Massebœuf a d'assez bonnes bêtes, dit-il, parlant comme à son palefrenier. Des foals, des inédits. Vous aimez les chevaux m'avez-vous dit ? Vous serez folle de Tunca, ma poulinière arabe. Je songe à la croiser avec un étalon anglais. La jumen-terie de Pompadour, en Corrèze, s'emploie à ce métissage depuis quelques années. Sans grand succès jusqu'ici, mais je reste persuadé que la race anglaise, pour impure qu'elle soit, n'a pas sa pareille pour la finesse et la rapidité. Une pastille, ma chère ? C'est curieux, je ne vous avais jamais vue au marché. Je monte rarement les bêtes à vendre, d'ordinaire. Mes commis s'en chargent.

— Ne vous croyez pas obligé de me parler de chevaux comme à un homme, rétorquai-je. J'aime monter, mais je n'ai pas la prétention de m'y connaître.

Puis, comme je refusais ses pastilles d'un signe de tête, il enchaîna :

— N'êtes-vous pas gourmande ?

— Assez peu de sucreries, répondis-je en toute candeur, mais j'aime les plats pimentés.

— On vous en donnera des épices, ma toute belle, s'esclaffa le tanneur. Il me plaira fort de goûter avec vous les délices de la bonne chère et celles de la chair qui, comme chacun sait, n'est jamais bonne...

Il acheva sa phrase dans un gros hoquet de rire qui m'inquiéta. Mais les exclamations fusaient de toutes parts et personne ne s'intéressait à nous.

On nous apporta les tasses de chocolat et Saint-Favre poursuivit, pendant que je me brûlais la langue à vouloir boire trop vite :

— Je vous invite au Café Anglais mardi soir, Anne-Angèle. Et cette fois, pas d'excuse, pas de faux-fuyant, pas d'oubli !

La première manche était jouée. Que de grimaces simiesques pour en arriver là ! Le reste coulerait de source, évidemment. J'accrochai quelques regards effarouchés ici et là, espérant malgré tout rencontrer une complicité dans les yeux d'un commis, que quelqu'un sût au moins comment un sénateur emballait une petite jeune fille du trente-sixième dessous.

Il me raccompagna rue des Lavandières, me promit de venir me chercher mardi à sept heures. Au seuil de la maison Tessier, je me retournai vers lui.

— Vous avez tort en ce qui concerne Thomas, déclarai-je. Je crois sincèrement qu'il a trouvé sa véritable voie dans le Réalisme.

Vaine tentative pour trancher dans la pomme de discorde. Saint-Favre leva un doigt magister à la portière qu'il venait de refermer, eut un geste onctueux et inflexible d'ecclésiastique.

— Une voie encombrée de détritus et de mendiants ! se

156

moqua-t-il. Nous en reparlerons quand il se sera remis à mignoter des portraits.

Je frottai mes pieds sur le pavé, comme pour essuyer quelque saleté sur un paillasson et serrai les dents avec une rage brutale de foncer dans ce tas de dentelles et de bouffissures qu'était Victor Saint-Favre.

Au coin de la rue des Noyers, devant les mégottiers et les maçons, le maître-tanneur chercha à se dédouaner par un signe amical qui pouvait être l'envoi d'un baiser. L'imbécile ! Croyait-il par hasard que je suivais son sillage d'un œil ébloui et rêveur ?

L A lune brillait sur le pavé, inondait ma chambre. Je ne pouvais me résoudre à souffler ma chandelle. Les yeux grands ouverts, je considérais les écaillures du plafond.

Un grand vent s'était levé sur Paris, se ruait dans les venelles et sur les toits, séchait les flaques du marché des Carmes. Les volets et les vantaux claquaient. Personne à cette heure ne pouvait fermer l'œil.

En revenant du marché aux chevaux, j'avais croisé Petit-Paul dans l'escalier, un énorme coquard à l'œil, fier comme Artaban d'avoir frotté ses petits poings à la canaille du Sommerard.

— Cherche pas ta clef, Taille-Douce est chez toi, me dit le gamin. Je crois qu'elle est seule et qu'elle t'attend.

Les petits de Châtaigne étaient plus déguenillés que jamais depuis qu'Eugénie achevait les derniers mois de sa grossesse à la Salpêtrière. Je glissai quelques centimes dans la menotte crasseuse et m'esquivai vers mon quatrième.

Taille-Douce était bien là, recroquevillée dans une pèlerine contre la fenêtre, mais ce n'était plus le petit minet fripon qui agaçait les mains des hommes. Elle avait l'air d'une souillon, bouffie d'un mauvais sommeil, et jetait des regards farouches de bête traquée.

— Qu'est-ce que tu fais là ? m'étonnai-je, notant d'un coup d'œil sa tournure lamentable.

Elle fondit en larmes, bégaya, la tête dans ses mains.

— Bien fait... pauvre fille...

157

— Si tu enlevais tes mains de ta bouche, je comprendrais peut-être quelque chose.

Elle leva vers moi une figure ravagée.

— Ça y est, renifla-t-elle. J'y ai attrapé ! J'ai vu la mère Chapuis, la sage-femme de la rue Galande. Elle peut rien faire pour moi. Elle m'a dit que j'étais grosse de deux mois, c'est tout. Elle connaît ma mère et tu penses bien qu'elle se mouillera pas, la gatte !

Elle avait tout essayé, bu du jus de persil, de la tisane de houblon, multiplié les bains de pieds à la farine de moutarde, rien n'y fit. Elle passait même son temps à se secouer dans l'escalier, à descendre et monter les marches, quatre à quatre.

— Ah ! C'est accroché ! fit-elle, l'œil fixe. J'y ai pris et bien pris !

Je me débarrassai de mon châle, de mon manteau, ôtai ma capote, aussi ahurie que si on venait de m'annoncer la chute de l'Empire. A ma stupéfaction se mêlaient l'horreur de la chose, l'image répugnante du couple qu'ils avaient été.

— Sacré mâtin ! finis-je par m'exclamer. Tu en as donc voulu de ce teigneux ! C'est peut-être bien ici, que ça se passait ?

— Non, gémit Taille-Douce. Va pas croire qu'on était toujours fourrés ensemble. Deux, trois fois, comme ça, à la sauvette, quand la veuve Levasseur allait livrer ses bottines. On connaissait par cœur son itinéraire et le temps de sa tournée.

— Tu es montée pour que je te félicite ?

— Oh ! Je sais, Anne, c'est ma faute, et c'est bien fait pour moi. Mais si tu ne m'aides pas, qu'arrivera-t-il ? Ma mère me tuera à force de dégelées, ou bien elle me chassera et ça ne sera guère mieux. Pour commencer, je vais perdre ma place.

— Personne n'est au courant ?

— La mère Chapuis, c'est tout.

— Châtaigne ?

— Tu penses bien que je me tais. Il serait capable de m'étrangler.

— Enfin ! Qu'est-ce qui t'a pris d'aller te faire faire une façon par un ours pareil !

— Maintenant, il n'est plus question de ça ! Aide-moi, Anne. Tu as des amis qui font leur médecine...

Son mouchoir n'était plus qu'une petite boule humide qu'elle tortillait encore en roulant des yeux effarés. Je réfléchissais. Je ne connaissais qu'une personne susceptible de porter secours à Taille-Douce. La chose était irréalisable : la Çléac'h habitait à cent lieues, et rien ne prouvait que ses pratiques étaient efficaces. Elle sortait d'un coffre ses vieux grimoires, faisait quelques incantations et vous donnait une poignée d'herbes à ingurgiter en décoctions. Personne, du moins, ne s'était empoisonné avec ses breuvages étranges.

J'avais renvoyé Taille-Douce en lui conseillant le silence et la prudence. « Je vais réfléchir, avais-je dit. Mais je ne te promets rien. Maintenant que le mal est fait... »

Taille-Douce enceinte ! Et puis après ? Est-ce que ça ne risquait pas de m'arriver à moi aussi, un de ces quatre matins ? Quelle tête ferais-je, à mon tour, en sortant du cabinet du docteur Pierre ou de l'antre de la mère Chapuis ? Ça m'allait bien, de lui faire la morale, de jouer les grandes sœurs qui ronchonnent et qui finissent par tout arranger ! Par rien arranger du tout, oui ! Je n'allais pas mêler Chamberlain à une histoire d'avortement qui pouvait mal tourner. On parlait de la quinine comme remède abortif, mais je me souvenais vaguement des propos d'Etienne à ce sujet : « On fait descendre le gosse, ou bien c'est un monstre ! »

Ce ne fut que plus tard, au cours de la soirée, comme je fronçais un ruché de guimpe pour requinquer un peu ma toilette, que d'autres paroles me revinrent en mémoire. Les propositions amicales de la Toussaint ! Gabrielle Toussaint, la faiseuse d'anges de la rue Delambre. Je restai longtemps indécise, pesant les horreurs de la Cité, les affreuses manœuvres de cette sale rouchie, et les moments de cauchemar qui attendaient Taille-Douce : la fureur aveugle de la Caput, son acharnement d'honnête femme devant la turpitude de sa progéniture. « Si tout marche bien, personne à la Maub' n'en saura jamais rien. Le prix de l'opération, j'en fais mon affaire. La Toussaint se contentera de ma parole. Dès que Saint-Favre commencera à se montrer généreux, ses écus et ses bijoux prendront le chemin de la cité Delambre. »

Allongée sur mon divan de moleskine, je fermais les yeux et je voyais des rubis, des topazes, des émeraudes sur du velours noir, des bijoux tentateurs qui polkaient, vadrouillaient de-ci de-là, s'approchaient pour s'éloigner aussitôt, comme des coquillages enlevés par les vagues et échoués sur une grève inaccessible.

Puis je faussai compagnie à Taille-Douce et à la misère de son état, en revins à mes moutons.

Le vent soufflait en tempête. De temps à autre, le fracas des tuiles arrachées aux charpentes éveillait des échos dans les ruelles assoupies. Pas un escarpe ne devait être de sortie. Il n'y avait pas de bourgeois à nettoyer, par un temps pareil. Ils étaient tous dans leur lit, à cette heure, les retours de souper seraient maigres.

Je vis se dessiner la façade du Café Anglais, à l'angle du boulevard des Italiens et de la rue de Marivaux, en imaginai l'intérieur, les cabinets particuliers. Etait-ce là le fin du fin, avais-je atteint mon but suprême ? « Si je le veux, je n'irai plus au Bois à pied... »

Un coulis d'air plus vif éteignit ma chandelle et je n'eus d'autre solution que de chercher le sommeil, le nez dans la plume de mon oreiller que j'étreignis vaguement, le bras câlin, appelant quelqu'un à voix basse.

D ES cris me réveillèrent à sept heures du matin, un tinta-marre de voix qui montaient du trottoir.

Joséphine Caput jouait la polyglotte en déblayant les débris de tuiles jetés bas par la tempête.

— *Italia farà da sè !* Mes fesses ! claironnait-elle sur le pas de sa porte. Elle se fera pas toute seule, la voisine ! Faudra d'abord que la Castiglione elle aille lui donner, au Badinguet ! Après ça, nos gars iront se faire trouer la peau chez les man-dolines ! Ah ! L'Italie n'a besoin de personne ! On va voir com-bien de temps ils vont chanter cet air-là, ces pouilleux !

Mon Dieu ! Faites qu'un pot de géraniums lui tombe sur la tête ! J'ai sommeil... sommeil !

A quelle heure m'étais-je endormie ? Je repoussai drap et couverture, allai pieds nus jusqu'à la fenêtre. Il faisait encore nuit noire, mais une échancrure violette dessinait les toits du côté du bourg Saint-Victor. Je m'assis sur mon lit, bâillai à coups répétés. La Castiglione ! Il était bien question de cette catin en dentelles qui se faisait grassement payer pour embo-biner l'Empereur ! On en parlait maintenant à gorge déployée, les salons se disputaient l'honneur du dernier cancan, on l'avait vue chez Tortini, dans les jardins des Tuileries, au balcon de son appartement qu'un hasard complice avait sis rue de Castiglione... Certains la disaient rousse, d'autres blonde, mais on émettait un doute quant à l'authenticité d'une telle chevelure chez une Italienne d'un tempérament aussi fougueux. Tous, cependant, s'accordaient à la trouver superbe. Sa première rencontre officielle avec l'Empereur datait du 9 janvier et avait eu pour décor les salons de la princesse Mathilde, cousine de Louis-Napoléon. Des quantités de gens semblaient avoir passé la soirée sous la table... Toutes ces rumeurs avaient un petit air guilleret, le boulevard et la ceinture faisaient chorus. Paris ne s'appartenait plus. Les ambassades faisaient une surenchère de fêtes, on jetait son argent dans la corbeille de la Bourse, on dansait, on chantait, on passait des heures chez sa couturière ou chez son tailleur...

Le mot couturière sonna dans ma tête, me fit tiquer. « Il faut que j'aille voir Marie, me dis-je aussitôt. Et aujourd'hui-même. C'est dimanche, j'aurai toutes les chances de la trouver chez elle à l'heure de midi. »

N'ayant pas le temps d'attendre le passage du cantalou (il faudra désormais que je lui dise de passer à cinq heures et demie du matin), je fis une toilette sommaire à l'eau froide, m'habillai, passai par acquit de conscience chez Calendron, n'ayant pas mis les pieds dans sa boutique depuis trois jours.

Je tournais autour des étagères, mal à l'aise.

A la fin, en payant ma mélasse et ma chandelle, je glissai, l'air de ne pas y toucher :

— A propos, vous n'avez rien pour moi, bien sûr, pas de nouvelles de Bretagne ?

L'épicier le prit de haut :

— Vous pensez bien qu'on vous l'aurait déjà donnée, votre lettre ! Je dis pas qu'on vous l'aurait montée là-haut, parce qu'on n'a pas droit aux étrennes du facteur, nous. Mais quand même, puisqu'il faut se rendre service...

J'avais compris. Marie n'était plus là pour arrondir les angles.

Le soir-même, j'écrivis à Mamm, lui dis que Julien n'habitait plus rue des Lavandières numéro deux et que j'avais préféré emménager dans sa chambre. Je rectifiai mon adresse sans autre commentaire. Puis je passai très vite aux sombres projets de de More, sans perdre de vue que ce serait à l'ami Dagorne de faire la lecture. Je demandai enfin des nouvelles du Vodenn et de Sizun, parlai du fameux rite du café de Nouvel An que notre ferme était la seule, à dix lieues à la ronde, à donner aux valets chaque premier de janvier. Encore était-ce un méchant café frelaté de chicorée, que Mamm tentait d'édulcorer en mettant trop bonne mesure de sucre dans les tasses.

Je remontai à ma chambre, rangeai mes commissions sous la toilette et commençai par écrire à de More. Je butai d'abord sur l'en-tête, me souvins qu'il n'avait joint qu'une carte à son colis et décidai tout bêtement de lui envoyer un petit billet avec ces simples mots : « Je vous remercie d'avoir pensé à moi et vous adresse mes meilleurs vœux ». Etait-ce trop bref ? Non, je n'avais pas à faire état d'une reconnaissance éperdue ni à l'encourager à quoi que ce fût. Restait à savoir où·envoyer ce petit mot. En Bretagne ? Jérôme de More passait la majeure partie de l'hiver à Paris et ne faisait que de brefs séjours à Pennarstank, pour chasser ou traiter quelque affaire. Je résolus d'adresser le billet rue des Tournelles. Contente que ce point délicat fût éclairci, je reçus la visite de Rudi qui venait de temps à autre gratter à ma porte quand la solitude lui pesait. Il s'asseyait, fumait sa « cigarette de poitrinaire », comme il disait pour avoir l'air dans la note du quartier, parce qu'il en avait assez d'être jugé convenable et gentil. Nous parlions du temps, du travail des nouveaux voisins qui avaient remplacé les musiciens. Ils avaient l'air d'un brave couple, ils avaient un bébé, elle était bouquetière, lui rempailleur de chaises. Rudi finissait de bricoler la balançoire de Youyoute, il s'amusait toujours à dire que la souricette ne tiendrait pas cinq minutes là-dedans sans se cogner de folie après les barreaux. Nous buvions le café, il apportait son schnaps. Ces moments-là, de temps à autre, repolissaient l'idée que je me faisais de moi-même, et je me surprenais à lui sourire gentiment, tout en cherchant une bonne excuse pour rompre l'entretien. Cette fois, ce fut la grand-messe à Saint-Nicolas-du-Chardonnet. Il était protestant, il se garda de s'offrir à m'accompagner.

Thomas se moquait de mes pratiques religieuses, disait que le jugement dernier était le père fouettard des adultes et qu'il ne croyait qu'aux asticots. Je le traitais de mécréant, il me répondait qu'à son avis le diable et le bon Dieu étaient les meilleurs amis du monde.

Je m'appliquai pendant quatre-vingt-dix minutes à me blanchir des blasphèmes de Thomas, fis quelques prières pour mon père, pour Long Fellow, insistai longuement auprès de la Vierge (je retenais jalousement mon prie-Dieu devant sa chapelle) pour que les choses se passassent du mieux possible à la cité Delambre. Puis je me laissai reprendre par une ferveur fanatique quand le vieux buffet d'orgues vrombit à l'étage et j'entonnai d'une voix de postulante les cantiques que je connaissais par cœur.

A midi, j'étais rue Fontaine, devant un petit immeuble de rapport assez propret. Marie me fit des joies, tint absolument à me faire partager le déjeuner du ménage. Paul Teisseire, réservé et plutôt taciturne, dit tout juste trois mots au cours du repas. C'était entendu, je prenais la place vacante à compter du 28, un lundi. Marie babilla à perdre haleine, me répéta vingt fois qu'il y avait un travail fou à l'atelier, que des dames huppées venaient sans crier gare et exigeaient qu'on leur fît un camail en trois jours, que Madame Edmonde avait eu des commandes pour le bal de l'ambassade d'Angleterre.

Je m'en revins sans joie. L'heure n'était pas à la gaieté. Louise m'avait demandé de l'aider à faire la toilette du mort, à lui endosser sous son paletot sa meilleure chemise, lui passer son pantalon le moins élimé. J'avais dû accepter, horrifiée. Ces choses-là, les détails physiques qui entouraient un décès, entre la mort elle-même et l'enterrement, m'échappaient totalement et je ne les avais jamais évoqués que très vaguement, au cours de mes lectures, quand on parlait d'ensevelir une héroïne dans la robe de ses noces ou avec le bracelet qu'elle avait pu attendre jusqu'au jour de ses vingt ans pour rendre le dernier soupir après avoir entrouvert l'écrin du bijoutier. L'enterrement de Long Fellow avait été fixé au lendemain, lundi 21 janvier. Je n'avais aucune idée de la robe à mettre pour la circonstance, ni des paroles à prononcer devant la bohème réunie.

J E me dépouillai de ma robe de sergette comme d'un oripeau, l'envoyai dinguer sur mon lit et contemplai avec horreur cette grande flaque noire qui endeuillait la reddition de Grenade de la courtepointe. Non, jamais je n'aurais pu me résigner à ne porter que des vêtements d'orpheline, c'était assez d'une heure, dans les fouettées de vent qui soufflaient des quatre allées plantées d'ormes du cimetière Montparnasse. Mais quelle idée, aussi, de m'être déguisée en pénitente pour conduire le latiniste à sa dernière demeure. Les bohémiens avaient jugé cette fantaisie funèbre du plus mauvais goût.

La messe d'enterrement avait été célébrée à Saint-Nicolas-du-Chardonnet. Colin tenait les orgues et joua le Requiem de Mozart. Une messe simple, dépouillée, presque expédiée. Une messe de pauvre. L'église n'était pas chauffée et nous étions une petite douzaine à nous être dérangés. Ce fut une messe de misère, de colère, non le dernier office d'apaisement et d'espoir dont parlent les prédicateurs quand ils se donnent la peine de prêcher pour un mort, de faire un panégyrique qui ravisse les ouailles des salons. Personne ne dit le moindre mot sur Long Fellow, il n'y eut pas de sermon. Le ciseau de la Parque avait tranché, et bon vent ! Les dernières notes du Requiem furent magistrales. Colin prenait son clavier à la gorge et lui arrachait des beuglements à réanimer un gisant. L'église tremblait. La fureur divine foudroyait le sanctuaire, les murs volaient en éclats, Samson renversait les colonnes du temple. Sourd, emporté, l'albinos massacrait les vieilles orgues qui semblaient expectorer leur dernier souffle, à pleine poitrine.

La mise en terre avait eu le même caractère bâclé. On eût dit d'un lépreux enseveli à la hâte aux aurores. Outre ses compagnons de bohème, Long Fellow n'eut que deux témoins à son enterrement : le fossoyeur et Françoise, venue fleurir la tombe de ses héros. Etienne reniflait la terre fraîche de son grand nez, comme un corbeau aux aguets autour des mamelons du labour. Colin disait, les poings fermés comme des serres de rapace : « On y passera tous. L'un après l'autre, il faudra qu'on y passe ».

Et je voyais sur le divan la tache noire de ma robe s'élargir, grignoter les teintes criardes de la courtepointe, manger la couleur. Qui donc ne croyait pas à la mort ? Je m'en souvenais, un jour Sucre-de-Pomme, pour s'être trop arrondi le nez chez Marchalot, avait décrété au milieu de sa beuverie :

— Les hommes né meurent pas, surtout les artistes ! Ils disparaissent de la terre un bout de temps, c'est tout. Mais ils continuent à se promener parmi nous, invisibles. Seuls quelques bonnes âmes chrétiennes et quelques amis ont le privilège de les voir en chair et en os. Si je vous disais qu'en venant ici j'ai rencontré mon grand maître Buxtehude...

Je croyais à la mort. J'avais vu Long Fellow avant sa mise en bière, j'avais aidé Louise à l'apprêter. Besogne échue aux vivants et qui leur donne un avant-goût de la tombe et du néant. Et quand je pensais qu'il était là-dedans, dans ce cercueil misérable, que ses mains étaient froides, qui avaient caressé des livres, des chats, que son corps était raide et inerte, qui s'était joint au corps charmant de Louise, que sa bouche avait le .pli de reproche austère et méchant des vieux moribonds, que plus jamais je n'entendrais ses aphorismes latins, cette sagesse énoncée avec des mines d'exorciste en espérance de diable, quand je mettais toutes ces pensées horribles bout à bout, j'en faisais une somme de chagrin et de révolte insoutenable.

Je sus en même temps que je retournerais souvent au cimetière Montparnasse, que jamais je n'oublierais cette jeunesse-là, que nous avions vécue ensemble et au terme de laquelle nous nous retrouvions indifférents, étrangers.

L'odeur du laudanum traînait encore dans la chambre. Cet abominable relent ne s'en irait donc jamais de ces murs ! J'avais bouché soigneusement la bouteille, l'avais rencognée au plus profond de l'armoire pour ne la ressortir qu'en cas de migraine ou d'insomnie, et elle trouvait encore le moyen d'empester l'oxygène ! Les souvenirs, pensai-je, prennent parfois une tournure bien amère. Et d'aller me recueillir devant ma glace, d'y chercher le réconfort d'une chair toute neuve, faite pour la joie et les bras des hommes.

Je me récriai à la vue de ma mine déconfite. Bien sûr, le chagrin consumait la santé. Eh quoi ! Je n'allais pas sombrer dans la neurasthénie ! Je glissai un coup d'œil mauvais vers le divan, revins à mon image, corrigeai le tout d'un sourire. Il faudrait voir un peu à me remplumer, peut-être, mais Saint-Favre avait bien une idée sur le régime à suivre.

Je me rhabillai puis allai à la fenêtre, engourdie de mélancolie. Comme l'hiver était long ! Les marronniers de la rue de Pontoise, cristallisés de givre à l'aube, ressemblaient de loin à des plantons perclus, aux membres décharnés, aux mains vides. Les arbustes des jardins de l'Archevêché avaient l'allure de haillons fauves et grisâtres mirant dans les eaux gelées de la Seine leurs sombres espoirs de printemps. Les toits étaient blancs jusqu'à la mi-matin puis, quand un brin de soleil perçait les nuages, une eau sale dégringolait vers les gouttières, pissait des auvents, roulait des cheminées. Le vent sifflait dans les toiles goudronnées, affolait les girouettes, dérapait sur le glacis des mansardes. Quand il neigeait, le paysage n'était pas moins triste mais plus beau. La neige avait des reflets bleus ou roses selon l'inflexion des toits. Les quatrièmes miséreux semblaient dormir dans une innocence féerique.

Comme l'hiver était long ! me répétais-je. Et comme l'ennui s'installait, quand les passions qui m'animaient s'affadissaient dans des raisonnements mièvres, des velléités bougonnes de sagesse, tournaient court devant des abstractions aussi ternes que la logique, la réalité, les lois sociales !

Rue Hautefeuille, je me préparais une nouvelle désillusion. Thomas, en blouse de rapin, fumant une pipe au tuyau interminable, avait prolongé son déjeuner par une copieuse mesure de casse-poitrine. Il était d'une humeur de chien, avait les doigts empâtés, rien n'allait selon son goût et il se trouvait deux mains gauches. Il m'accueillit par une interrogation bourrue :

— ... Vu Saint-Favre ? marmotta-t-il. Il avait l'air de s'en ficher comme de l'an quarante.

— Seigneur ! Quelle odeur ! fis-je pour toute réponse. Il ne te viendrait pas à l'idée d'aérer ? Le garni sentait l'alcool et la cendre froide.

— Aérer ! pouffa-t-il. Une manie de bonne femme. Vous feraient toutes crever, avec leurs courants d'air.

Je contemplai la toile, m'arrêtai au profil d'un vieil orme que Thomas avait particulièrement soigné à l'avant-plan. L'arbre était mort. Il ne sortait plus que quelques badines du fourchon qui se levait comme un poing dans le ciel d'orage, comme un mauvais moignon, débouté à vif, tari déjà à la souche.

Thomas se reculait d'un pas, le regard renfrogné.

— Il y a quelque chose qui cloche là-dedans. Je le sens et je suis incapable de trouver quoi. Ça fait cinq heures que je suis devant, je n'arrive pas à trouver ce qui cloche, je ne vois plus rien.

— J'aime bien ton arbre, me contentai-je de remarquer, amicale.

Il haussa les épaules.

— Tu n'y connais rien, lâcha-t-il. Ne te mêle surtout pas de ma peinture. Ton rayon à toi, c'est les potins du boulevard et les chaussettes à repriser. Ah ! Flûte ! Deux pinceaux cassés, un pan de mur jaunasse, impossible à rattraper, une goton de bonbonnière sur ce fond de cauchemar... quelque chose qui cloche, dans tout ça, et toi par là-dessus. C'est le bouquet !

— Je peux rester, si tu insistes, persiflai-je.

— Va au diable. J'attends Klein, il a vaguement l'intention de monter une exposition, mais il m'en demande six cents francs. Où crois-tu que je vais dénicher une somme pareille ?

Je m'apprêtais à quitter les lieux quand il consentit enfin à s'humaniser.

— ... Ferme un peu les yeux, dit-il, plisse les paupières, tu te rendras mieux compte. Ça met les défauts en valeur. Alors, qu'est-ce qui ne va pas ?

Je revins sur mes pas de mauvais gré, pris un air de taupe en contemplation, braquai sur la toile deux yeux myopes et tatillons. Je vis un enchevêtrement de verts et de gris avec, incongrue, la tache laiteuse d'une femme nue.

— A mon avis, ton modèle ne s'intègre pas au paysage, observai-je en rechignant. Cette femme toute chaude, toute dodue, ça jure dans ce cadre-là, on dirait même que ses pieds ne touchent pas le sol.

Thomas me regarda, hocha la tête.

— Tu vois, grogna-t-il, conciliant, quand tu veux t'en donner la peine...

— Ce que j'en dis, mon cher... J'avais envie de m'en aller et de le planter là, avec sa croûte.

— Alors... plus de femme dans l'allée ?

— Si, c'était une bonne idée. Le cancvas était très bien. Mais je ne pensais pas que tu allais t'acharner ainsi sur le paysage. Il faudrait maintenant que tu retouches la femme. Change ses couleurs, confonds un peu ses pieds avec les pierres du chemin.

Thomas m'attrapa aux épaules, me fit pivoter contre lui. « Tu es un ange », murmura-t-il en cherchant ma bouche. Son haleine puait l'alcool et j'aurais préféré une reconnaissance plus discrète que ce vigoureux hommage de la dernière heure.

JOSÉPHINE Caput jaillit de l'ombre du palier comme j'arrivais au deuxième étage.

— Vous sortez, ma poulotte ? Et toute seule ? fait déjà bien brun ! Paris à cette heure, c'est la forêt de Bondy !

— On m'attend, Madame Caput, répondis-je en serrant ma mante sur la merveille de robe qu'un trottin de chez Gagelin m'avait apportée le matin-même, comme j'achevais le quatrième chapitre des Temps Difficiles.

Un cadeau de Saint-Favre, un nuage pastel, un amour de robe en zéphyrine mauve, au corsage pailleté de grains de jais. Elle était à ma taille, du col-châle rebrodé au point d'Angleterre, au dernier volant alourdi de ruchés, de festons et de biais. Je n'avais jamais porté de décolleté aussi provocant, mon hôte ignorerait certainement peu de chose de ma gorge dans l'intimité prometteuse du Café Anglais ! La moitié de mes seins bondissait hors du bustier, fauve et agressive comme une paire de grives échappées. « Comment a-t-il fait pour choisir une robe juste à ma taille ? » me demandai-je en me récriant d'admiration devant ma glace.

Je passai sous le nez de la Caput en lui dédiant dans la pénombre de généreux effluves de patchouli. Dehors, un vent aigre rôdait dans les venelles, hâtait les ombres des étameurs et des ouvrières au sortir de l'usine. Je cherchai des yeux la voiture de Saint-Favre au coin de la rue Galande, fus un peu contrariée d'être arrivée la première. De devoir attendre sur le pavé, dans le froid humide et noir de la Maub', je reprenais d'instinct des attitudes effarouchées, mon petit côté chrysanthème, chat de gouttière, l'emportait sur ma fierté de belle fille aux reins cambrés. Je regardais, à droite, à gauche. Passaient les blanchisseuses remontant de la Seine, les clients des assommoirs, l'allumeur de réverbères, les dos verts et les ogresses lâchant sur la chaussée leurs quarterons de lorettes. Jules Donnadieu s'arrêta à ma hauteur, me fit un brin de causette.

— Tu écrivailles toujours pour ce gredin de Timothée ? me demanda-t-il.

Je lui répondis que Strappe ne me payait pas trop mal, quand je lui livrais le travail en temps opportun, et que l'argent de ce gredin-là était toujours bon à prendre.

— J'ai mieux à te proposer, répliqua le vieux bouquiniste. Pierre-Jules Hetzel, 33 rue de Seine. Un ami du bibliophile

Jacob, qui revient d'exil, un républicain, qui, celui-là, je t'en fiche mon billet, n'est pas une bête à plumes. Après le Coup d'Etat, il est passé en Belgique où il n'est pas resté inactif. On lui doit la majeure partie des exemplaires des Châtiments arrivés clandestinement en France. Un homme à fréquenter, car il a le pied dans tous les mondes, et un homme à connaître, quand on veut vivre de sa plume. Il est libraire-éditeur, il les prendra, tes traductions, et tu n'auras pas à pleurnicher comme chez Strappe.

J'acquiesçai vaguement, toute à la contrariété de condamner mes frisettes à se déboucler sous les rafales insinueuses du vent d'Ouest.

J'avais froid. Et j'étais malade de penser que j'avais disposé mes anglaises, fraîches écloses des papillotes, bien sagement autour de mon visage, de la tempe au creux de l'épaule, en trois rangées superposées de tire-bouchons, et qu'il n'en resterait plus rien si le vent continuait à s'acharner contre moi. J'étais furieuse et m'apprêtais à remonter mes quatre étages quand la voiture du maître-tanneur déboula à grand bruit, prit si raide le tournant de la rue que la fusée d'une des roues buta contre la borne cavalière.

Saint-Favre me fit monter, se confondit en excuses.

— Je suis en retard, j'en suis désolé. Ce n'est pas dans mes habitudes. La Bourse était une chaudière cet après-midi, et je n'ai pu passer à mon club qu'à cinq heures. Je n'ai pas même eu le temps de me changer. Nous passerons chez moi d'abord, voulez-vous ?

Il m'expliqua qu'il consacrait chaque jour de deux à trois heures à son club, le Cercle Impérial, à l'angle de l'avenue Gabriel et des Champs-Elysées. Il enchaîna sur l'échauffement délirant des coulissiers et des agents de change autour de la corbeille. Les prix montaient comme des enchères, il semblait que le bouquet de bonnes nouvelles condensées en ce premier trimestre dût emballer le monde des boursicoteurs et par là-même les finances du pays tout entier. Il y avait, bien sûr, cette paix élogieuse signée à Paris, cette victoire des armes qui se soldait par un traité avantageux et une sorte de protectorat français de l'Europe, il y avait les préparatifs de la naissance de l'héritier impérial, la recrudescence de fêtes dans un monde qui était fait pour jouer, pour plastronner, pour jongler avec les plaisirs de la chair et de la table. Bref, Paris connaissait une époque comme en connaît une capitale une fois en cinquante ans.

La voix de Saint-Favre et les cahotements de la voiture me berçaient. Pour la première fois, l'impression physique de me laisser aller me soulagea merveilleusement. Je songeai tout à coup à le remercier pour la robe de zéphyrine.

— Mais comment avez-vous pu deviner ma taille exacte ? m'étonnai-je. Il n'y avait pas une seule retouche à faire !

Peut-être avait-il le coup d'œil ? L'habitude de jauger une femme en un seul regard ?

Il happa ma main dans la pénombre capitonnée et je compris qu'il souriait.

— Je vois que Thomas Ferré a gardé le secret, me confia-t-il. Je lui ai demandé de me prêter la robe verte dans laquelle vous avez quelquefois posé pour lui.

Je n'avais pas pensé à cela ! Cette complicité naïve, entre hommes se détestant aussi cordialement, me laissa pantoise. Ainsi, c'était à partir de ce chiffon de robe verte, délavée et ternie, que Saint-Favre avait imaginé une parure pour moi, un cadeau de bienvenue dans son monde ! Non, Thomas ne m'avait rien dit de ce nouveau marchandage. Mon oripeau de travail contre la toilette miracle, le rêve d'une coquette, la robe à enflammer tous les regards. La Castiglione lançait le violet, lisait-on dans les journaux de mode. Je n'avais pas besoin d'elle pour savoir que ces teintes mi-chaudes mi-froides, du mauve parme au violet épiscopal, étaient mes couleurs. Ma vanité et ma pudeur y trouvaient leur compte, car c'était là, sous forme de coquetterie, respecter une manière de deuil, disons plutôt de demi-deuil.

En un clin d'œil, les rues s'étaient vidées. Nous redescendions la Montagne-Sainte-Geneviève vers la plaine de Gentilly, et cet intermède inattendu, qui reculait de quelques minutes mon entrée sur le boulevard, calma mes dernières fureurs d'avoir été humiliée et décoiffée. Cette fois, j'allais franchir le seuil de la folie-Cayeux, et point ne me serait besoin de lorgner des miettes de luxe et de confort au travers des grilles et des bosquets ! Ce pavillon était un Greuze, il matérialisait tous mes rêves domestiques de grisette et contentait en outre des ambitions plus glorieuses, avec ses écuries fin de siècle, ses pelouses romantiques, ses bois giboyeux et ses garennes.

Gentilly, c'était déjà la campagne, le charme de la province aux portes du grand Paris. Après les odeurs des usines, tanneries, teintureries, mégisseries, c'étaient des bouffées rustiques, des parfums mouillés de rivière, de terre enfroidurée, de vents gonflant leurs joues sur la plaine.

La nuit était close et je ne vis à peu près rien de la cour ni du petit jardin de curé qui ciselait autour de la maison son tablier vert pomme et chiffonné, frissonnant sous la gelée du soir. Nous fûmes accueillis par un majordome à la longue figure jaune et par une petite brunette aux yeux en grains de café, dans un hall fleurant la cire d'abeille et la compote de pommes, encombré à l'excès d'un énorme poêle dont le tuyau noir montait en caracole à l'assaut des étages. Je fis mon petit effet, tout en manquant certainement d'aplomb et de naturel.

Un feu d'enfer flambait dans le salon.

Le salon de la folie-Cayeux... On me présentait, moi la petite Poil-Rousse que les clochards de la Maub' tutoyaient, à ces monuments conçus par des riches pour des riches, que sont les meubles d'un salon à la mode fréquenté assidûment. Mes regards, aveuglés par ce crépitement de lumières, flammes de l'âtre, candélabres drapés de soie, lampadaires aux corps de femmes, lustre de Sèvres, se cognaient à une multitude d'objets comme un vol de papillon fou après une lampe. Tentures, capitons, tapis, tableaux, bibelots ! Le vent froid de l'hiver capitulait au seuil de cette pièce, achevait sa rafale en caresse comme une femelle domptée. Il faisait clair et chaud, et pourtant le silence s'appesantissait sous les lambris et les deux douzaines de bougies du lustre. C'était comme si la touffeur d'une vie lourde de désirs comblés écrasait choses et gens, les endormait d'une torpeur blasée et indifférente.

Je restais debout, immobile, tournant le dos à la fenêtre dont les volets clos filtraient, pour les curieux du chemin de halage, une clarté rose et dorée que j'avais encore en mémoire.

— Veuillez m'excuser un instant, ma chère, m'avait dit Victor Saint-Favre en s'inclinant. J'en ai pour quelques minutes au plus. Asseyez-vous, prenez vos aises. Je vais vous faire porter de l'orgeat.

Inlassablement, mes yeux faisaient leur ronde dans ce petit paradis d'un autre monde, et toujours ils s'arrêtaient aux mêmes objets, gobaient une porcelaine, un biscuit, une dinanderie, dévoraient vite le menu de ce rêve éveillé de peur que les lampions de la fête ne s'éteignissent avant le dessert... Il y avait là tout ce que le manuel du savoir-vivre attribuait aux salons de bon ton : deux canapés volumineux adossés au mur, d'autres disposés pour des tête-à-tête de cinq heures ou des apartés d'après-dîner, des bonheur-du-jour Louis XVI, des bergères, des poufs complices des crinolines, des fauteuils tapissés de velours de Gênes, une multitude de petites tables volantes portant fleurs et albums, des Boulle marquetés, incrustés d'écaille et de cuivre, un piano à queue guindé derrière des palmiers nains comme un maestro en frac, une glace de cheminée flanquée d'une pendule de Saxe et de deux pages-canéphores portant deux bougies du Mans. Les bibelots ne semblaient pas être des échantillons de voyages, des souvenirs, des caprices. Ils avaient été achetés en masse, par une main trop prodigue qui avait horreur du vide et qui ne passait pas son temps à cajoler une acquisition de cet ordre. Je les énumérai avec un rien de tendresse, trop longtemps sevrée de ces bijoux qui se caressent de l'œil autant que des doigts : amours de porcelaine s'enlaçant sur des socles de bronze, cassolettes d'étain anglais, émaux de Longwy, bergers en biscuit de Dunkerque, cristaux tourmentés portant froidement au poing un bouquet de violettes ou d'anémones qui se fanait dans cette fournaise.

Au-dessus des canapés, sur toute la largeur d'un mur, une savonnerie du dix-huitième, à peine fanée, représentait Samuel sacrant David, et je songeai que Saint-Favre, en commandant à Thomas une scène de la Bible, avait attendu de lui une œuvre pompeuse et hiératique dans le goût de ce tapis.

La brunette aux grands yeux châtains toqua à la porte, entra, un plateau à la main. Je la regardai faire avec un soupçon d'inquiétude. Que pensait-elle de moi ? Je me réprimandai. Est-ce que j'allais m'embarrasser des états d'âme d'une domestique ! Décidément, je n'avais pas l'étoffe d'une courtisane, je n'étais pas faite pour cette vie tonitruante qui ignorait ou écrasait de mépris le petit peuple. Assurément, je me sentais plus proche de cette Martine que des élégantes du boulevard s'allongeant à tout-va-là, empruntant ici une portière armoriée, là un hôtel de famille, ici encore un patronyme fleuri qui ne les retenait guère d'aller butiner ailleurs...

Je souris à Martine, les yeux en grains de café se bridèrent aussitôt en un sourire qui me rappela la gaieté friponne de

Taille-Douce. Pauvre Guillemette ! En attendant le rendez-vous de la cité Delambre, fixé à jeudi, elle soignait ses vertiges et ses syncopes à l'eau de mélisse...

Seule à nouveau, je bus distraitement mon verre de sirop en levant les yeux sur la glace de Venise biseautée, calée plantureusement au-dessus de la cheminée florentine. Les conseils amicaux de de More me revinrent en mémoire. Je portais une crinoline et le pare-feu avait été tiré aux trois-quarts comme si un domestique, en l'absence de son maître, s'oubliait à ronronner devant les flammes.

Je sentais pourtant mes petits démons me titiller de leurs fourches. La glace s'attiédissait, les brumes de la nuit devenaient ici des éclats de soleil, mais je demeurais étrangère à cette tendre alchimie qui défigure la laideur aux yeux des riches. L'envie me prit de me lever du canapé où j'avais fini par m'asseoir, et d'aller faire d'horribles grimaces qui resteraient fixées, entre le tain et le verre, et qui feraient la nique au tanneur chaque fois qu'il poserait en frac, en bouton de chasse, en habit de sénateur. Je m'approchai un peu, le diable au corps. Aussi vite que je m'y prisse, je n'arrivais pas à me surprendre louchant dans la glace. C'était là une grimace que je n'avais pas besoin depuis belle lurette de répéter, tant j'y mettais de couleur et d'habileté. Puisque ce soir était soir de gala, le spectacle serait complet. Je lâchai les chiens, ouvris béant mon sottisier, la boîte à grimaces. J'en avais de piquantes à ma collection. Mais rien ne faisait tant rire, à Sizun, que mes imitations d'Ivonig le louchon.

Le jeu fit long feu. En me penchant pour rassembler mes jupes menacées par les étincelles du foyer, j'eus brusquement conscience d'une présence très proche, immobile dans le salon. Éberluée, je tournai la tête et vis Saint-Favre de pied en cap, sanglé à ravir de nankin gris perle, un œillet rouge à la boutonnière. Saperlotte ! Je n'avais rien entendu qui ressemblât à son pas de charge dans l'escalier. Il n'était pas question d'invoquer ici mon amour pour les figures de rhétorique, d'ailleurs le tanneur s'en donnait à cœur joie, se mettait à rire à petits gloussements hoqueteux qui bouffissaient son menton dans les plis trop généreux de sa cravate et le carcan de son faux-col.

— Têtebleu ! jura-t-il. Vous avez des talents de société qui donneraient de fameux coups de fouet à quelques-unes de nos soirées insipides. Si j'étais directeur de théâtre, je vous engagerais.

Je pensai en moi-même que ce qu'il s'apprêtait à conclure n'était pas tellement différent d'un contrat de théâtre. Le cabotinage s'exerçait à la ville comme à la scène.

Puis il sortit d'un écrin une paire de gants noirs en satin de chez Hermès, me l'offrit et me dit, manifestant encore cette désaffectation du vide qui le portait facilement à l'abondance :

— Il faudra songer à parer aussi cette gorge un peu nue. Je commanderai demain une parure d'aigue-marine faubourg Saint-Honoré. A moins que vous ne préfériez des émeraudes ?

Bigre ! Comme tout était simple, comme les mots, les intentions et les cadeaux s'enchaînaient bien ! La pente de la galanterie était raide, et si Thomas m'avait quelque peu savonné la planche, je n'en trouvais pas moins qu'il était tout simple de s'endormir grisette et de se réveiller cocotte, par la seule grâce d'un sourire qui ne faisait encore que promettre. Je n'avais plus qu'à demander !

Comme il me précédait dans la cour pour m'ouvrir la porte de son coupé, je fixai deux yeux sévères sur sa carrure trop enveloppée, son envergure d'homme nanti. Toute femme qui nourrit des sentiments tièdes s'emporte contre ces dos d'hommes qui n'expriment que négation, entêtement, acharnement à aimer trop, contre toute évidence, en dépit des dédains et des sarcasmes. Je trouvai le dos de Saint-Favre stupide et borné. Il n'empêche que, le coupé n'étant qu'à deux places, je laissai mon hôte empiéter sur la mienne et improviser, dans l'ombre sinistre des ruelles hors barrière, des petites gentillesses qui ne me cabrèrent qu'à demi.

Les bâtiments de l'octroi, le boulevard de l'Hôpital quasi désert, les quais frôlés d'ombres, le pont Saint-Michel, la rue de la Barillerie et les Forges de Vulcain, l'immense quincaillerie de la Cité, le café d'Aguesseau animé par quelques avocats et plaideurs, le Prado, l'église Saint-Barthélemy... La voiture filait dans la nuit, Germain Boncœur, hissé sur son siège de cocher, aiguillonnait avec bonhomie les deux carrossiers Cleveland steppant haut, piaffant au trot avec élégance. Nous prîmes la rue de Rivoli, brutale rampe de gaz violacée après les maigres quinquets de la Cité, entendîmes le huhau ! de charretier que Boncœur lança aux oreilles de son attelage pour l'engager à prendre à droite, devant le Théâtre-Français. On jouait ce soir « Il ne faut jurer de rien », avec une débutante dont on parlait beaucoup, Mademoiselle Emilie Dubois, dans le rôle de Cécile. Ce fut enfin la rue de Richelieu, les hôtels du dix-septième, la maison de couture de Madame Gagelin dont la vue me reporta, rêveuse, à ma robe de zéphyrine. La voiture débouchait sur le boulevard, contournait l'Hôtel des Princes et se rangeait devant une bâtisse d'angle, blanche, à la fois sévère et exotique, dont la façade était percée de hautes fenêtres puritaines. Je me découvris brusquement un appétit féroce, en proportion du menu que l'établissement offrait à ses dandys et ses hommes de Bourse. Car mes folles prodigalités de ces dernières semaines n'avaient guère corsé l'ordinaire de mes repas, je me trouvais plus romantique, d'une faiblesse de meilleur ton, à ne vivre encore que de tartines de mélasse et de lait caillé.

Germain baissait le marchepied sous mes modestes bottines et je levai la tête, prise de vertige, vers la façade glorieuse du grand restaurant.

C'était l'heure à laquelle le boulevard brassait ses habitués, des badauds en veine d'aventure s'approchaient, ceux qui s'étaient un moment laissés distraire des promesses d'un bon dîner repartaient, l'estomac dans les talons, ou cherchaient dans les visages à la mode un compagnon de table qu'ils quitteraient devant l'entresol d'une courtisane. Saint-Favre me serrait le coude tandis que nous passions sous la marquise du Café Anglais, lui à l'aise, très parisien, moi heureuse, un peu raidie par l'attention que m'inspiraient ces lieux dont les us et coutumes m'étaient inconnus. Un chasseur en livrée prit la cape de Saint-Favre, m'aida à dégrafer mon mantelet, et nous pénétrâmes enfin dans le temple, happés en sourdine par des bouquets de lumières brillantes qu'une profusion de glaces multipliait à l'infini. La grande salle était tendue de soie rouge, rebrodée de hiéroglyphes d'or, les chaises de bois noir flanquaient solennellement les tables aux nappes blanches, fleuries des plus glorieux bouquets de l'hiver, camélias chinés de rouge et de blanc, mimosas en petits grelots d'or, tulipes diaprées, roses au carmin agressif. Dans un coin, un canapé ponceau mettait son contrepoint rêveur et mélancolique. Les portes à tambour tournaient dans la fraîcheur du soir, comme des aiguilles sur un cadran aux heures joyeuses. Les odeurs s'engouffraient : effluves de Molinard, d'Houbigant, gants parfumés du faubourg Saint-Honoré, odeur sauvage des muscs, brises élégantes du boulevard... Je vis là des hétaïres aux seins nus, des lorettes dissipées et froufroutantes, des habits noirs, des uniformes, des chevelures d'un blond Titien, des crinières roux Hamilton, des calvities trop galantes pour prendre des allures de tonsures. On s'égayait gracieusement en échangeant de table à table le dernier forfait d'un original ou le nom d'une nouvelle favorite. Tout ce monde-là semblait se connaître de longue date et croquait les absents à belles dents. Je vis aussi bientôt qu'on me regardait, et je décelai dans ces attitudes blasées un crescendo de curiosité et d'intérêt, peut-être même d'admiration car je savais que je pouvais faire confiance au mauve diaphane de ma robe, au lustré de mes bandeaux, au cuivre de mes boucles tapotées fiévreusement dans le salon du tanneur, à l'ombre lascive de mes paupières qu'aucun artifice ne bridait. Je n'avais pas cette vertu ennoblissante des femmes amoureuses, qui consiste à douter de leurs charmes et de leurs effets, à se morfondre dans la modestie. Ce soir, je me savais au mieux de ma beauté et je fus reconnaissante à Saint-Favre d'avoir donné à mon corps la robe qu'il attendait pour exploser aux yeux des hommes.

Mais il fallait tourner le dos à ce parterre de regards surpris, monter un escalier raide comme une échelle de ferme, emprunter un dédale de couloirs et de vestibules, jusqu'à l'hommage d'un garçon raide comme l'amidon, qui remonta la flamme du gaz sur notre passage, s'inclina avec respect et ouvrit devant nous la porte d'un des vingt-deux cabinets particuliers et salons, dont la fenêtre donnait, dans une débauche de draperies et de passements, sur le Café de Paris, l'hôtel Brancas, la Maison Dorée et le Café Tortoni.

Deux minutes plus tard, Victor Saint-Favre dénouait les brides de ma capote, me griffait la joue de ses bagues de diamants et me disait d'un ton paternel, comme pour me rassurer :

— Tout va bien, ma chère. Dînons.

J'OUVRIS la carte des menus et y plongeai le nez à la recherche des jolis noms ronflants qui prennent toute la largeur des bristols. Je lus une série de plats sans y faire attention, l'esprit ailleurs, et dus recommencer ma lecture. Les fioritures des appellations me fouettaient l'appétit : potage à la royale, sole Dugléré, grandes truites à la sauce hollandaise, faisans truffés à la Sainte-Alliance, filets de perdreaux à la Penthièvre, poularde Albufera, pommes de terre Anna, soufflé à l'anglaise...

Mon regard sauta les relevés et les hors-d'œuvres, s'égara au-dessus du bristol. Saint-Favre, derrière des amours d'émail bleu, faisait son choix, marquait sa préoccupation de gourmet d'une petite moue sensuelle. L'idée du couple que nous formions, aux yeux du personnel et des clients, me hérissa trente secondes, puis me laissa indifférente et finit par me séduire. Combien étaient-ils, ce soir, à étiqueter mon visage dans la farandole des chasseurs en jupons ?

— Je veux des huîtres d'Ostende et du foie gras, décrétai-je en refermant la carte frappée de la devise « Honni soit qui mal y pense » que tenaient en bouclier le lion britannique et la licorne fabuleuse.

— Je vous signale que si vous continuez à ce train-là, je vais vous demander des compensations, observa Saint-Favre avec entrain. Puis, se tournant vers le garçon compassé qui attendait les ordres :

— Dites à Adolphe que nous lui faisons confiance. Dîner en règle, au cours qu'il lui plaira.

Mots magiques, qui forcèrent le respect obséquieux du planton. Il pirouetta, raide et soumis comme un toton, et nous restâmes seuls, en tête à tête, un peu émus d'entamer la première page blanche de nos cahiers communs.

— Vous plairait-il d'aller au spectacle, après dîner ? Nous pourrions souper à la Maison Dorée. On joue Falstaff au Théâtre-Lyrique et L'Orestie à la Porte-Saint-Martin.

Il fut interrompu par un bris de vaisselle qui jura désagréablement dans ce décor de Belle-au-Bois-Dormant.

— Oh ! Ce n'est rien, sourit-il. Le comte de Narbonne, certainement, qui vient de finir son repas. Il a la charmante et coûteuse manie de casser son verre et son assiette après avoir mangé. L'addition mentionne les dégâts, évidemment. Vous vous ferez à ce monde un peu fou. Le comte est original, mais il trouve son maître tous les soirs. Le pire de tous ces grands seigneurs est sans doute le baron de Saint-Cricq, que vous verrez dîner en chapeau. On pourrait meubler toute une soirée à ne raconter que ses exploits.

Victor Saint-Favre me régala par la suite de bien des dîners et des soupers, mais j'ai toujours gardé le souvenir émerveillé et enivrant de cette première soirée de boulevard, des potins élégants qui pour la première fois vrombissaient à mes oreilles, des rires et des couplets qui perçaient la cloison, des plats jaillis dans un cérémonial de palais. Tous ces plats m'évoquaient des natures mortes à la flamande, vernies, lustrées, égrillardes : petits pâtés aux croûtes pain brûlé, assis dans une gelée qui tremblotait au frisson des bougies, citrons comme dentelés au ciseau, chaussons taillés à l'emporte-pièce et dont les coutures cédaient sous la vapeur des compotes brûlantes, langoustes belliqueuses, flanquées d'escargots de mayonnaise au curry, dédoublant leurs chairs irisées et coriaces au milieu d'une chiffonnade de laitue, buissons d'écrevisses agressives, perdreaux à croupetons, grésillant de verjus, poissons farcis d'une tripaille d'herbes aromatiques (avant de présider aux cuisines du Café Anglais, Adolphe Dugléré avait officié aux Frères Provencaux), sorbets aux quatre fruits que sous nos yeux le garçon mitraillait de pignons, d'amandes, de fruits confits... « Si Saint-Favre a un appétit à pouvoir encore souper après une telle orgie, je ne m'étonne pas qu'il soit gras comme un chapon », pensai-je en saisissant mon couteau à la dérobée. Belle pièce d'orfèvrerie, blasonnée comme un service de comte, faite pour une main habituée aux bijoux de la plus belle eau, aux crèmes de chez Delettraz, aux soins de la manucure. Je me regardai dans la lame, cherchai au coin de mon œil droit la cicatrice un peu mutine laissée en ce lointain soir de novembre par les foudres d'uniforme d'un jeune capitaine de la Garde impériale. Je me sentais bien, heureuse, repue, légèrement grise. Devant moi, le front du tanneur rutilait, son teint fleurissait. Il posait de temps en temps sa main un peu moite sur la mienne, me grattait la paume d'un doigt prometteur.

Adolphe, le familièrement nommé, nous avait gâtés comme des princes. Je n'étais pas experte en gastronomie, n'ayant jamais savouré que les tripes des noces bretonnes et les amuse-ganaches de la place Maubert, mais je mangeai avec délectation ces mets veloutés, fondants, qui semblaient avoir été fignolés d'un coup de baguette au fond d'une cuisine-miracle. Mon palais, habitué au pain dur et aux ragougnasses, dégustait avec une sorte d'ivresse, prenait tout son temps pour mieux savourer.

Il était huit heures : le coup de feu des grands restaurants, le chassé-croisé des garçons, le pont-aux-ânes des maîtres d'hôtel qui doivent être à la fois efficaces et discrets.

La conversation menaçait de tomber, de glisser à mauvais escient. Je braquai Saint-Favre sur la politique car, bien que profane en la matière, je me plaisais beaucoup à entendre ces messieurs s'échauffer la bile autour de ces barils de salpêtre qu'étaient les Tuileries et les assemblées parlementaires. Savoir ce que les nantis pensaient de Louis-Napoléon et du gouvernement !

— Savez-vous que jusqu'ici je n'ai fréquenté que des gens opposés au régime ? déclarai-je sur un mode badin. Vous êtes le premier homme que je connaisse, qui soit sincèrement attaché à la personne de l'Empereur.

— En ce moment nous essuyons les plâtres, répondit Saint-Favre, évasif. L'Empire n'est encore qu'un petit enfant qu'il faut visser pour en faire un adulte. L'autorité n'a jamais gâté personne. Laissons le régime mûrir un peu, nous n'aurons qu'à y gagner.

Il ajouta en se rinçant les doigts dans une coupe où flottaient deux beaux gardénias blancs :

— ... Vous avez raison de parler d'un attachement sincère. Je ne suis pas un ambitieux, comme on pourrait le croire. Je n'ai brigué ce fauteuil que poussé par quelques connaissances qui tenaient absolument à me faire endosser l'habit bleu. Delacroix et Gautier étaient du nombre. Ma nomination leur a fait autant plaisir qu'à moi-même. A propos de peintre, je vous ferai poser pour Winterhalter. Il a des tons bleus et verts qui vous mettront parfaitement en valeur.

Il avisait ma gorge débordante, raccrocheuse. Je me laissais envahir par un doux sentiment de triomphe, de puissance. Etre là, dans ce beau monde ouvert, ne plus dire de gros mots, rétrécir mes gestes, ralentir mon pas, prendre des habitudes douillettes, ne plus penser avec mes tripes...

— J'ai décidé, pour remercier mes amis de leurs encouragements, d'organiser une petite fête dans mon parc de la folie-Cayeux. Pour le moment, la chose n'est pas réalisable. L'ouverture du Congrès approche, les obligations mondaines se multiplient, et je suis très pris par mes nouvelles fonctions.

Mais après Pâques, à la mi-avril, nous fêterons ensemble ce grand honneur qui m'est échu. Je tiens à me faire pardonner mon effacement des deux dernières années. Il m'est difficile, voyez-vous, de continuer à donner mes jeudis. Alexandre mon majordome pourvoit au nécessaire, mais il manque une main de femme, des idées de femme.

Il me sourit avec une chaude candeur d'homme sensuel et sûr de lui.

— Anne-Angèle, ma chère, vous écoutez toute coite. Parlez-moi donc un peu de vous.

— Je crains de ne mettre dans votre vie que des choses bien ordinaires, dis-je modestement.

— Mais qui ne ferait de vous son ordinaire ! rétorqua-t-il avec entrain. Voyons, parlez-moi de vos goûts. Jouez-vous du piano ? Etes-vous un peu spirite ? Avez-vous aimé ma petite closerie ?

La grande manie du moment était de faire tourner les tables. Depuis que l'Impératrice s'était engouée de l'Ecossais Douglas Hume, le spiritisme connaissait sa plus belle revanche sur les sciences exactes et sans mystère auxquelles se livraient les savants de l'époque.

Je choisis de répondre à la dernière question, et ce fut le plus sincèrement du monde que je donnai libre cours à mon admiration :

— Votre maison est magnifique, Monsieur Saint-Favre. Toutes les femmes rêvent de vivre dans un décor semblable. Je regrette seulement de n'avoir pas mieux vu le jardin et les écuries.

— A votre disposition, ma chère. La folie-Cayeux n'attend que vous.

Et moi ? Etais-je déjà prête pour cette visite dans les règles, avec thé, punch et dégrafage sur le canapé ?

Des bruits de voix éclataient dans les couloirs, feutrés par tentures et tapisseries. Toutes les langues s'entendaient sur le boulevard, du russe à l'anglais en passant par le turc, le serbe et le valaque. Des colonies de rastaquouères se mêlaient aux hauts dignitaires étrangers appelés à Paris pour la signature de la Paix.

Des rires flûtés, de femmes qu'on chatouille, répondaient dans le cabinet voisin aux hennissements gaillards des hommes en goguette. Des bribes de conversation nous parvinrent distinctement. Un couple, sans doute trop échauffé, prenait l'air à la fenêtre.

Je m'absorbai dans la contemplation muette de la table qui nous séparait. Saint-Favre mangeait gaiement, assortissait son appétit à son humeur. Sur la nappe de Malines immaculée, je faisais connaissance avec des pièces d'orfèvrerie nouvelles : couverts à poisson, porte-couteaux écussonnés du lion anglais, verres à eau, à bordeaux, à champagne, rince-doigts en étain, chaufferette de table en vermeil et cuivre martelé. La cire des bougies fondait en s'entourant de concrétions diaphanes, dentelées, les flammes hochaient doucement de droite et de gauche, caressaient nos visages de reflets dorés. Comme c'était romantique ! Toutes ces bonnes et jolies choses à regarder, à effleurer, à manger, parce que mon minois et ma tournure plaisaient à un grand monsieur qui pouvait tout s'offrir. Voilà qui me changeait des dînettes avec Youyoute, des mines renfrognées de Thomas devant ses haricots à l'huile, des tristes couverts de maillechort, des gobelets de fer et des verres de bistrot, dignes des tas de rebut de la verrerie du Cranou que je fouillais jadis pour le plaisir d'harmoniser des éclats de diverses couleurs.

— Vous avez un fils, m'a-t-on dit ? lâchai-je à brûle-pourpoint, me souvenant des propos d'Abollivier devant la closerie de la Bièvre.

— Hélas oui ! soupira le tanneur. J'ai un fils. Maître d'étude dans la journée et claqueur le soir aux Variétés. La compagnie des surveillants de Napoléon lui fait le plus grand mal. On ne trouve à faire ce métier de garde-chiourme que des militaires congédiés, des ivrognes, des débauchés ou des commis en chômage. Bel exemple pour la jeunesse des collèges ! Mon fils n'est pas meilleur que les autres. Du moins pourvoit-il à ses propres besoins. Je ne lui donnerai jamais un sou, pour qu'il se permette d'entretenir toutes les filles publiques qui rôdent autour des écoles. Mais parlons d'autre chose, ma chère. Ce garçon-là ne mérite pas notre intérêt, et je gage que vous ne tarderez pas à partager mon opinion à son sujet. Encore un peu de Graves, pour finir votre perdreau ?

Oui, une bonne verrée de vin pour ne pas mourir étouffée ! Je mangeais très droite, torturée par mon corset dont les baleines me rentraient dans la chair. Je n'avais jamais autant mangé en si peu de temps ! Est-ce que ma robe de zéphyrine n'allait pas craquer avant la fin du repas ? Les femmes du monde ne connaissaient pas ces ennuis. Elles n'avaient pas comme moi des semaines de diète à rattraper et elles touchaient à peine aux plats, allant même jusqu'à laisser leurs gants dans leurs verres pour éviter qu'on leur servît à boire.

— Autant que vous le sachiez tout de suite, déclara Saint-Favre pour conclure, l'éducation de Théo nous a toujours dressés l'un contre l'autre, ma femme Bertille et moi. Nos domestiques ont été témoins de violentes scènes de ménage qui nous laissaient chacun sur nos positions. Bertille était d'une faiblesse coupable envers son fils. Toutes les juives sont des mères veules et possessives. J'aurais dû le savoir, ma mère elle-même était juive et se comportait vis-à-vis de nous comme si nous portions encore nos robes de nourrissons.

— Vous avez des frères et sœurs ? questionnai-je par politesse, complètement indifférente au matriarcat de la famille Saint-Favre.

— J'ai deux frères et une sœur. Mes frères ont repris la tannerie de la Creuse et ma sœur s'est mariée en Sologne, à un garde-chasse. Nous sommes restés très unis.

« Je vous emmènerai à la Houssaie, mon manoir de Sologne, ajouta-t-il. Vous lierez connaissance avec ma sœur Blandine. Elle sera folle de vous. Vous allez conquérir tous ceux que mon mariage avait déçus et qui me battaient un peu froid parce que Bertille avait le don de geler les soirées les plus gaies. »

J'écoutais sa voix d'homme appliqué à séduire mais la langue un peu lourde des vins fins et des mets trop généreux. Dans l'euphorie de l'instant, il me grisait de mots, de flatteries, de promesses, et je l'écoutais en guettant mon visage dans la lame de mon couteau.

— ... Il faudra bien faire une fin, ma très chère. Je vais un peu hâter mon temps de veuvage qui commence à me peser. Vous vous installerez chez moi, Anne-Angèle, et je me fais fort de vous hisser à la meilleure place dans les salons de mes amis et jusqu'aux Tuileries dont j'ai l'honneur d'être un familier. Je vous prédis un succès fou auprès des hôtes de l'Empereur. Ma chérie, m'entendez-vous ? Vous m'avez à vos pieds, jolie diablesse !

Je me cabrai en plein rêve.

— Ne m'appelez pas chérie, commandai-je.

— Mais vous êtes mon amie très chérie, Anne-Angèle ! protesta-t-il.

Chérie... C'était le nom que me donnait Jérôme, qu'il m'avait donné alors que nous n'étions encore que des étrangers l'un pour l'autre. Ce soir, je n'avais pas voulu porter son châle, arborer ses couleurs. Et si je le rencontrais tout à coup, ici, sur le boulevard, au théâtre ? S'il me voyait au bras de Saint-Favre, fière et lascive comme une lionne de haut vol ?

Le regard bleu, aux veloutés un peu myopes, plongeait sans détour vers le décolleté drapé dans un col surchargé de broderie mais qui, dans la générosité de ses plis, faisait la place belle à mes épaules qu'un lait Antéphélique avait poncées à miracle, dispersant les taches de rousseur pour ne laisser qu'une peau ambrée défiant les ombrelles de plusieurs étés. L'amour de cet homme était un cadeau que je n'attendais pas. Car il s'agissait bien d'amour, je le craignais, puisqu'il parlait maintenant de faire une fin. Quoi ! Tout mon corps et toute mon existence pour ce poussah autoritaire et lubrique ! Comme il me faisait sienne, déjà, avec des mines de voir toutes les joies de l'enfer dans la rondeur de mes seins nus...

Aux sorbets, le Chef Dugléré vint saluer Saint-Favre, la toque immaculée couronnant son vaste front comme une mitre d'évêque.

— Avez-vous été satisfait de nos perdreaux au verjus, Monsieur le Sénateur ? Ils sont l'œuvre de mon meilleur élève, Pierre Cubat. Je vais le perdre, malheureusement, il partira dans la valise diplomatique des plénipotentiaires russes. Il va parfaire ses connaissances à la cour du Tsar.

— C'était parfait, Adolphe. Laissez-moi vous présenter Mademoiselle Mazé qui n'a pas, Dieu soit loué, cette manie de chipoter à table qu'ont nos lionnes du moment.

— Enchanté, Mademoiselle, déclara le dieu des cuisines parisiennes. Vous plairait-il de visiter nos caves ? Elles sont uniques en France.

Je sautai sur l'occasion de me dégourdir les jambes. Saint-Favre m'emboîta le pas, s'oublia un peu dans le petit chemin de fer qui desservait les immenses salles vouées à Bacchus, décorées de moulures représentant des grappes de raisin et divers attributs du dieu grec. Les caves s'étendaient sous trois immeubles et contenaient des bouteilles rarissimes, si vieilles parfois qu'elles n'étaient plus à boire et qu'on les conservait comme reliques.

— Le banquier Morgan nous a dévalisés, disait Dugléré pendant que Saint-Favre égarait ses deux mains dans mon corsage. Il nous restait neuf bouteilles d'une fameuse fine de champagne aujourd'hui introuvable. Monsieur Burdel ne voulait s'en séparer à aucun prix. Morgan s'est acoquiné avec un garçon et est parvenu à fourrer deux bouteilles dans ses poches. Il a voulu dédommager le patron, dès le lendemain. en lui envoyant un chèque en blanc. Burdel n'est pas pour les demi-mesures, il a retourné le chèque et expédié au banquier le reste du lot en ajoutant qu'il souhaitait bien ne plus jamais le revoir dans son établissement.

— Je connais l'entêtement de Burdel à mignoter ses bouteilles, remarqua le tanneur avec humeur. Je l'ai maintes fois supplié de me céder quelques bouteilles de Johannisberg, au triple de leur valeur. J'ai fini par me décourager.

Comme nous remontions boire une dernière coupe de champagne, nous croisâmes quatre hommes en galante compagnie, parlant haut, sortant à grand fracas du Grand Seize, le saint des saints, le cabinet particulier que tout Paris avait dans sa lorgnette et qui brassait en un mois tout ce que la capitale comptait de lions et de cocottes. Je reconnus en l'un d'entre eux le fameux dameret Gramont-Caderousse, couperosé, courtois et affecté.

Sous la fenêtre du cabinet, le boulevard s'ébattait à cœurjoie, enfilé en sourdine par un vent d'Ouest qui chatouillait les rampes de gaz. Les coupés et les berlines démodées avaient remplacé les landaus, calèches et tilburys des beaux jours. Certains roulaient stores baissés, vers quelque rendez-vous secret, ou trimbalant à vingt sous de l'heure un couple qui godaillait son content sur les banquettes de méchante moleskine. Un petit reliquat de la porte Saint-Denis poussait jusqu'ici sa tournée, beuglait sa camelote entre les deux allées, aguichant les petits bourgeois et les gagne-petit de la rive gauche, amusant les rentiers blasés et les adolescents millionnaires de la rive droite. Les vapeurs montaient, bleues de poussière, d'humidité, de fumée, d'haleine des attelages, audessus des catalpas et des braseros.

Les garçons s'étaient éclipsés. Après deux heures de dîner en tête-à-tête on frappait à l'huis avant d'entrer, ou on attendait que le régaleur tirât sur le cordon de sonnette... Les rires du cabinet voisin s'empêtraient dans ma tête avec les compliments de Saint-Favre et les bulles du champagne qui pétillait à mes tempes, me démangeaient d'une envie de rire et de pleurer. Il était neuf heures passées. Nous n'irions plus au théâtre.

A dix heures, une à une, les lumières du Café de Paris s'éteignirent. Lady Yarmouth, mère de Lord Seymour, voulait dormir. La dernière vision que j'eus du boulevard, avant de sombrer sur le sofa, fut cette façade noire qu'éclairaient encore chichement les girandoles des hôtels voisins. Lentement, tout en soufflant comme une forge, Saint-Favre se frayait un chemin parmi mes dessous de calicot.

M AIS je ne vous forcerai pas, ma chère, susurra Victor en se redressant. J'attendrai des circonstances plus favorables, c'est tout. Vous finirez par me céder et de gaieté de cœur, j'en jurerais. Mon plaisir n'en sera que décuplé par l'attente. Un peu de champagne, encore ? Allez vous recoiffer, Anne-Angèle. Vous êtes toute chiffonnée.

Je rabattis les volants de zéphyrine sur mon pantalon malmené, me levai, malade de confusion. Cette suffisance dans cette bouche grasse et lippue ! Vous viendrez, bien sûr, elles viennent toutes ! Toi ma fille, tu fais la bégueule, mais quand tu en auras assez de te repaître de viande creuse, tu te laisseras trousser comme une pierreuse, sur un coin de table... Que les hommes étaient sûrs d'eux ! De More, Abollivier, Saint-Favre ! Avec quelle muflerie ils m'avaient accostée, comme ils m'avaient jugée, emballée, pesée ! A beau jeu beau retour, Monsieur Bièvre ; nous réglerons nos comptes le jour où vous regretterez vos largesses.

Non, je n'avais pas pu subir l'assaut final du tanneur. Peut-être aurais-je cédé dans le noir, mais je voyais en ciel-de-lit le plafond bas et son globe verdâtre, la nuque épaisse et flamboyante qui cherchait fortune dans mes jupons, et, au-delà du sofa, la table dévastée avec ses cristaux défraîchis, la dernière bouchée de sorbet tournée en sirop au fond des coupes, la bouteille de champagne gîtant dans son seau comme un remorqueur en dérive, cravatée d'une serviette blanche en lavallière, les bougies qui croulaient dans les bobèches de cuivre, tout ce décor minutieux fait pour requinquer le mâle et avachir la cocotte. Je m'étais mise à gigoter, à repousser avec répugnance les mains qui s'infiltraient déjà sous le ruché du pantalon, m'agaçaient la peau, me pinçaient la cuisse en traitant ma jarretière en lance-pierres. J'avais chaud et j'avais trop mangé.

— Non ! Voyons, soyez sage, bêlai-je stupidement.

Je prenais le ton d'une mère de famille tançant gentiment son rejeton. Puis, voyant que, furieux et surpris, il ravalait son désir dans la mousse de son jabot, je lui lançai une chiquenaude sur les doigts, en manière de taquinerie.

Il m'avait lâchée instantanément, s'était rajusté avec une sorte de mépris goguenard. Et voilà maintenant qu'il se mettait à fumer ! Une pipe de bruyère longue d'une toise, qui brûlait du tabac levantin à l'arôme blondasse, fade, caramélisé. Je lui tournai le dos, marchai d'un pas chancelant vers le grand miroir qui doublait en trompe-l'œil le luxe du salon. Le cœur gros, je refrisai mes anglaises autour de mes doigts, lissai mes bandeaux de salive. Les tentures à glands d'or sentaient le fumet froid et les parfums confondus. Je laisserais ce soir un brin de mon patchouli parmi les jasmins et les œillets de mes devancières.

Le garçon se hasardait à nouveau, pointait son toupet, son grand nœud de cravate blanche, son pantalon à sous-pieds. Il apportait l'addition. Saint-Favre, dans la glace, me réservait une honte de plus. Je vis sa mesquinerie de vilain gros homme qui se vengeait d'une soirée bâclée en disséquant l'addition, en canardant brusquement sur le prix d'une bouteille comme une vieille goualeuse sur un si bémol.

— C'est qu'il faut encore se méfier, bredouillait-il. On a vite fait de vous compter la date et le numéro du cabinet !

Et ça parlait de faire une fin, de mettre sa fortune à mes pieds ! Vieux magot ! Requin ! Cochon de payant ! Sénateur de mes tripes !

Je ne risquais plus rien à arrondir ma réaction trop vive, à ronronner un peu, quoi que j'en eusse.

— M'en voulez-vous beaucoup, Victor ? flûtai-je, les dents blanches, usant pour la première fois du prénom que j'enrobai de sucre et de miel.

— Vous en vouloir, ma chère ? N'avons-nous pas passé de

compagnie trois heures délicieuses ? Le temps de nous connaî-tre un peu mieux, de bavarder. Vous êtes jolie en diable, dans cette chose de Gagelin.

Je m'agenouillai à ses pieds, appuyai mon front à ses genoux.

— Ne m'en veuillez pas, fis-je, impulsive. Je connais encore mal les lois et les coutumes de votre monde. Je ne veux pas, en vous cédant ce soir, avoir l'air de payer pour une invita-tion à l'américaine. Je sais que vous n'avez pas eu en tête, en me conduisant ici, l'idée d'acheter mes faveurs par un dîner riche et bien arrosé. Ne gâchez pas l'opinion que je me fais de vous. Oui, je vous céderai un jour. Je le crois sincèrement. Mais ne brusquons pas les choses, nous en aurions du regret.

Cette émouvante tirade ne me coûtait qu'une légère cour-bature au genou.

— Voilà qui me console, avoua Saint-Favre en me cares-sant l'épaule. Je me trouvais bien ridicule dans le rôle de l'amoureux qui régale à prix d'or pour se faire rire au nez après le champagne. Vous m'avez convaincu, Anne-Angèle. Votre heure sera la mienne. Je vous attendrai. Vous êtes trop fine et trop belle pour être ravalée au rang d'une lorette. Ferré avait raison. Vous n'êtes pas un de ces anges noirs qui n'en veulent qu'à mon argent. Je suis votre vaincu, ce soir.

Il me releva, me tint debout entre ses jambes, me taquina la taille de ses deux mains larges ouvertes. Je baissais la tête vers lui, un gros poids sous mon front.

— ... Je suis bien renseigné, continuait-il, et sais par ouï-dire que l'aventure est finie, avec votre petit étudiant breton qui profitait de vos moindres centimes. Je veux vous voir heu-reuse, ma chère. Vous entendre rire comme les grisettes du cabinet voisin. Et sans vous chatouiller, sans vous abreuver de camelote qui agace les dents une heure au plus. Je veux vous voir palper les plus beaux joyaux, rire des meilleurs vins, vous pâmer contre moi sans penser à une revanche, à un prix qu'il faut payer en règlement des meilleures choses. Rien n'est trop beau pour vous.

La litanie s'acheva dans mon décolleté. Hagard, fébrile, il écrasait mes seins sous des lèvres affolées, mordait à même la peau tendre, et il riait d'un rire de faune quand je me récriais, la poitrine endolorie. Eh ! Quoi donc ? J'étais sa chose, sa promise de la main droite ! Serrée contre lui, je regardais son toupet frisé au petit fer, les cheveux de sa nuque et de ses tempes grisonnants et rares, plaqués et lustrés à la gomme. Et je me surpris à penser que l'habitude de cet homme, sans doute, finirait par fondre tous ces détails choquants, ces barrières physiques qui me retenaient là, crispée, raide et frémissante comme un chêne secoué par la cognée. Je ne pensais plus à Thomas. Je pensais que Saint-Favre était sur mon chemin, que j'avais la bride sur le cou et que je ne devais rien à personne. Julien m'avait quittée. Thomas ne voulait pas de mon amour. Jérôme... ses intentions n'étaient guère plus louables. Victor Saint-Favre, pelotonné dans mon sein, me cherchait, m'accueillait, m'offrait tout.

Lentement, avec un désespoir rageur et sadique, je me laissai aller à lui et abandonnai ma bouche à la sienne, le temps d'un gros soupir.

J E venais d'apprendre des choses bien étranges. Un volet inconnu de la vie de Thomas Ferré m'avait été ouvert de façon assez inattendue. Enhardi, émoustillé par le merveilleux goût de tannin du bordeaux et les mille bulles magiques du champagne, Victor m'avait fait des confidences sur Thomas.

Le coupé quittait les lumières du centre. L'heure était chic. Les damerets faisaient leur gomme sur le trottoir de droite du boulevard. Les soupeurs gagnaient leurs quartiers.

Saint-Favre parlait. Comment ? Je ne savais à peu près rien de ce barbouilleur de Ferré ? Où la discrétion allait-elle se nicher !

J'appris donc, dans une voiture fermée qui traversait Paris, que Thomas, né en 1828, était le fils naturel d'une limonadière du Palais-Royal et d'un marguillier de l'église Saint-Sulpice. Il avait eu la chance, parmi une cinquantaine de nourrissons confiés à la crèche de l'Hospice des Enfants Trouvés, d'être parrainé par Monsieur Debelleyme lui-même, le préfet de police de sa Majesté Ultra. Il s'était ainsi vu échoir l'honneur de faire de tristes études dans ce four à bachot de Louis-le-Grand, sinistre prison au sein de laquelle régnait un régime d'austérité féroce. Un jour, il avait débouclé le ceinturon, dégrafé la tunique et faussé compagnie à ses tortionnaires. Il avait quinze ans, une instruction bien supérieure à la moyenne, mais pas un sou vaillant ni en poche l'adresse d'une bonne âme chez qui se faire héberger. Il se mêla aux pérégrinations des Compagnons du Tour de France et se retrouva apprenti canut à Lyon, à quinze heures par jour chez un maître-tisseur en soie qui le battait et le payait, en maugréant, deux sous de l'heure. Il fut blessé au bras lors des insurrections de 1848, entreprises par les Voraces et poursuivies par tous les canuts affamés. Thomas fut mal soigné. Son bras resta longtemps douloureux et lui refusait tout effort trop violent. Il perdit son emploi et se mit à peindre car il avait toujours eu le goût de la forme et des couleurs. Il revint à Paris dans l'espoir de se faire un métier de ses dons et des seules aptitudes que lui laissait son bras. Il guérit peu à peu mais demeura fidèle à la peinture. On lui parla d'une colonie d'artistes sise à la Childebert à deux pas de l'église Saint-Germain-des-Prés. Il y fréquenta l'atelier de Lethière et des frères Leprince, mais sans réelle conviction car en lui germaient déjà les idées qui allaient faire de Courbet son maître.

Nous repassions devant le Prado illuminé des feux de son bal. Ces révélations me laissaient songeuse. Sur le coup, je ne m'arrêtai qu'à la surprenante loquacité de Thomas. Secret et taciturne, il se laissait donc aller à ses heures à des confidences d'homme à homme. Et quelles oreilles avait-il choisies !

— Je connais Thomas, répondis-je enfin. Du moins je croyais le connaître. Il faut que vous ayez été bien intimes pour qu'il vous ait raconté son histoire. Moi-même j'en ignorais le premier mot.

Saint-Favre s'agita dans l'ombre, grommela son mécontentement.

— J'aurais voulu l'aider, le sortir de la Childebert qui, je le pressentais, était une mauvaise base pour lui. Il avait un talent fou, un coup de crayon de miniaturiste. Il a fallu qu'il s'entiche de ce tranche-montagne de Courbet, un provincial en sabots !... Oui, je crois qu'à ses débuts parisiens, j'avais pu gagner sa confiance. Il avait les dents longues, et j'aimais son appétit. J'ai voulu tout savoir de lui pour mieux l'aider. Oh ! Il n'était pas bavard. Il ne l'a jamais été. Mais dans cette maison de fous de la Childebert, il y avait des soirées qui déliaient toutes les langues. J'ai fini, bribe par bribe, par reconstituer son existence. Elle n'a rien que d'honorable. Voilà pourquoi j'enrage de voir tout ce gâchis, cette obstination dans l'erreur !

Ah ! Non ! Je ne lèverai pas le petit doigt pour un de ces gueulards de Réalistes !

Peu m'importait, pour l'instant. Si Saint-Favre était mon vaincu, je n'étais pas loin d'être sa complice. Enfin du beau monde, un homme qui me faisait bonne figure !

Quand nous nous quittâmes, il me supplia de le laisser m'aimer et ajouta, pour me dissuader de convoiter d'autres hommes, que la beauté n'était pas forcément une promesse de bonheur.

IV

« JE L'AI SUPPLIÉE DE M'AIDER ! ELLE M'A RÉPONDU : « PAS DE ça, ma fille ! Je te ferai descendre ton paquet quand tu viendras avec ta mère ». Toi, tu es chic de faire ça pour moi. Je te jure bien...

— Ne jurons de rien. Dépêche-toi. J'aimerais que tout soit déjà terminé.

— Tu as peur ? Moi pas. Je suis passée par toutes les couleurs depuis des semaines. Alors je peux bien être blanche et morte ! Non, ce n'est pas ce que je voulais dire... Est-ce encore loin, la rue Delambre ?

— C'est là, au coin du boulevard. On arrive à la barrière Montparnasse.

— C'est bien crasseux. Il habite là, Marin Colombel ?

— Oui. C'est lui qui a conclu l'affaire avec la femme dont je t'ai parlé. Il paraît qu'elle a des clientes dans la haute.

— Et c'est pour lui en mettre plein la vue que tu t'es nippée comme une duchesse ?

— Il faut bien qu'elle voie que j'ai un homme derrière moi, qu'elle rentrera dans ses sous. Pour le moment, je n'ai rien à lui donner, pas un bijou.

— Et le samovar de ton père ?

— Je le garderai, si elle veut bien se contenter de ma parole. Et je crois qu'elle s'en contentera. C'est une drôlesse, mais elle est loyale, à sa manière. Tiens, nous y sommes. Bon sang de bois ! C'est encore plus sale que dans mon souvenir.

Il n'y avait plus de coquelicots, à la cité Delambre. Rien

qu'un pâté de cahutes déglinguées, rafistolées à l'aide de planches, de toiles goudronnées, de pierraille volée aux chantiers.

Je resserrai mon châle sur ma robe de zéphyrine.

Un grand silence pesait sur ces lieux, déchiré de temps à autre par une plainte lointaine, un refrain hoqueté d'ivrogne, l'aboiement d'un chien.

— Hurepoix ? nous renseigna une forme larvée au seuil de sa cabane. C'est à gauche, à côté de la mare. Y a pas à se tromper. C'est la seule fenêtre qu'ait des carreaux. Mais si j'étais vous, les filles, je filerais d'ici dare-dare. Y a la gouttière, dans le quartier.

— La gouttière ? répétai-je sans comprendre.

— Ouais ! La gouttière ! Le choléra !

Il y avait une vague rue, que bordaient ces espèces de clapiers grouillant d'une vie morte, assaillie par la vermine et les microbes. Nous la suivîmes, chacune cherchant par son aplomb à tranquilliser l'autre. En moi-même je me disais : « Est-il possible de sortir vivant d'ici ? » Je frissonnai, en proie à d'horribles pressentiments.

Je retroussais ma robe jusqu'aux guipures de genou de mon pantalon, serrais mon châle le plus haut possible sur mes bras. Voir Marin, traiter avec la Toussaint le plus vite possible, et filer d'ici avant le bouillon d'onze heures !

Quand nous arrivâmes au bord de ce qu'il avait appelé la mare, la voix du clochard aboya dans notre dos avec un accent d'huissier poitrinaire :

— Hé ! Hurepoix ! Placardier de frangines ! Y a deux poulettes pour toi. Et bien roulaguées, les greluches !

Une silhouette bourrue jaillit devant nous, la silhouette d'un bousingot.

— N'ayez pas peur, mes p'tites gosses, tonna la voix familière de Marin. Ils vont tous s'en aller maintenant, crocheter ou faire la manche. Tenez, r'gardez donc ce vieil hibou qui s'refait une beauté !

J'aurais pu sauter au cou du tireur de sable. Sa présence dans cet enfer visqueux et macabre, c'était d'un coup une grosse bouffée de force et de santé. Nous vîmes, dans un carré de lumière jaune où séchaient des hardes effiloquées, un vieillard sans âge qui s'éraillait les paupières, se collait des loupes violettes sur la figure, des magmas de mastic en forme de plaies béantes. Il était hideux, à faire fuir l'âme la plus chrétienne.

Qu'espérait-il des dîneurs du boulevard, des bigotes sortant de complies ?

— Marin, questionnai-je avidement, on nous a dit qu'il y avait le choléra, ici ?

— Pas plus que d'habitude. Y en a toutes les semaines deux ou trois à passer. On les enferme à l'écart, dans l'ancienne baraque de tir, derrière les peupliers.

Autour de la mare, des cahutes foraines croulant sous leurs toitures gorgées d'eau fumaient comme des cheminées à vapeur. Des baquets, des braseros, un vieux tambour éventré, un fardier les bras en l'air, des femmes s'activant autour d'un four de campagne sur lequel bouillait la lessive, des enfilades de linge d'une propreté douteuse séchant dans les courants d'air, plus loin une espèce de balançoire avec un tonneau pour point d'appui... enfin, la bâtisse carrée, le pan de mur oblitéré où le mot TIR s'inscrivait encore en lettres majuscules.

— Conduis-nous à la Toussaint, priai-je, les narines pincées à la vue du réduit des moribonds.

Taille-Douce, à mon côté, ne cachait plus sa mine défaite, coulait autour d'elle des regards effarés de bête aux abois. Elle ne parlait plus, se contentait d'agripper à mon châle une main quémandeuse, lancinante, qui n'était plus qu'un poing couvert d'engelures.

La marche dans la boue recommença, au milieu des cohortes de clochards levées d'un seul coup comme des cibles de carton dans un champ de foire. C'était l'heure de la tournée du soir. Les chiffonniers se groupaient, traînant la jambe, tandis que les ménages d'ouvriers, gâtés par cette promiscuité, se terraient dans leurs gîtes, autour de la soupière et du saladier. L'éclair des lanternes clignotait dans l'ombre, les crochets raclaient le sol, on endossait les hottes ou on empoignait les landaus d'enfants dont la caisse brinquebalait.

La cabane de la Toussaint se trouvait à cinquante mètres des pavillons de l'octroi. C'était l'une des dernières masures du lotissement, on voyait maintenant des jardinets maigrichons où croissaient des broutilles gelées parmi les chiffons, les casseroles défoncées, les récoltes des biffins qui s'entassaient jour après jour le long de ces sinistres ruelles.

La drôlesse nous avait aperçus. Elle m'accueillit avec un gargouillement de satisfaction :

— Le bonjour, Poil-Rousse ! Tu te souviens de moi, cette fois ? Le mois dernier, t'avais comme des absences... T'as de la chance que je me prenne pas pour la marquise. J'en veux à personne de m'oublier. Rentre, on va causer. Allez, rentrez. Dis donc, t'es fringuée par le roi du café, Poil-Rousse ! Mazette ! Tu t'es déniché un ogre dans le beau monde ! Sans vouloir te brosser, t'es un peu plus gironde qu'à Saint-Lago !

L'accueil argotier et débonnaire de la Toussaint, loin de nous rebuter, déclencha en nous un rire nerveux, complice. Allons, ce n'était pas une mauvaise fille. Il fallait seulement espérer que le vin qui colorait ses pommettes ne faisait pas trop trembler sa main.

Une manière de châle, une guenille, la drapait dans une dignité crasseuse, ses boucles sans couleur croulaient d'un chignon négligé, ses bas tournicotaient sur ses guibolles. N'importe, elle consentait à nous aider. Son antre était le meilleur « salon d'embellissement à l'usage du beau sexe ».

Le gourbi de la Toussaint était à l'avenant de la bonne femme, poussiéreux, encombré comme un grenier, sentant la vinasse. Une planche sur deux tréteaux faisait office de table, le matelas vomissait balle et crin. Le nez que devaient faire les jolies catins du boulevard en débarquant dans ce taudis !

— C'est pour ta frangine ? fit la Toussaint.

Ses deux yeux en trous de vrille dévisageaient Taille-Douce qui blêmissait, prise de nausée.

— Frangine ou tout comme, répondis-je.

Puis, comme s'il s'agissait d'une affaire à débattre dans les règles :

— Et pour le prix, continua-t-elle, Marin m'a dit de m'entendre avec toi.

— Tu auras l'argent avant huit jours, affirmai-je. L'argent ou l'équivalent de la somme en bijoux.

— Que veux-tu que je fasse de bijoux ? Je ne suis pas une fourgueuse.

— Mais il ne s'agira pas de bijoux volés ! protestai-je.

— Allez ! Allez ! Sornettes et balançoires ! Dans huit jours, cinq cents francs en luisant !

— Cinq cents francs !

Cela dépassait mes prévisions les plus pessimistes. Où allais-je trouver une somme pareille ? Monnayer les cadeaux de Saint-Favre ? Tout de même pas avant que le détail de ses bontés lui soit sorti de la mémoire ! Où avais-je la tête ? La solution... Oui, la seule solution serait de lui demander carrément de l'argent. Le prétexte serait facile à trouver, dettes à rembourser, une mère malade, des mois de loyer en retard... Dans le feu des promesses encore chaudes, Victor ne songerait pas à pinailler ni à éplucher mes comptes. J'eus un moment de complaisance : « Je suis trop brave, pensai-je. Si j'étais dans la débine, aucun de mes amis ne ferait un geste. » Je risquai le vague souhait que mes bontés me soient comptées dans l'au-delà, mais je revis l'image de de More ricanant de mes jours d'indulgence et j'en revins aussitôt à la situation présente.

— Eh ! Je prends mes risques, moi, disait la Toussaint comme s'il s'agissait là d'une prime de bravoure. Elle amassait son pécule pour pouvoir un jour tirer sa révérence à la cloche de la rue Delambre et se refaire une figure d'honnête femme quelque part en province.

— C'est bon, tu les auras, tes cinq cents francs. Mais tu es chère. Laisse-moi deux semaines pour réunir la somme.

Je la soupçonnais d'avoir corsé son tarif au vu de ma toilette. J'avais gaffé en venant ici mignotée et pomponnée comme une demi-mondaine. La garce avait vite fait de peser les possibilités de ses clientes ! Mais elle faisait confiance à l'Anne-Angèle du sénateur. L'aurait-elle fait à Poil-Rousse ?

— Disons à la chandeleur, concéda-t-elle. Jure-le.

— Je jure tout ce que tu voudras !

Elle tendit vers Taille-Douce une main secourable qui bénissait et mendigotait en même temps.

— Aie pas peur, gisquette ! M'en vais te faire un gentil chérubin, de la graine de limbes ! T'es douillette ? Bah ! Ce sera vite fait.

Elle remua ses nippes, apporta des flacons avec emphase.

— Sirop d'ortie, décoction de prèle, tisane de géranium, pour épaissir le sang. Essence d'anis vert contre les douleurs. Bains d'infusions de mauve, après l'opération. Tu vois, petiote, on n'est pas des brutes.

Taille-Douce hésitait encore à croire que ses tourments s'achevaient. Elle regardait autour d'elle, ne voyait rien de médical dans ce réduit.

La Toussaint nous poussa vers la porte avec des moulinets des deux poignets. Elle semblait faire refluer une foule. Dehors, il y avait des curieux. Les connaissances de la Maub' étaient là aussi, le bec enfariné, flairant quelque crasse : La Marie-Barricade borgne et mafflue, Benoît Fougeron plus dru qu'un matou de gouttière, la Jeanne-Bénite toute décatie, Gueule-d'Amour le cocher vitriolé, et jusqu'à Couapel qui bâillait des pieds dans le bourbier, ayant trouvé ici une sorte de refuge car on ne le voyait plus guère à la maison Tessier.

— Elle a un polichinelle dans le tiroir, la Taille-Douce ? beugla-t-il, l'air farce. Qui c'est qui l'a encloquée ?

— Le Saint-Esprit, lâcha Marin.

— Alors comme ça, on s'est fait reluire et maintenant on va se confesser ! Une pause goguenarde, puis, se penchant vers moi comme un diable à ressort, pointant son index sur mon châle :

— Et si je gueulais un peu au charron, moi, si j'allais causer un peu avec la reine-mère ?

Il bomba le torse, enchaîna :

— Article 317 du Code Pénal ; les avorteuses, au violon ! En voilà plein ta fine gueule, Poil-Rousse ? Je sais lire, moi aussi, et pas des babioles comme tes guimauves angliches. Qu'est-ce que tu crois ! Je m'instructionne, quand j'ai deux sous de chandelle sur ma table. La Taille-Douce, elle épluche les saletés du dictionnaire, moi c'est le code Napoléon. Le commerce, les sociétés, ça me tanne, mais côté pénal ça m'excite. Fallait-il quand même être vicieux, pour penser à toutes ces cochonneries. Tous les malfrats ont leur compte, à croire qu'on leur a fait le brouillon. J'y pensais pas, moi, à tout ça. T'as pas idée des saloperies qui peuvent se goupiller. Tiens, rien qu'en forêt...

— Ça va ! ça va ! coupai-je. Je m'en balance, que tu saches lire ou pas.

— Je sais voir aussi, ma commère. Et j'ai pas besoin de mes deux yeux pour comprendre qu'on vient ici faire un petit ange. Tu sais qu'on épingle aussi les complices, dans ces histoires-là ?

— Si tu lâches un seul mot là-dessus, sifflai-je à voix basse, je pourrai bien dire moi aussi ce que j'ai vu, la nuit où le patron de la miroiterie s'est fait assassiner.

Un gros hoquet de colère le porta en avant, surpris et menaçant.

— Qu'est-ce que tu racontes, morveuse. Tu dormais comme une taupe, à cette heure-là !

— Justement non, insistai-je, forte d'un avantage qui ébranlait manifestement le culot du sublime. Si tu nous donnes, je te fais poisser à mon tour, et crois-moi que tu resteras un bail à la campagne, pour avoir bousillé le miroitier !

C'était dit. Je n'avais pas, sur le coup, mesuré mes paroles. Il importait avant tout que cette brute fût maîtrisée, mise hors d'état de nuire. L'homme ferma le bec aussitôt, pensif, me considéra l'œil mi-clos, avec un sourire féroce qui resta cloué dans sa barbe pendant que Marin fermait la porte de la Toussaint et m'entraînait à l'écart.

— Je me tais et tu la boucles, finit par répondre Couapel dont je ne distinguais plus le visage. Ça m'a l'air régulier. T'as pensé à tout, hein ?

Hurepoix me fit la leçon, me dit que j'avais parlé à la légère et que je n'aurais jamais dû mettre ce marchandage sur la table. « Il ne me fait pas peur », dis-je, bravache.

Mais je n'en pouvais plus de considérer comme normales cette situation, notre présence en ce lieu. Je n'avais pas songé, jusqu'ici, que notre démarche pût être criminelle. Quelle faute y avait-il à prévenir une faute plus grave encore ? Taille-Douce, seule, abandonnée, livrée à ces brutes d'hommes qui ressemblaient tous à Châtaigne. Taille-Douce sans famille, tapineuse pour élever son bâtard. « Je n'ai fait que l'aider », pensai-je. Mais j'aurais voulu un autre décor, pour distraire ma conscience, étouffer mes remords. J'aurais voulu que tout fût beau et propre, puisqu'il s'agissait de rendre à une jeune fille le goût de vivre, l'envie de rire et de chanter. Puisqu'elle venait ici effacer son péché.

Mais tout était laid. Plus laid que le péché lui-même. Et Taille-Douce était là, tendant ses pauvres chevilles bleues et gonflées à cette maritorne qui buvait, copulait et traînait en prison, puis qui, relâchée, retournait à ses outils de torture pour soulager l'humanité souffrante. La soulager de cinq cents francs ! La philanthropie de Gabrielle Toussaint avait des accents immondes.

Je n'avais pas songé au détail de ces gestes, je n'avais précisé aucune image. Ma pensée, avant cet instant, s'était arrêtée sur la chose avec la même insouciance légère et primesautière qu'éprouve l'enfant qui se réveille malade, dispensé de l'école et choyé d'attentions nouvelles. La réalité, brutale, agressive, me confondait. Bien sûr, il y avait Marin. Sans lui serais-je, au demeurant, allée jusqu'au bout de ce projet ? Il était là, les façons rondes, l'humeur joviale, donnant au supplice de la petite une allure de formalité.

Fougeron s'approchait de moi, écarquillait sa face recuite :

— Vous prendrez bien un petit verre chez moi avant de partir.

— Il y a le choléra, répondis-je, cherchant un soulagement ailleurs que parmi ces hommes-là. Ce quartier me fait peur. Je ne veux pas trop traîner par ici.

— Le choléra ! clama le brunisseur. Une dysenterie, oui ! Une bonne dysentrie pour être allé au diable vauvert par un temps à vous tournebouler les sangs ! Faut pas chercher plus loin.

Marin m'offrit pour siège un vieux bidon rembourré d'un tortillon de linges sales comme en portent les lavandières calant sur leur tête leur panerée de lessive. L'esprit vide, une vague nausée au bord des lèvres, je jetais des regards atones autour de moi pendant que Taille-Douce gémissait entre les mains de la bonne femme.

Après le grand silence de fin du jour, le quartier se réveillait en sursaut. Le tapage voisin du bal des Mille-Colonnes, des cabarets de la rue de la Gaîté, proche la barrière du Montparnasse, résonnait jusqu'ici, s'enflait à la barrière du Maine, à trois cents mètres, des beuveries de la Californie, bouillon crasseux où tous les porte-haillons de la plaine se donnaient rendez-vous à l'heure de la soupe et du saladier.

Mon Dieu ! Faites que Taille-Douce ne souffre pas ! Ça pourrait être moi, à sa place, écartelée, sanglante, sur cette planche fatale et muette... Pour une ou deux étreintes, dans la fureur d'un moment désespéré... Taille-Douce criait. Un cri d'accouchée, mais pas un cri de délivrance. Elle avait mal, atrocement mal. Tout ce sang qui s'en allait d'elle...

Elle souffrait, sa chair était meurtrie, marquée, son corps flétri par la honte et le fer. Je lui pardonnais tout. Les béguins qu'elle avait causés à mes dépens, ses petits airs de Parigote échappée, son aisance faubourienne, son naturel, quand mon argot à moi sentait la hargne et la provocation. Je n'avais plus rien à envier à une gamine qui se faisait, presque sous mes yeux, vider comme un vulgaire poulet. Entre les mains de la Toussaint, elle se faisait un corps de catin, une croupe hilare qui rigolait d'avoir été vierge et s'en souvenait comme de la chute de Babylone. Une demi-heure soumise aux mains perverses de cette femme, et c'était comme si toute la gueuserie de Paris avait roulé sur elle à bouche-que-veux-tu.

Je me tournai vers Marin, le suppliai.

— Marin, je t'en prie ! Fais quelque chose ! On ne peut pas la laisser souffrir comme ça. Il y a bien quelque chose à faire, pour l'empêcher de souffrir. Marin ! Tu m'entends, dis ?

— Calme-toi, Poil-Rousse. La garce connaît son affaire. Ces cris-là, j'les ai entendus cent fois. Et puis quand on rabat sa jupe et qu'on s'en va, c'est tout juste si on se tient pas les côtes.

— Je souhaite qu'elle ait bientôt envie de rire, prononçai-je sombrement.

Les derniers chiffonniers quittaient les lieux, les Pairs, les Députés, les Prolétaires. Les syndics de la corporation se réunissaient à la Mouffe, au cabaret du Petit-Bicêtre. Les autres allaient de cabaret en cabaret, le crochet à l'affût, pour finir leur nuit dans les pas du balayeur, au petit matin.

Brusquement, un grand cri. La gorge de Taille-Douce se crevait d'un hurlement continu, terreux. Je fis un mouvement vers la cahute ; Hurepoix me retint :

— C'est fini, me dit-il. Ecoute, la Toussaint sort de nouveau son boniment.

J'entendis en effet les accents assourdis de la fille. Peu de temps après elle m'appela au chevet de Taille-Douce qu'elle venait de coucher sur son matelas.

Guillemette reposait, à demi inconsciente, la peau blanche et moite. Sa tête ballait en arrière sur l'oreiller. Je voulus l'aider, elle ne put sortir qu'un gémissement qui siffla entre ses lèvres comme le souffle d'un moribond. « Tout va bien », murmurai-je, mais je ne fus pas sûre qu'elle eût entendu mes encouragements.

— Ah ! Pour sûr, ricana la Toussaint, elle était plus joisse quand elle allait au tapanard, ta frangine ! Dirait-on pas qu'elle file sa dernière plombe !

— Soif... susurra Taille-Douce.

Y avait-il seulement de l'eau potable, dans ce taudis ? J'avais soif, moi aussi, et dans tout le corps des sortes de crampes qui me venaient sans doute des courants d'air et de la tension de l'attente. Maudite soit cette femme, maudit soit Châtaigne, maudits soient tous les hommes !

Qu'est-ce que t'a à gigoter comme ça ? T'as l'mal de terre, ma fille ? Le mal Saint-Leu ?

Marin ne plaisantait qu'à demi. A ses pieds, Taille-Douce se raidissait, les membres de bois, disait qu'elle souffrait, avait les lèvres bleues, un surjet d'écume à la bouche.

— Il aurait p't'être bien raison, émit à voix basse la Marie-Barricade. Le haut-mal...

— Parle pas de malheur, la borgnesse ! gronda Fougeron.

Depuis combien de temps étions-nous là, dans cette abominable cabane, à guetter Guillemette Caput, à deviner un peu de sang à ses pommettes, un peu de vie dans ses membres ? La nuit était close. Les chiens aboyaient. Les enragés du bal s'en donnaient à cœur joie.

— Il faut faire venir un médecin, déclarai-je.

— Pas folle ? coupa la Toussaint, venimeuse. Je compris à son timbre agressif qu'elle avait peur, elle aussi. L'affaire tournait au vinaigre.

— Faut chasser le mauvais sort, plutôt, mâchouilla la Marie Barricade qui ramenait son œil de verre et ses grosses joues bleues de barbe. Je connais une conjuration que je tiens d'un forgeron de Saint-Cloud. C'est bête comme un pot. On nomme le mal d'abord, comme on poserait le fer sur l'enclume. Savoir pour commencer à qui on a affaire !

— Ballure ! gronda Hurepoix dans mon dos. On traque pas le mal comme le loup-garou ! Faut d'abord desserrer son col, à c'te gosse, et lui mettre un mouchoir, un chiffon, n'importe quoi, entre les dents. Voyez donc pas qu'elle se mord la langue à s'la couper en deux ?

Le visage de Taille-Douce s'était figé en un faciès grimaçant. Son corps, raide, arc-bouté, semblait comme pétrifié et des secousses convulsives la prenaient toute. Le spasme, au niveau des bras, du buste et de la tête, évoquait un geste d'embrassement, mais elle semblait ne reconnaître ni les lieux ni les gens qui l'entouraient.

— Mes pieds, mes mains, mes jambes ! finit-elle par articuler la bouche crispée, bleue, pleine de salive. Mon ventre ! Ça gagne mon ventre... J'ai mal ! Ça me monte au cœur... Je vais mourir ! Ah ! J'ai trop mal !

Blanche, plus blanche que l'amidon, les yeux renversés au bord des paupières, hagarde, de grands coups de souffrance lui tenaillant le ventre, Taille-Douce avait encore dans son martyre un petit air de fille proprette, ses doigts légers qui couraient si vite sur les moires et les satins avaient dans leur rigidité des gestes inachevés, presque futiles. Le sang se figeait dans ses membres. Bras et jambes étaient froids et bleus, comme ne formant qu'une seule engelure. Claquant des dents, elle priait qu'on la fît mourir, disait qu'elle souffrait trop. Je ne savais quoi répondre, quels gestes faire. Lancinante, la logique des choses me soufflait : « Il faut un médecin dans le quart d'heure. C'est une question de vie ou de mort. »

Mes yeux s'étaient fixés avec une fascination morbide sur le mantelet dont elle s'était dévêtue et dont on avait tenté de la couvrir pour la réchauffer. Un grand pan avait glissé de son épaule et mêlait son drap rêche, rebrodé au petit point, aux saletés pêle-mêle dans la terre battue, parmi les ornières qui n'étaient ici que les points d'impact de la pluie qui, foin des gouttières, giclait dans la pièce par toutes les fissures des toiles goudronnées, avachies sur une charpente des plus sommaires.

Dehors, il gelait. La nuit était claire, avait des matités et des profondeurs marine.

Et si elle mourait là, parmi cette charretée d'imbéciles qui riaient presque d'entendre la borgnesse appeler à elle dieux et diables ?

La Toussaint lui posa des emplâtres pour la soulager, des cataplasmes de farine de lin et de farine de moutarde cousus dans une tarlatane vinaigrée. Mais Taille-Douce avait toujours froid. La maritorne fit alors chauffer sur son poêle une grosse brique à deux trous et la glissa dans un vieux bas de laine dont elle noua la jambe.

Je réfléchissais, cherchais une solution aux douleurs de Taille-Douce. Etienne étudiait la médecine mais n'avait pas chez lui les médicaments qui convenaient. A cette heure, il ne pourrait plus se les procurer. Seul un médecin... Un médecin complaisant, bien sûr. Je songeai que de More, souffrant parfois de crises de malaria, devait avoir dans Paris son médecin personnel et qu'il saurait peut-être le convaincre d'intervenir discrètement. Une fois encore, je ne voyais que lui qui pût m'aider. Il ne convenait pas d'alerter Saint-Favre qui m'aurait probablement jugée très sévèrement et se serait bien gardé de se fourrer dans le pétrin alors qu'il venait d'étrenner son habit bleu. De More était-il à Paris ? Ma décision fut instantanée. J'en fis part à la Toussaint qui commença par se récrier mais céda en fin de compte quand je lui eus juré que je répondais de la discrétion de mes amis.

B LAISE le majordome m'arrêta au seuil de la porte par un très digne :

— Je regrette, Mademoiselle. Monsieur à cette heure est au Jockey. Il ne rentrera probablement pas avant minuit.

— Au Jockey ? répétai-je, à la fois déroutée par la perspective d'une nouvelle démarche et rassurée de savoir de More à Paris.

— Au Jockey-Club, rue de Gramont.

— Merci, dis-je vivement et, rassemblant mes jupes, je ne fis qu'un bond du vieux porche glacial au fiacre qui m'attendait au coin de la rue des Tournelles. Je me souvins alors des paroles de Jérôme, prononcées sous cette voûte : « Je suis tous les jeudis soirs au Jockey-Club ». Il ne m'avait pas, alors, fixé de rendez-vous particulier, et il était certainement loin de s'attendre à me voir ce soir, la bouche quémandeuse, apportant dans son beau châle des relents de crasse et de honte.

Dix heures sonnaient à Saint-Paul.

— Au Jockey-Club ! lançai-je crânement au cocher avant d'enjamber le marchepied et de me jeter sur la banquette. Comme si un cocher de la Compagnie se laissait encore épater par quoi que ce fût !

Je n'avais aucune idée de l'arrondissement où se trouvait cette rue de Gramont, et je fus très étonnée de me retrouver sur le boulevard des Italiens, à l'heure des premiers soupeurs.

Ce bain de foule galante, bichonnée, me rasséréna un peu. Il y avait à vol d'oiseau, entre la cité Delambre et le boulevard, la longueur entière du Jardin du Luxembourg, de l'Observatoire à la rue de Vaugirard, un fleuve à traverser et quelques vieux et solennels pâtés de maisons auxquels s'attaquaient çà et là les démolisseurs. On pouvait cependant se croire à des lieues du bourbier méphitique des barrières, à voir le luxe et la morgue étalés là au milieu des lumières du gaz, du flamboiement des fenêtres, des reflets dorés des enseignes, des scintillements brefs des lanternes. Il me sembla revenir sur le lieu d'une splendeur passée, après des jours et des jours d'errances coupables. Il y avait, entre ces deux quartiers de Paris partagés par la Seine, un fossé infranchissable, un fossé mal comblé par la bohème studieuse et les premiers degrés de la petite bourgeoisie. Il y aurait toujours, dans l'esprit du Parisien, cette notion ségrégative de rive droite et de rive gauche.

J'étais follement inquiète. Le sort de Taille-Douce n'était rien moins qu'encourageant. Je croyais à moitié qu'elle souffrait d'une vulgaire crise d'épilepsie, mais d'autres mots, tragiques, me venaient à l'esprit : tétanos, folie, choléra... Je tremblais des conséquences que notre passage chez la Toussaint allait entraîner, craignais de devoir en découdre avec la Caput, de répondre de mon rôle dans cette histoire. Avais-je mesuré les risques de l'entreprise ? Pas une seconde. L'affaire allait être réglée rondement, et pour le mieux. Comme toujours je fonçais tête baissée et m'inquiétais trop tard des périls à encourir. Que n'avais-je consulté de More, avant de me jeter dans les pattes de Gabrielle Toussaint !

Dieu que j'étais lasse et courbatue ! Etait-ce bien ce corps tout endolori que je me proposais de jeter gaillardement dans les plaisirs du beau monde ? « Je dors trop peu, pensai-je. Jamais je ne tiendrai le coup quand il faudra faire douze heures d'atelier ».

A l'Opéra-Comique, on donnait les Saisons, musique de Victor Massé. C'était l'heure du premier entracte. Le théâtre déversait dans les rues de Gramont et de Richelieu ses familles de bon ton, ses élégants en goguette. On avait coutume de dire qu'on s'entremettait beaucoup, dans les coulisses de l'Opéra-Comique. Les parents, de connivence, préparaient des entrevues dans ce décor, entre progénitures des deux sexes. Des hommes fumaient le cigare sur le pavé, on ne distinguait d'eux, au passage, que le point rouge de la braise et la blancheur raide du plastron. Des petits groupes s'acoquinaient autour d'une demoiselle accomplie et d'un grand sifflet frais émoulu du collège. Des apartés mondains bourdonnaient en marge du spectacle, on se saluait, on se faisait présenter, on prenait un coup de frais avant le deuxième acte.

Quand je montai l'escalier du Jockey-Club, je n'avais pas mis sur pied les formes de ma démarche. De More était tellement imprévisible ! Nous verrions la tournure des événements, son accueil, son humeur. Il ne me venait pas à l'idée que je pouvais le déranger. Devant l'immeuble, j'avais reconnu sa voiture, rangée dans l'enfilade de coupés et de cabriolets en station au coin de la rue. J'avais vu le tortil de la portière, le collier de perles enlaçant en spirales la couronne des barons. Sans savoir pourquoi, j'avais pensé stupidement à la marotte aux grelots, grotesque attribut de la Folie. Il fallait toujours que je me perdisse en enfantillages dans les moments les plus dramatiques.

Au haut de l'escalier, je n'avais plus qu'une idée en tête : j'allais revoir Jérôme, il était là, entre ces murs, nous ne nous étions jamais dit adieu ! J'étais bien belle ce soir, malgré les affres de la rue Delambre, les hommes qui me croisaient me souriaient, cherchaient mon regard. De rencontre en rencontre, malgré tout ce qui nous séparait, j'arracherais peut-être ma part de bonheur ! Je n'en demandais pas beaucoup... La maladie de Taille-Douce n'était qu'un prétexte. Tôt ou tard, j'aurais fini par trouver un moyen de me jeter dans les pattes de de More. Je restais persuadée qu'il était le seul homme à ne pas marchander les services que j'avais à lui demander.

Les clubmen du Jockey étaient des hommes du Tout-Paris, des personnalités titrées, des dignitaires, des nobles pouvant justifier d'un nombre imposant de quartiers ou d'alliances prestigieuses. C'était un club très fermé et très recherché. Pour y être admis, on se soumettait au scrutin : les membres du club votaient par boule blanche ou boule noire, selon les mérites du candidat. Cette pratique finit par créer un verbe nouveau, « blackbouler », que l'on employait pour satisfaire à la mode.

Une sorte de cerbère, à mi-chemin du croupier et du maître d'hôtel, m'arrêta aux premières portes. Je dus insister pour qu'il consentît à prendre ma demande en considération. « Monsieur de More est en conférence » répétait-il en détaillant d'un œil très sagace et circonspect le prix des fanfreluches qui étoilaient mes vêtements.

Impressionnée par les allées et venues de cette faune très aristocratique (Orléanistes et Légitimistes se croisaient ici sans coup férir), je vis l'homme en habit galonné disparaître derrière une portière de velours puce et attendis en n'osant m'asseoir, malgré ma faiblesse, sur une des banquettes de cordouc qui flanquaient une magistrale cheminée où brûlait un feu de rondins. Sous les lambris de chêne, le style Second Empire se déchaînait, avec ses trouvailles cossues et ses fautes de goût. Il y avait un fumoir, une bibliothèque où l'on lisait côte à côte le Moniteur Universel, le Constitutionnel et les très légitimistes Quotidienne et Gazette de France, des salons de conversation, des salles de billard, de jeux, d'escrime, des salles de consommation et une salle à manger où l'on dînait et soupait.

Dans ces lieux où les meilleurs blasons se rencontraient sous l'égide du Cheval, on parlait bien sûr de la création du Tattersall de Paris, des derniers galops à l'Hippodrome, mais les conversations roulaient sur des sujets plus brûlants, mécontentement des hauts négociants à la décision de l'Empereur de supprimer cette année les étrennes aux princes de sa famille et aux courtisans des Tuileries, fêtes et bals des ambassades, reparties spirituelles de la Castiglione, cours débridés de la Bourse... Des mots volaient de bouche en bouche : le Grand Canal de Sologne... les hauts fourneaux d'Anzin... les arachides du Sénégal... les Messageries Impériales... les usines Schneider au Creusot... Après les heures chaudes de la « corbeille », on continuait à effectuer en coulisse des transactions secondaires qui expliquaient les écarts considérables enregistrés entre la clôture du marché à trois heures et la réouverture de la Bourse le lendemain à une heure. Puis on dînait hâtivement chez Champeaux avant de passer à son club rejoindre ses coreligionnaires. J'entendais des bribes de conversation, un cliquetis de mots vides et prétentieux. Puis le maître d'hôtel revint, me pria de m'asseoir : « Monsieur de More vous fait savoir qu'il vous rejoindra dans un moment ». Dans un moment ! Alors que Taille-Douce perdait son sang et se tordait de douleur ! Je n'ajoutai rien à la réponse gourmée du larbin, craignant de me faire mettre vertement à la porte.

Assise sur un bout de banquette, je m'abîmai dans mes pensées tout en contemplant d'un œil morne le va-et-vient des habits noirs, des fracs, des uniformes chamarrés. Un garçon passa, portant un plateau, et la double-porte de velours puce resta un moment entrouverte. Personne n'y prit garde, les retours de spectacles remplissaient les salons d'une société égayée qui menait beau tapage autour des billards et des tables de baccara.

Une conversation d'hommes arriva distinctement à mes oreilles.

— Rajeunir la monarchie, bien sûr ! Mais comment ?

— En la décentralisant et en l'informant par une assemblée élue au suffrage universel.

— Contesteriez-vous le droit divin ?

— Le droit divin est incontestable, mais un régime totalitaire n'a aucune chance à l'heure actuelle. Les Français sont devenus insensibles à la Raison d'Etat.

— Démagogie !

— Rien de tel. Analysons les faits de sang-froid : la bourgeoisie est aux Orléans. Les petites classes des villes en tiennent pour la République. Il nous reste la masse énorme des campagnes qui, bien manœuvrée par les comités locaux, peut soutenir la monarchie traditionnelle.

— La paysannerie est restée sentimentalement bonapartiste.

— Comment se comportent nos comités locaux, en province ?

— Ils se sentent isolés (Je reconnus avec émotion la voix de de More, sonore et bien timbrée). En Bretagne, on pense généralement que le principal est d'abord de reconquérir le trône. La réconciliation coulera de source, à la fortune du moment. Mais les directives venues d'Angleterre restent floues et nos hommes là-bas n'ont pas le poids d'un Ledru-Rollin. Quant au Bureau du Roi (1), il ne nous transmet que des consignes d'attentisme, de non engagement, d'abstention. Les fidèles commencent à se lasser, on dit couramment que Badinguet fait son lit sur la mésentente royaliste.

— Henri de Chambord est en quenouille à Frohsdorf, au fin fond de l'Autriche ! Tous les projets avorteront dans l'œuf. Notre meilleure chance de fusion avec les Orléanistes, ce serait sa propre mort !

— Vous envoyez un peu loin le bouchon, mon Révérend, fit de More. S'il est prouvé un jour que l'archiduchesse de Modène ne peut avoir d'enfant, il n'en reste pas moins que la branche aînée aurait des scrupules à se rallier au comte de Paris qui, si je suis bien informé, songerait sans sourciller à se faire adopter par Louis-Napoléon, dans un but démagogique des plus suspects !

— Le comte de Chambord m'écrivait encore dernièrement

(1) Sorte de ministère du comte de Chambord.

que l'intérêt de la France le condamnait à l'inaction et au silence. Les instructions d'octobre 52 n'ont pas changé d'un iota.

— Avez-vous vu récemment le duc de Nemours, Berryer ? (1)

— Je l'ai vu avant Noël. Vieilli et toujours déférent, sans plus. Il est notre seul espoir de réconciliation avec la branche cadette, si celle-ci ne veut pas s'obstiner dans ses projets de parlement et de royauté réduite à une présidence héréditaire. La comtesse de Chambord ne nous facilite pas la tâche. Elle hait les Orléans d'une façon viscérale, irraisonnée. Cette haine cristallise plus ou moins sa peur de la France. Cette laideronne a une crainte affreuse du trône. Elle porterait au reste bien mal la couronne. La Maison de France méritait mieux.

— L'archiduchesse Marie-Thérèse est-elle aussi laide qu'on le prétend ?

— C'est une petite noiraude aux yeux torves, au gros nez, dure d'oreille et plate comme une huître. Elle n'a ni grâce, ni charme, ni gaieté. Aucune des qualités qui font les bonnes reines. Le couvent lui siérait mieux que le trône. Sa sœur cadette Béatrice, elle, était une véritable beauté. Mais hélas entichée au plus haut point d'un sien cousin. Voilà maintenant dix ans que notre comte Henri a épousé son pruneau. Dix ans qu'il s'évertue en vain à engendrer une nouvelle génération de Bourbons. Une bréhaigne !

— Et lui, Berryer, lui notre roi, comment est-il ?

Un silence, lourd de respect et de ferveur.

— Henri Dieudonné, duc de Bordeaux et comte de Chambord, notre bien-aimé roi ! Aujourd'hui c'est encore une gageure. Personne n'y croit, hormis une poignée de fidèles qui prêchent la bonne parole dans les campagnes. Gardons-nous d'hésiter, de fléchir, de transiger, mes amis. Le doute en l'occurrence serait une lâcheté.

La voix de bronze se tut un instant, puis reprit, moins solennelle :

— Son esprit indécis et impulsif ne laisse pas de m'étonner parfois. Il tatillonne des mois pour brusquement lancer des coups de boutoir qui n'ont pas toujours l'adresse et la précision souhaitées, je le reconnais. Il boite de plus en plus et grossit beaucoup. N'importe, il aura l'étoffe d'un bon roi.

(1) Duc de Nemours : oncle du comte de Paris chef des Orléans.

Noble et généreux en public, gaillard dans le privé. Loyal, honnête, bon catholique. Le moment venu, il saura se souvenir des vingt-cinq années de crimes et d'outrages subis par sa famille. Mais il lui sera dur de défendre sa cause en songeant qu'il aura pour dauphin le comte de Paris Philippe, ce bellâtre romantique, lent et lourd d'esprit comme sa Teutonne de mère.

— Le moment venu, dites-vous ? Faudra-t-il toujours attendre ce moment-là ? N'avons-nous rien de mieux à donner à notre prince qu'une obéissance passive au fond de nos châteaux ? D'élection en élection, nous tournons le dos à notre époque. Il faut laisser faire le temps, nous dit-on. Laisser faire le temps, oui, et non regarder fuir le temps !

— Nous manquons d'appuis, fit une voix plus austère. Si nous avions le clergé... L'« Avenir » nous a fait un mal irréparable en déliant les catholiques d'avec les monarchistes et en les aiguillant vers une espèce de démocratie républicaine. Lammennais et Montalembert ont été condamnés, soit, mais le grain est semé. Je n'oublie certes pas que vous fûtes en ce temps l'avocat de Lammenais, Berryer, mais le métier trahit souvent son homme...

— Mon cher duc, il nous appartient, à nous catholiques monarchistes, de troubler la réconciliation de la Révolution et de l'Evangile. Qu'il y ait quelques catholiques sociaux, comme Buchez, qui prônent la sollicitude envers le peuple et le retour aux préceptes chrétiens de charité et d'amour, il n'y a rien en cela de blâmable. Mais que nos hommes de lettres, nos grands esprits, se lancent à qui mieux mieux dans le romantisme social et la démagogie, qu'ils défendent la liberté et la charité avec les mêmes arguments...

— Hélas, de Chaume, la liberté ne vient pas de la rébellion mais de l'obéissance. La seule forme d'action qui nous soit laissée est l'obéissance. Obéissance aux consignes, à Dieu de qui vient l'onction, aux ministres du Bureau du Roi.

De Chaume... Ce nom troua vaguement mon malaise. J'écoutais, les tempes moites, enregistrant mécaniquement ce jeu aveugle de voix inconnues qui se répondaient, se chevauchaient, intervenaient tour à tour sans que je pusse mettre sur chacune d'elles un visage, un nom, sans même que je susse si elles avaient déjà parlé, si la conversation était un dialogue à quatre, à cinq, à vingt personnes. Je me souvins d'un de Chaume, l'aristocrate malchanceux du caboulot de Billancourt. S'agissait-il de lui ? C'était possible, il me semblait que Julien l'avait traité de légitimiste. Mais que faisait donc de More à baragouiner parmi cette poignée de révoltés en talons rouges, ces chevau-légers qui soupiraient encore sur les douceurs de la Restauration ? Il savait que je l'attendais, il devait deviner que je n'avais pas gravi l'escalier solennel du Jockey pour le plaisir d'une visite impromptue. La peste soit des hommes, toujours en conciliabules politiques, en parlotes oiseuses, faisant et défaisant le monde au gré de leurs idées et de leurs rancœurs !

Je me tassais sur la banquette, prostrée, chavirée, le cœur au bord des lèvres. J'avais une vague envie de vomir. Et de More était là, en pleine réunion légitimiste !

Pourquoi en aurait-il été autrement ? La hiérarchie séculaire avait été bouleversée. Si le « temps des seigneurs » n'était pas encore tout à fait révolu en Bretagne et dans quelques bastions de l'aristocratie de province, il agonisait lentement, et ses soubresauts n'en étaient que plus pathétiques. Il y avait eu tant de guerres, tant de révolutions, tant de changements de régimes, que les royalistes opiniâtres étaient incapables de s'adapter à une forme quelconque de gouvernement. C'étaient des révoltés, minorité perdue dans la foule. Pourtant de More ne se posait pas en martyr d'une cause à priori vouée à l'échec. Il voyait plus loin que la royauté légitime. Roi ou pas roi, il lutterait toujours pour les droits de la Bretagne, le respect de l'ethnie, la décentralisation du pouvoir. Il disait lui-même, avec une amère satisfaction, que la Bretagne l'aurait jusqu'à l'os.

La portière s'ouvrit enfin, mais après combien de temps, sur une silhouette sombre qui me fit tressaillir. Jérôme de More sortit du salon de conversation, assez impressionnant dans son habit de soirée, les côtelettes grisonnantes, la cocarde blanche à la boutonnière. Il s'arrêta à trois pas de moi, sembla se visser au plancher. Je n'étais plus qu'une torche, attisée par des dizaines de paires d'yeux qui me gobaient toute crue, agacées par un visage nouveau, une tournure et un coup de hanche qu'elles n'avaient pas encore dans la lorgnette et qui sortaient un peu de leur Gotha mondain. Jérôme me regardait, lui aussi. Plus exactement, il me couvait du regard. Un regard alerte mais étrange, singulièrement concentré. Après s'être incliné plus qu'il n'était nécessaire, il choisit d'entamer immédiatement les hostilités.

— La place m'est heureuse à vous y rencontrer ! déclama-t-il avec emphase, le sourire en coin. Molière, l'Ecole des Femmes, acte IV, scène V. Il faut toujours citer ses auteurs. Bonsoir chérie. Qu'est-ce que c'est que cet air affolé ? D'où sortez-vous ? Vous avez passé la soirée dans les courants d'air ?

Je haussai gorge et menton, piquée.

— Je viens de perdre une demi-heure à entendre parler du droit divin et du ventre de l'archiduchesse de Modène, rétor-quai-je. Vous deviez bien vous douter que ce qui m'amenait était grave. Pourquoi m'avez-vous fait attendre ? Vous cherchiez peut-être quelques reparties spirituelles ?

— Aimable comme une porte cochère, pour changer ! ricana-t-il. Pourquoi faut-il toujours que vous sortiez bec et ongles quand vous avez quelque chose à me demander ?

Il fit deux pas, son regard plongea dans mon décolleté, s'alluma.

— Malepeste ! Vous abreuveriez tout un corps d'armée, observa-t-il gaiement. Cachez un peu tout ça, ma chère, les hommes commencent à se sentir à l'étroit dans leurs habits.

Je rougis brusquement, croisai les pans de mon châle sur ma poitrine nue avec une nervosité grandissante.

— Pourquoi les Arabes ne vous ont-ils pas coupé la langue ? grommelai-je.

— Félicitons-nous tous les deux qu'ils aient un peu plus d'humanité que vous. Voyons, expliquez-moi un peu votre affaire, chérie. Vous avez les créanciers à vos trousses ? Vous voulez encore me vendre quelque chose, un souvenir de famille ? A part cette montre à savonnette qui m'a valu votre charmante première visite, votre père vous a bien rapporté quelques babioles de Sébastopol ?... Sacrebleu ! Chérie ! Qu'avez-vous ?

Ma faiblesse avait coupé net ses ricanements. Son ton de voix avait changé quand il m'attrapa à bras le corps, se pencha sur moi :

— Ça ne va pas, mon petit ? Vous souffrez ? Bon Dieu ! Vous êtes glacée !

Je me dégageai, confuse de mon malaise, mais affreusement moite et lasse.

— N'espérez pas que je vais m'évanouir, balbutiai-je. Ça ne m'est jamais arrivé.

Il eut un rire bref.

— Vous ne pleurez pas ! Vous ne vous évanouissez pas ! Qui m'a fichu une femme pareille !

Ses yeux démentaient la futilité de ses paroles. Il me détaillait, silencieux, songeur, semblait s'inquiéter de ma pâleur, des gouttes de sueur que je sentais perler à mon front. Mais ce n'était pas moi qui étais à soigner ; vite, il fallait mettre les choses au point.

— Je ne suis pas malade, affirmai-je. C'est pour Taille-Douce que je suis venue.

Sous la lumière des lustres, les fracs ressemblaient à de grandes cosses noires de haricots. L'odeur de cosmétique, de pommade vivifique, de sirop de tolu dont abusaient les hommes flottait au-dessus des têtes, se mêlait aux effluves du souper, au parfum doucereux et subtil de tous les lieux bien fréquentés. Je m'étais reprise, sans qu'il fallût chercher des sels ou du vinaigre.

— Ne restons pas ici, dans le passage, commanda Jérôme, avisant les laquais en perruque qui décrivaient des orbes autour de nous. Puis, comme un groupe d'hommes à cocardes blanches s'étonnait de ma présence, venait aux nouvelles :

— Je vais vous présenter à mes amis, murmura-t-il sans enthousiasme. Vous en tenez pour les Bourbons, n'est-ce pas ?

Le moyen de l'en dissuader ! Je n'en tenais pour personne ! L'Empereur était à sa façon un monarque. Royauté, Empire, c'était bonnet blanc et blanc bonnet. Je dus sourire, serrer des mains, entendre une litanie de noms qui fleuraient bon l'Ancien Régime ou l'Académie. Je n'étais pas venue ici pour faire des grâces, de More n'avait pas bien l'air de s'en rendre compte.

— Victor de Laprade, poète et correspondant politique du comte de Chambord. Le révérend Père jésuite Beck, ami personnel du comte. Pierre-Antoine Berryer, le porte-parole de notre parti... Le duc de Lévis, Auguste Barbier, le comte Frédéric de Falloux... Le comte de Chaume, chef de notre comité local du Poitou...

C'était bien lui qui avait reçu une pinte d'huile à lampe dans ses bottes, le jour de la visite à Paris du duc et de la duchesse de Brabant. Lui que la Quentin avait quitté pour Julien Crenn. Mon visage eut l'air de lui dire quelque chose, mais j'étais en fait plus intéressée par le chef du parti, cet avocat Berryer qu'une caricature de Daumier représentait endormant l'Assemblée par l'imposition des mains. J'avais devant moi un homme âgé déjà, presque un vieillard, aux gros favoris blancs moussant de la tempe au maxillaire, à la redingote doublée de velours noir, traînant sans élégance sur des chaussures interminables. Les sourcils étaient encore noirs, le regard sombre et direct, le nez fort, la bouche large et noble, le front dégarni. Le menton, autoritaire et sans graisse, s'enfonçait dans un col de chemise un peu lâche. Il tenait son haut-de-forme à la main, comme s'il ne pouvait consacrer à ses amis que quelques brefs instants de ses journées. Je lui donnai environ soixante-cinq ans.

— Mademoiselle Mazé défend le principe de la légitimité de droit divin, affirma Jérôme sans sourciller. Nous sommes voisins, en Bretagne. Un petit fief où l'électoral n'a pas encore tout à fait pris le pas sur le sacré.

— Il faut soigner ce sens du sacré chez les Bretons, fit en souriant Antoine Berryer. La Bretagne a la nostalgie de la noblesse d'avant l'Empire. Quelle charmante convertie avez-vous là, de More. Mes ennemis personnels pourraient dire que la beauté est la seule chose qui me laisse sans voix.

Il passait en effet pour un orateur d'immense talent, accoutumé, de par son métier d'avocat, aux plaidoiries les plus chaudes. La remarque me flatta, elle venait d'un homme sérieux, pondéré, et avait été formulée le plus courtoisement et le plus naturellement du monde. Je lui rendis son sourire avec sympathie. Ces hommes-là différaient des élégants du boulevard cherchant un bout de fesse, une nourriture terrestre. Leur passion chevillée au corps, ils vénéraient un fantôme et lui sacrifiaient le meilleur d'eux-mêmes.

Quand les amis de Jérôme se furent éloignés, ce fut moi qui insistai pour quitter les lieux.

— Où puis-je vous parler seule à seul ? demandai-je, affolée soudain du temps perdu en verbiage et fioritures galantes. Ce qui m'amène auprès de vous est de la dernière gravité.

— Mais je l'espère bien, mon petit. Si vous m'avez dérangé pour venir me montrer vos effets de gorge...

Il y avait toujours quelque chose de raide et de retors dans son comportement, dans ses yeux, dans ses gestes. Quelque chose qui m'avait d'abord effrayée et qui aujourd'hui m'agaçait souverainement.

— Ne restons pas ici, répétai-je. Ce que j'ai à vous dire ne doit être entendu de personne. Vite, dépêchez-vous au lieu de rester planté là comme une souche.

— Je regrette, chérie. Le Jockey-Club n'est pas un lupanar. Vous ne trouverez pas de cabinet particulier, ici.

Je le regardai vivement au visage. Etait-ce un reproche contenu ou une simple raillerie d'habitude qui avait percé dans sa voix ? Je me repris aussitôt. Etais-je assez sotte, pour me formaliser d'une réflexion de ce genre, comme si ma soirée de la veille était inscrite en rouge sur mon front et me pesait comme un outrage !

— Qui vous parle de cabinet particulier, grognai-je, vindicative. N'y a-t-il ici que des gens qui causent de manière à être entendus du voisin ?

— Tout le monde n'a pas votre manie d'écouter aux portes. Venez par ici. A cette heure, il n'y a plus personne au fumoir.

Il me poussa devant lui, me fit pénétrer dans un salon lambrissé où stagnait la fumée, brassée par l'air froid d'une fenêtre ouverte, de toutes sortes de tabacs et de cigares de qualité. Les lumières du lustre avaient été éteintes quand les messieurs étaient passés dans la salle à manger. De More se précipita sur la fenêtre, la referma, s'approcha frileusement de la cheminée où s'effondraient les dernières bûches de la soirée.

— Je vous écoute, fit-il tranquillement.

Je me lançai d'un seul coup dans une entrée en matière qui me soulagea de quelques remords.

— J'ai parfois jugé Taille-Douce assez sévèrement, déclarai-je en fixant les flammes pétillantes du foyer, mais si je l'ai secouée un peu de temps en temps, c'était pour son bien. Comprenez-moi, elle a une mère qui est un vrai gendarme et un père mou comme une chiffe qui n'a pas droit à la parole. J'ai toujours pensé qu'un jour ou l'autre, il arriverait malheur à cette fille. En définitive, j'avais raison. Je me sens un peu responsable de ce qui est arrivé. Je ne lui voulais aucun mal, au contraire...

— Ecoutez, Anne. Votre bonté d'âme ne m'inspire que des sentiments très mitigés. Parlez-moi d'autre chose que de vos brevets de bonne conscience.

213

Il m'avait arrêtée net, sans même élever le ton. Je tournai la tête vers lui, découragée. Il me regardait, le visage à moitié dans l'ombre. Dans le halo de clarté diffusé par les flammes, je ne vis que l'éclat brillant de ses yeux et son sourire narquois. Je me sentis brusquement enveloppée de nuées tristes, avec, près de moi, cette silhouette sombre éclaboussée de lumière, tout ce feu, toute cette chaleur qui ne me réchauffaient pas. Je me détournai de lui, humble et glacée.

— Qu'avez-vous donc à me reprocher ? me plaignis-je. Vous m'abreuvez de moqueries chaque fois que nous tombons nez à nez quelque part.

Il fut surpris par ma question. Je l'entendis rire doucement dans son coin tandis qu'il pesait sa réponse.

— Ce que je vous reproche ? finit-il par articuler. Vous parlez comme une drôlesse qui n'a fréquenté que des soldats toute sa vie.

— Mais je suis une drôlesse ! rétorquai-je, la bouche amère. D'autre part, mon père était tambour-major et il me semble que vous avez été sous-officier.

Il leva un sourcil, estomaqué, pendant que j'enchaînais, agressive :

— Après tout, votre vocabulaire n'est pas tiré de la Bible, quand vous m'adressez la parole.

— Permettez-moi de vous dire, ma chérie, que ce qui peut passer à la rigueur dans la bouche d'un homme est en général une abomination dans celle d'une femme.

Je le regardai de travers, plus blessée que je ne voulais l'admettre par cette vérité toute nue qui d'un coup semblait vouloir m'enfoncer dans une roture que ma naissance même m'avait épargnée. J'avais honte et j'étais malheureuse.

— Quoi qu'il en soit, biaisai-je en relevant le front, je considère que vous êtes la seule personne à pouvoir m'aider.

— Voyons cela ?

Le feu flambait, très clair, léchait la plaque de fonte, s'accrochait à la suie et poursuivait la fumée légère qui disparaissait dans le trou noir. De More semblait savourer cette chaleur qui ne m'atteignait pas. Un froid intense s'insinuait en moi, me serrait comme dans un étau.

— Taille-Douce est enceinte, dis-je d'un seul trait. Peu importe de qui. Il fallait à tout prix que cette naissance n'ait pas lieu. Nous n'avions pas le choix. Je l'ai emmenée chez une femme dont j'avais entendu parler. Une faiseuse d'anges de la cité Delambre. L'opération a eu lieu ce soir, mais je crois que ça a plutôt mal tourné. Taille-Douce fait des crises d'épilepsie. Bien sûr, il faudrait un médecin au plus vite. Mais un médecin nous dénoncerait à la police, l'avortement est interdit. D'un autre côté, Taille-Douce est peut-être réellement en danger. Alors, j'ai pensé... j'ai pensé à vous. Vous devez connaître des médecins, quelqu'un qui serait assez complaisant... Oh ! Jérôme ! Je vous en supplie !... Aidez-nous ! Si vous ne le faites pas pour moi, parce que je suis mal polie, faites-le au moins pour Taille-Douce !

Ma dernière remarque lui arracha un petit rire. Il hocha la tête sans répondre.

— Je vous promets que je ne vous ennuierai plus, insistai-je. C'est la dernière chose que je vous demande !

— J'espère bien que non, répondit-il, l'œil en coin. Le jour où vous n'aurez plus rien à me demander, je devrai probablement me passer de vos visites.

— Je n'ai jamais remarqué que mes visites vous étaient agréables, fis-je un peu coquette.

— C'est vous qui le dites, murmura de More. Il eut un geste, comme pour s'ébrouer, s'éloigna de quelques pas. Le fait qu'il ne m'ait pas éclaté de rire au nez, qu'il n'ait pas trouvé quelque chose de cinglant à me balancer, me gonfla d'espoir instantanément. Je courus à lui, levai ardemment mon visage vers le sien.

— Vous allez la sauver, n'est-ce pas ? Vous allez chercher votre médecin ?

Il me considéra longuement, avec un air de penser qu'il était complétement fou de se donner tant de tracas pour une petite bavolette comme moi, puis, me caressant doucement la joue :

— Vous ne ferez donc jamais que des bêtises ! soupira-t-il. Nous ferons ce que nous pourrons. Mais que vos visites me soient désagréables, rayez cela de vos papiers, ma toute belle. Je vous dois d'excellents moments que je n'ai garde d'oublier.

Dieu sait que je n'avais rien calculé et que je comptais arranger la chose au mieux, « un point c'est tout ». Mais le visage que Jérôme baissait vers moi à cet instant — peut-être n'était-ce qu'un tour complice des reflets de la cheminée — ce visage-là était soudain si tendre, si ardent malgré l'ironie des mots, que je fus prise d'un élan brutal, irrésistible.

— Jérôme ! criai-je. Et je lui sautai au cou, plaquai sur sa joue un baiser qui me fit fondre la bouche. Il me serra un moment contre lui, très fort, puis je sentis que ses bras cessaient d'étreindre pour tâter. Qu'y avait-il ? Il se redressait, un pli d'inquiétude au front.

— Mais vous êtes malade, chérie, murmura-t-il. Vous êtes trempée de sueur et glacée.

— Quelqu'un a dû marcher sur ma tombe, soupirai-je sentencieusement, l'esprit ailleurs.

— C'est vous qui avez besoin d'un médecin, et tout de suite. Vous venez de la rue Delambre ?

— Oui, bien sûr, fis-je, étonnée. Taille-Douce est encore là-bas.

Il me lâcha brusquement, marcha vers la porte, commanda sa redingote au garçon du vestiaire.

— Allons voir le docteur Querre, dit-il d'un ton bref. Il posa sa main sur la mienne, eut un sourire un peu tiré.

— Ne faites pas attention, ma chérie. Je me soigne assez mal, je refuse d'avoir ma quinine dans la poche, mais je ne supporte pas longtemps la maladie chez ceux que j'aime.

J'aurais bien valsé avec la peste bubonique en personne pour m'entendre dire cela ! Je trouvais que Jérôme faisait toute une affaire d'un moment de fatigue, d'un petit refroidissement, mais sa sollicitude inattendue, la manière d'aveu qu'il venait de me faire, m'encourageaient à me chercher des frissons, des faiblesses délicieuses, quelques crampes sournoises dans les membres.

Nous traversâmes Paris au galop de ses carrossiers. J'étais dans ses bras, égarée de bonheur, et je respirais de toute ma peau son odeur d'homme pour qui le grand air et la pratique assidue de la pipe étaient les meilleurs parfums.

Il me demanda en cours de route si son châle m'avait réellement fait plaisir ? Que lui répondre ? Je n'avais jamais rêvé un tel geste d'un homme, fût-il mon ami ou mon amant.

Le docteur Querre, bel homme mondain plus habitué apparemment au noble faubourg qu'aux cités parisiennes, prit la décision de renvoyer Taille-Douce à sa famille dès que les médicaments auraient agi. J'entendis dans un état demi-comateux le verdict énoncé : crise de tétanie... commencement probable d'infection... La Toussaint avait disparu.

Taille-Douce semblait aller mieux. Ses membres s'étaient relâchés, réchauffés. Un peu de sang colorait ses pommettes. Soulagée pour elle, je commençais à m'inquiéter pour moi. La nuit enveloppant la baraque empêchait les autres de me voir. Je me sentais livide, mordue par une souffrance inconnue qui me montait des jambes et se nouait à mon ventre.

Alors que de More insistait, auprès du médecin et des gueux venus en spectateurs, sur la nécessité d'une totale discrétion, je fus prise de crampes affreuses et dus me précipiter derrière la cabane, retrousser en vitesse mes jupons, délacer mon pantalon... Je transpirais abondamment. Le médecin n'avait vu, au premier abord, que les signes avant-coureurs d'une maladie intestinale. Maintenant on s'affairait autour de moi, Marin Colombel m'enlevait dans ses bras et me portait jusqu'à sa baraque, on me couchait sur son grabat, on m'étouffait sous les couvertures. Le tireur de sable tonitruait.

— Il faut voir aussi dans quel gourbi ça vit ! gronda-t-il. C'est à s'en aller de la caisse à vingt ans. Bien sûr que ça finirait comme ça, pendant qu'd'autres moins belles putassent aux Tuileries et roulent carrosse !

Il s'arrêta net, loucha vers de More qu'il n'avait pas reconnu dans la nuit noire de la cité.

— V's'êtes un badinguet, p't'être bien ?

— Pas plus que vous, mon ami, fit Jérôme.

— Monsieur est légitimiste, rectifiai-je.

— Qu'est-ce que c'est que ça ?

— Royaliste, si tu préfères.

— J'préfère pas. La noblesse et moi, on s'cause pas beaucoup. Mais c'est égal, quand même, les anciens seigneurs ça avait d'la graine. J'étais bien pour les raccourcir un peu, mais réglo, à la loyale ! J'aime pas les mouchards.

Jérôme, dans la pauvre lumière de la bougie posée sur la table, prenait le parti de sourire. Mais l'ironie gerçait sur ses lèvres quand il me regardait. Et à le voir se ronger ainsi d'inquiétude, je commençais à m'alarmer sérieusement. Qu'allait-on encore inventer ? Etais-je si gravement malade et parlait-on déjà de m'enterrer ? Je me sentais assez de force dans les muscles pour venir à bout de quelques coliques. Allons donc ! Je n'étais jamais malade !

Marin, dans son coin, réfléchissait. Il reluquait de More du coin de l'œil, devinait que c'était sur les terres de ce châtelain-là que la petite Poil-Rousse braconnait... Il reconnaissait maintenant ce visage austère, ce front dur, ce regard métallique.

— Royaliste, républicain, pour l'instant c'est tout comme, conclut-il. Nous deux, on s'buttera quand l'Empire sera tombé. Mais tant qu'il sera pas tombé, on chante le même air.

Recroquevillée, les jambes repliées sur le ventre, je me raidissais contre la douleur, évitais le regard fixe de Jérôme, ses lèvres grises, ses narines pincées. Mes mains se violaçaient. On dut m'apporter une bassine, me laisser seule à nouveau.

Derrière la porte, j'entendis le docteur Querre qui parlait à Jérôme. Dès les premiers mots, je me sentis comme pétrifiée, incapable de réagir.

— Cholérine, énonçait le médecin. Il n'y a pas d'épidémies à Paris, mais dans certains quartiers le choléra est endémique, ici par exemple, aux barrières Nord-Est, sur les bords de la Bièvre. Que pouvons-nous y faire ? Il faudrait raser à zéro toutes ces baraques de chiffonniers.

Il ajouta d'un ton bref, impersonnel :

— ... Le mieux serait de transporter immédiatement cette jeune fille à l'Hôtel-Dieu.

— Où elle sera soignée tant bien que mal avant d'être portée au cimetière Montparnasse, cousue dans une serpillière ! Il n'en est pas question. Je l'emmène chez moi.

— A-t-elle de la famille ?

— Pas à Paris. Ne vous inquiétez pas, mon cher. Je m'occuperai de tout.

— C'est pour vous que je vais m'inquiéter, Jérôme. Prenez des précautions.

J'avais l'impression que mon corps se vidait. Après l'évacuation du contenu primitif de mes intestins, je perdais un liquide aqueux, incolore, dans lequel nageaient des flocons blanchâtres semblables à des grains de riz. Après un moment de froid intense, j'avais brusquement très chaud, tout l'intérieur de mon corps me brûlait. Le choléra ! Ce spectre hideux, à tête de mort, qui vous fauchait comme l'Ankou ! Etais-je condamnée ? Allais-je mourir ici ? Je revoyais le corps nu de la petite orpheline de la rue des Copeaux. Oh ! Pourquoi moi ? Pourquoi étais-je venue ici ?

— Comment se fait-il que la période d'incubation ait été si courte ? demandait Jérôme.

— Elle peut n'être que de quelques heures, comme elle peut durer cinq à six jours. Savoir exactement où elle a pris le microbe !

Puis un trou noir me happa, mes pensées se mirent à errer dans les limbes, je vacillai et tombai. Quand les forces me revinrent, Jérôme était penché sur moi et serrait mes mains dans les siennes. Je le regardai, les yeux exorbités. La révélation de mon état, des odeurs et des saletés qu'il devait entraîner, me donna un sursaut de pudeur.

— Laissez-moi, je vous en supplie ! priai-je, la respiration haletante. Quelqu'un d'ici me conduira à l'hôpital. Allez-vousen vite !

— Les médecins des hôpitaux ! grinça Jérôme. Je les connais. Ils vous soigneraient avec des vomitifs et des sangsues ! Venez avec moi, Anne. Je saurai vous soigner. Je vous guérirai. Ayez confiance en moi et, surtout, n'ayez pas peur.

Sa voix était chaude et ferme. Il tentait de m'apaiser, mais rien ne m'effrayait tant que de livrer mon corps glacé, ridé et blême à ses mains. Non, pas lui ! Pas lui... Je me débattais, criais que je voulais aller à l'hôpital, ou bien rester dans cette cabane, chez Marin qui saurait lui aussi prendre soin de moi.

Il dit d'un air féroce :

— Vous n'allez pas rester ici, à rendre tripes et boyaux. Ne me cassez pas la tête, avec vos principes. Laissez-vous faire. Je vous emmène chez moi. Il faut quelqu'un pour vous soigner, et moi je vous soignerai.

— Je ne veux pas ! protestai-je. Je suis trop malade, je vais vous contaminer. Je sais très bien que j'ai le choléra.

Il eut un sourire généreux, effleura mes lèvres d'un baiser rapide et, se penchant, me souleva, m'enveloppa dans une couverture et me porta jusqu'à sa voiture. Suant à grosses gouttes, écœurée, la mort entre les dents, j'entendis encore la voix du docteur Querre qui commandait à Marin :

— Désinfectez la bassine au phénol et à l'eau de Javel, et

faites bouillir les linges dans de l'eau carbonatée. Quant à la petite, ramenez-la à sa mère demain matin. Elle en sera quitte pour deux heures de cabinet noir !

Nous repartîmes, laissant là Taille-Douce et son problème à demi résolu. Le médecin disait à Jérôme qu'il se chargeait de déclarer mon cas. Mon pouls battait faiblement, j'avais soif, envie de vomir. On m'avait allongée sur la banquette où je me pliais en chien de fusil, les dents serrées.

J'avais mal partout. Je me plaignais faiblement, et il me semblait entendre sortir de ma bouche une voix inconnue, cassée, éteinte. Jérôme me caressait, me prodiguait sans relâche tendresse et encouragements. Je m'étonnais de son attitude, il était bien le dernier homme de qui je pusse attendre une telle gentillesse, mais mon abattement était trop grand pour que je songeasse sur le moment à autre chose qu'à ma peau.

Le docteur Querre nous quitta au quai de Gèvres après avoir promis à Jérôme de passer rue des Tournelles aux premières heures de la matinée. Il ajouta qu'il ne fallait pas hésiter à le déranger si mon cas s'aggravait au cours de la nuit.

C'est ainsi que je fis mon entrée dans l'hôtel des barons de More, au bras de mon seigneur !

Tandis que Blaise, ahuri, reculait dans le hall pour nous laisser passer, Jérôme fonçait tête baissée vers l'escalier, me portant comme un enfant.

— Marceline ! cria-t-il à une ombre tapie à la porte des communs. Bassinez le lit de la chambre bleue, allumez du feu dans la cheminée, faites bouillir de l'eau et préparez une infusion de bourrache. Vous apporterez aussi l'eau sédative et la pommade camphrée que vous trouverez dans le placard de la toilette. Regardez donc tout de suite s'il reste de l'aloès, il faut faire au plus vite des cataplasmes. Vous aurez la recette dans le manuel-annuaire de la Santé, deuxième rayon gauche de la bibliothèque. Affolez-vous donc, au lieu de rouler des gobilles comme si j'étais possédé du démon !

La servante avait jeté à la hâte un châle sur sa chemise de nuit. Elle s'avança, terrorisée.

— Monsieur, je me suis dit : « Quand le diable y serait, je servirais toujours Monsieur », mais c'est autre chose que le diable, ces coliques-là ! C'est la mort en personne ! Oui-dà ! Vous nous apportez un joli ventre à guérir !

— Taisez-vous donc, vieille folle ! hurla Jérôme. Faites ce que je vous dis, ou je vous congédie immédiatement, toute nourrice de ma sœur que vous ayez été !

— Pas besoin de le dire, Monsieur, rétorqua l'autre, les narines frémissantes d'une sainte colère. Je le prends bien toute seule, mon congé ! J'ai pas prié la Vierge toute ma vie pour me retrouver entre quatre planches par la faute des microbes que vous ramenez avec vos femmes ! Je vous le dis tout net, Monsieur, je veux mourir de ma belle mort, moi !

Je m'étais mise à sangloter, affreusement convulsée dans les bras de Jérôme qui enjambait les marches quatre à quatre.

— Ne pleurez pas, Anne, me dit-il doucement. Marceline se fait un sang d'encre pour un rhume. La voilà qui déraisonne complètement. Je vous soignerai, chérie. N'ayez pas peur. Si je dois être le seul à vous soigner, n'ayez pas peur de moi.

Il me répétait toujours les mêmes mots, me berçait dans ses bras. Je ne pleurais pas. Même la douleur ne pouvait m'arracher la moindre larme. Je sanglotais nerveusement, toujours des sanglots secs, des sanglots de vieillard.

Dans la chambre noire, Jérôme me posa à tâtons sur un lit, disparut pour revenir bientôt avec une lampe à huile qu'il posa à mon chevet. Puis il ôta sa redingote, sa veste d'habit et s'assit près de moi, en gilet et bras de chemise.

— Cette bonne vieille Marceline ! essaya-t-il de plaisanter. Tendre comme un crin ! Je ne prends jamais à la lettre ses menaces de me quitter. Tenez, c'est son pas que j'entends dans l'escalier. Elle apporte du bois pour la cheminée.

— Je ne crois pas qu'elle m'aime beaucoup, remarquai-je.

— Elle veut à tout prix que je me remarie. Et elle fait mauvaise figure aux femmes que je reçois. Elle pense que s'il y en a beaucoup, c'est que je n'en aime aucune.

Il avait dit cela en riant presque, sans y penser. Je ne relevai pas l'aveu de ses multiples fredaines. Comme Marceline entrait, portant des couvertures, des fagots et des croûtes de chêne, je fus prise de vomissements bilieux, presque liquides, qui partirent en fusée, éclaboussèrent ma robe, l'oreiller et jusqu'à la chemise de Jérôme. Il fallut me déshabiller, me faire enfiler une chemise de nuit d'Henriette, changer la taie d'oreiller. La honte ajoutait à mes souffrances. Je n'avais jamais songé à une intimité de ce genre avec de More, et c'était la pire des intimités, cet abandon total d'un corps malsain, sali par la maladie, trahi par ses fonctions les plus secrètes, les plus répugnantes. Jérôme ne s'écartait pas de moi. Il s'était contenté de remplir d'eau le broc de la toilette et de frotter négligemment son bras de chemise.

Marceline m'ensevelit sous trois couvertures bassinées, grogna qu'il fallait me faire transpirer, puis alluma du feu dans la cheminée.

Je prenais peu à peu conscience du décor inconnu qui m'entourait. Des tentures coq-de-roche, deux chaises Charles X, un fauteuil en acajou. J'avisai une pendulette qui tiquetait sur le marbre de la cheminée.

— Si le bruit vous gêne, je l'arrêterai, dit aussitôt Jérôme.

— Quelle heure est-il ? demandai-je.

— Minuit passé. Un nouveau jour commence. Ce soir, nous rirons peut-être de ce vilain microbe. En attendant, Marceline va vous préparer la chambre bleue. Elle est contiguë à la mienne, vous y serez mieux. Souffrez-vous beaucoup, ma chérie ? Je vais vous frictionner au laudanum. Puis vous prendrez une infusion bien chaude de bourrache avec quelques grains d'aloès.

Je tournai la tête sur l'oreiller, cherchai son visage.

— Vous êtes le meilleur des médecins, dis-je en essayant de sourire.

— En Algérie, me répondit-il, j'ai appris à soigner les cholériques. J'en ai vu quelques-uns délirer pendant deux jours et se réveiller le troisième plus vivants que la bêtise.

Il était là, lui, le seul homme au monde près de qui je ne me sentais pas seule. Je croyais en lui, mais un orage cérébral roulait dans ma tête. La honte de mon corps malade, livré sans pudeur à ses mains, me sortait par tous les pores de la peau, en gouttes d'une sueur glacée comme la mort. Il se penchait sur moi, relevait la chemise de fine batiste, me lotionnait abondamment, me frictionnait le ventre sans prendre garde à mes plaintes, mes réticences. L'odeur opiacée du laudanum me révulsa de nouveau. Des flammes se vrillaient à mes muqueuses, des crampes me tordaient les entrailles, me lançaient des coups de couteau dans le ventre. Je me disais que souffrir dans la sérénité n'était rien du tout, mais souffrir en pensant que la mort vous guettait à la dernière crampe, au dernier vomissement, ce n'était pas humainement supportable.

Quand la chambre bleue fut prête, il me reprit dans ses bras, m'y porta, et je compris dans ma demi-conscience que c'étaient là les appartements de Claire de More, sa femme. Le lit avait été bassiné, un grand feu craquait dans la cheminée, les potions et cataplasmes étaient prêts. Il me fallut encore me soumettre, quand des spasmes me révulsaient l'estomac, m'arrachaient la gorge, quand la fièvre m'empoignait, me serrait, me brûlait. Je mordais mes joues, mes lèvres, attendant avec angoisse la prochaine douleur.

La nuit fut longue. La souffrance, bête noire, inconnue, me dévorait le ventre, me zébrait cuisses et hanches d'éclairs, de crampes, et puis la chute dans le vide, cette eau qui s'en allait de moi, toute cette eau, des litres d'eau, la vie de mes muscles, de mon sang, de ma peau... Ma gorge serrée, mes gestes de noyée. Des vagues noires m'entraînaient, il fallait lutter contre elles, rythmer ma respiration, serrer les dents. Etais-je au bout de ma vie ? Ne verrais-je jamais ce printemps qui s'annonçait, plein de gloire, de soleil, de fleurs ? Le printemps de l'Arrée... Tous les printemps de mon enfance pour en arriver là, à cette peur immonde de la mort, à cette fin sale qui n'avait aucun sens, au zèle de ces mains d'homme, belles, patriciennes, torchant mes déjections, ma bile, ma sueur. Quelle apparence humaine pouvais-je avoir ?

Il ne cessa pas un instant de me lotionner à l'eau sédative, de me frictionner entre deux cataplasmes, de me laver. Je n'avais encore jamais pris de bain dans une baignoire d'appartement. Jérôme ne m'épargna rien, pas même son rôle de chambrière, pas même l'abominable humiliation des lavements camphrés, des lavements au chiendent avec une pincée de sel de cuisine. Je crois que je me débattais, que je l'insultais. Il me fit avaler des grains d'aloès, de l'huile de ricin, du camphre en lentilles avec de l'eau additionnée d'éther, de l'extrait thébaïque, une affreuse boisson fermentée qu'il appelait kéfir. La honte me submergeait, par saccades. Mon corps n'était plus cette belle chose peinte par Thomas, cette chair voluptueuse à demi consumée déjà par les flammes de l'enfer. C'était une carcasse qui en quelques heures avait pris des aspects de cadavre, sur laquelle la peau s'était affaissée, plissée et desséchée. Et pourtant, de ce corps-là, trahi par la maladie fulgurante, Jérôme de More ne devait plus ignorer grand-chose, tant il l'avait regardé, pétri, lavé, caressé. Un homme que je vouvoyais, que j'avais vu trois ou quatre fois, qui m'avait fait une cour cynique et désinvolte. Un homme étrange, dont le pouvoir me fascinait et m'effrayait.

Parfois, dans mon agonie, il y avait un trou de silence. J'entendais le feu craqueter doucement dans l'âtre, je percevais un mouvement de Jérôme vers moi, ses efforts pour me ramener à la vie consciente, pour m'aider à maîtriser la douleur, me redonner des points de repère, son visage, ses yeux, son regard, la seule chose que je pouvais reconnaître dans cette pièce. Sa voix, malgré la souffrance, le son de sa voix battait en moi une espèce de joie furieuse, faite de confiance et de rancune. Il était là, il me parlait. Je crois qu'il m'a parlé toute la nuit. Je le voyais vaguement, hagard, les yeux fous, ses mèches brunes dans les yeux, effaçant ses angoisses d'un sourire quand il croisait mon regard. Il avait enlevé son gilet, ses bretelles sabraient de noir sa chemise blanche. Les flammes du foyer projetaient aux murs son ombre immense, faisaient lever un géant dont la tête se cognait au plafond.

Les selles devenaient de plus en plus fréquentes, le pouls était maintenant presque insensible. Ma température axillaire était de vingt-cinq degrés tandis que la température rectale atteignait presque trente-neuf. Ma peau était glacée et je me plaignais d'une chaleur d'étuve ! A partir de l'aube, je n'urinai presque plus, ma respiration se fit de plus en plus difficile. Mon intelligence, pourtant, restait encore intacte. Je buvais beaucoup. De l'eau bouillie, des infusions. Mon corps se déshydratait totalement. Je ne pensais pas que l'on pût avoir autant d'eau dans le corps, ni que cette eau fût à ce point vitale. Les crampes ne me lâchaient pas. Elles débutaient aux jambes, touchaient les cuisses, l'abdomen, le diaphragme et jusqu'aux muscles des joues. Ma mâchoire inférieure se paralysait par moments, mes doigts se raidissaient, violets, comme ceux de Taille-Douce.

La mort... Je ne croyais ni aux théories de Sucre de Pomme, ni aux asticots de Thomas. Je croyais au paradis et à l'enfer. Et à cette heure, je songeais que mon âme ne pesait pas bien lourd dans la balance. C'était normal, au fond. La pente fatale. Une vie asociale, des amants à l'âge où dans les familles on fait miroiter la dot de la fille pour la bien marier, des besoins d'argent, une espèce d'oisiveté que les heures passées sur Dickens ou Ellen Price ne dissipaient pas. Enfin une jeunesse qui me démangeait, qui déchaînait en moi des passions que je ne contrariais guère. Je m'étais dit souvent que je filais un mauvais coton, mais le remède à cette jeunesse brûlée, c'était encore mes chances auprès d'hommes comme Saint-Favre. Est-ce que tout était fini, maintenant ? Tous mes espoirs, tous mes projets ? La mort, ça arrivait à la fin de quelque chose, mais pas au commencement ! Pas avant que le bonheur, le bonheur seul, ne m'ait fait vivre...

Le Marais s'éveillait à peine. Des cris, des appels marchands, montèrent du pavé. Les cris de la vie quotidienne, dont la notion me fuyait : je ne mesurais plus le temps.

Il gelait dehors. Le souffle de Jérôme contre la fenêtre embuait le carreau d'une vapeur opaque et humide. Le jour verdissait.

Je réclamai un miroir. Jérôme m'en tendit un avec réticence.

— L'aspect des cholériques est assez impressionnant, me dit-il, mais il redevient normal dès les premiers signes de guérison. Ne vous affolez pas, ma chérie. Votre beauté n'est pas en cause.

Il me sembla qu'il mentait avec ironie. Fatigue, amertume peut-être. Le miroir était féroce. Il me rendit sans complaisance l'image d'une demi-folle, aux cheveux collés par plaques sur les tempes, au teint blafard, légèrement bleuté, cyanosé, aux yeux creusés et dilatés, aux joues caves, au nez pincé. La peau gardait des plis de flétrissure. Je respirais mal, superficiellement. Je vis la cicatrice au coin de mon œil droit, et je remontai dans le temps, avec des « si » désespérés. Tout avait commencé avec l'incendie de la Manutention. Tout s'était enchaîné avec une sorte de logique implacable et tenace. Si la Manutention n'avait pas brûlé... Si je n'avais pas vu Julien, sur le Champ-de-Mars... Si je n'avais pas connu la Toussaint à Saint-Lazare... Si je n'étais pas allée à la cité Delambre, mendier son aide criminelle pour Taille-Douce... Je concluais, taraudée par le remords : « Si je sors de ce mauvais pas, il n'y aura plus de Maub' dans ma vie, plus de mansarde à microbes, plus de familiarités louches ». J'avais été grossière, méchante, mal polie, mais tout ça, c'était le passé. Si je guérissais, j'aurais une peau neuve et un cœur neuf. Et pour commencer, je fausserais compagnie aux locataires de la maison Tessier et à cette Marie-bredasse de Joséphine Caput. Je me chercherais un petit coin à moi, sans souvenirs, et ma vie serait celle d'une petite apprentie honnête qu'un vieil oncle (en l'occurrence Saint-Favre) sortirait de temps en temps pour lui faire connaître le grand monde. Et puis, bien sûr, il y aurait Jérôme. Je n'avais plus rien à lui refuser. Il viendrait me voir, ou bien il m'emmènerait dans un petit hôtel discret, et il me redirait encore des mots bouleversants sur l'amour.

Le docteur Querre vint à huit heures, me fit une injection intraveineuse d'eau salée et prescrivit une longue liste de remèdes.

— Ne la quittez pas une minute, dit-il à de More. Voulez-vous que je vous envoie une garde-malade ? Vous avez besoin de sommeil, et la maladie peut n'évoluer dans un sens ou dans l'autre que demain ou après-demain.

— Je resterai près d'elle, répétait Jérôme. Je la soignerai. J'ai l'habitude de veiller ou de ne dormir que d'un œil.

— Faites comme vous l'entendez, mon cher. Jusqu'ici elle a été bien soignée. Continuez les bains tièdes, la diète lactée et les cataplasmes aloétiques jusqu'au retour d'une transpiration abondante. Désinfectez tout, les draps, les vêtements, brûlez les déjections, allumez partout dans la maison des feux au charbon de terre. Vous-même, protégez-vous contre les refroidissements et surveillez votre alimentation de très près. Pas de poisson, de lait frais ou de fruit cru. Détruisez également les larves de mouches à l'huile de schiste. Nous ne sommes pas en été, mais il faut penser à tout.

Je rappelai le médecin qui conversait à voix basse au seuil de la porte.

— Où ai-je attrapé ce microbe ? demandai-je. Il y avait des cholériques à la cité Delambre, mais ils étaient isolés et je ne les ai pas vus.

— Vous portiez peut-être le germe depuis quatre ou cinq jours, me répondit-il. De More m'a dit que vous viviez place Maubert. Les égouts souterrains, les boues et les vidanges ne manquent pas dans ce quartier. Le vibrion du choléra se conserve pendant des mois dans les eaux souillées. Il se peut aussi que votre temps d'incubation ait été court, au plus quelques heures. L'infection se serait alors produite rue Delambre où vous avez probablement côtoyé des porteurs de germes, et vous seriez très vite passée de la première phase de la maladie à la seconde, le choléra proprement dit.

Il parlait d'une voix pédante, en serrant au coin de sa bouche un petit brûle-gueule en verre bourré de camphre. Il m'était antipathique et je n'avais pas confiance en ses remèdes.

— Ai-je des chances de m'en sortir ? questionnai-je, et ma voix était trop faible pour se charger de toute l'angoisse qui m'étreignait.

— Vous avez pour vous le fait que les soins ont été immédiats, fit franchement le docteur Querre. D'autre part, vous ne souffrez pas de cette forme de choléra sec qui enlève le malade en quelques heures par paralysie totale de l'intestin. La deuxième phase, que vous traversez actuellement, varie de quelques heures à deux ou trois jours. Plus sa durée est longue, plus le danger de complications devient grand. Si votre cas est favorable, et il n'y a pas de raison qu'il ne le soit pas, votre température périphérique ne tardera pas à remonter et les selles se feront moins fréquentes et moins liquides. Faites confiance à votre infirmier, Mademoiselle. C'est lui qui vous guérira.

La journée s'écoula, interminable. Mes yeux à tout moment butaient sur des rangées de fioles et de boîtes alignées sur une table à mon chevet. Pendant des heures, je lus des étiquettes machinalement, je regardai la transparence lugubre des bocaux. Pilules de kaolin en flacon rose, crésyl, bouteille de laudanum, tubes de pommades, lotions, bocal de camphre recouvert d'une couche de graines de lin, grains d'aloès, huile de ricin, vinaigre camphré, lavement vermifuge de Raspail. J'étouffais dans cette chaleur et cet air confiné et méphitique chargé des odeurs de mon corps et des médicaments. Marceline venait alimenter le feu et apportait, le nez dans son mouchoir, des bouillottes d'étain qu'elle tenait par leur anse et qui ressemblaient à de grosses miches de pain. Puis elle disparaissait comme si elle venait de voir les diables de l'enfer.

Jérôme lui donnait des ordres à mi-voix. A midi, un fleuriste de la Madeleine apporta une gerbe de roses rouges. Jérôme les disposa lui-même dans un vase de Sèvres et les plaça sur une console, devant la fenêtre. Je tendis la main vers lui pour le remercier, il s'assit sur le lit et nos doigts s'enlacèrent d'un mouvement si spontané et si naturel qu'il me sembla avoir rêvé nos disputes et nos différends. Il me souriait affectueusement (comme ses yeux étaient bleus quand il souriait ainsi !), me faisait signe qu'il me comprenait, me disait de ne pas me fatiguer. Mais je voulais parler. Je croyais fermement que seule la conversation, aussi pénible qu'elle me fût, pouvait reléguer au fin fond de mes pensées les menaces de mort qui rôdaient dans cette chambre.

— Vous ne pouvez pas me sacrifier ainsi des jours entiers, déclarai-je, le souffle coupé, la voix terreuse.

— Mes affaires me retiennent à Paris une huitaine de jours encore, répondit-il simplement. Si je ne puis me déplacer, mes amis viendront à moi. Début février, je devrai par contre m'absenter. Mon frère aîné vient de mourir à Breslau, en Prusse orientale. Il n'a pas eu d'enfant et je suis son héritier. Il y a bien sûr pas mal de questions à régler et je vais devoir me rendre sur place. Par la même occasion, je ferai un crochet par Frohsdorf.

Il ajouta persuasif :

— Mais vous serez guérie depuis belle lurette quand je bouclerai mes malles.

— Pourquoi n'avez-vous pas hérité du titre plus tôt, puisque c'était vous qui occupiez les terres de Pennarstank ? J'ai toujours entendu dire que le titre et les terres allaient ensemble.

— En effet, dit-il. Mais ça ne s'est jamais fait. Sans doute ma famille n'a-t-elle pas voulu mettre l'accent sur la conduite de mon frère en le faisant déchoir de ses droits.

— Alors maintenant vous allez être baron ?

— Oui. La baronnie de Pennarstank me revient.

— Beaucoup de gens, sur l'Arrée, vous appellent déjà Monsieur le baron.

— Preuve que le titre est indissociable des terres. Les paysans ne s'y sont jamais trompés.

Une crampe nous arracha l'un à l'autre, et le cercle morbide recommença. Selles blanchâtres, linges souillés, bain tiède, cataplasmes.

Parfois, quand il m'arrachait au lit capitonné, m'entraînait dans la salle de bains et faisait glisser ma chemise sur mon pauvre corps nu, je retrouvais ma hargne sous une bouffée de pudeur offensée. Son regard de basilic coulait dans mon dos comme une reptation glacée, ennemie. Une sorte d'arrêt de mort.

— Ma parole, chérie, vous êtes pudibonde comme une vieille douairière, essayait-il de plaisanter.

La médication était particulièrement pénible. Elle n'aurait

été que désagréable si elle avait été pratiquée par un infirmier en titre ou une garde-malade, mais effectuée par de More elle devenait odieuse. C'étaient les lotions d'eau sédative sur tout le dos, les frictions incessantes du cou aux fesses avec la pommade camphrée, les cataplasmes vermifuges sur le ventre, renouvelés tous les quarts d'heure, les lavements ignobles. Le reste du temps je me gargarisais à l'eau salée, je croquais toutes les heures un grumeau de camphre que j'avalais au moyen d'une gorgée d'eau de goudron, affreusement amère. Jérôme me faisait des compresses d'eau sédative sur le front, autour du cou et des poignets. Je vomissais à présent des matières noires, et tout mon corps noircissait, s'émaciait encore. Des mouvements convulsifs agitaient mes membres.

Le docteur Querre revint dans l'après-midi, pratiqua une nouvelle injection d'eau salée. Il refusait encore de se prononcer sur mon état. Le verbe haut et filandreux, il parlait comme Gaston Phébus au milieu de la chambre : Emanations putrides... Empoisonnement miasmique... Hygiène sociale... Asepsie... Médication hygiénique...

— Cet homme a l'air d'un charlatan, énonçai-je quand Jérôme l'eut reconduit jusqu'au palier.

— Il m'a toujours soigné de façon satisfaisante, observat-il en réponse.

— Peut-être, mais sorti des crises de malaria et des rhumatismes, il n'en sait probablement pas plus que vous. Vous ne connaissez pas d'autres médecins ? Je n'ai aucune confiance en celui-ci.

— Je connais quelqu'un de très compétent, mais il n'est pas médecin et a déjà été déféré en justice pour exercice illégal de la médecine. Le duc de Fitz-James, qui venait de nous quitter lorsque vous m'avez rejoint au Jockey, m'a souvent vanté ses soins. C'est un savant, à la fois chimiste et politicien, qui donne des consultations sans avoir le titre de médecin.

— Ma foi dans l'état où je me trouve, je me moque bien des titres. Comment s'appelle-t-il, cet homme-là ?

— François Raspail. Il est de plus en plus populaire. Je ferai mon possible pour prendre contact avec lui.

Terriblement altérée, la gorge amère comme du fiel, enfouie dans mes compresses et mes cataplasmes, je regardais cette chambre fétide, à l'odeur punaise que je ne faisais que deviner, soûlée moi-même d'épices, de camphre et d'huile de ricin.

Marceline, dans la soirée, apporta des bûchettes et un plateau qui devait constituer mon premier repas depuis la veille. C'étaient des légumes bouillis, aromatisés à l'ail, au poivre, au gingembre. Je vomis une heure plus tard le peu que j'en avalai.

— Si vous voulez mon avis, déclara la servante sans ambages, toutes ces maladies qui nous tombent dessus depuis six mois viennent de la folie furieuse que les dames ont pour les châles des Indes. J'ai entendu dire que les Hindous en expédient en Europe, qui arrivent rongés de mites et de teignes parce qu'ils n'emploient pas la bonne espèce de camphre pour les protéger.

Marceline tourna vers nous ses joues duveteuses et rubicondes, ses petits yeux vifs et brillants comme ceux des singes, puis s'éclipsa, le mouchoir sur les lèvres.

Les douleurs revenaient, me labouraient les cuisses, le bas-ventre. Les coliques semblaient déclencher les vomissements. A chaque selle des nausées me montaient à la gorge, je crachais en fusée une salive noire comme un jus de chique.

A sept heures, on me fit absorber cinquante grammes de camphre pour me faire dormir. Puis Marceline revint et saupoudra le lit de poudre de camphre, entre matelas et draps, tandis que Jérôme me soutenait, révulsée et vacillante. Je bus enfin un petit verre d'une liqueur anticholérique, très mauvaise au goût et qui cuisait le gosier, et je finis par sombrer tout doucement.

A minuit, mon état s'aggrava brusquement. Je délirai toute la nuit.

—

JE flottais, entre le rêve et une demi-conscience, encore mal éveillée, dans un état d'osmose qui me faisait confondre les réalités du jour qui pointait et les phantasmes de la nuit qui s'achevait.

Puis les nuées se déchirèrent, je distinguai les tentures bleu Nattier, le lambrequin du lit, la glace de Venise, les rangées de flacons... A mon chevet se tenaient deux hommes. Je reconnus de More, le visage bleu d'une barbe de deux jours. A son côté un homme était debout, presque aussi grand que lui, en redingote de savant. Un bel homme droit, sec, dont les cheveux blonds blanchissaient aux tempes et dont les yeux bleus se posaient sur moi avec bonté. Il avait une soixantaine d'années et une belle figure d'apôtre.

J'étais en vie ! Vivante ! Vivante ! Mais qu'il aurait été simple de mourir cette nuit, dans l'inconscience brûlante de l'agonie, quand je n'étais plus que squelette et viscères !

Une lampe à gaz, posée sur une console, jetait encore son cercle lumineux en contrepoint du petit jour qui blêmissait la pièce vouée au bleu. La faible lumière suffisait à m'aveugler, mon œil droit me faisait mal.

La notion des choses me revenait, et avec elle une constatation désabusée et pleine de force et d'orgueil :

— Je ne suis pas morte ! Je suis toujours là, la mort n'existe pas !

Une grande paix descendait en moi, que ma demi-cécité contribuait à garder floue, décolorée, sans âme. J'étais bien. J'avais moins chaud, moins soif. Le Ciel ne m'avait pas foudroyée de sa colère. Il permettait que de nouveau j'aie faim et que je prenne soin moi-même de mon propre corps.

— Les selles deviennent bilieuses et les symptômes de choc vont diminuer, fit l'homme en redingote. C'est la période de réaction. Elle peut avoir des complications pulmonaires ou infectieuses. La kératite en est une, mais de caractère assez bénin, somme toute. Je vais vous donner des gouttes à mettre dans l'œil contre l'inflammation de la cornée, et comme antiseptique vous lui ferez prendre des pilules de permanganate de potasse... Elle revient à elle, tout doucement, Eteignez cette lampe et laissez-la dans la pénombre. Faites-lui absorber de la nourriture solide, aujourd'hui, avec du kéfir et des petits verres de la liqueur de Raspail. Continuez les bains sédatifs additionnés d'ammoniac, de camphre et de sel de cuisine. Frictions énergiques au sortir du bain. L'appétit va revenir. Servez-lui une excellente nourriture, très aromatisée. Pour le moment il importe surtout de soigner cet œil.

Ce n'était donc pas ce fameux Raspail dont une certaine société, peu aisée, s'engouait fort depuis quelques années. L'homme soignait et, souvent, oubliait de se faire payer. Je voyais assez mal ce nouveau praticien, tandis qu'il entretenait Jérôme des soins à me donner et des précautions à prendre pour éviter lui-même la contagion. Mon œil larmoyait, suppurait comme un abcès. La douleur était vive mais moins lancinante que mes souffrances de la veille. Je regardai mes membres : la maladie avait noirci et ratatiné tout mon corps, je ressemblais à une momie. Pourtant, je savais que le plus dur était passé, que j'allais guérir, et, sortie des ténèbres de la nuit, j'avais le sentiment vaniteux d'avoir triomphé de quelque chose ou de quelqu'un de mieux armé que moi et qui fatalement devait m'abattre.

Quelle heure était-il ? Quel jour ? Je m'éveillais lentement, non pas d'un sommeil réparateur, mais d'une suite incohérente de cauchemars, de visions décousues, ponctuées par des bruits restés au fond de ma mémoire comme une sorte de glas marquant des heures accomplies : le verrou qui crie et qui retombe avec fracas, les crécelles de fer des trousseaux de clefs raclant les portes, les ronflements des paillasses, le bruit des sabots sur les dalles des couloirs, des ateliers... La tête lourde des médicaments absorbés, une nouvelle douleur aiguë sous la paupière, je m'efforçai de concentrer mon attention sur les objets qui m'entouraient, de reprendre pied dans ce monde qui vacillait encore un peu, bleuté et morne au point du jour.

La tapisserie était à ramages outremer sur fond gris. Le ciel de lit était couronné d'un lambrequin de velours Nattier, lourdement drapé et rehaussé de dorures en rinceaux. Auprès de la fenêtre, une travailleuse en bois de rose, avec plateau de marqueterie, semblait n'avoir pas bougé d'un pouce depuis le dernier séjour à Paris de Claire de More. Une sanguine, au mur, la représentait. Je fermai à demi mon œil droit et considérai le tableau assez méchamment de l'autre. Claire de More, en amazone élégante, tentait de maîtriser une monture un peu nerveuse. Elle avait des cheveux sombres, tirés en arrière à la chinoise, en un chignon volumineux de grosses boucles torsadées, et sur les lèvres un sourire hautain, mélancolique, compassé. La ligne du corps, surtout, attirait l'attention, et la façon dont elle rejetait la tête en arrière comme pour résister à l'élan de la jument. Elle était très belle. Souveraine, intimidante. Etait-ce bien cette femme-là qui se compromettait sur les pâtis de l'Arrée en compagnie de petits bergers demi idiots ?

Le reste du mobilier était dans la note de la pièce tout entière : d'un luxe discret, confortable. Il y avait la console sur laquelle les roses se fanaient déjà, étouffées par la chaleur et l'air vicié, la glace de Venise au-dessus de la cheminée, un dos-d'âne en bois d'if et une psyché devant laquelle trônait encore une armada de pots et de flacons, dont huit années de veuvage avaient respecté l'ordonnance quasi solennelle. Une chambre de femme coquette et raffinée, comme devait les aimer Jérôme de More.

Sur le palier, les deux hommes continuaient à s'entretenir. Je transpirais abondamment. Transpiration bénie, attendue, premier facteur de guérison ! Un bonheur âpre me nouait la gorge, trahi déjà par la vive douleur que me causait mon œil droit.

— Qui est cet homme ? demandai-je à Jérôme quand il revint à mon chevet. Ce n'est donc pas Monsieur Raspail ?

Il se laissa tomber de tout son poids sur la méridienne apportée là pour lui permettre de se reposer un peu durant la nuit. Ses lèvres mâchouillaient interminablement une cigarette en ivoire, colorée de nitrate d'argent, qui, avec son bout barbouillé de blanc et de clinquant, imitait parfaitement un cigare de la Havane allumé. C'était en fait une sorte de petite pipe avec bout vide, diaphragme en crible et bouchon vissé, que l'on bourrait de camphre comme on bourre de tabac une pipe ordinaire. Ces « cigarettes de camphre » avaient l'avantage, me dit Jérôme, de préserver à la fois contre le choléra et contre la malaria.

— Non, m'expliqua-t-il, ce n'était pas Raspail mais un médecin de son dispensaire de la rue des Francs-Bourgeois. Raspail, je l'ignorais, est actuellement en Belgique. Il a été condamné à six ans de prison en 1849, à la suite d'une manifestation libérale au Palais-Bourbon en faveur de la Pologne. Quand sa femme est morte, en 53, alors qu'il purgeait sa peine à la citadelle de Doullens, les ouvriers parisiens ont fait des obsèques en règle et Louis Napoléon a profité de la manifestation pour commuer en bannissement les deux ans de prison qui lui restaient à faire. Il vit donc actuellement à Boisford, à Uccle, dans la banlieue bruxelloise. Mais le docteur Cottereau et l'association médicale qui gère son dispensaire continuent à pratiquer ses méthodes fidèlement. Entre l'Hôtel de Ville et le Père Lachaise, dans le faubourg Saint-Antoine, les charpentiers, les ébénistes et les serruriers se soignent avec la médecine Raspail. J'ajoute que je m'inspire couramment de ses manuels et de ses almanachs et que, dès vos premiers symptômes de maladie, j'ai appliqué ses méthodes. C'est un démocrate, mais il est toujours resté aristocrate d'esprit, et une grande partie de l'armorial de la capitale a avec lui des relations étroites et très amicales.

Je l'avais laissé parler, follement intimidée par cet homme nouveau qui m'avait soignée comme un infirmier diplômé et me connaissait maintenant sous toutes les coutures. Je me sentais le besoin d'éprouver mon pouvoir, de deviner ce qui avait, dans ma personne, tant séduit cet homme-là. Sa fatigue sa maigreur, lui conféraient une beauté nouvelle. Les yeux bleus souriaient, couleur d'ardoise, appuyés sur les miens, et les lèvres pleines, sensuelles, se retroussaient aux commissures en un rictus de lassitude, moitié tendre, moitié pervers. On aime un homme pour ses qualités de cœur, pour sa bravoure, pour sa générosité, pour sa bonté. Jérôme n'avait aucune de ces qualités. Sa noblesse n'atteignait pas ses sentiments. Et pourtant je l'aimais. Pourtant il remuait en moi des fibres profondes, mais ce n'était pas ce qu'il y avait de meilleur en moi qu'il éveillait.

— Jérôme ? demandai-je. Pourquoi faites-vous tout cela pour moi ?

Il tourna la tête vers la fenêtre qu'un pâle rayon de soleil venait frôler et ses traits se crispèrent imperceptiblement. Il parut surpris par ma question et pesa longuement sa réponse. Il hocha enfin la tête, me répondit :

— Je ne sais pas. Je ne veux pas m'interroger. Je ne sais qu'une chose : je veux que vous viviez, que vous guérissiez, je veux que vous soyez à moi.

Il se leva très raide, ajouta en me tournant le dos :

— Je vous désire trop. Si vous saviez, Anne. J'en suis malade, de vous désirer à ce point.

— Même maintenant ? essayai-je de plaisanter pour dominer mon émotion. Je suis hideuse !

— Vous êtes belle. Vous serez toujours belle pour moi.

— Vous m'aimez peut-être, mais il est certain que vous ne m'épouserez jamais, déclarai-je d'un ton faussement affirmatif.

Jérôme eut un rire bref.

— Oh ! Anne ! Vous n'êtes pas fleur bleue à ce point ! Puis

il ajouta d'un air solennel et moqueur : Hors du mariage point de salut, n'est-ce pas ?

— Vous savez très bien que je ne cherche pas à me faire épouser.

— Grand bien vous fasse, chérie. Le mariage tue l'amour aussi sûrement que l'arsenic. L'amour à prix fixe... Quelle banalité !

— Non, Jérôme, coupai-je. Epargnez-moi les sempiternels refrains des hommes sur le mariage. Vous n'avez pas ces idées-là. Vous vous remarierez, un jour. Votre rang, votre titre l'exigent. Mais vous épouserez une jeune fille riche, l'héritière d'un grand nom.

Comme il se taisait, je repris, évasive :

— ... Vous vous marierez bien. Vous aurez des enfants.

— Non, ma chère. Pas d'enfants. Et pas d'espérances de ce côté-là. Je mange ce que je peux de mon bien et pour le reste, ma foi, je ferai mon âme héritière. Elle s'accommodera au mieux d'un excès de messes basses.

Pas d'espérances de ce côté-là... Que voulait-il dire ? Je m'entêtai :

— Il vous faudra bien une descendance, maintenant que vous voilà baron, remarquai-je d'un ton aigre.

— Erreur, Anne. Je ne me marierai jamais dans le but de procréer.

Il s'interrompit, se détourna et, ôtant de sa bouche sa cigarette de camphre, cracha dans les cendres de l'âtre comme un paysan du Mené qu'il était.

— J'ajoute, continua-t-il, que si je dois convoler une seconde fois, je coucherai avec ma femme par plaisir et non par devoir.

La pénombre lui déroba mon visage empourpré. Bien sûr, un de More ne se mariait pas au-dessous de sa condition. Mamm disait fréquemment : « Pour se marier, quand on s'appelle de More, il faut trouver une cheminée qui fume ». Mais il finirait bien par dénicher une héritière avec laquelle le devoir serait un pur plaisir.

— Vous vous arrangerez toujours pour faire coïncider les deux, déclarai-je.

Il me lorgna d'un air inquisiteur.

— Et vous, Anne ? Vous ne devez pas manquer de beaux soupirants, parmi vos relations... Je vous signale que vous avez déliré toute la nuit et que vous avez prononcé des noms.

— J'ai déliré ? balbutiai-je, l'œil inquiet. Qu'ai-je dit ?

— Ça, c'est un secret que je partage avec votre subconscient, mon cœur. Rien n'est aussi passionnant à entendre qu'une femme qui rêve ou qui délire.

— Je vous en prie, dites-moi !

— Il était question, je crois, d'une robe que Julien — Crenn, je suppose — avait trouvée jolie et qu'un certain Saint-Favre n'avait pas du tout l'air de trouver à son goût.

— Oh ! Ce n'est que cela, dis-je, songeant à la robe de la Belle Jardinière. Vous avez dû être bien déçu.

— Mais je ne vous ai pas tout répété, ma chérie. Vous avez déliré six bonnes heures. Et je vous ai écoutée attentivement. Qui est Saint-Favre ?

— C'est un homme, un tanneur. Sénateur aussi. Il peut faire beaucoup pour nous.

— Qui c'est, « nous » ?

— C'est sans importance. Un ami peintre dont les toiles sont régulièrement refusées au Salon. Saint-Favre peut l'aider.

— Mm... ouais. Vous faites probablement le trait d'union. Vous posez aussi pour ce peintre ?

— Oui, concédai-je, sans bien comprendre l'attitude de Jérôme. Ça m'arrive de temps en temps.

— Il est votre amant ?

— Quelle question ! Vous n'allez pas me demander des comptes maintenant ! Est-ce que je m'inquiète du nombre de vos maîtresses, moi ? Et puis laissez-moi. Ne me posez plus de questions. J'ai très mal à la tête. On vous a dit de soigner mon œil.

Il se redressa d'un coup de reins, se pencha sur moi et, enfonçant ses deux poings dans l'édredon qui me montait jusqu'au menton, il me regarda d'un air féroce.

— Vous n'êtes plus vierge, n'est-ce pas ?

J'ouvris la bouche, complètement interloquée. Quelle question stupide de la part d'un homme qui connaissait Julien Crenn et sa scandaleuse réputation de défloreur. Je n'aurais sans doute pas dû rire, mais cette question me parut si incohérente, si mal à propos, que je ne pus retenir mon hilarité. Vierge, vraiment ! Il était bien temps qu'il se préoccupât de mon état, lui qui s'était à plusieurs reprises rué sur moi comme un soudard ! Il y avait de tout dans mon rire : une rage de bonheur d'avoir échappé au pire, du défi, du chagrin, de l'humiliation. J'avais eu la réponse que j'avais cherchée. Jérôme de More ne comptait avoir avec moi qu'une petite aventure sans lendemain. Mais tout de même, il se renseignait sur l'intégrité de ma personne ! Etait-ce scrupule d'homme habitué aux femmes faciles, ou refus de prendre une initiative aussi grave que le dépucelage d'une jeune fille ? Mamm m'avait affirmé qu'il ne fréquentait guère les jeunes filles. Allons donc ! Qu'est-ce que j'allais imaginer ? Je n'étais plus qu'un sac d'os et il devait lui répugner de me prendre seulement un baiser ! Il n'allait tout de même pas me posséder dans ce lit saupoudré de camphre, alors qu'on venait tout juste de commencer à parler de guérison...

Mon rire le souffleta. Ulcéré, il m'empoigna les bras et se mit à me secouer méchamment. Avec la douleur, le sens des réalités me revint.

— La peste soit de vous, maudite Mazé ! rugit-il. Allez-vous cesser de rire, bon Dieu ! N'avez-vous donc aucune pudeur ?

Il me lâcha quand il me vit verdir, mais il continua de me toiser d'un regard hargneux.

— Qu'est-ce que ça peut vous faire, que je sois vierge ou pas ? fis-je d'une voix vulgaire. Je ne crois pas que ce soit le genre de chose qui vous arrêterait si vous aviez envie de coucher avec quelqu'un. Quant à ma pudeur, elle en a pris un sacré coup depuis deux jours. Après tout, je n'ai plus rien à vous cacher, n'est-ce pas ?

Il me considéra en silence, avec un intérêt soutenu. Ses yeux, plus gris que bleus dans le contre-jour, glissaient de ma bouche qui se gonflait encore de vie dans mon visage, à mes seins épanouis qui tendaient la percaline mouillée de transpiration. Il devait penser qu'il y avait encore de la diablesse dans ce pauvre corps noirci et parcheminé.

— Vous êtes une fieffée garce, Anne Mazé, déclara-t-il d'une voix véhémente. Je me demande quelle idée m'a pris de vous installer chez moi, vous et votre bacille. Je m'esquinte le tempérament à vous soigner depuis trente-six heures, j'en perds l'appétit et le sommeil, et dès que vous avez deux sous de vaillance vous recommencez à parler comme une mégère. La prochaine fois, je vous laisserai aux bons soins de vos amis clochards.

— Je ne vous ai rien demandé, Jérôme, fis-je observer assez cyniquement. Surtout pas de me torcher et de me langer comme un bébé. Ce n'était pas votre affaire. Moi aussi je me demande ce qui vous a pris. Vous n'allez pas me dire que vous me désiriez au point de prendre le risque de vous contaminer vous-même.

— Sait-on jamais ce qui se passe dans une tête brûlée comme la mienne ? ricana-t-il.

— Oh ! Allez au diable !

— J'en reviens. Et j'aspire à un peu de calme, un peu de fraîcheur. Vous n'avez aucune idée de la nuit que je viens de passer. En auriez-vous idée, d'ailleurs, que vous ne songeriez qu'à me traiter de vicieux et de voyeur. Ce n'est pas ma faute si vous n'avez pas attrapé une maladie plus élégante, plus conforme à votre sens de la dignité. Soyez assurée au demeurant que vous voir nue comme un ver tous les quarts d'heure n'a pas été pour moi une partie de plaisir. Et j'ai connu des déshabillages et des scènes de bain plus excitants, parole d'homme.

Oui, bien sûr, j'avais toujours été un peu garce avec lui. Il était mon amour et mon ennemi. Le jour où je l'aurais vaincu, ce jour-là il connaîtrait ma tendresse. Autant dire que mes sentiments à son égard n'avaient aucune chance de se teinter de douceur... Je suivais sa pensée, j'anticipais déjà sur les paroles qu'il allait prononcer, et je me dépêchai vite d'interrompre cette conversation avant que sa logique ne devînt par trop évidente et que je dusse m'incliner et reconnaître qu'il avait raison, somme toute.

— Au lieu de m'agonir d'insultes, vous feriez mieux de me donner des nouvelles de Taille-Douce. Est-elle réellement tirée d'affaire ?

— Je n'en sais fichtre rien. Vous ne l'avez peut-être pas remarqué, mais je n'ai pas décollé de cette chambre depuis deux nuits. J'ai ma claque, ma chère.

— Eh bien ! Reposez-vous. Je serai vite capable de me débrouiller toute seule, et je pense que Marceline osera m'approcher à présent.

— Que faites-vous des mesures quarantenaires ? En outre, vous êtes incapable de vous tenir debout. Vous avez perdu trente livres en deux jours, battu la breloque toute la nuit, et vous avez maintenant un bel abcès à l'œil. Je n'en ai pas encore fini avec vous, Anne Mazé.

Avec sa barbe, ses joues creuses, son visage labouré par la fatigue, il ressemblait à un bohémien, un vagabond. Mais je crus deviner qu'il était aussi vulnérable dans ses sentiments que dans son corps. Il avait des vues précises sur moi, qui n'allaient pas au-delà d'une étreinte physique, mais je me doutais vaguement que sa virilité n'était pas seule en cause. Il me désirait, oui, mais il m'aimait quand même un peu, à sa manière.

— Vous n'avez toujours pas répondu à ma question, déclarat-il après un temps de silence qu'il passa à rebourrer sa cigarette.

— Quelle question ?

— Ce peintre, ce gribouilleur à la petite semaine pour qui vous posez complaisamment... Il est votre amant, oui ou non ?

Après tout, pourquoi le lui cacherais-je ? Il ne prenait guère de gants avec moi, et son timbre de voix était déplaisant. Ma vanité féminine, en outre, trouvait dans cet aveu une compensation, un moyen de faire oublier l'abandon de Julien Crenn. Je répondis enfin au défi :

— Il est effectivement mon amant, si vous tenez à le savoir.

— Saint-Favre aussi, je présume ?

— Il ne l'est pas encore, mais il peut le devenir, chantonnai-je crânement.

— Il est riche ?

— Merci de vous en inquiéter. Je ne manquerai de rien.

Comme il ne répondait rien à cela, je levai les yeux, ressentis dans ce mouvement une vive douleur à la cornée en même temps qu'un étonnement vaguement craintif. Ses traits s'étaient figés dans une expression possessive, véhémente. Il planta son regard d'acier dans le mien et, l'espace d'un éclair, ses pupilles se rétrécirent, à m'en donner la chair de poule.

— Et Crenn ? s'informa-t-il d'un ton glacial. C'est de l'histoire ancienne ?

— Nous n'avons plus rien à faire ensemble, répondis-je. Il n'habite plus rue des Lavandières depuis bientôt quatre mois.

Jérôme dardait sur moi son œil de faucon, précis et froid. Puis il fit quelques pas vers la porte de communication, s'arrêta pour laisser tomber d'une voix méprisante dans laquelle il n'y avait même plus trace d'ironie :

— Un jour, vous avez voulu me faire gagner des jours d'indulgence pour cent cinquante francs. Vous avez fait mieux depuis. Avec votre foutu caractère, vous avez escamoté une bonne partie de mon purgatoire. Dieu vous bénisse ! Si je passe ma vie éternelle chez Saint-Pierre, c'est probablement à vous et à vos tracasseries que je le devrai. J'aurai eu mon enfer sur cette terre.

— Ne blasphémez pas.

— Et vous, ma chère, ne soyez pas hypocrite. Les principes religieux ne vous étouffent pas.

— Mais par contre je ne parade pas à l'église avec des gants jaunes pour cogner une heure après sur des bagnards ou courir les bordels de Brest avec une biture au vin rouge.

Il éclata d'un rire tonitruant. Avant qu'il eût franchi le seuil de sa chambre dont j'apercevais vaguement les tentures tilleul, je lui décochai, à brûle-pourpoint :

— Je vous déteste ! Je voudrais bien ne vous avoir jamais rencontré !

Il accueillit ma déclaration avec un calme olympien. Sa colère avait tourné en mépris, puis il avait pris le parti de s'amuser de l'empoignade.

— C'est cela, conclut-il, accommodant. Haïssez-moi. Haïr quelqu'un est ce qu'il y a de plus tonifiant. La haine est le meilleur tonique.

Il esquissa un salut moqueur, comme s'il prenait congé le plus galamment du monde, puis il disparut de ma vue et j'entendis le lit de la pièce voisine gémir sous son poids quand il se décida enfin à se coucher.

Je restai un long moment assise sur mon séant, hébétée, le ventre tenaillé à nouveau par les dernières coliques, l'œil brûlé et douloureux. Mes dernières paroles donnaient à mes lèvres un goût amer, mais j'avais beau, chaque fois, me traiter de garce, l'envie de croiser le fer avec cet homme-là était la plus forte.

Dieu du ciel ! Je n'avais pas mâché mes mots ! L'accuser de se piquer le nez dans les bas quartiers et de fréquenter les filles des Sept-Saints ! Des mots que j'avais glanés ici et là, autour des tables d'auberges, quand Ti-Lommig ou Perig m'accompagnaient sur l'Arrée. Oui, bien sûr, Jérôme de More buvait parfois du picrate et copulait joyeusement de Brest à Landerneau, mais après tout il n'avait de comptes à rendre à personne et sa façon de vivre et de profiter de l'existence ne regardait que lui. Précisément, depuis son veuvage, il n'avait demandé à aucune femme de partager cette vie chaotique et dissolue.

Avant de se coucher, il avait pris le soin de donner ses instructions à Marceline. La vieille nourrice, toute rebelle qu'elle fût, monta à mon chevet quelque vingt minutes plus tard, puant le camphre comme tout un chœur de vierges taraudées par le Malin. Elle s'emporta contre tous ces flacons aux noms barbares qui encombraient la pièce et l'étouffaient de relents irrespirables.

— De mon temps, geignait-elle, on ne s'embarrassait pas de toutes ces drogues de charlatan. Pour se préserver du choléra, on cueillait des noix vertes entre la Saint-Jean et la Sainte-Madeleine, on les faisait vieillir durant des années dans des foudres en chêne, on les râpait et on y ajoutait du sirop cuit et des eaux-de-vie. Point de toutes ces manigances, on ne quittait pas sa chemise pour si peu ! Des bains ! Je vous demande un peu ! De quoi attraper une fluxion de poitrine, quand on a votre fièvre de cheval ! Je vous dis, de l'eau-de-vie de noix et de l'huile de ricin, et on ne s'écoutait pas !

Elle me fit absorber en rechignant des pilules de kaolin et de permanganate de potasse, prit sur la console le flacon de gouttes à l'acide borique déposé là par l'assistant de Monsieur Raspail. Tandis que je renversais la tête sous son commandement, elle grommelait dans sa barbe des imprécations qui m'étaient probablement destinées mais dont je ne compris qu'une bribe, hachée de reniflements de dégoût :

— Monsieur Jérôme croit peut-être qu'à la chandeleur vous serez de nouveau une belle gisquette à croquer, grogna-t-elle. Mais moi je peux vous dire qu'il vous en restera bien quelque chose, de cette saleté de maladie. Quand la cornée suppure comme ça, c'est bien rare s'il reste pas des taies après, ça vous donne un œil d'aveugle, tout blanc.

Elle ne lanterna pas dans la chambre. Après avoir appelé le majordome qui se voila la face pour me porter jusqu'aux toilettes, elle me torcha hâtivement, m'entortilla dans une chemise de nuit bassinée et m'abandonna à mon sort. Je l'arrêtai comme elle s'éloignait vers la porte en tirant des soupirs de ses talons.

— Quel jour sommes-nous ? demandai-je.

— Samedi, bougonna-t-elle. Et avec vous dans nos jambes, faut pas que je compte avoir ma journée demain.

— Le 26 ?

— Samedi 26 janvier, ma foi oui !

C'était bien la date que j'avais calculée, sortie enfin de cette sorte d'impasse intemporelle où je confondais toutes les heures dans une même souffrance.

— Eh bien, Marceline, dis-je en mettant un brin d'amabilité dans ma voix rouillée, vous me rendriez bien service en m'achetant le premier numéro d'un nouveau journal, le Petit Franc. Il doit paraître aujourd'hui.

Elle bredouilla un acquiescement revêche tout en remarquant qu'ici on ne lisait que la Gazette et la Quotidienne, et se faufila dare-dare vers l'escalier.

Combien de temps restai-je ainsi, chavirée contre l'oreiller tout gluant de sueur, la tête tournée vers la sanguine de Claire de More qui se décolorait peu à peu sous mon regard noyé, torturé par la lumière du jour qui inondait maintenant la pièce et me foudroyait de ses rayons ?... Les paroles méchantes de la nourrice me brûlaient la cervelle : il n'était plus question de pudeurs offensées, de camphre, de répliques ironiques, d'amours sous le boisseau. Une seule chose comptait, mon œil, mon œil droit qui s'en était tiré en novembre avec une petite cicatrice friponne à la commissure, et qui à présent menaçait de se voiler d'une taie opaque à m'en défigurer ! Comment supporterais-je d'être laide, mutilée ? Que les regards des hommes se détournent de moi, que l'on me plaigne, que l'on me traite de borgnesse ? Un œil crevé, un œil mort, la laideur, c'était la médiocrité jusqu'à la fin de ma vie. Les gens laids n'ont pas d'histoire ! Qui m'avait dit cela, un jour ? J'entrevis une existence humble et grise, l'indifférence de Saint-Favre, le désir douché de de More, le licenciement de Thomas. Toute ma vie, tous mes espoirs, reposaient sur la beauté que ma mère m'avait léguée et la rouerie qu'avait mon père pour se servir de ses atouts.

Mon cœur et mon esprit dérivaient désespérément vers cette ornière et je n'avais pas bougé d'un pouce quand Marceline m'apporta en coup de vent le journal que je lui avais demandé. Je la priai de fermer un battant des volets et de libérer les tentures des embrasses. Je respirai avec délice le coulis d'air glacé qui s'insinua dans la chambre le temps d'ouvrir et de refermer la fenêtre. La sueur me coulait des pores comme du plomb fondu. Chacun de mes gestes déclenchait dans tout mon corps des bruits de succion, sales et vulgaires. Une moiteur chaude montait des draps souillés, m'engluait. Le bain turc à domicile ! Il gelait dehors et tout me collait à la peau, ma chemise fraîche me collait déjà au ventre, à la poitrine, épousait les spasmes brefs et fulgurants dont frémissait encore ma chair.

Le premier numéro du Petit Franc était donc sorti, comme prévu, le jour anniversaire de la mort de Nerval. Julien avait taillé sa plume la moins empoisonnée, mais les mots, imprimés par la presse à quatre cylindres de Marinoni, démentaient déjà les intentions prudentes du journal.

Je trouvai l'article verbeux et emphatique, parcourus négligemment les autres pages du journal. Le Petit Franc s'adressant également aux milieux populaires, on avait choisi pour feuilleton Adeline Protat, un roman champêtre de Murger, fantaisiste et poétique, avec pour cadre la forêt de Fontainebleau. J'étais plongée dans la lecture des aventures du rapin rencontrant sa bavolette et s'en éprenant sur-le-champ, quand Jérôme de More s'encadra sur le seuil, la mine plus patibulaire que jamais. Il n'avait pas même eu l'idée de démêler les boucles de sa tignasse et sa barbe lui donnait un air avachi et malade de clochard de la Mouffe.

Il s'approcha de moi sans mot dire, lut brièvement pardessus mon épaule, releva au passage le nom de Julien Crenn au bas de l'éditorial. Le sommeil ne lui avait ôté aucune de ses arrière-pensées, et ce fut sur le même ton posé et sardonique qu'il me glissa en s'asseyant sur le lit :

— Je ne voudrais pas jouer les Arthur de discorde, ma chérie, mais il me semble que vos relations avec les Belles-Lettres sont d'une fantaisie redoutable et qu'elles ne vous conduiront jamais à rien.

— Je n'ai pas envie de me laisser conduire où que ce soit, rétorquai-je en repliant le journal. Et ne me parlez pas de mes amis sur ce ton.

Il soupira, reprit, à la fois moqueur et découragé :

— Vos amis... Ils doivent être des dizaines à s'affoler autour de vos jupes, et je parie que pas un ne se soucie de vous à l'heure actuelle. Ces petits apôtres sont trop occupés à chahuter Nisard ou l'Impératrice !

Il se mêlait de mes affaires avec une suffisance et un mépris qui me firent palpiter des narines. Je me cambrai sur mon oreiller et le toisai de mon regard borgne.

— Que savez-vous de moi, après tout, pour me traiter de la sorte ? Et d'abord, qui vous a renseigné ? En quoi mes fréquentations vous concernent-elles ?

Un lent sourire étira sa bouche. J'avais envie de la lui mordre jusqu'au sang.

— Je ne connais de vous que ce qu'on a bien voulu me dire, fit-il. A savoir que vous posiez nue pour des peintres, que vous étiez acoquinée avec une joyeuse bande d'arrivistes et que vous ne compreniez rien à la politique.

Je songeai un moment à lui demander si cette incompétence servait ses propres vues, mais je me contentai de répliquer du tac au tac, avec une fierté cocardière :

— J'ai été la maîtresse d'un républicain, en effet. Il me lisait les pamphlets des proscrits et récitait Victor Hugo d'une traite, de mémoire !

— Vous en avez gardé un certain goût du théâtre, observat-il méchamment. Quand vous quittez votre air de chat écorché vous prenez celui d'une mégère !

— En tous les cas, moi je ne cherche pas à déboulonner qui que ce soit du trône impérial ! m'écriai-je.

— Vous avez beaucoup d'excuses, en effet.

Son demi-sourire était d'une ironie mordante. Je dus moi-même pointer mon petit air goguenard car il s'approcha de moi brusquement, me saisit les poignets et y imprima férocement la marque de ses doigts.

— Je vois, siffla-t-il. Vous vous moquez de nous. Vous nous prenez pour des petits cachottiers, un clan de korrigans et leur chef, choisi au sommet du Ménez-Hom par une nuit sans lune.

— La république korrigane est un chef-d'œuvre de gouvernement, remarquai-je.

J'ajoutai, le front buté :

— On envoie tous les jours à Cayenne des individus moins dangereux que vous, déclarai-je.

— Des journalistes, par exemple ? Faites-moi lire un peu la prose de vos amis, ça doit être confondant.

Il parcourut l'article de Julien, happa quelques gros titres d'un regard méprisant et me rendit le journal en soupirant.

— Les journalistes ne prêchent que des convertis, fit-il. Qui achètera cette feuille de chou ? Quelques copains de la bande ! Ce médiocre résultat peut-il assouvir toutes les passions que les auteurs mettent dans leur plume ? Certes, non. Et je sais hélas de quoi je parle. J'écris moi-même dans l'Hermine, un journal nantais, tout en sachant de plus en plus qu'il faut assimiler le passé, s'appuyer dessus, mais que le faire revivre est une erreur. Tout au plus peut-on en rêver... Je noircis du papier en pure perte, entre deux coupes de bois et deux grangées de sarrasin.

— La voilà donc, la médiocrité de la province, cinglai-je.

Il releva la tête, capta dans mes yeux une lueur mauvaise puis, d'un geste si soudain qu'il me laissa sans réaction, m'attira à lui par les épaules, me mordit la bouche et d'un geste félin caressa mes cheveux mouillés patiemment, comme s'il voulait enjôler un animal rétif. Je ne m'attendais pas du tout aux mots qui suivirent ni au ton amer sur lequel ils furent prononcés.

— Qui croyez-vous donc que je sois, Anne ? Un idéaliste humanitaire ? Non, merci. Je n'ai jamais soutenu les idées de 48. Je ne suis pas non plus un de ces nouveaux nobles recrutés dans le feu des victoires. Les titres de la famille de More ne sont pas de la savonnette à vilain ni des séquelles des champs de bataille de l'Empire. Je ne dois rien à l'armée. J'ai même été vidé de ses rangs sans tambour ni trompette. Je vous montrerai un jour, si l'occasion s'en présente, les preuves écrites de notre état civil que mes ancêtres ont dû présenter aux commissaires lors de la réformation de 1668, pour justifier de leur « bonne et ancienne noblesse de chevalerie ». Mais essayez donc d'imaginer une noblesse plus déchue que la mienne, plus bêtement légitimiste ? Je sais bien que la noblesse bretonne est épargnée par la dérogeance, mais j'ai dû, à maintes reprises, exercer des bas offices et mettre la main à la pâte. Je n'en éprouve au reste aucune honte... Voulez-vous savoir à quoi je passe mes journées, quand je suis en Bretagne ? Je déjeune à mon réveil, puis je lis mon courrier et les journaux. Je rédige quelques lettres et compulse les ouvrages dont on m'a fait mention (je possède, ici comme à Pennarstank, des ouvrages très rares de bibliothèque), puis je pars sur la lande à cheval, je rends visite à mes fermiers et domaniers, j'essaie de les amener aux nouvelles méthodes de culture, je sonde les sentiments monarchistes des campagnes. L'après-midi, quand mes tournées m'en laissent le temps je passe à Brest à la Société des Vêpres, je contacte les membres de mon escouade. Nous sommes des milliers, dans l'ouest et en Provence, à mener cette guérilla stérile de salons, de clubs clandestins pourchassés par la police. Vous connaissez déjà quelques détails de la liste des griefs accumulés contre ce régime. Je ne veux pas m'attarder davantage sur ce sujet...

Mais il s'y attardait quand même, je me souviens qu'il me lança à la tête une suite d'arguments politiques que j'écoutai sans grand intérêt, trop bouleversée de sentir sous ma joue les battements puissants de son cœur, la chaleur de sa peau à travers sa chemise : les assemblées parlementaires voyaient leurs pouvoirs réduits à un bas travail électoral, il n'y avait aucune liberté de presse ni de réunion, le pouvoir judiciaire était dessaisi par le pouvoir administratif qui tournait le plus souvent à l'arbitraire, l'Empereur régnait en despote, tandis qu'Henri de Chambord ne cessait de prôner une monarchie tempérée, s'appuyant sur deux chambres dont l'une serait élue par le peuple. Louis-Napoléon trahissait à tout instant l'idéal qui avait fait de lui, en 1848, une sorte de tribun du peuple. Les orléanistes, quant à eux, faisaient feu de tout bois, il fallait voir comment le journal brestois « l'Armoricain » avait tourné casaque, entre l'abdication de Louis-Philippe et les premières velléités de conquête de Badinguet, après avoir usé ses flèches à calomnier les défenseurs du roi légitime durant toute la Monarchie de juillet.

J'entendais des mots, je voyais flotter une blanche bannière, le drapeau blanc de la Vendée marchant contre le drapeau tricolore de la Convention, le drapeau blanc des Charette, des Cadoudal, des Sombreuil et des Bonchamp, comme disait la chanson des royalistes. Le blason des de More avait fière allure, « d'hermines, coticé en barre de sept pièces de gueules »...

— Il semble, poursuivit-il comme pour donner tort à mes pensées héraldiques, qu'aujourd'hui la noblesse authentique décline avec son temps, et c'est tout un passé qui s'en va. On nous traite de petits nobles dédorés, nous vivons comme des fermiers, de nos terres. Et plusieurs fois par an, quand la nostalgie s'en fait trop sentir, nous ressuscitons l'ancien temps... Talleyrand disait : « Qui n'a point vécu avant la Révolution, n'a pas connu le bonheur de vivre ». Mais vous penserez avec moi qu'en d'autres temps tout ce faste sonnait moins faux et qu'on n'avait pas besoin d'étayer sa noblesse : elle se tenait debout toute seule. Que peut-on faire contre cet état de chose ? Rien qui puisse se motiver aux yeux de la majorité des Français. Le pays est las de la chouannerie, on a aimé l'Empereur, un peu partout, parce que son nom représentait en quelque sorte la Révolution. Nous sommes définitivement oubliés... Je vous dis aujourd'hui ce que je me garderais bien d'avouer à mes amis. Certes, je crois en Dieu, je crois au droit divin, je crois à la noblesse assise à la droite du Seigneur, à l'autorité sacrée, à une race élue, choisie par des princes qui procèdent du surnaturel. Mais simultanément je redoute l'avènement d'une civilisation sans classe noble où Dieu finira par céder le pas au peuple. Le goût de l'émeute, de la révolte des basses classes, est un signe des temps. Nous abominons le mot République qui est pour nous synonyme de mort et de sacrilège, mais rien ne l'aura mieux préparée que cet Empire obtus, ce militarisme, cette gloriole inutile qui profite à tous ceux qui ne paient pas de leur personne. Anne, je ne crois plus, au fond de moi, aux chances de la monarchie légitime. Je vous le dis l'âme déchirée, navré, écœuré. Se battre sans illusion est bien pire que se battre aveuglément. Peut-être suis-je trop vieux déjà, que ces rêves de royauté sont des rêves de jeunesse, presque des souvenirs d'enfance. Mon père, pourtant, n'a pas toujours été le vieux Chouan qui chantait encore la chanson de Monsieur de Charette sur son lit de mort. Quand je suis né, il était l'ami d'Amédée Conseil qui commençait alors une carrière dans la marine. Il lui a demandé d'être mon parrain. Et puis Conseil est parti comme capitaine au long cours et mon père a fait la connaissance de Ti-Lommig, ce vieux fou illuminé, qui l'a un jour emmené en forêt du Cranou et lui a plus ou moins bricolé une apparition miraculeuse brandissant le spectre royal et foudroyant les ennemis de Charles X. Je les soupçonne d'avoir fait ce jour-là tous les cafés, de Pennarstank à Brasparts. Bref, mon père a alors fait jour après jour son apprentissage de chevau-léger. Mon enfance est jalonnée de récits épiques, où les Bleus étaient les anges du démon. Actuellement, notre amour et notre recherche de la vraie dynastie, ce n'est en fait qu'une sorte de quête du Graal où nous jouons un rôle désuet, plutôt pathétique. La noblesse se meurt avec la légitimité du pouvoir. Jusqu'à mon nom qui connaît selon toute évidence sa dernière génération !

Je m'attardai à peine à cette dernière affirmation. Je ne bougeais pas, j'écoutais ces mots étranges, amers, pénétrer mon esprit, j'accueillais cette profession de foi comme une déclaration d'amour. Avec ces mots sincères, choisis tout spécialement pour mon oreille, il trouvait plus sûrement le chemin de mon cœur qu'avec toutes les insinuations sensuelles et satisfaites qu'il avait pris plaisir à me débiter. Je regardais de mon œil valide les petits meubles volants de la pièce, ce que je pouvais voir de cette chambre qui avait un passé et où il avait aimé. Ah ! Qu'importe le passé et l'avenir ! Tout ce qui n'était pas cette minute n'était rien, plus rien n'existait, que cette poitrine contre laquelle mes dernières rancunes s'émoussaient.

— Je voudrais vous préciser, néanmoins, poursuivit-il, que mes articles dans l'Hermine légitimiste sont d'un ton très modéré. En outre, la Société des Vêpres n'achète aucun pamphlet et rien de ce qui est prononcé dans ce cercle ne risque d'ébranler le régime. Les sociétaires sont pour la plupart des généraux, des magistrats, des notables de Brest. La censure y est sévère. La liste des journaux en lecture doit être adressée, tous les mois, à l'administration de la police.

— Mais vous ne vous contentez pas de fréquenter un cercle littéraire, murmurai-je, la voix encore cassée, tout en pensant à autre chose.

— Je m'occupe des relations interceltiques entre la Bretagne et l'Angleterre, ce qui me donne des facilités pour... « comploter », comme vous dites. Nous avons des correspondants à Londres et des amis sûrs parmi les familles nobles ayant fait souche après la Révolution. Tous les exilés ne sont pas rentrés en France sous Louis XVIII. Anne... m'écoutez-vous, sacré nom ?

— L'Angleterre... répondis-je distraitement. Pourquoi précisément l'Angleterre ?

— Parce que les émigrés se sont toujours tournés vers l'Angleterre.

— Taratata ! On prétend qu'il y a en Angleterre beaucoup plus de femmes que d'hommes. Les étrangers sont accueillis à bras ouverts par les filles à marier. Voilà pourquoi vous

248

avez choisi l'Angleterre, et non pas la Belgique, ou l'Allemagne.

— Et quand cela serait ? Connaissez-vous plus charmante raison de visiter un pays ?

— C'est une réponse d'aventurier, remarquai-je en hasardant ma main vers son cou, le long de son épaule.

— Ce mot-là, Anne, s'emploie plutôt au féminin. N'importe, je n'ai pas le souci de renforcer les effectifs mâles de l'Angleterre. Vous savez mieux que personne que je ne tiens pas à me marier. Etes-vous satisfaite ?

— Hum... Je le serai tout à fait quand vous me demanderez de partir avec vous.

— Il me semble bien que je vous l'ai proposé il y a longtemps déjà. Vous m'aviez ri au nez en me rappelant que j'étais un vieux maniaque à rhumatismes.

— Et aujourd'hui, Jérôme ? M'emporteriez-vous encore dans vos bagages ? Je suis maigre comme un coucou et Marceline m'a affirmé que j'allais garder des taies à mon œil.

— Ne vous occupez donc pas des radotages de vieilles femmes.

Il se pencha pour trouver ma bouche qu'il n'eut pas, cette fois, à forcer pour m'embrasser. Je fermai les yeux, avide, offerte, et me donnai tout entière dans ce baiser. La maladie et la souffrance m'avaient laissé assez de forces pour satisfaire une bouche aussi exigeante que la sienne.

Je passai désormais mes matinées dans un fauteuil, postée derrière la haute croisée aux tentures bleu Nattier.

Le lundi 28, je mangeai pour la première fois de bon appétit et ne laissai rien du petit déjeuner copieusement composé de kéfir, boisson fermentée d'origine caucasienne, préparée à partir de lait de vache ou de chèvre. Jérôme s'en procurait à prix d'or chez un épicier russe de la rue de la Harpe.

Nous avions fait la paix, lui et moi. Il restait de longs moments près de mon lit, me parlait amicalement de choses et d'autres, plaisantait ou, parfois, semblait souffrir d'un malaise presque physique. Je me souviens de ces moments de tendresse avec un regret déchirant. Je me souviens aussi de quelques phrases, prononcées au hasard de nos conversations.

— Vous n'êtes pas heureux, n'est-ce pas ? lui demandai-je un jour brusquement, et je ne sus, dans le même temps, ce qui, dans son attitude passée et présente, m'avait poussée à faire cette constatation.

Il avait levé un sourcil, m'avait considérée un moment avant de répondre.

— Je ne suis qu'un vieux quadragénaire pour vous, biaisa-t-il, la voix faussement enjouée. Souvenez-vous de vos propres paroles, le jour de l'Exposition.

Je nous revoyais tous les deux, sous les lustres du palais de l'Industrie. De More inconnu, noceur, ironique. Moi en robe verte et en chapeau de paille, avec cet air de Salomé que j'avais quand la fatigue meurtrissait mes paupières. Dagorne, du coin de l'œil, avait deviné que quelque chose se préparait entre nous deux. Quelque chose de brutal, de brûlant, qui nous alertait déjà et dont la pensée éveillait en moi une foule de sentiments violents et contradictoires.

— Ce n'est pas ce que je voulais dire, et vous le savez bien, articulai-je d'un ton cassé. Ma voix avait du mal à retrouver ses inflexions normales.

Il me glissa encore un coup d'œil, puis sembla s'intéresser énormément à nos doigts entrelacés sur la couverture.

— Une vie réussie, prétend Vigny, c'est un rêve d'adolescent réalisé dans l'âge mûr, soupira-t-il après un temps de réflexion. A ce compte-là, j'ai raté ma vie. Enfant, je rêvais de paix, d'un bonheur simple, bâti sur des valeurs éternelles. Rien n'est allé selon mes vœux.

— L'enfance est-elle si importante pour vous, Jérôme ?

— L'enfance ? C'est capital. On y revient toute sa vie. L'enfance, c'est la tendresse, un refuge contre les agressions de l'âge adulte. Parfois, il arrive aussi que ce soit une raison de lutter et de haïr toute sa vie.

Il avait dit ces mots-là d'un ton tranquille, mais je devinai au fond de mon cœur à quel point il se sentait naufragé, fugitif. Il se livrait enfin, pensant peut-être qu'une malade peut tout entendre et que ses confessions me serviraient de viatique. Non. Il avait toujours été persuadé qu'il allait me guérir, me sauver.

— Vous êtes seul, prononçai-je, mais en fait, n'est-ce pas le goût de la solitude qui vous fait agir ? Et le goût de la solitude, c'est au fond une forme d'égoïsme (je ne le savais que trop bien !).

— Je ne le nie pas, Anne. Je vous ai toujours dit que j'étais égoïste. Il faut trop de courage pour briser sa solitude, la vaincre, ne pas faire de soi-même le seul but de sa vie. Chacun porte en soi son lot de solitude. On peut la détruire au contact de celle des autres, comme on peut la cajoler, en faire de l'égoïsme.

Ces paroles résonnaient étrangement en moi. Moi aussi, j'ai toujours été une solitaire. A toute autre compagnie je préférais la mienne, sauvage et exaltée dans la campagne de Sizun, rêveuse et égoïste au long des rues de Paris qui m'offraient, à moi seule, leurs charmes et leurs secrets, les présents faits à l'œil de vitrine en vitrine et qui suffisent à embellir un après-midi voué à la flânerie et à l'imagination.

Le matin de ce lundi-là, j'étais derrière la fenêtre et regardais sans curiosité particulière le va-et-vient des passants et des voitures au coin de la place de la Bastille.

Je vis passer un fiacre, suivi à la course par une valetaille qui avait dû le prendre en filature devant l'embarcadère d'Austerlitz ou la gare du Nord, à en juger par les mallettes et les rouleaux de châles que le cocher avait arrimés sur le toit. La manœuvre était fréquente aux alentours des gares. Des commissaires en chômage guettaient l'arrivée des voyageurs, pistaient le locatis et proposaient, en fin de course, leurs services pour le déchargement des bagages.

Je vis aussi le bibliophile Jacob, accompagné d'un grand et bel homme dont l'élégance, un peu originale, attirait l'attention ; sur une forêt de cheveux blonds, il portait un chapeau d'une forme étonnante et sa barbe, non taillée, dissimulait entièrement sa cravate. Je me souvins que Paul Lacroix était conservateur de la bibliothèque de l'Arsenal, toute proche, et ne m'étonnai pas de le rencontrer en ces parages.

Vers onze heures, une silhouette trapue, accrocheuse, déboucha de la place. Une grande carcasse de bousingot, se balançant sur les pavés d'une démarche de gorille au milieu d'embûches familières. Marin de Hurepoix ! Le vieux tireur de sable venait aux nouvelles, il montrait à Jérôme de More que la petite Poil-Rousse n'était pas encore oubliée, à la Maub'. Je lui dédiai un regard aussi reconnaissant qu'endolori.

Et puis j'attendis. Le marteau de bronze avait frappé la

porte d'entrée depuis un bon quart d'heure. Jérôme était descendu. Que faisaient-ils, en bas ? De quoi pouvaient donc parler un chevau-léger comme de More et une vieille bête rouge comme Marin Colombel ?

Je les imaginais, tous deux, dans la pénombre du hall d'entrée. Ils avaient la même taille, la même violence en eux, la même capacité de haine, mais de More avait été policé par un monde qui avait la revanche, sinon toujours de l'argent, du moins de la culture et des belles manières. Sacré mâtin ! Que pouvaient-ils bien se dire ? Je n'avais pas encore assez de force pour me lever du fauteuil et aller coller mon oreille dans l'entrebâillement de la porte.

Un bruit de pas montait. Tournant la tête, je vis la haute silhouette de Jérôme s'encadrer sur le seuil. Il portait sa veste de ratine à brandebourgs et un pantalon de drap gris qui moulait un peu trop ses cuisses puissantes. Je voulais tout savoir, tout de suite. Comme il se taisait, s'allongeait nonchalamment sur le lit, je lui lançai d'une voix impatiente :

— C'était Marin Colombel, n'est-ce pas ? Je l'ai vu arriver, dans la rue. Je me demande bien ce que vous avez pu trafiquer en bas, tous les deux, pendant vingt minutes !

— Marin Colombel est l'homme le plus sensé que je connaisse, fit-il pour toute réponse. Je n'approuve pas beaucoup vos relations, mais je vous félicite pour le choix de celle-là.

— Et zut. Je choisis mes amis comme je l'entends. Que voulait-il ?

— De vos nouvelles, évidemment. Vous m'excuserez de ne pas l'avoir fait monter. Le premier étage de cette maison est plutôt malsain, en ce moment.

— Et Taille-Douce ? L'a-t-il revue ? Comment va-t-elle ?

J'insistai, butant contre son silence comme sur un pressentiment.

— Vous me cachez quelque chose, Jérôme ! Je vous en prie, ne me dites pas qu'elle... qu'elle est... ?

— Morte. Hier soir, du tétanos. Je suis désolé, ma chérie. Nous n'y pouvons rien, ni vous ni moi. Vous n'avez rien à vous reprocher.

Il s'était étalé sur le lit et restait vautré là, les yeux en l'air. Je l'écoutais, pétrifiée d'horreur. Taille-Douce morte ! La petite Guillemette que l'on chantonnait, à la Maub'. La gamine peu farouche qui voulait goûter à l'amour d'un Châ-

taigne, bestial et corrompu. Mon Dieu ! Ce n'était pas vrai !
Elle n'avait pas pu mourir, à seize ans, elle qui gaiement se
promettait à tant d'hommes une semaine plus tôt ! Où était-
elle morte ? Qu'avait dit sa mère ? Que savait-on au juste, à
la Maub' ? Couapel avait-il parlé ?

— Ne vous faites pas tant de mouron pour cette fille, coupa
Jérôme. Je n'ai pas cru comprendre qu'elle vous aimait énormément. De qui était-elle enceinte ?

— D'un voisin, un brunisseur qui coinçait toutes les filles
du quartier quand sa femme était à l'hôpital. Oh ! Il n'y a
guère de beau monde, à la maison Tessier. Vous ne pouvez pas
comprendre. Elle m'avait fait confiance, c'était moi qui l'avais
conduite rue Delambre... J'aurais aussi bien pu être à sa
place...

— Vous m'avez dit tout cela déjà, ma chérie. Ne vous alarmez pas. Si l'on devait faire l'autopsie de toutes les avortées,
la morgue ne désemplirait pas.

— Vous ne comprenez pas, répétai-je, la gorge serrée, glacée
des pieds à la tête.

La mort de Taille-Douce m'accablait d'un faisceau de
remords. Si personne ne me soupçonnait à la Maub', l'heure
n'en était pas moins venue de rendre des comptes, de mettre
sur la balance ma vie passée, ses erreurs et ses dérèglements.
Bien sûr, mon chagrin n'était pas celui d'une sœur perdant
sa cadette, bien sûr nous avions eu souvent maille à partir
l'une avec l'autre, nous cherchions trop à plaire toutes les
deux pour ne pas être rivales, mais elle était quand même
un maillon de ma jeunesse, nous avions eu des fous-rires de
gamines dans l'escalier de la maison Tessier, nous avions
cueilli ensemble le bleuet et le coquelicot à la barrière des
Deux-Moulins, nous avions mijoté en tapinois mille façons
de chiper les hommes. Taille-Douce, c'était cette folle année
de la Maub', une complicité qui sentait la figue et la ficelle
et dont nous nous tenions les côtes. Non, évidemment, un bonnet de nuit comme de More ne pouvait rien comprendre aux
blagues d'adolescentes.

— Voyons, Anne, je vous répète qu'elle n'a pas pipé mot de
votre passage à la cité Delambre. Elle est morte sans rien
dire, allez trouver maintenant dans tout Paris la faiseuse
d'anges qui lui a fait son affaire !

Je songeais aussi aux cinq cents francs qu'il allait me falloir trouver dans Paris pour payer, malgré la tournure des événements, la triste addition de la mère Toussaint. Puisque Jérôme de More semblait bien disposé à mon égard, pourquoi ne tenterais-je pas de tirer de lui un geste généreux, comme celui qui avait jadis remis Colin en selle ?

— Je me fais du souci, Jérôme, déclarai-je, mes mains crispées aux accoudoirs et sans le regarder. La faiseuse d'anges a exigé une somme de cinq cents francs, et bien sûr je n'ai pas le premier liard de cette fortune.

— Qu'est-ce que je vous disais, l'autre jour, au Jockey-Club, ricana-t-il. Je suis certain que vous avez des bricoles russes dont vous espérez bon prix.

— Un samovar en argent, grognai-je, de mauvais gré.

— Voyez donc ! Un encrier de malachite aussi, peut-être ? Et du cuir, du chinchilla ? Et le collier d'ambre que vous portiez en arrivant ici ?

Bon sang de bois ! Il lisait en moi comme dans un livre.

— A combien estimez-vous le samovar ? demandai-je tout-à-trac.

— Halte-là, belle enfant ! Je ne vous en donnerai pas un centime. N'essayez pas de me refaire goûter au plat de lentilles d'Esaü, ma chère. Bis repetita ne placent pas toujours.

— C... Co... Comme vous y allez ! bafouillai-je en appelant à mon secours les mânes de Long Fellow.

— Pourquoi ne demanderiez-vous pas aide et assistance à ce sénateur plein aux as et chaud comme la caille ? suggéra-t-il avec candeur en examinant ses ongles, soucieux de coquetterie mondaine. Vous savez très bien qu'aucun homme ne vous résiste quand vous faites une certaine bouche et un certain œil. Allons ! Voici venir le moment d'exercer vos talents, Mademoiselle Mazé !

— Jérôme ! lâchai-je, interloquée, les reins moites, doutant brusquement d'avoir bien entendu.

— ... Et il n'y a pas une heure, vous me parliez d'amour ! repris-je suffoquée.

— Nous ne donnons pas le même sens à ce mot, vous et moi, observa-t-il.

— Il n'a pas trente-six sens. Quand on aime véritablement, on ne lui en donne qu'un.

— Je sais que pour vous je suis un pacha à trois queues et que je prends les femmes comme on prend l'omnibus. Il n'empêche que, vu mon âge, j'ai un peu plus d'expérience que vous. Croyez-moi, chérie, j'ai depuis longtemps épuisé tous les plaisirs, toutes les émotions, tous les modes de jouissance et toute la lyre ! Et quand je parle d'amour, comme vous dites, je sais de quoi je parle, vous pouvez me faire confiance ! Ceci dit, je ne peux me montrer jaloux de ce qui ne m'appartient pas. Car vous ne m'appartenez pas, n'est-ce pas ?

— ...

— A vrai dire, je suis aussi curieux de savoir ce que vous comptez faire d'un gros bonnet qui vous enlèvera à la hussarde et vous couchera partout sauf sur son testament.

— Vous êtes jaloux, accusai-je amèrement. Vous êtes bel et bien jaloux.

Il s'esclaffa.

— Jaloux, moi ? gouailla-t-il. Et de qui donc ? De votre habit bleu et de toutes ses décorations ? De votre rapin marmiteux ? De tous les nourrissons du Parnasse qui mettent vos charmes en vers et en musique au Quartier Latin ? Me croyez-vous homme à me comparer avec tout ce gibier-là ?

J'étais blême, humiliée par cette gaieté goguenarde et cet humour corrosif qu'il jetait entre nous pour rétablir les distances quand il s'était laissé aller à quelques tendresses.

— Vous vous vengez de moi, parce que je vous ai parlé de Thomas et de Saint-Favre, murmurai-je sombrement. On dit des femmes qu'elles ne pardonnent qu'après s'être vengées, mais vous êtes pire qu'elles. Vous vous battez avec des armes que je n'ai pas, vous vous moquez de moi parce que j'ai eu assez confiance en vous pour vous faire des confidences...

— Voyons, chérie, ne soyez pas de mauvaise foi. Vous m'avez jeté vos amants à la tête comme une paire de claques. Vos confidences, à tout le moins, m'ont plutôt un air de sacrée rosserie.

Je repoussai d'un mouvement fébrile la couverture qui m'entourait les jambes, dégrafai la douillette que j'avais posée sur mes épaules.

— Aidez-moi à me recoucher, commandai-je, au lieu de dire toutes ces stupidités. Vous me fatiguez.

Il décrivit un grand mouvement de jambes, sauta sur ses pieds. Il fut près de moi en deux enjambées. Quand je le voyais ainsi campé devant moi, lourd, encombrant, tenace, mes rancunes fondaient comme neige, je sombrais tout entière, dolente, prostrée, nue, sans mensonges. Je l'aimais. Il était là. Il pesait sur moi de toute sa force. J'avais nettement conscience d'être déjà tombée amoureuse plusieurs fois, je m'étais emballée très vite pour Julien, pour Thomas. Oui, d'une certaine façon, j'aimais encore Thomas. Mais jamais il n'y avait eu, entre mon corps et celui d'un homme, toutes les choses qui faisaient de Jérôme une présence plus palpable et plus dominatrice que celle d'un amant, bien qu'il ne m'ait jamais possédée. Cette langueur qui me prenait, ce besoin chaud et soumis de lui, ce halo sensuel qui l'entourait et que je sentais physiquement sur tous les coins de ma peau, c'était de l'amour, certes, mais mon orgueil blessé, ma pudeur malmenée, me soufflaient sournoisement que je l'aimais « pour le mauvais motif », pour le péché et le plaisir du péché.

J'arrondis les bras, enlaçai sa taille d'un geste convulsif, me collai à lui, humble, douloureuse.

— Jérôme, murmurai-je d'une toute petite voix, le nez dans les brandebourgs de sa veste, est-ce que nous passerons toujours notre temps à nous disputer ? A nous faire le plus de mal possible ?

— Seriez-vous déjà à bout d'arguments ?... commença-t-il d'une voix railleuse. Puis il vit le visage que je levais vers lui. Il jura tout bas, s'agenouilla près de moi. De ma vie je n'oublierai l'expression qui, quelques secondes durant, ravagea ses traits au point de me glacer de peur.

Il ne disait rien. Il me regardait et il se sentait seul, maudit, impossible à vivre. A plusieurs reprises il fut sur le point de parler, mais il se contenta de hocher la tête, lentement. Une légère contraction des muscles de sa joue humanisa enfin sa figure. Il m'attira à lui. Il avait l'air d'avoir traversé la lande un soir de tempête. « Chérie... chérie, répéta-t-il. Il ajouta d'une voix farouche :

— Tu m'aimes ? dis-le moi !

Je le lui dis, la gorge noyée de larmes. Il écrasa l'aveu sur ma bouche, d'un baiser frénétique, effrayant de passion. Ses mains déjà m'arrachaient au fauteuil, m'emportaient, et nous tombions tous les deux en travers du grand lit, dans le désordre des draps mouillés de sueur et empuantis de camphre.

Qu'avais-je à lui donner ? Que pouvait-il me prendre ? Je n'étais qu'une épave qu'il roulait sous ses mains et qui l'entraînait dans sa chute. Une chute... un vertige... le même éblouissement charnel qu'au jour de notre premier baiser... Il se pencha sur moi longuement. Les yeux grands ouverts malgré mon mal, le souffle vif et saccadé, je le laissai faire, sans même esquisser un geste de défense. J'étais à lui, entière, consentante, docile, bonne. Ses lèvres parcoururent mon corps amaigri, brûlantes, pressantes, et aucun de ses baisers ne me choqua plus. Je répondais inconsciemment quand je gémissais et me bandais vers lui comme un arc. Je l'aimais... Ah ! Dieu ! Comme je l'aimais ! Il m'avait ressuscitée, ma chair était la sienne, il m'avait tirée des ténèbres de la mort et je lui appartenais quoi qu'il en dise, chacun de ses gestes vers moi, chacun de ses soins avait tissé entre nous une trame indélébile. Il fut encore plus près de moi, et je respirai son odeur, fine comme l'ambre, indéfinissable, faite de tabac, de relent de cuir, de je ne sais quel parfum d'homme libre, proche de la terre et des grands chemins.

Ce déchaînement amoureux se rompit comme une vague furibonde sur une digue : mon corps était malade encore, il fallait le soigner, le ménager, et non pas lui imposer ce poids chéri qui me martelait avec une obstination désespérée. Il ne fallait pas... pas encore ! Il s'écarta de moi brutalement, me laissa au creux du lit, rompue, les tempes ruisselantes, les reins en eau.

Il s'était rejeté comme une masse au bord du lit, la face dans l'oreiller. Au bout d'un moment, étonnée par son silence et par les spasmes de ses épaules, je me demandai avec émotion s'il ne pleurait pas. Mais il se retourna bientôt vers moi, étendit la main pour caresser mon visage. Ses yeux bleus me souriaient, me disaient combien je lui plaisais encore, malgré ce coup de laideur de la maladie.

— Dépêche-toi de guérir, fit-il simplement.

JÉRÔME était assis à califourchon sur une chaise et me regardait me dépêtrer d'une lourde robe de velours cédrat pour entrer dans une autre, de drap Véronèse. Nous étions le 1er février, les forces me revenaient. Il m'avait ordonné de me lever et ajouté que mes vêtements n'étant pas de saison, il allait me donner des effets ayant appartenu à sa femme.

— Des vêtements de votre femme ! m'exclamai-je, scanda-
lisée. Par exemple ! Vous n'avez donc aucun respect pour les
affaires d'une morte !

— Je pourvoirai à vos besoins et vous referai une garde-
robe complète, ma chérie, avait-il répondu. Mais aujourd'hui
une de ces robes suffira. Essayez-en quelques-unes. Elles
devraient vous aller. Claire était à peine plus petite que vous.

Je pouvais maintenant me tenir debout sans aide et même
faire quelques pas dans la chambre. Lorsque, pour la première
fois, je me trouvai sur mes deux pieds, je me dirigeai tout
naturellement vers la glace de la cheminée. J'en fus pour mes
frais. Ce fut un voyage sans gloire. Les premiers symptômes
de guérison n'avaient guère requinqué mon visage et mon décolleté était plus maigre et plus terne que celui de Joséphine
Caput. J'eus quelque peine à me reconnaître dans ce vis-à-vis
décharné, ce visage sans chair où les yeux avaient pris une
place démesurée et maladive.

J'essayais maintenant une robe en mille-raies et une sorte
de capote, du genre kichenotte, qui me faisait ressembler à
une paysanne de la Saintonge. Les courbes douces et volup-
tueuses de mon corps avaient laissé la place à des cassures
nettes, tranchantes, des angles vifs sur lesquels saillait l'étoffe,
sans grâce, sans féminité.

D'un coup d'œil, j'évaluais la garde-robe de Claire.

— Votre femme ne manquait pas de toilettes, conclus-je.

— Claire n'a jamais manqué de rien, me répondit Jérôme
négligemment. Elle voulait tout, et tout de suite. Il faut avouer
qu'elle portait la toilette comme personne, ajouta-t-il non
sans une certaine fierté qui me blessa. Elle inspirait les peintres, nous passions rarement inaperçus dans le monde.

Ma pensée se forma spontanément, prit corps avec mes mots :

— Vous ne devez pas manquer de faire la comparaison, en
ce moment, prononçai-je, les dents serrées. Anne Mazé dans
les atours de Claire de Saint-Yon, quel sacrilège ! Car je suppose que ses ancêtres étaient comme les vôtres à Marignan, à
Rocroi, à Fontenoy ? Moi je ne suis qu'une grisette, une sans-
le-sous, une...

— Une paysanne. Vous me l'avez dit et redit. Vous adorez
vous rabaisser, dans l'espoir, j'imagine, qu'on vous gavera aussitôt de compliments. Les compliments, ça n'est pas mon fort,
mais je vous dirai quand même ceci, pour vous rassurer et

pour corriger une bonne fois pour toutes l'image que vous vous complaisez à avoir de vous : vous êtes une fille d'une domanière, certes. Mais pas de n'importe quelle domanière. A votre âge, votre mère pouvait prétendre avoir à ses pieds tous les gentilshommes du département, et ses manières étaient celles d'une héritière, non d'une paysanne. Vous lui ressemblez étonnamment. Oh ! bien sûr, comme elle vous avez le verbe haut, mais je suis certain, sans peur de me tromper, que vous avez autant qu'elle le sens de l'honneur et de la dignité. Vous ai-je assez flattée ? Non. Je ne vous ai pas encore dit que vous étiez adorablement jolie. Les femmes font passer leurs attraits physiques avant tout. Eh bien, soit. Claire était belle, une statue, un marbre, une image. Vous, vous êtes mieux que cela. Vous êtes la vie même (Claire était frigide comme une dame patronnesse).

Il m'asséna, sans bouger de sa chaise, un long regard tranquille et jouisseur qui détonnait sur ma pauvre carcasse.

— ... Voyons... continua-t-il, amusé. Que puis-je encore vous dire que vous ayez envie d'entendre ?... Que vos yeux sont fauves à damner un saint, que vos lèvres... hum ! Que votre visage tout entier est un appel à la débauche et qu'aucune femme au monde pourvue d'un mari ou d'un amant ne doit souhaiter votre amitié ? Est-ce là le genre d'âneries que les hommes vous débitent généralement ?

Je l'aurais écouté pendant des heures. Il m'attribuait des qualités que ma naissance m'avait à jamais refusées. N'était-ce son ton de voix... A cette époque-là, au demeurant, tout en parlant et pensant au-dessus de ma condition, je n'avais pas encore acquis l'aisance et l'habileté qui m'aidèrent beaucoup par la suite. Je différenciais encore mal un guéridon de noyer d'une console Empire, les tissus eux-mêmes m'étaient pour la plupart inconnus, à l'exclusion des modestes tarlatanes, bures, futaines et calicots dont je m'attifais à l'économie. C'est plus tard que je mis un nom sur bon nombre d'objets qui m'entourèrent dans ma jeunesse. Cependant, je ne tenais pas à ce que Jérôme me vît me rengorger de ce chapelet de louanges aussi passionnées qu'ironiques, et je me contentai de répliquer, en admirant la kichenotte dans la glace :

— Ne soyez pas stupide, Jérôme de More, et dites-moi seulement si ma tournure est convenable.

— Elle est possible, concéda-t-il d'un ton léger et pédant qui m'ébouriffa aussitôt.

— Sainte-Vierge ! m'écriai-je. Je ne sors pas du bain turc et je ne m'habille pas pour un bal d'ambassade ! Je viens d'échapper à une mort horrible, j'ai perdu la moitié de mes cheveux, et vous trouvez le moyen de plaisanter sur mon allure !

— Et allez donc ! Mais, ma charmante, je donne simplement un avis, puisque vous me le demandez. Maintenant, je peux aussi vous dire ce que je pense, moi personnellement, de la mode que suivent les femmes d'aujourd'hui.

— Eh bien ?

— Je trouve cette mode des tire-bouchons horrible. Les femmes ressemblent de plus en plus à des croquembouches de pâtissier. Dieu du Ciel ! On se moque aujourd'hui des perruques du Grand Siècle, mais elles avaient diantrement plus d'allure que ces tortillons de charcutier... Quant au reste... On a déchiré à belles dents les élégantes de Louis XV et leurs paniers, et voilà qu'on reprend la mode à notre compte, en la faisant cent fois plus niaise et plus folle. Le snobisme va jusqu'au grotesque. Il n'est pas jusqu'à la petite lingère du trente-sixième dessous qui ne sorte enchattemitée, encagée, pour se donner des airs cossus ! Regardez-moi ces cages ! Elles font les délices des boulevardiers, dans les vaudevilles de la Madeleine au boulevard du Temple elles servent aux catins pour cacher leurs amants ou balader des couples de faisans quand la chasse est interdite. Un objet risible, un matériel de farce, rien de plus. Libre à vous toutes de vous transformer en cloches à hannetons pour satisfaire au goût du jour. Vous n'êtes que ridicules et vous n'en mourrez pas, après tout. Et d'abord, pourquoi appelle-t-on cette horrible chose crinoline ? Au dix-huitième le panier était en crin, mais aujourd'hui, pour glorifier l'ère industrielle, il faut bien qu'il soit de fer ou d'acier !... Ceci est l'arrière du chapeau, ma chérie. Pas le devant. Où allons-nous, si les jolies femmes ne savent plus porter la capote ! Mais après tout, vous avez raison, elles est aussi laide des deux côtés.

— Je vous trouve bien bavard, tout d'un coup, répondis-je nonchalamment. Est-ce la fin de mes tourments qui vous délie la langue ? Vous avez l'air parti pour passer au crible tous vos contemporains.

— Mes contemporains ne m'intéressent pas. Ce sont des fils de la Révolution, des galériens. Mais ce que vous dites est vrai, je suis sacrément soulagé de vous voir sur vos deux pieds, chérie.

Son sourire ambigu m'appâtait. Je mordais déjà furieusement à l'hameçon en allant vers lui, tout sourire, en concluant dans un baiser :

— Jérôme, je me demande comment je pourrai désormais vivre sans vous.

Formule poussiéreuse, qui ne disait pas le quart de mon angoisse. Il allait quitter Paris, partir pour l'Europe Centrale. Avec Estelle Abarnou, peut-être. Nos vies, un instant confondues, allaient de nouveau se séparer et Dieu sait ce que l'avenir nous préparait. Il me désirait follement, j'étais éperdument amoureuse de lui, mais nos chemins s'étaient à peine croisés qu'ils divergeaient déjà.

— Je ne veux pas vivre sans vous, dis-je, le visage fermé brusquement.

La main de Jérôme monta vers mon cou, tint fermement mon menton levé vers lui. Son regard me sondait.

— Je n'en suis pas aussi sûr que vous, finit-il par déclarer. Vous n'êtes pas femme à décliner sur tous les tons le même prénom d'homme toute votre vie. Vous tombez facilement amoureuse. J'ajoute que vous devez être sincère à chaque fois. Mais jamais vous ne pourrez vous résoudre à n'être plus, une fois pour toutes, qu'une épouse ou une maîtresse attitrée. Vous avez besoin de plaire, de vous savoir disponible et accessible. Vous vous ennuierez très vite dans la fidélité.

Je le considérais avec une attention désespérée. Les mots que je voulais prononcer, qui me montaient du cœur par bouffées, ne franchirent pas mes lèvres. Je répondis avec réserve et dignité, alors que d'autres mots criaient en moi, juraient que je l'aimais pour toujours :

— Ne soyez pas si sûr de moi, Jérôme. Je suis peut-être capable de vous étonner ?

Il pencha vers moi sa tête brune.

— Je ne crois pas davantage que vous soyez la femme d'un grand amour. De plusieurs passions, certes. Assouvies chaque fois avec plus ou moins de rapidité. Mais vous êtes trop instable, trop impulsive, pour être vraiment la femme d'un seul homme. Vous connaîtrez dans votre vie autant de grands amours que de carnets de bal. Mes paroles vous blessent, Anne ? Elles sont plus lucides que vos pensées, en cet instant. Nous reparlerons de tout ça quand vous aurez brisé bien d'autres cœurs que le mien. Car nous n'aurons plus la même vie, Anne, ajouta-t-il. Les choses ne sont pas si simples.

Cette phrase me jeta dans un tourbillon mou, glacé, qui m'aspira comme un gouffre. J'eus envie de crier pour vaincre la sensation de paralysie qui m'immobilisait, mais les mots me martelaient les tempes, me prenaient au dépourvu, me clouaient le cœur. « Nous n'aurons pas la même vie ! » C'était évident, et ce n'étaient pas ses étreintes folles, ses moments de passion désespérée qui pouvaient démentir de tels propos.

— Nous reverrons-nous, Jérôme ? questionnai-je d'une voix si appauvrie que je fus à deux doigts de fondre en larmes.

— Bien sûr, mon petit, chuchota-t-il.

Hardiment, je lançai mon regard dans le sien, et nous restâmes ainsi un moment indéfini, aspirés par ces aveux muets que nous échangions, qui soudaient nos visages tendus l'un vers l'autre. Lentement, à regret, je baissai la tête, mon regard glissa vers les petites choses bénignes qui nous servaient de cadre : vases de fleurs, bibelots rose bonbon que le plumeau semblait avoir épargnés plusieurs semaines de suite.

— Ces jours... ici... balbutiai-je, je ne les oublierai pas. J'ai été bien heureuse...

Il posa sur ma main une main généreuse, me dit d'une voix attendrie mais clairvoyante :

— Tout a une fin, ma chérie.

Réflexion d'homme. Réflexion sensée qui me rejette d'un seul coup dans la banalité accentuée du quotidien de la Maub' ou d'ailleurs. Oui. Tout a une fin. Le bonheur même a une fin. Il faudra se réhabituer à l'obscur, s'effacer à nouveau, mais avec des souvenirs cette fois qu'il faudra affronter, hélas gâchés par d'autres images dont j'ignorais jusque-là les formes précises : Jérôme, Claire, les tortils de baron représentant une couronne d'or gemmé, partout repris dans les chambres, en écus au haut des cheminées, sur les lambrequins des lits, au bas des courtines...

Je déteste les hommes, eux qui peuvent passer sans transition du bonheur le plus douillet, le mieux dorloté, à des considérations glacées comme un départ, une rupture. Je déteste Jérôme de se reprendre si vite, de tirer un trait sur ces heures éperdues de ma guérison, de se sentir à l'aise au jour d'aujourd'hui, fin prêt à replonger dans des soucis d'homme, de hobereau, de propriétaire. Ses malles sont prêtes, derrière le mur. Il a déjà détaillé son itinéraire vers Breslau. Moi je me sens dolente d'avoir trop frémi, alors que mon corps reprenait tout juste vie. La fatigue mâche mes traits, agace ma peau d'une fièvre mauvaise.

— Anne, Anne ! murmura Jérôme sur un ton de patience et de reproche à la fois. Vous n'allez pas vous mettre en tête des idées noires, n'est-ce pas ? Je serai de retour au début du printemps, je vous le promets. Je m'occuperai de vous louer quelque chose, de vous installer, pour que nous puissions nous voir très souvent. Et puis, souriez un peu, que diable ! Je ne suis pas encore parti !

Oui, il faut sourire. Je suis plus jolie quand je souris. A Pâques, je serai redevenue belle et il accourra vers moi. Nous nous aimerons. Mais en attendant... Il faut vite trouver quelque chose à dire, changer de conversation. J'ai le cœur trop gros. Que m'a-t-il dit, tout à l'heure ? Il m'a parlé de ma mère, de sa beauté, de sa fierté.

Je m'écarte de lui, pirouette dans la chambre, me décide brusquement pour cette robe en mille-raies. Nous avons encore beaucoup à nous dire, avant son départ.

— Vous avez raison, Jérôme. Je vous promets d'être gaie tous ces derniers jours. Et puis, parlons d'autres choses. Vous avez revu Mamm, à Sizun ? Qu'avez-vous décidé ensemble, au sujet du Vodenn ?

Je me force. Je pense au Vodenn comme à un souvenir d'enfance, pâli et peu encombrant.

— J'ai bien peur de vous décevoir, ma chérie, me répondit Jérôme. Marjann semble plus réaliste que vous et attache un moindre prix à cette fermette. Elle m'a demandé d'user du parrainage d'Amédée Conseil pour lui faire obtenir un bureau de tabac à Brest ou à Landerneau.

— Encore ce Conseil ! me récriai-je, de méchante humeur. Un républicain libéral comme lui peut-il s'aboucher avec un réactionnaire de votre espèce !

— La politique n'est pas aussi simpliste que cela, mon cœur. Bon nombre de Conventionnels sanguinaires ont été heureux, en 1815, d'avoir montré quelque indulgence envers des ci-devant ou d'avoir eu, parmi de lointaines relations, des royalistes capables de plaider en leur faveur au moment de la Terreur Blanche. Sous tous les régimes, quels qu'ils soient, il faut ménager quelques adversaires et s'en faire des amis sûrs. Après tout, vous ne seriez pas longtemps choquée que je sympathise avec votre tireur de sable de la Maub'.

— Quelle piètre opinion me donnez-vous de l'amitié entre hommes ! La notion d'intérêt ne vous échappe-t-elle donc jamais totalement ? Fais-je partie de vos plans ? Suis-je aussi un point de repère, un caillou du Petit Poucet ?

Ma voix s'éraillait encore quand elle quittait le ton du chuchotement pour s'exprimer avec plus de chaleur.

— Non, ma chérie, répondit-il avec un sourire avenant. Vous êtes vous, totalement. Je ne vois pas au-delà de vos beaux yeux et de votre jolie taille. Au demeurant, je ne saisis pas très bien en quoi vous pourriez m'être utile un jour.

Je lâchai étourdiment :

— Mon ami le sénateur est au mieux avec les Tuileries et l'Empereur n'a rien à lui refuser.

— Tais-toi. Puis un ricanement bref : C'est vrai, je l'oubliais, celui-là.

Il m'avait coupé la parole d'un ton qui n'admettait pas de réplique. Les mots moururent sur mes lèvres et je le contemplai, gênée, honteuse d'avoir étalé impudemment une connaissance qui n'allait pas jusqu'à la familiarité et qui, à ce jour, ne signifiait rien qu'une promesse assez cynique de fêtes et de dévergondages. Je me méprisai, mais il était trop tard. J'avais sottement fait la roue, je lui avais craché à la figure un nom d'homme nanti comme en avaient à la bouche toutes les actrices et les cocottes du 1er arrondissement (1).

Jérôme s'était levé, avait envoyé dinguer sa chaise. Le visage fermé, les lèvres grises, les pupilles contractées, il me dominait de la tête et des épaules. Je lui demandai pardon spontanément. Il inclina la tête d'un air équivoque et ne répondit rien.

— Je vous assure, Jérôme, m'empêtrai-je, vous auriez tort de le prendre en mauvaise part. Victor Saint-Favre ne sait pas quoi faire de son argent et il aide les artistes...

Il m'interrompit sans ambages :

— Ecoutez, Anne. Que vous ayez ou non couché avec ce

_____

(1) Anciens arrondissements, avant 1859.

monsieur, je m'en bats l'œil. Mais si vous envisagez sérieusement quelque chose avec moi à mon retour, je vous conseille de ne plus me le remettre dans les pattes, celui-là. Je n'ai pas du tout envie d'aller sur les brisées d'un magot dans son genre. Et je déteste les couches tièdes. Vu ?

Je n'eus pas le temps d'avoir la moindre réaction. Blaise venait informer son maître que Monsieur Oberthür était sur le palier. Jérôme me quitta, s'émut au passage de mon chagrin car il me lança un clin d'œil du seuil de la porte. J'entendis une voix vigoureuse tonner avec l'accent allemand :

— Quelle tête, mon vieux ! Tu ressembles à ton cadavre !

— Je suis recru de fatigue, c'est tout, répondit Jérôme avec une ombre d'impatience. Tu es fin prêt ? Nous partons mardi matin. Nous coucherons probablement du côté de Vitry-le-François...

La porte du bureau se referma sur eux et je perdis la suite de leur conversation. Ainsi, pensai-je, Jérôme partait avec cet homme, cet Oberthür qui, il m'en souvenait, avait passé la soirée à l'Opéra en compagnie de Jérôme et de quelques légitimistes, le fameux jour des cent cinquante francs de l'albinos.

Je me rassis au bord du lit, fatiguée par ces premiers mouvements de convalescence. Mon œil me faisait encore mal, il subsistait des petites ulcérations en forme de coup d'ongle, mais les médicaments opéraient et la douleur se faisait moins vive la nuit. Jérôme m'appliquait des compresses chaudes, me préparait des bains d'yeux avec du sérum, me versait quelques gouttes d'un collyre au nitrate d'argent. Marceline l'aidait parfois, avec un dévouement bourru qui le faisait sourire.

Mardi... me répétai-je. Je comptai sur mes doigts les jours qu'il nous restait à vivre ensemble.

L E dimanche 3 février, alors que je m'apprêtais à me coucher, Jérôme vint me dire bonsoir en habit de soirée, frac noir, culotte, bas blancs et escarpins. Il était beau comme Saint-Georges.

— Je passe à l'Union et au Jockey, me dit-il. Je dois voir quelques amis avant mon départ. Si vous avez besoin de quoi que ce soit, vous n'aurez qu'à sonner. J'ai demandé à Marceline de rester pour la soirée.

Il se pencha pour m'embrasser et je vis les pierreries qui boutonnaient ses manchettes et son gilet, sa chemise plissée à entre-deux, au faux-col largement ouvert, la cocarde blanche piquée au revers du frac. J'aurais aimé, moi aussi, que l'on me regardât au côté de cet homme, que l'on englobât notre couple dans un même regard émerveillé. Je retins un moment sa main dans les miennes, sentis sous mes doigts la chevalière massive qu'il ne portait qu'en de rares occasions.

— Vous allez devoir faire graver la couronne sur le chaton, murmurai-je un peu tristement. Tout me rappelait son départ, sa condition et la mienne.

Il haussa les épaules, chercha mes lèvres pour toute réponse.

Je n'avais plus envie de me coucher. Restée seule, je décidai de profiter de cette soirée pour visiter le premier étage de l'hôtel. L'indiscrétion de ma démarche ne m'effleura pas l'esprit, j'étais certaine qu'il n'y avait aucun mal à cela.

Bien sûr, je fus attirée par la chambre de Jérôme et par son bureau. Sa chambre, je l'avais entrevue plusieurs fois et je ne fus pas surprise de la trouver confortable, discrète, de bon ton.

J'allais pénétrer dans le bureau quand j'entendis le pas de Blaise au rez-de-chaussée. Il faisait le tour des chandeliers, l'éteignoir à la main, mouchait les bougies, ébarbait les bobèches. Marceline l'accompagnait. Je surpris une partie de leur conversation.

— Il ne va tout de même pas la laisser ici pendant son absence ! maugréait la nourrice. D'abord ça ne serait pas convenable, ensuite je ne vois pas bien comment la famille et les amis prendraient la chose. Ça finira par se savoir, bien sûr. Une fille de la haute, je ne dis pas, il pourrait l'épouser si elle était compromise, mais celle-ci où l'a-t-il seulement dénichée ! J'ai cru comprendre qu'elle logeait place Maubert, ou du côté de la rue Mouffetard, une traîne-misère, avec un joli museau !

— Vous devriez savoir, Marceline, qu'une femme qui séjourne chez Monsieur n'a pas de passé, répondit dignement le majordome.

— Dans le meilleur des mondes, certainement, grogna l'autre. Mais nous vivons dans un monde pourri et nous sommes tous pourris. Ça me fait mal au cœur qu'un homme comme lui s'amuse avec des cocottes alors qu'il n'y a pas de semaine qu'on ne lui mette sous le nez une jolie dot avec blason et tout le fourbi.

— Monsieur épousera Madame Abarnou, Marceline. Je vous l'ai toujours dit.

— Ou bien Madame de Chaillou, qui sait ? Il paraît que son mari est au plus mal.

— A la place de Monsieur, je prendrais la fille plutôt que la mère.

— Vous êtes fou, Blaise ! Rozenn de Chaillou n'a pas seize ans !

J'en avais assez entendu. Blême, chavirée, je poussai la porte du bureau et m'effondrai dans le fauteuil qu'il m'avait offert lors de mon premier passage sous son toit. La tête dans les mains, je sanglotai à voix haute : « Oh ! Jérôme ! Jérôme ! » Je l'appelais désespérément, me répétais que ce n'était pas vrai, que j'avais mal entendu, que le monde ne pouvait pas être si laid et si triste. Je demeurai un long moment dans cette hébétude, puis regagnai la chambre bleue, pensant fuir cette hostilité que je sentais peser sur moi, dans cette grande pièce aux meubles massifs, aux corps de bibliothèque indifférents et trop savants. Je ne pus trouver le sommeil. Ces noms de femmes dansaient dans ma tête un branle de tous les diables. Je me dis qu'il fallait parler à Jérôme de mon départ, lui dire que je ne pouvais plus accepter son hospitalité. Il rirait, trouverait une phrase à l'emporte-pièce pour me calmer les esprits, m'ordonnerait de rester ici. Alors, peut-être devrais-je lui révéler les propos haineux que j'avais surpris.

Peu de temps avant minuit, je crus entendre du bruit dans la grande salle à manger du rez-de-chaussée. Je guettais le retour de Jérôme. Je vis de la lumière dans la salle à manger. Je me hasardai alors à descendre l'escalier, doucement pour éviter que mes socques ne claquassent sur les dalles.

La porte de la salle était grande ouverte. C'était une pièce immense, avec des meubles sombres, austères, qui se dressaient jusqu'au plafond comme une haie d'honneur jusqu'à la table monumentale. Jérôme était assis, en bras de chemise, comme rencogné dans ses pensées. Devant lui, un flacon de brandy et un verre encore plein. Autour de lui, des couverts, des poignées à gigot, des saucières, toutes les pièces d'argenterie dont s'enorgueillissait la famille et qu'il avait sorties des tiroirs et jetées pêle-mêle sur la table.

Je m'approchai et restai debout près de lui. Je savais qu'il avait pris conscience de ma présence dès mon entrée dans la pièce. Il s'adressa d'ailleurs à moi, comme s'il se fût parlé à lui-même, et sans détourner son regard de l'orfèvrerie qu'il palpait, soupesait, faisait jouer dans le rai de lumière.

— Tout ce bric-à-brac d'un autre temps, d'un autre siècle... Personne d'autre que ma mère ne pense à le briquer. Elle le fait avec amour, avec respect. C'est une femme agaçante et sans profonde intelligence, mais elle a au plus haut degré le respect des traditions.

Il leva enfin les yeux sur moi, tira une chaise et m'invita à m'asseoir près de lui.

— Voulez-vous boire quelque chose ? Du brandy ? Un baume de curaçao ? Du ratafia de jasmin ?

Il avançait un petit verre à facettes, mais le nom seul de ces beuvrages suffisait à m'écœurer. Je le remerciai tandis qu'il m'expliquait :

— J'ai l'habitude de siffler mon brandy en rentrant du cercle. Blaise, pendant ce temps, m'observe des communs et décide d'après mon comportement, s'il faut me porter, me déshabiller et me purger.

— Sera-ce nécessaire, ce soir ?

— Je ne le pense pas, sourit-il.

Il m'avisa d'un œil retors.

— Eh bien, ma chérie ! Déboutonnez-vous donc un peu ! J'attends vos confidences. Vous avez certainement quelque chose de très urgent à me dire, pour m'avoir attendu si tard.

— Non... bafouillai-je, prise de court. Enfin... Je voulais vous dire... Vous partez après-demain...

Il voulut m'aider.

— Allons, chérie, déchargez votre rate. Vos cinq cents francs vous coupent le sommeil, n'est-ce pas ? Si ce n'est que ça, je peux encore faire le bon Samaritain. J'irai même jusqu'à arrondir la somme à mille francs, pour vous permettre de vous débrouiller à votre guérison. Je vous conseille d'en mettre un peu à gauche, de cette façon vous pourrez vous passer de vos amants plus ou moins usuriers.

Mille francs ! Je restai sans voix. Jamais je n'avais tenu une telle somme et je n'en espérais pas le quart de sa poche. Il ne passait pas pour Crésus, on disait même qu'il n'avait, pour tout potage, que les revenus de ses landes et de ses jachères de l'Arrée. La verrerie vivotait et ne rapportait que de quoi payer ses ouvriers.

— Vous pourrez encore conserver quelque temps votre samovar et votre collier d'ambre, ajouta-t-il, bon prince. Ce sont des souvenirs de famille, ne les monnayez pas. Après tout c'est peut-être tout ce que vous gardez de votre père.

— Nous avons aussi sa canne à glands et son journal de bataille. Peut-être que je le lirai un jour, répondis-je, l'esprit ailleurs.

— Il ne faut pas.

— Pourquoi ? J'ai si peu connu mon père.

— Il n'a pas écrit ce journal pour qu'on le lise après sa mort.

Je réfléchis un moment, puis questionnai de nouveau :

— Jérôme, les hommes en guerre, sur une terre étrangère, sont-ils tous des goujats, des trousseurs de femmes ?

— La guerre est une chose monstrueuse, Anne. Aucun homme ne vit de façon normale dans ces temps-là, selon ses principes, sa ligne de conduite. Je n'ai pas été différent des autres, en Algérie.

— Vous n'aimez pas en parler ?

— Je n'en suis pas trop fier.

— Pourquoi ? Qu'avez-vous fait ?

— Des atrocités.

— Vous avez égorgé des enfants ? Violé des femmes ?

— C'est à peu près ça, oui, fit-il, gêné, la voix brève.

Je n'insistai pas. Au reste, je me sentais très lasse et je voulais l'entretenir hors de portée des domestiques. Je lui demandai de me remonter à l'étage.

— Je ne voulais pas vous parler de questions d'argent, dis-je quand il m'eut déposée sur le lit de la chambre bleue. Vous êtes bon d'y avoir pensé et je vous en remercie... Toutefois, je ne peux accepter une somme pareille, c'est plus que je n'ai jamais gagné d'argent... Vous savez bien que je ne pourrai pas vous rembourser.

— Ne faites pas de façons, chérie. Il n'est aucunement question d'un prêt. Je vous donne cet argent de bon gré. Faites-en bon usage, et, si possible, confiez à Marin Colombel le soin de payer votre maritorne. Ne retournez jamais rue Delambre.

Je bredouillai une banalité émue, quelque chose comme « je ne pourrai jamais vous prouver toute ma reconnaissance », ce à quoi il répondit par un coup d'œil égrillard qui me ferma la bouche aussitôt.

— Quels sont donc vos soucis, ma chérie ? s'enquit-il gaiement.

— Eh bien, commençai-je, gênée, j'ai longuement réfléchi pendant votre absence, et j'ai fini par trouver qu'il serait inconvenant que je reste ici après votre départ.

— Au diable les convenances, Anne ! Je leur ai tourné le dos toute ma vie.

— Les domestiques n'approuvent pas ma présence ici, insistai-je. J'ai surpris une conversation entre Blaise et Marceline, ce soir.

Jérôme fronça les sourcils.

— Que disaient-ils ?

— Rien de bien flatteur pour moi ! Mais ils avaient raison. Votre famille pourrait s'offenser de vos bontés envers moi. Il faut que je parte, Jérôme.

— Et où irez-vous, sacrebleu ? Sachez que votre logeuse a eu vent de votre maladie et qu'elle a brûlé vos meubles, votre literie et toutes vos affaires personnelles.

Je le dévisageai, atterrée. Cette ignoble Caput avait osé faire un feu de joie de mes pauvres biens, alors que je lui avais réglé les deux mois de loyer à venir ! De toute façon, il n'était plus question que je retourne un jour vivre dans ce taudis, mais j'y possédais tant de choses auxquelles je restais attachée, et puis, j'imaginais le beau spectacle de ma mansarde assiégée par toute cette vermine, hommes et femmes qui me voyaient enterrée à vingt pieds sous eux !

— Marin Colombel a réussi à sauver quelques-unes de vos affaires et me les a apportées. J'en ai fait un baluchon que je vous remettrai. Il y a, je crois, une boule de verre, une babiole de Noël, quelques robes et une espèce de balançoire d'osier dont je n'ai pas très bien saisi l'utilité.

« Youyoute, pensai-je, n'aura jamais connu cette drôle de prison. A-t-elle seulement pu échapper à la fournaise ? »

— Alors, je suis à la rue ? constatai-je sans pourtant bien comprendre où j'en étais. Tous ces événements me dépassaient, je n'étais plus à même de garder la tête froide et de prendre une décision quelconque.

— C'est bien pour vous laisser le temps de vous retourner

que je vous propose mon toit jusqu'à la fin de votre quarantaine.

Je secouai la tête, butée.

— Non, Jérôme. Vous parti, je ne veux pas rester ici.

— Alors je m'occupe dès demain de vous trouver un garni et je vous confie à votre tireur de sable. C'est un bon diable qui vous aime à sa façon. Je ne ferai confiance qu'à lui seul. J'irai en outre voir le docteur Cottereau à son dispensaire, pour obtenir une garde-malade.

— M'écrirez-vous ?

— Certainement. Mais il ne faudra pas compter avoir de mes nouvelles avant peut-être plusieurs semaines. Qu'est-ce qui vous tracasse encore, ma chérie ? Puis-je faire autre chose pour vous ?

Je me jetai spontanément dans ses bras.

— Jérôme, demandai-je. Qui est Madame de Chaillou ?

Je le sentis se raidir brusquement. Je guettai sur sa figure la portée de ma question. Pas un de ses muscles n'avait frémi. Il s'était refermé sur lui-même et délibérait.

— Je suppose que vous avez encore glané quelques cancans de domestiques ? finit-il par dire d'une voix neutre.

J'acquiesçai.

— Elle est votre maîtresse, n'est-ce pas ? ajoutai-je en mettant beaucoup de bravoure dans mon ton.

Il resserra son étreinte, posa sa joue chaude sur mon front. Sa main ne cessait de caresser mes bras, de jouer avec les dentelles de mes poignets.

— Vous saviez, je pense, que j'avais quelques liaisons, en Bretagne et à Paris, murmura-t-il. De diable, je ne me suis pas encore fait ermite. Je vois Hélène de Chaillou de temps à autre, sans faire grand effort pour la rencontrer. Elle habite Quimper. Ne soyez pas jalouse, chérie. Elle pourrait être votre mère et elle ne soutient pas une seconde la comparaison avec vous. Ceci dit, vous m'inquiétez. J'aimerais assez que ma vie privée ne soit pas débattue sur la place publique.

Je ne me doutais pas que c'était là notre dernière conversation. Il me quitta tendrement quelques minutes plus tard, me promit de faire pour le mieux afin de m'installer dès son départ dans un garni convenable. Je ne le revis plus.

La journée me sembla terriblement longue. Je ne m'attendais pas à revoir Jérôme avant le déjeuner. Il avait commandé un baron d'agneau qui cuisait, embroché, en crépitant furieusement dans l'immense cheminée de la salle à manger. A deux heures, je commençai à m'inquiéter et partis à la recherche du majordome. Marceline me déclara qu'il était dans sa chambre. Il quittait son service à deux heures précises et disposait de son après-midi jusqu'à cinq heures, heure à laquelle Monsieur avait coutume de prendre le café. Je me dirigeai donc vers la chambre de Blaise et tapai à la porte. Il dut croire que la visiteuse n'était que Marceline car il m'ouvrit dans la tenue où il se trouvait, c'est-à-dire chauve comme un genou. Je restai un moment sans voix devant cette vision inopinée, Blaise me regardait aussi, apostrophé, incapable d'articuler un son. Sa perruque, posée sur une marotte de cire, trônait sur la commode comme un trophée héroïque. Je fus malgré moi prise de fou rire, et c'est en hoquetant que je lui demandai où se trouvait son maître. Il finit par me répondre, d'une voix lugubre :

— Je l'ignore, Mademoiselle. Je comptais sur Mademoiselle pour me l'apprendre. Monsieur a disparu depuis huit heures ce matin. Il voulait se rendre dans un bureau de logement, m'a-t-il dit.

Je me rembrunis. Cette absence prolongée avait quelque chose d'anormal. Jérôme prévenait toujours quand il ne rentrait pas déjeuner. Je décidai de partir à la recherche de Marin Colombel qui, peut-être, l'avait vu dans le courant de la matinée.

— Appelez-moi un fiacre et soyez assez aimable pour régler la course au cocher, commandai-je. Je n'ai pas de monnaie sur moi.

— Bien, Mademoiselle, s'inclina Blaise. Cependant, si je puis me permettre, je dirai à Mademoiselle qu'elle commet une imprudence. Courir les rues dans son état...

— Ne vous alarmez pas, Blaise, coupai-je. Je me sens suffisamment rétablie et il faut absolument que je voie une personne que Monsieur de More devait contacter ce matin.

Je partis, emmitouflée dans la robe de mille-raies et le mantelet assorti. Rue Delambre, on me dit que Hurepoix devait se balader du côté du carreau Maubert. Je me félicitai d'avoir emprunté à Claire sa kichenotte à voilette, car il fallut bien descendre de voiture, à deux pas de la maison Tessier. J'avais l'impression de me réveiller d'un très long sommeil, ou de revoir des lieux quittés des années auparavant. Pourtant, rien n'était changé, apparemment. J'entendis même la voix de fausset de la Caput apostrophant la repasseuse :

— Venez donc, M'ame Petit ! Je fais mes guenilles ! (1)

La mégère ne semblait pas s'être laissée abattre par la mort subite de sa fille. Tout au plus, après quelque chagrin de convenance qui avait dû se manifester plus par des cris que par des larmes, avait-elle sans doute envisagé les tracasseries de l'enterrement et redouté les commentaires et la curiosité des voisins.

Je finis par dénicher Marin dans l'escalier des Grands-Degrés. Il ne me reconnut pas et n'en crut pas ses yeux quand j'eus soulevé ma voilette. Il m'imaginait encore sous mes couettes et dans mes pilules de camphre ! Dieu ! Que j'étais maigre ! Un cent de clous ! N'y avait-il rien à manger, chez les talons rouges ?

— Marin, coupai-je précipitamment, as-tu vu Monsieur de More, ce matin ?

— J'l'ai vu, oui. Sur le coup de dix heures, il est v'nu à la cité. Il m'a donné le luisant à r'mettre à la Toussaint, et puis il m'a dit qu'il t'installait. J'étais rudement content pour toi, ma gosse. Il a voulu que je voie ça, un vrai p'tit nid d'amour, quai Voltaire. Six mois payés d'avance. M'a même présenté à ta tôlière. Elle en roulait des gobilles, la cloporte ! Et puis, on est redescendu ensemble, il avait pas l'air bien.

— Comment ça, « pas l'air bien » ? Il était malade ?

— Sûrement. Il avait chaud, il frissonnait, puis il avait froid...

— Il a souvent des crises de malaria. Où est-il, maintenant ?

Marin hocha sa grosse tête blanche.

— C'est pas la malaria, Poil-Rousse. Quand j'l'ai quitté, il m'a dit qu'il rentrait chez lui. Mais depuis c'temps-là, j'ai appris qu'il a pas fait cent mètres dans son carrosse. Il avait la gouttière, sacrédié, et je cherche depuis une heure où on l'a emmené. Je reviens de la Salpêtrière. Ni vu ni connu. Il m'avait parlé d'un dispensaire, rue des Francs-Bourgeois. On m'y a dit qu'il était passé à neuf heures, pour engager une garde-malade. Mais depuis, plus rien.

(1) Guenilles : beignets de la Chandeleur en Auvergne.

L'angoisse me sciait les jambes. Ma bouche se dessécha d'un coup comme un papier buvard.

— Mais voyons, murmurai-je, son cocher l'accompagnait...

— Non, c'était une voiture de la Compagnie. L'a p't'être pas voulu repointer son blason rue Delambre.

Je lâchai le bras de Marin, m'assis sur une marche.

— Le choléra ! soufflai-je. C'est moi qui ai dû le contaminer. C'est vrai, il avait l'air très fatigué ces derniers jours. Oh ! Mon Dieu ! Mon Dieu !

— Ton Dieu, il est au Temple, avec sa mère. Et nous, faut qu'on s'débrouille tout seuls. J'sais pas du tout d'quel côté il a filé. On a juste pu m'dire qu'il essayait d'rattraper ses boyaux.

— Allons voir d'abord à la Pitié, déclarai-je. C'est le plus proche.

C'était le jour de consultation gratuite. Marin entra seul, tandis que je restais prostrée dans le fiacre, effondrée sur la moleskine, à contempler d'un œil atone la façade aux tristes volets gris, au rez-de-chaussée barricadé comme une prison, aux mansardes décrépites.

Marin revint bredouille.

— Nous aurons plus de chance à l'Hôtel-Dieu, déclara-t-il.

La course folle recommença. Le parvis de l'entrée, le péristyle aux quatre colonnes et au fronton triangulaire, l'accueil bourru et évasif des religieuses augustines et des garçons de salles. Du bâtiment de la rive droite, on nous renvoya à l'annexe de la rive gauche, rue de la Bûcherie. Nous interrogeâmes les grabataires, parcourûmes plusieurs salles aux noms de béatifiés : Saint-Charles, Saint-Paul, Saint-Landry, Saint-Benjamin, Saint-Bernard... Un infirmier impatient nous informa d'une voix désinvolte :

— S'il est mort du choléra, votre homme, il n'est plus ici depuis belle lurette. Le chariot des morts part tous les jours à quatre heures du matin pour le cimetière du Sud. Quel nom dites-vous ? De More ? Pas entendu ce nom-là. Etait-il conscient ? Avait-il des papiers d'identité sur lui ?

Autant de questions auxquelles nous n'étions pas en mesure de répondre.

— Allez plutôt voir à la Morgue. Il peut y être, s'il est mort avant d'avoir pu être hospitalisé.

Nous arrivâmes au quai du Marché-Neuf. La Morgue avait été transférée dans un pavillon du dix-septième siècle, récemment restauré, qui surplombait la Seine d'un côté et de l'autre s'ouvrait sur l'ancien Marché-Neuf par une porte cochère qui donnait accès à un immense vestibule. Ce dernier était séparé par un vitrage de la salle d'exposition des corps. D'autres pièces étaient contiguës, salles de lavage, d'autopsie, de dépositoire, bureaux et logements. Tout est resté gravé dans ma mémoire. Mon esprit, inconsciemment, enregistrait les moindres détails, déteignait tout, errait lugubrement de visage en visage, de mur en mur. Je n'eus pas le courage de rester dans ce vestibule sinistre.

— Va voir, Marin, chuchotai-je. Moi je ne peux pas. Je t'attends dehors.

Mes dents claquaient. Une douleur sauvage me nouait la gorge, les entrailles. « S'il est mort, pensai-je, je ne lui survivrai pas même une heure. S'il est mort, plus rien n'existe. Il n'y a d'amour nulle part. Il n'y a plus un seul homme sur la terre ».

Mes yeux hagards ne virent rien pendant quelques minutes. Puis, avec un étonnement que je ressentis comme un froid intense dans tout mon corps, je réalisai qu'il neigeait. Aujourd'hui, 4 février 1856, le vent faisait voltiger sur les quais de la Seine des flocons de neige grise qui disparaissaient, happés par le brouillard du fleuve.

« Voyons, ce n'est pas possible. Je fais un cauchemar. Ce n'est pas moi qui suis là, adossée à ce mur, prête à m'écrouler avec lui, dans ce froid, cette neige... Ce n'est pas moi ! Jérôme n'est pas loin. Il est là, tout près. Il va revenir. Je l'attendrai dans cette jolie petite chambre du quai Voltaire. Il viendra. Je n'aurai plus jamais froid, plus jamais faim. Mon amour. Mon amour, ne m'abandonne pas, ne me laisse pas seule... »

Quand Marin Colombel s'approcha de moi, je me cramponnai à sa veste de velours mouillé sans oser affronter le regard de nuit de ses yeux jaunes.

— J'ai pas vu d'macchabe qui lui ressemblait, fit-il avec jovialité. M'est avis qu'y a plus qu'une chose à faire, Poil-Rousse, c'est d't'installer quai Voltaire et d'attendre ton talon rouge. C'est là qu'il viendra, quand il s'ra guéri. Il est quéque part dans un lit d'hôpital, à c't'heure. Mieux qu'chez lui, pour sûr. J'ignore où il peut être, mais ça manque pas, les hostos dans l'quartier. On l'soignera bien, ton ci-devant. Et puis il guérira. La vermine s'attaque pas à la dorure.

Les mots me pénétraient doucement, me berçaient. Je les lui fis répéter vingt fois tandis que nous nous éloignions de la Morgue dont je fixai un instant, par la glace arrière du fiacre, le profil glacé de tombeau grec. Au loin, Notre-Dame se fondait, noyée, diluée dans les tourbillons de neige. Il y avait autant de noblesse que de sainteté dans cette immense proue muette et noire d'ombres. La monarchie et l'église avaient scellé un pacte par la cérémonie du sacre. La monarchie ! Elle avait un goût de cendres. Comme ma bouche, comme ma vie. Je fus subitement frappée par ce caractère de mystère et d'éternité que défendaient Jérôme et ses coreligionnaires. Jérôme honnissait son passé pour chérir un passé plus lointain encore et qu'il n'avait guère connu : il avait à peine neuf ans quand les barricades des Trois-Glorieuses se levèrent du pavé, et il n'avait vécu de la royauté légitime qu'une agonie sans grandeur.

Mon amour... ma vie... Ma douleur me terrassait. Je ne lui connaissais pas ce goût-là, ce goût de cendres glacées dans ma bouche. Ma tête éclatait de tous les cris qui se levaient en moi. Mon existence était-elle semblable à ces feux de tourbe de l'Arrée, qui donnent beaucoup de cendres et beaucoup de fumée ?

Les nuages fuyaient sous les à-coups du vent d'Est. Les pluies d'hiver avaient grossi les eaux de la Seine qui atteignaient la margelle des quais de la Cité. Les trottoirs s'étaient vidés d'un seul coup, les dernières laveuses remontaient des bateaux, emportant dans leurs jupes cette fade odeur d'eau douce et de savon que le froid aigrissait. Je n'étais pas frileuse et j'avais toujours éprouvé un petit plaisir trouble à avoir froid. Ce soir-là j'étais glacée jusqu'aux os et chacun de mes gestes, comme engourdis de sommeil, me rappelait que ma convalescence commençait à peine, que j'étais encore presque une miraculée.

Le printemps viendrait-il, un jour ? Comme j'avais soif de soleil, de paix, de liberté !

Marin, comme s'il avait suivi le cheminement de ma pensée, s'écria avec une fougue goguenarde :

— Et puis, c'te cochon d'hivio va bientôt finir, oui ! De ta f'nêtre tu verras les jardins des Tuiloches, au printemps !

Mais qu'est-ce que tu connais d'Paris, toi ! Tu verras, Poil-Rousse... Y a d'la ferraille et d'la dentelle après ton porche... Hé ! Hé ! Tu t'es quand même casée chez les riflos !

Il lançait son grand rire aux quatre coins du fiacre, trouvait le moyen de le prendre à la farce. Je l'en remerciai. Je n'aurais pu supporter de le voir se tenir à mes côtés, abêti, navré, comme pour surcharger mon chagrin.

— ... Tiens ! lança-t-il en posant une main bourrue sur mon épaule. Viens donc boire un p'tit noir chez l'Père Lunette. Ça fait une paille qu'on n'nous a pas vus ensemble, là-bas. Reste avec moi, ma gosse, va !

Lancinants, éperdus, les mots me cognaient dans la tête : « Il est malade... Je voudrais le soigner comme il m'a soignée, qu'il comprenne enfin, qu'il sache, qu'il devine... Ma vie est pour toujours liée à la sienne. Nous ne connaîtrons pas de bonheur l'un sans l'autre ! Mais où est-il ? Dans quelle rue, dans quelle maison, dans quel lit... ? »

Jérôme, comme Thomas, avait rapetissé mon amour, lui avait redonné d'autres dimensions en me révélant ma nature instable et passionnée. J'étais désespérée qu'il fût parti sur ces mots-là, nous déliant l'un de l'autre, me promettant à d'autres hommes avec la pire des lucidités.

Inlassablement, Marin me ramenait à d'autres soucis, éparpillait mes pensées :

— J'oubliais d'te dire. Y a la fille Calendron, la p'tite Marie, qu'a demandé après toi y a quéque jours, ça d'vait être mardi. Elle a vu Rudi l'vitrier et lui a demandé d'te dire de passer la voir dès qu'tu serais guérie. Elle lui a dit aussi qu'y avait personne encore pour la place. J'te répète ça mot pour mot. C'est p't-être bien une bonne nouvelle, Poil-Rousse ?

J'inclinai la tête, la gorge crevée de sanglots. Mon chagrin crépita en moi comme une colère d'ivrogne, aveugle, démesuré, reflua d'un seul coup à mon visage. Mes traits se convulsèrent et les larmes jaillirent, chaudes, douces à mon cœur dont elles semblaient vouloir épuiser la douleur. Je les sentais rouler sous mes paupières, couler le long de mes joues, glisser jusque dans mon cou, chacune en appelant une autre, un torrent de larmes, toutes celles que je n'avais pas pu verser au hasard de mes peines.

Je ne vis pas le fiacre prendre le tournant de la rue des Anglais après avoir dépassé le curieux petit passage, tantôt rétréci en boyau et tantôt élargi en préau, qui joignait la rue Galande à la rue du Plâtre. J'étais effondrée dans les bras du tireur de sable, la figure écrasée dans son gilet à la Marat, et, pendant quelques brèves minutes, avant que la vie ne reprît son cours, je me laissai aller à l'apaisement, je me réfugiai tout entière dans des sensations sans cohérence. La grosse patte maladroite de Marin de Hurepoix. La neige, l'hiver qui n'en finissait pas, les solitudes blanches. L'odeur du café...

Je franchis le marchepied dans un état comateux. Je vis, en contrebas de la rue, une fenêtre de givre où s'écrasait la lumière. Le soupirail de Dodoche. Deux maisons plus loin, l'enseigne du Père Lunette servait de cible aux galapiats qui formaient des boules de neige dans leurs mains bleues.

Un air vaguement familier traversa mes ténèbres. La chanson de Donnadieu. Le vieux bouquiniste passa au coin de la rue Galande, attelé à sa brouette et claironnant dans la nuit tombante les éternelles rimes de ses quatrains. Il se vantait d'avoir eu, sous la Restauration, la riche clientèle de quelques courtisans des Tuileries et enflait démesurément ses heures de gloire. Aujourd'hui, il voyait les choses d'un œil bien maussade.

> *V'là l'Abeille et j'suis un pauvre hère,*
> *Que l'Emp'reur soit premier ou trois.*
> *Au temps d'Louis, j'étais millionnaire :*
> *Donnadieu, pourvoyeur du Roi !*

Non, décidément, je n'avais pas encore quitté définitivement la Maub' pour me retraiter chez les « riflos ». Quand j'ouvris la porte de l'infâme bouge du Père Lunette, tout un mélange de voix, d'odeurs âpres, de couleurs déteintes par le temps et la pauvreté, me souffla au visage et ne me fit hésiter que quelques brèves secondes sur le seuil crotté de neige et raclé tout le jour par les « arbouteaux de Sabri », les sabots de bois des anciens bagnards convertis à la cloche. On buvait, chez le Père Lunette, de la verte dans un dé à coudre, un petit vin du Clos Croulebarbe, et un merveilleux café fameux dans tout le Quartier Latin. On rencontrait surtout, aux tables du cabaret, l'impression tangible de la solitude : ne pas se savoir concerné, ne se sentir frôlé par rien ni personne. Bon nombre de ces anciens forçats n'étaient que des épaves. Pas un chien qui leur aboierait aux hardes, quelqu'un qui leur poserait une question, un étranger qui leur demanderait sa route. La vraie solitude. Celle qui vous mêle à tout, enterrements, paris, bruits de victoire, marchés aux chevaux, et qui vous laisse les bras ballants, couleur de muraille. Ils passaient inaperçus de tous. On les bousculait dans la foule. Ils n'avaient pas même l'auréole du mendiant ou du chiffonnier.

Mais l'odeur du café était la plus forte. Elle me reporta, un instant, à l'hôtel de la rue des Tournelles. Le café de Jérôme ! Son odeur montait lentement, passait les seuils, flottait dans l'air, tenace et tiède, se glissait sous les rideaux, dans les embrasures.

Mon visage se crispa sous ce nouveau coup sournois de souffrance. J'étais glacée jusqu'aux moelles, la neige dégouttait du toit dans mon cou, mais l'odeur du café m'aiguillonnait encore.

D'une vigoureuse tape amicale, Marin de Hurepoix me replongea dans son monde. Ma quarantaine avait duré douze jours.

L ES becs de gaz brouillaient d'un blanc frileux la façade du Louvre, au-delà de la Seine. Je cherchais le numéro 7 du quai Voltaire et finis par trouver un lourd vantail à l'anneau de bronze, encadré des deux bouteroues du portail. Je m'engouffrai sous le porche dallé, éclairé de deux lanternes, et vis qu'il débouchait sur une cour sombre où vivotait un de ces petits jardins intérieurs des hôtels particuliers des quais. Au fond du corridor à gauche, la loge de la concierge était sombre et seul brillait le petit judas à la vitre duquel je dus décliner mon nom et rendre compte de ma visite à la veuve Buisson. A droite, en face, les premières marches d'un escalier de marbre se dessinaient derrière une porte de verre. La rampe était de fer forgé et des frises de grecques couraient aux murs à l'assaut des étages. La cage avait sa veilleuse à chaque palier et sentait la pierre, le parfum du santal et des ablutions capiteuses d'un beau monde. L'hôtel appartenait au comte de Barbentane, après avoir été successivement la possession du comte de Choiseul, cousin du ministre de Louis XV, de la fille du duc de Mazarin, Louise d'Aumont, de quelques barons et autres marquis. Ces relents d'Histoire me gonflaient d'importance quoi que j'en eusse, et je ne pus m'empêcher d'attacher à mes pas, montant l'escalier aux grecques et à la rampe moulurée, toutes sortes de pensées soyeuses et affriolantes ; je rêvais de traînes baisées par des gentilshommes blasonnés, de redoutes masquées, de rires mutins sortant d'une gorge chatouillée, d'une bouche où la mode avait posé une mouche aguichante. Les siècles tombaient sur mes épaules comme des poussières d'étoiles. Des voix, muettes au tombeau, montaient en moi et me faisaient des confidences, me prenaient pour témoin. Comme le caprice et l'imagination d'une femme s'exaltent vite dès qu'un nom de l'armorial est apposé sur une façade !

Au quatrième étage, Cornélie Buisson m'attendait. C'était une petite veuve boulotte, au grand châle noir balayant son parquet ciré avec amour. Elle m'accueillit avec un bon sourire et m'ouvrit la porte du garni qu'elle louait au mois à des jeunes filles de bonne éducation. Je caressai des yeux la huche bien briquée, les napperons de dentelle, le petit lit Directoire en bois de citronnier. « Il fera bon souffrir ici, pensai-je avec orgueil. Souffrir loin des regards et des compagnies miteuses ! »

J'allai à la fenêtre, m'avançai sur le petit balcon léger comme une passerelle, laissai courir mes yeux sur le pont en fer fondu à trois arches qui joignait les guichets du Carrousel au quai Voltaire et qui était encore à péage cinq ans plus tôt, sur les quatre statues assises de Petitot, l'Abondance, l'Industrie, la Seine et la Ville de Paris, sur les candélabres d'angle, œuvre des grands serruriers de la Monarchie de juillet. Les mots de la Versini revenaient à ma mémoire, battaient mon chagrin comme des vagues déferlantes :

— Je vois un accident... ou une maladie, et puis de l'argent, beaucoup d'argent. Je vois un homme auprès de vous, toujours le même. Mais il n'y a pas d'amour, la mer vous sépare. Beaucoup de monde, aussi, autour de vous. Une grande famille, sans doute, mais toujours la mer...

On parlait du carême parisien, de la pénitence couleur de rose et des expiations en mousseline de soie... Je plaisais aux hommes, j'aimais rire et danser, j'avais le loisir de lire des romans anglais et des traductions russes, ce qui était tout à fait de mode, je n'avais plus le souci du lendemain... N'étais-je pas la plus heureuse des femmes ?

Je me détournai et baissai les yeux vers Mme Buisson, le visage délayé par les larmes :

— Je me plairai beaucoup chez vous, déclarai-je ; mais je dois vous dire que je n'ai aucune nouvelle de Monsieur de More et que j'ignore même s'il est encore en vie à l'heure actuelle. J'ai appris qu'il était à son tour atteint du choléra. J'ose espérer que quelqu'un le soigne maintenant comme il m'a soignée durant toute ma maladie.

— Il s'est même chargé de vous procurer une garde-malade. Elle prendra ses fonctions dès demain. Ne pleurez pas, mon enfant. Que Dieu ait en Sa sainte garde cet homme si bon pour vous !

Il n'y aurait jamais plus de Joséphine Caput dans mon existence !

Je tentai de sourire, de surmonter le choc de l'après-midi. Je prononçai en moi-même une affirmation qui se voulait rassurante sinon convaincante :

« Ici est mon destin. Mon destin de femme amoureuse d'un homme trop vieux, trop bien né, trop volage. Ici nous vivrons le meilleur de nos jours. »

« La mer vous sépare », avait décrété Mme Versini, penchée sur son assiette de marc. La mer... ou la Seine ? Ah ! Dieu ! Que n'avait-il choisi pour moi une chambre sur la rive droite ! N'étais-je point passée de l'autre côté des ponts ? N'avais-je point pénétré de haute lutte dans les nouveaux mondes de l'Empire ?

Je sentais confusément que mes rêves d'autrefois étaient à ma portée. J'avais vu de très près le visage d'un homme boule-versé par le désir que je lui inspirais, et cet homme-là n'ai-mait guère exprimer ses sentiments que par des boutades ou des tournures cyniques. Je connaissais le regard des grands mondains du boulevard qui marquaient le pas à mon passage, et j'avais entendu un bourgeois décoré me balbutier que rien n'était trop beau pour moi. Mes horizons s'étaient déme-surément élargis. J'envisageais des choses précises, vertigi-neuses, je croyais en mon amour, j'attendais Jérôme, je rêvais de valses éblouissantes entre ses bras, de salons lam-brissés, d'instruments accordés...

Cet ouvrage a été reproduit
par procédé photomécanique
et réalisé sur
Système Cameron
par la SOCIÉTÉ NOUVELLE FIRMIN-DIDOT
Mesnil-sur-l'Estrée
pour le compte de la nouvelle société des éditions Encre
en mai 1984

Imprimé en France
Dépôt légal : mai 1984
N° d'édition : 188 – N° d'impression : 0939
ISBN 2-86418-188-6